U0618661

河槽人家

毕星星 著

北京出版集团
北京十月文艺出版社

做的重活，吃的黑馍。

——河槽民谣

高头村地理位置图

高头村通往涞水河的村路

涑水河的小桥

自序

　　收集在这里的几十篇文字，来自于近年来我所作的两个乡村系列，一个叫"乡村档案"，一个叫"乡村风景"。大部分在《随笔》和其他刊物发表过。这些文章的起因，我在以前已经说过，来自我们村里的历史档案，保存了好几十年了。历史档案并不少见，一个乡下村子，自觉地保存下自己几十年的历史记录，历任交接，这些纸张文字竟然完好地交割了，保存到今天。几十年了，一个村子的过往有文字记录，有乡村档案，就稀罕了。

　　这些档案，在别人手里，是死的文字。到了我手里，那可是一个一个鲜活的人物场景。档案里记载的人，许多就在我身边。我见证过他们的生活、劳作和悲欢。许多人已经去世，他们的后人还在，和我就在一条巷子里长大。几十载的春秋，我也由一个青葱少年长成垂垂老者。岁月如一条河，潺潺地流过来，村落一任岁月冲刷，庄稼收割了多少茬，乡亲送走了几辈辈，峨嵋涑水，沧海桑田，大地日渐苍老，这块土地上，岁月的痕迹有深有浅，却也是切割得一丝不苟，一刀一画都留下了印证。

我想把这些记录下来。

父母亲留下一个老院子，我把它收拾了，盖了几间房子，栽了树，起了围墙，在乡下，就是一个像样的住处了。于是我每年回去，经常回去。听乡亲们讲村子里的人和事。有一些，是我小时候就一直听大的，也有一些，是近年的新气象。在我看来，这个就是我的中国故事，讲好我的村子，就是我的中国叙事。

和乡亲们说话，我不敢拉出一个采访的架势。其实在乡村，你如果掏出本子记录，乡亲们大约马上就不会说话了，稍微会说一点，立刻变了官话。你要和他们聊天，说闲话。回到故乡，就是有这个好处，随时随地碰上的都是熟人。一个面孔背后，都是好几代的往事。你能听到真实的表达。他们的爱憎恩怨，他们的回忆怀想，都在和你的闲话里。不知不觉完成了采集，回到自家关上门自己整理，和档案对照。大体上，主要线索，枝枝叶叶，就都有了。

一年里多次回乡，机关的同事也渐渐知道了我回去做什么。有一次，领导给我们宣讲"深入生活扎根人民"，现在大家多说的"深扎"，号召作家有机会多泡一泡生活。他看着我，我禁不住失笑，你说的，这不就是我嘛。

陆陆续续不断有文章发表，我这个村子，也就渐渐引来了目光。三乡五里的乡亲们传看，都知道高头村的事情上了书报。运城的电视台听说了，到村里拍了一个专题片。几十年前的老村长，退休回乡的村里老干部，村里上了电视，也觉得脸上有光。高头村的历史形象，总归是有一定代表性，在媒体上说一说这个村子，值得说道，值得看一看。

这些年，大家约莫厌倦了那些宏大叙事，大历史的写作人们不爱看了。与之对应，区域史、小历史的写作很受宠爱。村庄史，个人史，经常让人眼前一亮，品咂得津津有味。《中国在梁庄》《大地上的亲人》《流浪的女儿》，都曾经掀起过阅读的风潮。有一批散文作家笔下的故乡，也属这种社会学意义上的描述记录。我不知道我的文字是否也属于这一类，我只想，只要更多的人能够知道我的村庄，知道它的过往和现在，知道我的乡亲含辛茹苦的人生，知道村子近几十年的变化，我就算没有白做这个事儿。中国大地上有这么一个村子，如果要翻看过往，能找出这样一个标本，我会欣喜万分。我的乡亲，如果因此而对我有好感，知道我为村里做了一件值得做的好事，这就是我的最大宽慰。

前几十年，老百姓一生的足迹不远，经常也就是十里八乡。在他们嘴里，传播的也常是三村五里的熟人。我们周围的名村名人，他们经常会说，孙家卓的荆建章，那是坡上坡下有名的教书先生！陈家庄的刘庭训，是咱们这里头一名大财主，民国时期当过猗氏县财政局局长！尉庄的王万年嘛！北马的毒药罐嘛！高头村能因此有所传闻，留下一些响动，谢天谢地。

经常有朋友问，你写的这些叫什么文体？在《随笔》发表的多，我也就胡乱称之为随笔。其实随笔这个文体很不可靠。它喜欢在多种文体之间摇摇摆摆，迷离惝恍。可以靠近散文，也可以靠近议论文体，也可以靠近纪实文学。近几年又有非虚构、在场主义等等，这些实在难以有一个十分明确的界定。如果硬要找一个框子框进去，我这种强调写实，依靠叙事推动，讲究文学性的文体，更多的在散文和非虚构之间，属于一种纪实性的散文。我知道这个有点老旧，可是本来这样，只能这样。

前几年有一个散文论坛，我发言时，强调过散文的记录功能，反映生活记录历史曾经是公认的文学功能，我们的文史不分家的传统也可以说源远流长。无论记录事件，描绘人物，散文都要比其他文体来得随意自由，也就接地气。植根大地，散文的艺术根脉雄旺发达。现在，我们的文学手段确实比过去丰富多了，细致多了。可是过分的精巧，过分的诗化，一股子伪抒情，其实很虚弱。

我对散文曾经抱有很高的期望。我那么大言不惭地说过，21世纪文学的主流文体将会属于散文。每一个时代的文学，都会有代表性的体裁。唐诗宋词明清小说各领风骚，20世纪80年代，比较有代表性的文学体裁是小说，那时，不论做什么工作，大家都看小说关心小说。小说成为国人精神生活中一道不可或缺的营养。以后文学自身矮化，小说泄气了。这个时候，恰恰是散文，代表了当今汉语文学的高度。散文原本就是中国人写作的文体源头，由诗、戏进入小说，完成了一个轮回。下一个轮回又要从散文开始吗？我预言散文会引领新的文学潮流，喝令小说低下高贵的头。现在再听我这些说法，是否有点危言耸听，是否说得过头了？不过，散文确实干倒了一批虚弱腐朽的小说，也让人解气。

这种纪实性的散文，究竟该有几分真，几分假？也是时常困扰我的问题。记得《红岩》发表一个小辑，我曾写过一个创作谈，盛气凌人地声言我的作品无处不真。人物，事件，地名，人名，在高头村全都可以一一对照。编，就没有意思了。我自认为是经得起村庄检验的，我的文章在村里很多人传看。有一年回乡，我就问一个本家的婶子，她说，八分是真，两分是假。为什么我刻意求真，总还是做不到真真切切呢？漫说记忆有误，事物的百般隐秘，总不可能完全呈现给你。面对往事，面对乡亲，我要学得谦恭一些。我表达的，不过是你的一针一线。你一辈子的心事，我又能写出多少？我在村里听到的最高点赞就是，那事情说得真真的！一般来说，真要按照那个婶子的尺度，我看七分真相，三分情理，就很满意了。

听说散文现在"可以虚构"和"不得虚构"也成了问题了，争论不休。其实有什么可争的呢，叙事散文如果讲述一件确有的事，虚构当然会有损害。如果作者思接千载视通万里，叙述的万种都属于想象的世界，那个虚构有什么指责的。至于说到作家的选择取舍，情感介入，想象发挥，以这些否定散文的真实，那就更扯。在这一点，叙事散文和新近流行的非虚构比较接近。尽管有许多主观描摹，绝不会影响真实呈现。文学手法，你中有我，我中有你，共生共存，实在难以划出一个完全清明的界限。我们散文群也就这个问题争论过，一曲终了，大家说，何必说这些呢，看看近些年写出影响的几部书，作者都不是专业写散文的。他们的成功恰恰在于从不关注什么是散文这类问题，他们的目光从不聚焦在什么是散文而喋喋不休。

我也不想管这些，如果说散文的虚构非虚构成为一个热议的话题，说明了散文的虚构，起码现在成了一种时尚的风潮。

　　那么，我的散文属于另一类。

　　我还是稀罕那个，高头村乡亲们看了说：就这样，真真的！扩大一点，山西南部的老乡能这样说，东北的高粱地里能这样说，西北迷人的风沙里能这样说，更好。

毕星星

2020 年 6 月于太原

目录 Contents

忆乡人

乡村风景

旧时光

回乡去认古碑

村长打电话来说，你回来一下，咱村里挖出一座石碑，都没人认得，你回来认一认。你肯定能认得。看看这座石碑，和咱村有啥关系。

我对古碑并不通窍，但对我们村子的历史，当然知道一些。我这个村子，是个古村落。村东南，有一处新石器时代的仰韶文化遗址，说明几千年以前，这里就有人类居住生活了。村民多姓毕，这是一个古老的姓氏，史载为周文王第十五子毕公高的后人。那么在春秋战国时期，此地应该就有村落人烟。相传唐代李世民和窦建德隔河相对，这里是窦建德的大本营。李世民平定天下以后，将此地赐名高头李村。最繁盛时期，此地曾经修筑武阳城，九门九关，清代嘉庆年间，涑水河发洪水，冲垮城垣，以后，就成了分散的几个村落，简称高头村。

村子靠着涑水河，这也是一条古老的河流。郦道元《水经注》有记载，司马光号称涑水先生，"涑水"二字指的也是这条河。川地靠河，有史以来就是富庶地带。也是由于富庶吧，人烟日渐稠密，人均地亩越来越少。乡亲们说，这里是人稠地窄。早在合作化时期，这一带就有民谣说：做的重活，吃的黑馍。说的就是河槽的日月。一年两季，小麦白面之外，不得不掺一部分玉米面吃。

乡村的日月，明显是分地以后好起来的。先是吃饱了肚子，再以后，这一带都栽种了果树，乡亲们都成了果农，收入高多了。年轻的外出打工，靠的也是本地的传统手艺，制作熟食，火烧烙饼麻花肉夹馍之类的，开个小饭店，一年也挣得不少。靠着果树和小饭店，村子明显富裕了。我这一个庄上，八九十户人家，小汽车就有四十多辆，当然不是投资生产型的，问买汽车干什么，年轻人都会说，不为啥，开着耍哩。

在我的记忆里，我的乡亲对故乡感情很深。不论到哪里开饭店，打出个小招牌，都叫"武阳饭店"，开个杂货店，叫"武阳杂货"。不论老人年轻人，都喜欢叙说村子的历史。"武阳城""高头李村"，是他们挂在嘴边的骄傲。祖上的过去，虽然只是传说，口口相传，传了这么多代人，已经是奇迹，被一群没有多少文化的乡亲传下来，更是太难得的奇迹。

我匆匆赶回村里。大半年没有回去，村容村貌又有变化。一条宽街道打成水泥的了，不必说，全村所有的街巷，哪怕只有几户人家的小巷，也全部硬化成了水泥路。几条主要干道，架起了新款太阳能路灯，电线杆头顶扛一个白亮的平板，路灯成了景观。演戏的舞台也新修了。台下的戏园子一展儿铺了水泥，成了一个文化广场。五六亩大的地盘，平展展的水泥面，一格一格地画出方块。村民有聚会，跳舞唱歌什么的，这就是一个崭新的场所。可以想象，节日台上唱戏，平时喇叭播放音乐，一村子乡亲们翩翩起舞，这村里也赶上城里人的生活啦。

村长迎了我，把我带到台口右侧，新发现的石碑已经坐好了在那里。立在台口一侧，位置很是显眼。碑首是半圆形的，两条青龙盘绕，有云纹衬着。碑身刻满了文字。碑座一半嵌在地下，一半在地上，露出平整的台面。即便不看戏，这一件古董，平时也是村里人目光聚焦的地方。

这一座石碑，村长说，是从全村南北三个不同的地点挖出来的。碑首堵在一口机井的井池里，碑身让前巷拉了去，垫在浇地过水的壕沟上。碑座没人搬得动，掩埋在地下多年了。为了搜寻这三大件，村长动了汽车、吊车、铲车，又挖又抬，吊车吊装，才把这个庞然大物安放到这个众人瞩目的地方。

村里年纪大一些的都认得，这一座古碑，原来安放在我们村里的关帝庙大殿。高头村的关帝庙，规制较大，占地有十几亩，是明清时期的建筑。大约在 60 年代大庙就塌毁了，石碑埋压在废墟里。到 80 年代，大殿对面的戏台也拆了，关帝庙随即成了一个方位，一个符号记忆。又过去二十多年，大庙原先的遗物呢，一件一件就下落不明，杳不可考了。

你得服气，这个村里就是有一些有心人。县城中学的一位老教师退休在家，他像一个侦探，多年以来，一直在打探几座石碑的下落。知道了，也不能张扬，生怕文物贩子倒卖了去。前几年，他终于认定这个村长可靠，去世之前，把这座身首异处的古碑的三个具体地点详细嘱托给了这一任村长。托付了遗愿，老人放心地离去。这才有村长兴师动众打捞安装的壮举。

我靠近石碑，仔细看那碑文。

古碑上方中央，有凹下去的一个方块，嵌刻"敕赐洪教禅院"，行书。

上首自右而左，有大字"尚书礼部牒"，行草。"中散大夫行员外郎李""宣威将军郎中耶律"等字样，行书。

碑文记载起事由为：

> 河中府猗氏县高头李村僧智通并百姓李义真等多人均等伏纳钱一百贯，承买到本村僧院一所，计舍一十九间，敕牒乞书填作洪教禅院者——

时间落款为：

> 时大定十四年十二月戊午朔望後三日

这样，我就大体明白了这座古碑所记载的事情。金代大定十四年（公元1174年），高头李村一个和尚智通牵头，联络村民买下一座院子，十九间房，设立一处禅院。报请朝廷，赐名为洪教禅院，由礼部发文通知，一个姓李的员外郎和复姓耶律的郎中操办此事。这二位，应该是今天的部长级干部啦。

我有一种云散天开、日光融融的感觉。这一通碑文，证实了起码在金代，这里就是一个像样的村落，也间接证实了，所谓李世民御赐"高头李村"不是虚妄之言。一座石碑，接通了八百多年前的根脉。思接千载梦悠悠，我终于和八百多年以前的老先人对上了话。这个村子终于又找到了先人留下的千年谱牒。一块石头,它在这片土地竖立了近千年,又在地下掩埋了几十年。先人们很耐心,他们相信后代总在寻找他们,总会找到他们。他们的骨肉,他们的呼吸,他们的芳香,就在这个空间氤氲不散,后人,总会闻香识宝,找到前辈的丝丝缕缕,怀想这片土地上生生不息的故事。

村长早憋不住了,急切地问:这碑,有意思吗?

我说,现在还不好说它对国家有多大意义。但是对咱的村子,那可是意义大得很。

现在都说村委会主任,农民还是习惯叫村长。村长不过四十多岁,其实也就上了个中学。要说历史知识,实在不知道多少。为什么对一座古碑这样情切意长?还有那个中学的老教师,持续多年寻找一块遗失的石头。还有动员起来的村民,搬迁安放,在他们心里,这就是一样神器。要说文物价值,这块石碑不算怎么金贵。他们不能释怀的是,这块碑和自己的先人活动有关,和这个村庄的过去有关。追祖敬宗,思古怀远,这样一种朴素的情感,驱使他们在田野上爬梳钩沉,终于找出了祖宗的千年遗留,供在了全村最显眼的地方。

为了庆祝文化广场落成,村里这番请了剧团。自从竖起这一座古碑,每天都有人观看摩挲。这石头,很快印满了村人的手印。我不能阻止他们,谁好意思阻拦离散多年的亲人泪眼执手相看抚摸呢。一些上了年纪的,更是终日围绕不散,时不时给后生娃娃讲一讲当年关帝庙大殿的场景。那是石碑原来的坐落,也是他们看到的古碑的历史。几十年的光阴,失而复得,他们的讲述，后人复又传给后人。口口相传，乡村的文化接替，就是这样完成的吧。

文化官员下令保护文物不奇怪，文物专家奔走呼吁保护文物不奇怪，你见过一群大字不识的农民这样珍爱村庄的历史物件吗？

我们的大地，曾经是一个古迹罗列、文化神器星罗棋布的大田野。我小的时候，村子里关帝庙、娘娘庙、药王庙不下二十个，庄稼地里也时时可以看到点将台、文笔塔一类古建筑。那时行走在乡村，就是在文化古物的丛林里穿梭，你随处可以和千年的历史对话。经历了1958年的破除迷信、"文革"中的破四旧，千年古物所剩无几。这几年又有专家说，文物古迹被摧毁性破坏，在于经济腾飞、城乡建设大规划这几年。一片一片建筑新区，覆盖了城市，铺遍了乡村。为了建设新居，人们对于旧屋旧迹，连根拔除，彻底摧毁，毫不留情。下手之狠，令人咋舌。在建筑工地，人们经常可以看到古建古迹被连根拔除，推倒的古木构件，残破的砖瓦，倒地无人理睬，有谁怜念衰草枯杨曾为歌舞场，随即一车倾倒了这垃圾。那些先人的遗骨，先是被肢解了，凌乱抛撒，接着扔了扬了。争抢着搬进新居的人们，其实是非常残酷的。

高头村呢？生活富裕了，小楼盖起了，小汽车买下了，我的乡亲们却在千方百计地保护自己的历史。新农村建设的浪潮铺天盖地，几百年未有的大型横扫正在千万里江山如雷滚过，这里一群布衣布鞋、粗茶淡饭的乡民在倾心保护自己的祖辈遗物，让人感动。

村长委托我，回到省城找几个记者，让咱村的老石碑上上报纸。看着他殷切的眼神，我答应了。

在山西，我曾去过张艺谋拍电影的老井村，那个村子大部迁出，已经接近废弃。这几年，我也多次到过北路一些村子，一个村子留下三五户，进了村子点数，不过八九个人，两三条狗，十几只羊。乡村的凄凉惨淡，令人心忧。我骄傲，我的村庄不是这样。村庄新路新楼，遍野果树，环境优美。留守的务果树，即便在外打工了，也很少在外落户，存了钱还是要回村来盖房子娶媳妇。村庄为甚有这么强的向心力？历史文化的凝聚力不可小视。先人的足迹踏过几千年，脚下的土地是一片踏实了焐热了的土地。村落的过去，有着千年历史，每一副面孔后面，都有无尽的沧桑动人的故事。了解这个村庄蕴含着多少朝代，多少江山，多少人事，你就越发舍不得离开她。

村落如果没有自己的历史，那不过是一堆住了人的房子，又有什么意思。

你想明白了吧，我的乡亲，那样欢天喜地，那样神圣膜拜，供起了这样一座古碑。

我的村子，真是一个好村子。

南八县

　　作协组织一帮作家看黄河，最后一站是运城。前两段我都没有去成，这一段就决心去了。一趟走马看花，一共走过了九个县市，统计起来，车上却吵得厉害，老干处小安坚持认为走了八县，理由是其中有些县域不靠黄河。他据理力争，嗓门大，争辩起来激情迸溅，于是大家接受了他的看法。一车静默，不再各逞口舌之能。

　　这个八县，却勾起了我脑海里潜沉很久的一个地域名称：南八县。

　　山西省的地域板块大体是这样，太原居中，中北部一体，向南分了两岔，东南一路，西南一路。山西人习惯把太原以北称作北路家，向南过了韩信岭，称作南路家，大体相当临汾运城两个地区，也就是古代的平阳府和蒲州绛州陕州一块。到了临汾再往南呢，听说你是运城家，他会说：哦，南县的。他的南县，是指临汾以南。那么南八县呢？当然指的是现在的运城市区划里的八个县。在山西，它们属于"比南路更南"——

山西的最南端。

　　现在的运城市下辖十三县，那么，哪些县属于南八县？为什么要特意划出一个"南八县"，这样一个特殊的地域单元？追究起来很有意思。

　　南八县是一个历史的称谓，在南路经常听到人这样叫。更早的来源没有考究，在我的记忆里，民国时期人们就习惯这么说。我们邻村有一个秀才，和先祖父一起考进民初北京的国立法政大学，毕业后，委任给他的职位是南八县烟草专卖局局长。"文革"中间两派武斗，打得不可开交，晋南的两派都成立了自己的战时指挥机关，运城老家这一带就叫"晋南八县武装捍卫红色政权总司令部"，总司令就是当时鼎鼎大名的劳动模范王传河。"文革"那样血淋淋的械斗，人们依然没有能够完全摆脱了历史文化的制约，刀刀见血的对决，指挥部的名称竟然无意中沾染了浓郁的历史文化色彩，文化的力量超越时空，足见其强大。

　　南八县说的是哪八个县？行政区划几经沿革，按照现在的县市已经很难严格划清。不过大体上说，我以为和历史上的蒲州地面比较接近。按民国时期的区划，应该说的是河津、临晋、猗氏、安邑、永济、荣河、芮城、平陆，其中的临晋和猗氏，50年代合成临猗，安邑大体相当于现在的盐湖区，解县并入安邑，虞乡并入永济，小安师傅说得有道理，除了专署所在地，这些县都靠黄河，黄河拐角这八个县。当然，50年代合县后不够八个了。

　　挑出八个县特意划开一块，先因为这是一块好地方，历史上就是一块富庶地面。这八个县地处汾河谷和涑水河中下游，是山西最南最大的一块平川，气温高，无霜期长，土地平坦，灌溉便利，有益于农作物生长，由此盛产粮棉。在以农业立国的各朝各代，北方和中原一直是政治经济文化中心，农牧盐桑支撑了多少王朝的繁荣昌盛。近代中国重心南移，北方逐渐黯淡了浓墨重彩，它当然比不得江浙广州，但在北方，在山西，它依然还是举足轻重、不可或缺的。如果以秦岭—淮河为中国南北界，北纬35度线附近，它几乎属于北方的最南。50年代，黄河淮河发威，动辄淹没几十县，这里依然是黄淮灾民逃荒要饭的好去处。一直到80年代，山西人吃白面，主要还是靠这里。改革开放三十年，山西人吃苹果，也还是靠这一片土地源源不断地出产。绵延不绝的农耕文明，传衍着悠久灿烂文化。这一片土地，当然无比骄矜。

运城地区，适宜耕作、物产富饶的县份还有，为什么单单挑出这八个县归作一类？而且就贫困程度来说，平陆至今也不能说比八县以外的五六个县份强，为什么它能划进来？我不得不在此做解释，这只是一个大概的划分标准。但是这个"大概其"大概到什么程度？如果它模糊到没有尺度，这样的划分又有什么意义？古人既然这样做，这样做了千百年，总有他的道理。往深层里说，这个问题并非没有答案。生活富裕让人们养成了衣食住行上的许多好习惯，民情民俗由此显示出区别。大家都衣食无虞，心理就相通，于是跨过了县域。一个小范围交往多了，语言逐渐融汇。因此，判别南八县，我们可以有一个刚性的标尺，那就是方言。

山西方言在北方覆盖面积很大。但是，它恰恰覆盖不了运城方言。近年来不断有学者出来说话，认为运城方言应该属于秦方言，也就是说，运城人代代说的都是关中话。一河之隔，走动频繁，言语相近自在情理之中。那么运城十三县，所操方言没有区别吗？有的。南八县，以方言学者的眼光看，属于运城方言中的解州片方言。

南八县，归根到底，还是因为说着一样的话，操一种口音。

地方戏是和方言联系最紧密的艺术。运城地区都唱蒲州梆子，这八个县，表现出鲜明的西路特色。从常演剧目就能看出区别。乱弹演出的好多行话，也显出八县的区域特点。

我不是民俗学家，也不懂方言，要我说出解州片方言怎么形成，确实难为。运城方言中，一些汉语拼音字母里没有的声母韵母，我知道也不会表达。但根据我多年的体会，解州片方言一个最突出的发音特点，是声母中 n 和 l 不分，韵母里 ei 和 en 不分。

自打小学学习汉语拼音，老师一遍一遍教我们念，这个是 n，那个是 l，我们念出来都是 l，老师一遍一遍教，这个念 ei，那个念 en，我们念出来都是 ei。多天努力，班级最聪明的学生也学不会。老师就奇怪了，这些孩子为什么都一个模子，全都只会念 ei 呢？最后只好摇摇头，不再固执地教那个鼻音 n 和复韵母 en。老师不明白，他才教了我们几天，而我们自打母腹中孕育，听的就是这种发音。而我们父母的父母，前代的前代，早就这样说了几千年。文明传承甚至可以凝固成为遗传，成为生理构造。我怀疑我们的发音器官大概就和别的地方不同。

我成年以后当兵，先在河北，后在北京，和人说"男人女人""东西南北"，一直是"兰人吕人""东西兰北"。你说普通话没有用，因为你只会变腔调，拼音变不了。那个 ei 和 en，更是难题。

以我的理解，这个 n 和 l 不分，ei 和 en 不分，应该是解州片方言里保留得最顽固的发音方式。一个运城人再撇洋腔说普通话，这两个音不分，立刻可以判断他是属于南八县的。从二十岁到三十岁，我弄明白这个发音大概花了十年，学会这个区别又用了几年。一个人如果一生在山西工作，要他体会到普通话里的这个细微之处，非常困难。

在运城一下车，满耳朵灌进的是公交车拉客：运（yui）城运城——临汾（liei fei）临汾——你知道到家了。

宋丹丹演小品，说到"俺娘说了，闺女大了要嫁人（rei），要找找个明白人（rei）——"观众哄堂大笑。运城老乡看得莫名其妙，你看我，我看你，他们笑什么呀？

运城地区十三县，解州片以外的县份，我不好判断他们操何种方言。但有一点，立刻能将他们和南八县区别开来，他们是 ang 和 eng 不分。

我当兵的时候，部队有一批闻喜夏县的老乡，打死也分不清这个 ang 和 eng，他们发出的是介于这两音中间的声音。于是"黄河长江"，他说出来一准是"红河成精"。

这几个县区的运城老乡，在外地还出过更大的洋相。

前几年运城绛县有个商界女杰，来太原打天下。她开饭店，一开始把摊场就设在二轻局招待所。小楼离作协不远，开业了，请作协的客人去捧场。一桌客人围坐了，主持的开始向大家介绍老板：大家认识一下，这位就是我们的"女情人"——一桌客人面面相觑，我连忙打圆场，知道知道，运城有名的女强人嘛。我私下里悄悄给朋友打招呼：他们发音"强""情"不分。刚刚应对过去一场尴尬，不料更难堪的局面出现了。大堂服务上了水果，她挑出一串香蕉，掰开，一根一根递给客人，一面亲切地问：要不要香（xing）蕉？要不要香（xing）蕉？

现场效果我无法形容，我难以写出客人们瞠目结舌的惊讶错愕。二十年后的今天，我在饭桌上说起当年的趣话，一桌子男男女女依然笑得前仰后合。盛饭的勺子举在空里稳不住，另一只手连忙支住歪侧的身子。来不及掩口的女作家们喷出了饭菜，一面摇晃着找餐巾擦拭。——其实，我们也有自家的洋相，只不过不知道旁人背后怎样友好地嘲笑我们。

同行的作家张石山，以小说为世人知晓。作家自是语言大师，但是如果不是和老兄同游，你绝无机会领教他的方言模仿能力。他是盂县人，阳泉晋中一带几个县的方言，他学得那叫一个绝。有那么几个字，发音古怪，口型抽嘬，让你觉得，一地和另一地，方言不但造就了当地住民的口舌，简直锻炼了他们的表情。声音是形象的一部分，方言，仿佛给各路山西人的面相注入了不同元素，文化差异，形由心造。

石山兄开讲，他说晋中介休有两地，发音 an 和 ang 不分。奇怪的是，一地 an 和 ang 发音都如 an，另一地 an 和 ang 发音都如 ang。恰好介休铁路有个张兰站，于是有这么一天，两个地方的村民去找张兰站的张站长去，在车站相遇。找的同一个人，问你找谁，回答却是：

一个说：展览展的展展展。

一个说：张郎张的张张张。

石山兄像是演小品，又像是表演口技。发音和表情辅以手势，两地乡民难以沟通的困窘和尴尬酷似又夸张，同行的当然又是一顿爆笑。看来，不只南八县，也不只晋南，发音，千奇百怪，这才是山西，也才是世界。

我们的团队渐渐驶出南八县，进夏县了。

南八县？非南八县？且听夏县人自己说。

夏县最著名的景点是司马光祠，在景区广场，导游指点了说：这个雕塑，就是大家都熟悉的"司马宫砸耕"。

听不明白？看看雕塑，几个小孩玩耍，一口大缸被砸破，水哗啦涌出来。这个不就是世人都知道的那个典故？——司马光砸缸。

石山兄稍加熟悉，很快进入了方言语境，再介绍自己时，客人说：山西省作家协会副主席——

他会谦恭地颔首：——"征石山。"

一路欢笑一路歌。我们的思想和发音，就这样在县与县之间进进出出，不觉便是此行的最后一个县了：垣曲。

主人依然热情地为我们介绍，宣传部一位部长大声招呼：大家住顺红宾馆——大家住顺红宾馆——

"顺红宾馆"？听起来耳熟，一时却想不起应该是哪里。

一车人大呼小叫下了车，我们抬头一看：哈哈，舜皇宾馆。

可不是，这里是舜帝的故乡，有舜王井，还有他躬耕的舜王坪。隔山是沁水，隔河是河南。垣曲话，依然晋南方言，可带上河南味儿了。

南八县，远去了。

历史造就的一个文化方域，远去了。

南八县不是行政区划，它来自民间的习惯指认。它不属于权力管辖，更多的是因民情民俗的一致，是咱老百姓的区划。穿家织布，还是披羊皮板子？嫁女吹什么曲子，唱戏好哪一声高调？这些更多属于民间，是咱老百姓的家长里短。十里不同俗，说的就是升斗小民的生活。小民不如官家的声音骇人，小民却是社会的汪洋大海。仔细体会一处一处地域差别，一个一个村落人们粗疏却也是细致的日子，多么耐人寻味啊。

走了走了，遥远地回望，似乎还可以看到南八县朦胧的轮廓。运城地区是中华远古文明的发祥地，在山西最南端，看地图，形似远祖的脚尖，而南八县，几乎就是一圈脚趾。沿着黄河，先人们早先在此立足，又由此走向东西南北，走到今天。中华的大版图，历史巨人的身形，我们似乎已经了然于胸了。那么，时常抚摸一下细部怎么样？他的犄角旮儿，一毫一发，都是先祖所赠啊。我们没有能力建造巍峨的纪念碑，那么，就打开抽屉，经常玩赏一下自己珍藏的几件盘盘盏盏又如何？

我一直非常喜欢贾平凹的商州。商州的山河人物，历史现在，在他笔下如诗如画。这几年描述地域生活的作品越来越多了。闯关东，走西口，湘西剿匪，关中旧事，远有沈从文，近有汪曾祺，他们笔下的湘西和高邮，都是千古绝唱。那么我们呢？我们的"南路风情"，至今还在史书里，还在底层的生活里。如何发掘出来，万人品咂？那可是陈年佳酿。

南八县，比县大，比市小。不大的一块，却与我切近。

一个大村子，几个小村子

　　我老家高头村是个大村子，几百户人家，两三千口人。大村相邻的周边是几个小村子，叫河北庄、南岳村、南庄、西乔阳，都只有几十户。围绕在高头村周围，好似一块大陆附近的几个小岛。一个大村子，周边散落几个小村子，像是上天不经意地撒了一把，人们散落在地面，村落天然有了大小，大的居中，小的星星点点围拱着。造物弄人，说不上什么道理。

　　村子大了，免不了有些"大村沙文主义"。高头村的乡亲一出门介绍自己，底气很足。哪里的？高头的！那意思就是，大村子，天下谁不知道！周围这几个小村子，说自己就有些胆怯。哪里的？南庄的。南庄？他赶紧解释：高头南庄。南岳？高头南岳。其实人家也不归高头村管，这是低了身子说话。

　　这几个村子离得近，风俗也接近。靠着涞水河，这一带都叫河槽。这里就是涞水河中游的一个小群落。涞水河从几个村庄中间穿过，小河的北岸人家，叫了河北庄。其余几个村子，都在河南岸，涞水河弯弯曲曲，河南岸几个村子沿河错落摆放着。不过高头村这一块最大，天然就有一种向心力。小河，跨过石桥，河那岸就是河北庄。十里芦花，一道绿堤，蜿蜒在大地上，安安然然相看两不厌，不知共处了多少年。

村子相邻，结亲的就多。村里的乡亲，一辈子走不出多远。娶媳妇嫁女，也就只能在附近村里物色挑拣。托媒人打听说合，娶过来，嫁过去，几个村子也就满都是亲戚。有人说，看着不认得，往上数几辈，都是亲戚。老几辈亲戚的，就早不来往了。只有些上了年纪的老人，还记着前朝古代那些陈年旧事，能翻出哪一辈哪一辈做过亲。出门遇上了，总有些远亲近邻，惺惺相惜。

小儿都淘气，有那么一年，热天大中午，我们几个玩伴悄悄越过涞水河大堰，钻出芦苇丛，蹭到对岸的河北庄路口。庄稼是一样的庄稼，有一片碧绿的瓜地，却是格外诱人。花皮西瓜还缩在蔓叶里，甜瓜都有拳头大了。地头是一架小瓜棚，几捆玉茭秆斜靠着，搭起一个尖顶圆底的瓜庵，那是主人家看瓜守地的地方。我们几个小伙伴想偷吃，又有些害怕。我们假装漫不经心，从瓜地边上走过，顺手就拽了一颗，揣在怀里。这个小儿把戏，当然瞒不过看瓜人。他先是一声断喝，挡住我们不让走，接着搜身，搜出几个生瓜蛋子，把我们押送到村里去处罚。

看瓜的很生气，一路呵斥，瓜不熟，小孩子家就是瞎祸害。我们几个害怕极了，怕人家打骂，还怕人家找到家里，丢人。

一个村长样子的审问我们。高头的？你爸叫啥？又问另一个，你爸叫啥？

我们嗫嚅着，只怕大祸临头，村长却是大手一挥，干干脆脆断了案：你爸我都认得，念起你们头一回，就不打不罚了。回去给你们屋里说，再不敢偷吃了。小娃要学好。瓜还不熟呢！

　　几个小人连忙告饶说再不敢了，然后如遇大赦，屁滚尿流逃回家。到后来我才知道，那个村长，和我家是老亲。我祖父的舅家在河北庄，算来，在曾祖一辈，我们是亲戚。

　　这几个村子，近的走去不过半里地。远的也就一二里。这样几个村子，几十年来分分合合的事情就纠缠不断。

　　我记得合村并村，打从解放后开始。1955年先入社，接着并大社，我至今不知谁的主意，这一大四小五个自然村组成一个社，名字叫五友社。五个小朋友，合作集体化，多么友善，多么亲切啊。那个年月，人们对于前程充满了玫瑰色的幻想，农业社取名字，也是那样的诗意盎然、天真烂漫。我猜想这一定是一个文学爱好者取的名字，他把世界文学化了，以文学的方式给万事万物命名。一个农业社的名字，也可以看出人们温馨的期许。

　　五友社维持了一年多，就支持不下去了。五个村子，地亩、财产不均，这时要伙到一起，有人就不高兴。南岳村人均地亩最多，觉得自己最吃亏，就出头闹分社。闹了半年，上头终于批准，几个小村子独立建社，南岳村率先打起旗号，改名叫作太阳升农业社。

　　高头村气不打一处来，我这几百户输给你这几十户不成？五友社不复存在，高头村改名叫作黎明社。有人问为啥叫这个名字，高头村的说：咋也要赶在日头出山前，不能落在南岳后头！

再一次并村是在人民公社化。人民公社一大二公，公社规模经常大到没边。扩县，一个县扩成几个县大，好似半个专署。扩社，一个公社有半个县大。于是在基层建立管理区，几个村子合成一个管理区，五个村子又归到一处，重建高头管理区。

管理区这个名字起得大而无当，你摸不清它有多大。我不知道管理区有什么好，只知道我们的村主任正好浑水摸鱼。主任母子二人从河北邯郸逃荒过来，家里穷，在当地找不下媳妇。这时，正好打大旗回邯郸，说他在县里管着一个管理区。姑娘一听挺乐意，跟他在邯郸结了婚，回到山西才知道他只管着几个村子罢了，后悔也来不及了，就这么跟上过日子吧。

撤销管理区是大饥荒以后的事，按照村里乡亲们说，那就是饿死人以后的事。实行"调整、巩固、充实、提高"八字方针，上头重新安排小区划，叫作"三级所有，队为基础"，队为基础，就是回到自然村。一个村子又分成几个村子，各管各，各过各的日子。管理区这个名称，在农村好似流萤一闪，没几年，就无影无踪了。深刻的记忆，却多在管理区那几年。

大村合伙闹不成，用不着实验。刚一开始，南庄、西乔阳就不愿意。高头村靠河，一展儿水浇地，可那些年农业社地里不打粮食。南庄、西乔阳离河远一些，地里有枣树，村庄依偎着枣树林，掩映在一片绿叶红果里。对于这里的地，村里人骄傲地说：上打枣，下种田；吃不尽，卖不完。当地有民谣说，高头南岳，胡萝卜葱多，想吃好枣，跑到乔阳。这个"阳"发音像"岳"，在当地是押韵的。生产队那时花钱太难，枣树是经济林，不至于吃不尽卖不完，好歹有个收入。合伙了，要统一收成统一分配，他们觉得吃亏，老大不高兴。一口锅里吃饭，大家离心离德，各自揣着各自的主意，那日子肯定过不好。凑合几年，只能散伙。

以后村和村再闹气斗气，主要就是南庄和高头村了。

高头村有一座关帝庙，无论规模、形制，方圆几十里少见。关帝庙建在清代，有大殿，有戏台。戏台是那种前后台分隔观众席带卷棚的，一看就是清代的建筑。解放以后神像拆毁，大殿做了大队部。戏台常用来开会，在台上主持会议，台下做会场。早年盖戏台，南庄出过份额，大庙在高头地界，庙产南庄有份。现在分了，南庄要想着法子使用这个关帝庙，表示大庙有他们的份儿。

高头村爱闹戏，每年春节，村里都要唱家戏，就是自家组织戏班子，排戏演戏。早先演古装戏，60年代以后演现代戏。大村子人多，组织戏班容易，文场武场一凑就齐了。正月总要唱上几天戏，热闹热闹。南庄人少，凑齐一个戏班子就不容易，服装道具化装乐器一大堆，排一出戏费大劲了。即便这样，每年高头村唱完了，南庄总要加个塞儿，演一出小戏什么的，登了台，表示这是自家的戏台。"文革"之初，我看过南庄排演了全本的《欧阳海》，伴奏演出加上后台伴唱，那几乎是倾全村之力和高头村比拼。劳顿一个腊月，也就演出那么一两场，他们觉得值，争了气。

戏台年深日久，到了80年代慢慢老旧倾颓，砖墙裂了缝，卷棚漏雨，有主张维修的，也有主张拆掉盖新台。南庄一听，觉得高头村有拆建的意思，于是有那么一天，南庄组织了十几个小伙子，到高头村来交涉，"护台运动"由此引发。他们主张戏台两村有份，要拆两家拆。说着就要动手，上了房顶，卸瓦拆椽，这场冲突差点酿成械斗，毕竟挡不住高头人多，围城谈判，没有太伤了和气。

戏台最后还是拆了，高头村改建了新台子。老戏台的立柱石柱、大石条全都不知所终。新戏台就是那种水泥钢筋，高大空阔，横额"人民舞台"，两边镌刻"百花齐放""推陈出新"，不土不洋，意味全无。

21 世纪以后，南庄启动的最大的独立项目，就是改村名。

河槽这一代的习俗，村比庄大，叫什么村，比叫什么庄听来气派。按照当地的理解，庄是村的一部分，常见几个庄组成一个村，没见过几个村合成一个庄的。你说石家庄就很大，可惜他们不知道。也有的村子，虽然叫庄，历经历史演变，人口迁移，规模已经不是一个小庄子可以比拟，可还是沿袭历史遗留下来的村名。南庄顶着个庄的名字，总觉得不大气。就像高头村说的：多会儿它也在咱的皮袄襟子底下苫着哩！南庄先是叫过"南庄村"，这有点不伦不类。听说民政部门规范地名，趁着这一轮修改地名的热乎劲儿，南庄人跑动地名办，要求改名"南村"。

南庄这个地名已经叫了几百年上千年，改地名有什么必要？还不是那些人，那个地盘。高头村知道，这只不过是新一轮"去高头化"的行动，彻底洗清"高头南庄"的沾染，免得和高头村有任何牵连。其实村名不过是个符号，南庄连这个符号也不愿意顶着。他们一点也不愿意生活在高头村的影子里，改名不过是并村的过激反拨，多年来持续抗衡的余响。最后，终于，他们将村名改成了"南村"。

南庄改村名那几年，我不在老家。前几年回家，高头村已经通了公共汽车，汽车摇摇晃晃快到了，突然看到路边一堵照壁，大书"南村"。我忽然想起，这是到了南庄。昔日那个南庄，已经叫了南村，抖擞精神，面目一新，站在人前了。

看着眼前这个南村，仿佛看到邻家几辈辈的日子，吵闹交好，岁月就这样走过。人家这样，村子也这样。这让人百感交集。

六十年来，虽说分久必合，合久必分，村庄大致上还是合少分多，合短分长。每当合大村，都是我们头脑发热的时候。人为的捏合总不能长久，短暂的强制组合，很快又退回自然村的状态。自然村较长久，就因为它自然。自然状态，自然形成，老百姓向往一种无拘无束的生活，少管一些好。自然村虽有人管，毕竟少一层管束，多一点自在。自己管自己，自己人管自己人，村庄自治，大概就是这个意思。自己支配自己的田产，自己支配自己的劳动，自己分配自己的劳动果实，少一点管制就好。乡村自治，和无为而治总是靠近一些。别看乡村之间民间来往，通婚不断，那是我自家的意愿。

近几十年的乡村生活如果说有进步，我看最大的进步就在乡民的自由感。合作化时代、人民公社时代的强制管束终于成为过去。分地以后，乡民的自由更多。土地自己种自己收，没人摆弄你。打工带来人口迁移，乡民和自己生长的村庄联系都日渐稀少，更不用说村与村之间了。村庄的自在自为，让田园多了一些可爱亲近。乡村底层区划这个小小的波动，也能反映出老百姓的喜恶，这是很耐人寻味的。

80年代开始，涞水河开始是断流，嗣后就干了。河没有用了，河堰前些年也扒平了，种了地。涞水河，只是地图上面的一道细线。没有了小河流水，没有了芦苇丛，没有了沿河的大树，没有了深草鸟兽，涞水河就是一条干沟，丑陋地爬行在几个村子中间。人们走过看过，没有人觉得这里还有一条河，没有人再叙说小河当年的春水涟漪，夏雨澎湃，洪水淹没庄稼，鲤鱼在玉米地里打挺。岁月淹没了一切，沧桑就是硬道理，几十年前的脸红脖子粗，几十年前几乎打起来，好像都被淡忘了。

好像再也没有人在意这几个村庄分分合合的过去。其实不然，稍加留心，岁月飞驰，以往的伤痕还在似隐似现。恩怨并未忘却，村庄的警惕还在。你敢触动一下，就知道那是一根敏感的神经。

前几年我回村，乘坐公共汽车回去。乡村的公共汽车随走随停，上下很随便。搭乘的也都是十里八村邻近的乡亲。闲坐，我就和一个年轻人攀谈起来。我问他：你是哪村的？

年轻人没在意，说，南村。

我突然有一种翻倒一下旧账的念头，我问得很随便，却有些揭短儿的口气：你们南庄叫成南村，有几年了？

年轻人立刻警惕地望着我，那眼神里，有敌意，有戒备。人面对不怀好意的挑衅，一般是这样。他看我，有点眼，我们的目光相撞，我还能感觉出几十年来的隐约对立。

他说：有十几年了吧。我小的时候，就改了。

我说：没有吧，最多七八年。

年轻人的面色有些茫然。我这样，是不是故意嘲弄人家？天晓得。

我那会儿像个恶霸，人家早不归你管了，你还要得意地翻旧账，说明"你以前归我管过"。

人都不愿让人管，得了机会却总想管人，这也是人性的弱点吧。

我还是有些"大村沙文主义"呢。唉。

一个村庄的抗战

——大哥的话

太原失守以后，日本人沿着同蒲路南下，占领运城，是1938年3月吧。麦子刚刚返青，地还没有化冻。在运城时，老百姓还见不着日本人，没有想到，日本人还能把队伍开到咱村里。

日本人顺着张贺村、乔阳村一路开过来。日军那时装备还好，军官都高头大马，一身黄呢子军装，崭新。士兵的军装也整齐，枪支锃亮锃亮的。

日本人在咱村村门外的麦地里，支起那种山炮，朝峨嵋岭上轰击。峨嵋岭在咱那里都叫坡上。土坡，一道一道沟。日本人每天打一阵子，连打三天。那时，峨嵋岭上有小股游击队。不过日本人也没有什么目标，乱轰，主要是示威，吓唬你，让你不敢反抗。

村里的日本人，见了小孩不凶。有两个日本兵逗我。我看他们胸前，缝着一个布牌牌，那是他们的名字。一个叫野村喜太郎，一个叫田中义人。野村拿出一张照片，那是他的全家福，有父母、妻子、妹妹。他在地上写字，写"我们来支那——"，张开拇指食指比画一个八字，意思是来找八路军。看着他不凶恶，慢慢就有人围上来。他合上眼帘，摇摇头，那意思是"我不想来支那"。

日本人的杀人放火，听说得多了。上段村惨案，离我们不远。全村几乎被杀光了。

咱村见过的，就是抓民夫，到羊驮寺修飞机场。

父亲在羊驮寺支差时，我去看过。有日本人把守，进出要跟他们说那种半通不通的中国话，就跟现在的电影电视那样。先鞠躬，再说：我的，家里的，修飞机场的干活，我的，进去的，看看。出来了，要再鞠躬，让走，才能走。

我和祖母一起去看过父亲，送点穿的。出门时，祖母一个女人家，不懂再鞠躬，那日本哨兵上来就是一个耳光。日本人，残暴得很，不把你当人。

打日本，就是村里人也不含糊。牺盟会在稷王山组织培训，薄一波也在。各村里去人，咱村咱爸去了。回来他就宣传打日本。他裁了好多纸条条，窄窄的溜儿，写上"打倒日本帝国主义！""宁死不当亡国奴！"等，在村里墙上贴。也有好心的长辈劝他：这娃，闹啥哩，咱老百姓，谁来了不是种地纳粮。父亲一下子绷住了脸，正色说：这一回可不一样。这一回是亡国灭种哩！

抗日宣传，咱村的师傅毕庭佐也很积极。他那时在西张岳教书，和他的学生编过一段《抗日三字经》，在咱们猗氏一安邑那一带流传。我记得个大概。前几年《山西日报》一个记者到临猗访谈，在一个退休干部家里发现了这个《抗日三字经》老本子。登在《山西日报》，我这里有剪报。①

《抗日三字经》全文是这样：

人之初，性忠坚，爱国家，出自然。国不保，家不安，
卫祖国，务当先。昔岳母，训武穆，背刺字，精忠谱。
岳家军，奋威武，打金兵，复故土。唐张巡，守睢阳，
奋战死，称忠良。文天祥，骂元兵，伸正气，留英名。
郑成功，守台湾，抗清兵，美名传。刘永福，黑旗军，
打法兵，英名存。七月七，卢沟桥，日本鬼，开了炮。
佟麟阁，赵登禹，两将军，把兵举，守南苑，攻丰台，
身虽死，有荣哀。姚子清，守宝山，一营兵，只余三。
段云青，一等兵。身体健，国术精。遇敌舟，跃身上，
一挡三，是猛将。左一拳，右扫腿，两倭寇，齐落水，
余一寇，逃船尾，刺刀下，立见鬼。阎海文，是空军，
打敌机，八架焚。掷炸弹，炸敌轮。轰一声，三舰沉。
身受伤，落敌方，从容中，举手枪，先杀敌，后自戕，
不屈辱，真叫棒。此数将，军人魂，青史上，美名存。

1941 年日本人大扫荡，在西张岳村搜出了这本"三字经"，抄写本封皮上有"荆张管"的字样，日本人就顺着这个字音搜

---

① 此种说法存疑。有说法是《抗日三字经》出自抗日名将张自忠之手。

捕编写人，和这个名字相似的家户都遭了殃。后沟有一家名叫张刘管，日本人不放过，给这一家投了燃烧弹，把人家的房屋和家具全都烧光。

汪精卫投降，当了大汉奸。毕庭佐联络了邻村的开明士绅梁向贤等人，在西张岳村召开"痛骂汪精卫"大会，我也参加了大会，作为少年儿童代表上台发了言。那个会，多是大骂，出气。

到1942年，日本人的大扫荡越来越多，大扫荡常常到乡下，村里。我记得那是第十二次大扫荡吧，日军抓了几个国军士兵，打得半死不活的，浑身是伤，一丝气儿忽悠着，日本人拉着他们一个一个村子转，要他们指认中国兵。到咱巷子里，把全村人都集合了，叫那几个兵指认。他们几乎昏迷不醒，哪里能认清人。一圈转过来，正好转到咱一家的顺存叔跟前。不知道怎么手抬了一下，日本人就认定咱顺存叔是中国兵。当场抓了，绑在一条长凳子上，要他招供。他哪里知道什么中国兵。日本人就抽打，接着灌辣椒水。我可看到了，人绑着，辣椒水从你那鼻窟窿里灌进去，一会儿，肚子胀得老大。看着肚子胀起来了，日本人拿过一条凳子，压在顺存叔的肚子上，一头坐一个，使劲压，那鲜红鲜红的辣椒水，就从顺存叔的鼻孔里、嘴里，喷出来。实在顶不过，顺存叔就只好招认了自己是中国兵。

日本人把他带走，一年多以后，他偷跑回来。全村人都来看，围着他哭得恓惶。

日本人把他拉回去拷问，他实在不知道什么。后来，他给日本人当了一年马夫，趁空，偷跑出来了。

顺存叔聪明得很，跟了一年日本人，学了很多日语。这人，就是没骨气。

那时候，咱村有地道。地道进口，就在咱的邻居石娃家，出口在虫娃家的一口井里。井半深快挨住水面的地方，有洞口。每当日本人进村，人们都钻了洞。我那时还小，有一回就和虫娃媳妇紧挨着。日本人走了，才出来。

抗战时期，咱村里也有武装抗日的。二叔去了克难坡，跟了晋绥军一个亲戚，当勤务兵。庄里老西头的吉娃，东头的屎孩，都拉过队伍，也就是那种十几个人七八条枪，零散游击，一阵出去了，一阵又回来了。有人说他们跟土匪一样，不是的，他们是乱世武装，还是打日本的。

这些小股队伍，日本人走了以后，就都散了。二叔也是，抗战胜利不久，他就回了村。村里人也是有大是大非的。打日本，我当兵。打内战，就不干了。

日本人来时我不到十岁，拖到1942年吧，咱爸说，这不行，你太小，要上学，就把我送进学校。先在猗氏上小学，后到运城上中学。学校，都是日本人管着，要学日语。至现在，我还能说一些简单的日语。要是好好学，我好歹还懂一门外语。可是那时候，谁有心思。亡国奴学东洋文，丢人死了。

抗战多年，日军在走下坡路，投降之前已经露出败象了。刚来时，高头大马新军装，到高头村住了几天，铁罐头盒子扔了一地。1945年再看到日军，装备旧了，军装有打补丁的。一看就是战线太长，补给赶不上了。军威也早已不比从前。士兵没有了以前的盛气凌人，开始怀乡。长期离开本土，所谓"戍客望边邑，思归多苦颜"，军心不振了。

日本投降太突然，运城人一点也不知道。阎锡山的 34 军接管运城，队伍开进来，枪支老旧，军装破破烂烂，咱们那里说，像叫花子一样。我们吓了一跳：糟糕！阎锡山投降日本人啦？

运城日军有一个广播电台，通常是他们军队系统自用。日本宣布投降，8 月 15 日，高音喇叭向全城转播。集合的日本兵，脑袋上系着一条白布带子，写着"决死"。哇里哇啦一阵子以后，士兵开始痛哭，有剖腹自杀的。

我在师范学校读书。学校有个日本顾问，全校学生集合起来，他讲话，他说，日本投降了，我们战败了，但不是败给中国人。美国人扔了两颗原子弹，我们投降了。他竟然宣称：三年以后，我们还会到这个地方来的！狂得很。

日军驻军宪兵队的队长，杀了老婆孩子，杀完全家，自己剖腹自杀。

八路军开到了盐池下面的池神庙。有小股部队冲突，没有打进来。

34 军担心守不住城，就和日本人约定，他们守东门南门，日本人守西门北门。日本人在运城，有个 298 兵站，是供应补给的仓库。一连好几天，日本人拉出枪支弹药、被服、军毯、等等，拉到西城壕放火烧，大火。那都是军用物资，应该移交。34 军不敢管，任由日本人烧。我们这些学生，心里都非常难过。怎么中国军队就是这个样子！

老百姓气得很。离咱村不远，北相镇有一个日军的据点，修了炮楼。日本人撤回运城，附近的村民扛起镢头撵着打，听说枪死好几个。

几十年过去了，我有时还能想起那两个日本兵，到过咱村的那两个。他们是战死了，还是活着回去了？我看那两个兵，野村喜太郎，田中义人，好像还有点向善的心。七七事变纪念日又快到了，如果他们还活着，他们对于那场侵略战争，有过自我谴责吗？对于自己年轻时代入侵中国，有愧疚之心吗？战后几十年了，没有见过日本人痛痛快快地认错反省。再回顾近代一百多年的中日关系，越发让人悲愤交加，五味杂陈。唉，这个日本。

40 年代的乡村暴力

我当兵到部队不久，接到外甥一封信，如同"文革"中所有的通信一样，高调亢奋斗志昂扬。他说高头村的无产阶级"文化大革命"取得了伟大胜利，揪出了反革命分子马士祥，报呈县公安局，立即逮捕。

马士祥？就是那个操着一口河南话，在村里给人缃鞋的马士祥？不错，就是他。我打小就记得，他老两口带着一个男孩过日子。很奇怪，村里人都叫他马士。马士是土改前几年迁住到高头村的，抱养了别人家的一个小子带着。马士的老婆王小女太丑了，眯缝眼睛好像总是睁不开，左脸有一块牛皮癣，常年抓挠，经常是红一道白一道的，抓破了就流血，又脏又瘆人。

马士两口子在村里那叫窝囊。他是河南洛阳农村的，流落到晋南，所谓"外路人"，一口河南土话，当地人很是看不起他。马士个子高大，却是没力气，干不了农活。挣工分只能顶个女人。他老婆王小女不下地，也很少出门，见天哼哼唧唧地闹病。得亏有个绱鞋的手艺，还能有点小补贴，日子过得淡味。

这回揪出马士祥，让我大吃一惊。原来这个家伙老早就是反革命。这个时候想起小时候去他家院子，穿过阴暗的门洞，屋底幽深，人看不清，他戴着老花镜，抬眼从镜框上头看人，暗处只听见一声接一声刺刺啦啦的麻线穿过鞋底，我就愈发相信马士祥是个反革命。那时看电影，凡是钉鞋的补锅的小贩游商，一般是特务。

马士家在河南洛阳王疙瘩村，稍大一些，就跟着舅舅学绱鞋，游走到山西运城横水一带。学成了手艺，勾搭上了有夫之妇王小女。舅舅发觉马士不学好，看马士就横眉立眼总来气。马士和王小女商量搬走，王小女要带上她的男人孩子，行走途中变了主意，马士回河南洛阳找亲戚帮忙，杀了王小女男人，一家三口搬到猗氏县高头村落户。这是 1933 年的事。

1948 年猗氏县土改，马士分了房子分了地，满以为从此太平无事了。可是十五年过后，王小女的儿子已经长大，开始跟他妈要他爸。原来马士杀害王小女男人时，儿子已经九岁，记事了。马士惊惶不安，索性狠到底。他又一次和王小女商量，杀了她儿子。十五年过去，小伙子二十四岁，马士哪里对付得了。马士又一次赶回河南，出三十块大洋，雇用他的表弟侄儿，将王小女的儿子诱骗到闻喜县东镇的荒野里杀死。这是 1948 年了。

马士杀人残忍毒辣，理应惩处。可是今天我回忆这宗惨案，脑子里闪过的还有 30 至 40 年代的农村乡野。那时的农民，活动范围够大。马士仗着年轻，多次奔走在洛阳、绛县、襄汾、猗氏之间，最后定居在猗氏县我们高头村，也不过是一种流浪中的栖居。如果允许，他还会迁移。他的一生在这样大的地域漂泊，从晋南北沿岸到黄河南岸，几番脚步走过，尝尽了流浪的甜蜜和辛酸。他也有他的卑微的爱情——我们经常嘲笑王小女的丑和病，为了这份爱情，他竟敢冒死出狠手。在黑黢黢的田野里，一双农民的脚步急匆匆穿过高密的庄稼地，鬼鬼祟祟的影子包着冲荡的血气，沉重的喘息在浓稠的暗夜鼓动着。一朵恶之花绽放。

集体化以后，农民不再能随意迁徙。中年后的马士，最后一次出家门，是进了监狱。

马士被揪出，接着政治队长又举报说，贫协主任士忠士义兄弟也有命案。

这两个老弟兄就在门边前。毕氏近几辈的辈分排的是彦士天昌庭洒，庭字辈我就得叫爷，士字辈更是老祖了。村里闹戏，年年士忠士义兄弟都要坐在台口。一个敲马锣，一个弹三弦。谁能想到他们能杀人，杀的还是自己的堂妹。

早年士忠士义和叔叔一家同住。叔叔染上瘟疫死了，婶婶改嫁，留下一个堂妹当女。当女长大了，兄弟两个发落堂妹嫁了人。这个当女不好好过日子，整天东游西窜，胡乱勾引男人。40年代农村时常过部队。日本人，皇协军，二战区，土匪杂牌军，要吃要喝。每当来了军队，当女就随了军，混吃混喝，晚上卖淫。1943年前后，当女最要好的野男人，是安邑县北相镇一带有名的混混子吕付吉。吕付吉干过皇协，当过土匪，扛着枪走村过户，集市上吆五喝六，混得很神气，这一带没人敢惹这个地痞。当女名声太坏，士忠士义兄弟俩嫌她败坏门风，总想教训她，收拾了这个丢人败兴的家伙。

也是命该如此。一天，吕付吉手持阎锡山七专署的介绍信，带着当女，到高头村催粮派款，自然要先到亲戚家坐一坐。士忠士义兄弟一看这一对男女就不顺眼，没说几句话就吵了起来。两人都火气挺大，争吵之中带上了浓烈的火药味，士忠士义兄弟顿时起了杀心。在村公所，他们借故吵闹，说吕付吉介绍信是假的，抓过来一把撕毁，几个人当即把吕付吉捆绑。等到天黑了，兄弟俩又叫了两个大汉，说是押送到北坡七专署，质对真假。

吕付吉没有起疑，六个人就这样上了夜路。

40年代乡村的夜，是真正的夜。没有灯火，没有声息。风吹芦苇，沙沙起伏。他们一行走过村路，攀上河堰，越过涞水河的小桥，终于来到高头村最北的地界，那里有一眼最偏远的浇地水井，叫赵家井台。

四人提胳膊拽腿，抬起吕付吉，倒插了扔到井里。

当女立刻明白自己活到头了，她哭着求饶：好哥哩，我再也不敢了。

士忠士义兄弟不松口，指着井口说：不敢也不行，这就是你的最后地点。

兄弟俩一人拽住头发，拉住衣裳，一人把住腿，后面两个大汉帮忙，当女和吕付吉被扔到一口井里。一桩杀人案从此埋压进高头村村史。抛尸，填井，乡野间农民式的暴力仇杀，多属于这类。

小队政治队长将这两宗杀人案秘密举报到大队，实在让大队又惊又喜。高头村的"一打三反"终于有了抓挠的。全国"一打三反"轰轰烈烈，农村也派了工作队。可是农村的"文革"，毕竟冷清得多。到哪里去找走资本主义道路的当权派，到哪里去找现行反革命？工作队正在苦恼，有人举报，虽然是翻腾一堆干屎，总比两手空空强。大队乐得做出成绩交代上头。

高头村组成了专案组，开始内查外调。一干人马去了河南洛阳的王疙瘩村，去了马士学徒的绛县闻喜县。马士的案子外调到闻喜东镇，当地一个七十多岁的老汉只能证明："1948年10月，我村东坡发现一具尸首，不知是谁，我叫人埋了。"士忠士义的案子就在身边，不用远走，可是熟悉当事人，也得把情况了解周全。在兄弟俩的档案卷宗里，有当女她妈的证明："9月25日和我说了，要26日在泓芝驿集上见面。就没来。往后再没见过。"关于吕付吉的身份，专案组找几个高头村见过吕付吉的，他们说，"我问他，他说在解县七专署干着。"还有人证明看到当女和杂牌军鬼混的。竟然还有一份证明自己和当女野地里交合过，"弄完了我给了她五块钱日本金票。"所有这些证明的效力都很差。

毫无疑问，"文革"中的案情侦查，主要靠口供。所谓的证明，效力都很差，主要还是依靠口供判案定罪。但是农村的档案，记载详细，留下了很多细节。依照常识判断，这两宗杀人案应该是实情。

"文革"中间的专案也不讲究什么法理。1970年距离马士第一次杀人，已经三十七年，距离马士第二次杀人，也已经二十二年。距离士忠士义杀人，也已经二十五年。依照法理，这些都已经过了追诉期。为什么又要大轰大嗡，高调处理呢？全因为他们赶上了"一打三反"，村里要呈报了显示成果。

"文革"判案，又是典型的政治挂帅判案。"高举毛泽东思想大旗，突出无产阶级政治办案"是当时的最高要求。马士杀人，纯粹是情杀。因情仇杀，是"资产阶级个人主义丧心病狂大发作"，理当惩处。士忠士义兄弟，杀的是阎锡山七专署的人。"文化大革命"是"共产党和国民党斗争的继续"，杀了就杀了。至于当女，她和坏人睡觉，和男人乱交，一个坏女人，杀了也罢，也不说她罪不当死。

两案处理结果，马士移交公安，判了十六年徒刑，坐了十来年班房。老了病了，取保监外执行。

士忠士义杀人一案，因为杀的是坏人，士忠免于刑事处罚，"在社员大会斗私批修"。士义免于刑事处罚，"撤销大队常委，在社员大会斗私批修"。

其实这两起杀人，都属于刑事案件。士忠士义兄弟，杀顽伪，清理门户，这样处理，也说不通。

如今想起来后怕得很，"文革"一打三反，一个村子的党支部，就能决定社员的生死命运。他们不懂法律，不懂执法，完全凭着高涨的政治热情来办案。一个时期几千人的生杀予夺，就由几个农民组成的支部确定了。这些案子，大多经不起历史的检验。

马士一个农民,坐班也没有什么。在村里一个工分值两毛钱,他干一年不够交口粮钱,监狱里起码有三顿饱饭。士忠士义兄弟那个贫协主任,撤了也就撤了。他们最大的压力,还是乡亲们的议论。毕竟埋藏在心底的私事,不愿意被揭开曝了光。

今年5月我去成都见大哥,也是为了了解我们家族民国时期的旧事。在都江堰,在浣花溪,我们经常一说就是好几个小时。大哥长我二十岁,民国时期的事情,他已经记得了。

一天大哥突然问我,你知道咱家40年代的血案吗?

这一时让我震惊。我不知道,一点也不知道。

我们这个家族,祖父一辈有堂兄弟五人。祖父早逝,父亲艰难长成。1942年,他三十五岁。祖父的兄弟三爷早逝,留下一个继妻,应该是我们的三祖母,我们叫她三奶。三奶守寡不久,忽然有一个男人进了家门。家里慢慢才知道,这个男人是国民党部队溃散的兵痞。他游手好闲,土匪一样,就靠打家劫舍过日子。这个散兵身上常装一支枪,当地人叫"折腰子",折扳开枪膛,填上一颗子弹,能放一枪。村里人没见过枪,也够吓人。他到后院找三奶,要经过二爷的门前。一天他回来,二爷家的大狗,本来拿一根铁链子拴着。狗认生,见他就扑了过来,很凶猛。他拔出枪,当下一枪把狗打死,扬长而去。我们一家都很害怕。他找三奶的用意,也就是想仗势霸占了三爷留下的房产和土地。这个兵痞,白天在外杀人越货,晚上大摇大摆回来,在老院子里随意进出。我们家族都怕这个家伙说不定什么时候在家里杀人放火，大家商量不如早除了这个祸害。二爷找来我的父亲和三叔，要他们想办法。最后大家商量好，到邻村找了一家土匪股子，为首的叫永儿。说好日子，永儿黑夜带了十几个人来，父亲和三叔做内应，听到来人，悄悄开了门。永儿带人闯进去，砸破窗户，抓了人，捆上一块石头，扔到远地的井里。

永儿做完事，朝天放了两枪。表示有强人进村，土匪火并。鸡叫狗咬一阵，村庄重新平静下来。

以后，我们的三奶自觉无颜见人，回了娘家。

这一桩案子，当然不会这么平静就结束了。半年以后，永儿找到我家，说当初给的钱太少，他们兄弟没有捞到什么，要追加报酬。明知他是要敲我们一杠子，那又有什么办法。家里都怕张扬出去惹事，为了筹钱，父亲把家里的粮食卖光，麦子、玉荬（玉米）、谷子，凡能吃的都卖了。第二年开春青黄不接，全家吃糠。不等新麦熟了，剪了麦穗，搓掉麦衣壳，青青的麦粒子就拌着吃了。

父亲晚年给我们回忆过去，经常喜欢说一句话：那时是什么日子呀，白天防日本，夜了防土匪。只有在这个时候，我才算是深切理解了父亲的话是什么意思。

大哥给我说这些，一刹那我非常吃惊。毕竟以前听说打杀，总归是别人家的事。这一起杀人案，就出在我们家族，就出在我的父亲和他的兄弟之手。在我的印象里，父亲一直是一个非常胆小怕事的人。年轻时他也能下了狠手，我万万想不到。

岷江就在身边汹涌流过，大哥的话像追溯一条河流到上游。旧戏里经常面对大江，感叹历史：这不是江水，这是几千年的英雄血。乡间的血腥，何尝不是这样伴着岁月一路走来。40年代以后，乡村的民间暴力，还是可以看到。乡村之外的暴力活动，也时常听到看到。

从我们这个不大不小的村子看，40年代，乡村的暴力打杀，比较随意，乡民之间有了恩怨，往往快意恩仇，打杀了事，求告官府的不多，大家习惯诉诸民间暴力。抗战时期，这种情况固然和地方政府无力管束领导有关，但想一想，乡村民间不讲法治，率性打杀，随便结束人命，却也是有着悠久的传统。

美国学者罗威廉在《红雨：一个中国县域七个世纪的暴力史》一书中，考察了湖北麻城县从元末农民大起义到20世纪30年代七百年的暴力史。他有个结论，在中国农村，民间对于暴力有一种可敬的、浪漫的甚至有趣的渴望。"暴力的规律，是在司空见惯的日常杀戮、残害和强制之上，添加了周期性的大规模屠杀事件"。民间暴力文化内容极其丰富。麻城当地文献里，随处可见尸积如山、血流成河、血洗等标榜残忍的话语。这种暴力文化，通过史书编纂和集体记忆工具得以系统地再生产，再传播。在麻城，更加庞杂的集体记忆，在民间传说。它常常以诙谐的口气讲述过去的恶性事件，如宗族复仇土匪袭击等血腥行为。当地的地方戏也喜欢歌颂强烈的暴力和拼命精神。历史上暴力活动的遗迹遍布麻城各地，比如坟墓、石碑、堡寨、古战场遗址等，当地人讲起杀戮如数家珍。所有这些因素共同作用，造就了一种全面持久的暴力性地方文化。这说的是麻城，其实其他乡村也一样。

吴思先生最近提出了"暴力指数""暴力浓度"的概念，他以常备军与当时青年男子的比例为标准，测算出战国时期，社会的暴力指数是30%，到了晚清，就只剩下0.8%，很好地控制暴力，这是中国位于世界文明前列的基础。如今人们也越来越明白，人类社会的进步的一个重要标志在于暴力程度的减低。美国学者斯蒂芬·平克在《人性中的善良天使：暴力为什么会减少》一书开题的第一句话就大胆宣称，它"所谈论的可谓人类历史最重大之事"，这件事就是在人类的历史长河中，"暴力呈现下降趋势"。作者进一步质问心存怀疑的人："如果这不叫进步，我不知道还有什么能算是进步。"的确，《人性中的善良天使》之所以引人瞩目，正是因为作者考察人类历史的进步时，提出了以暴力下降作为度量这种"历史进步"的尺度。他强调人类社会处在不断"改善"之中，所谓"改善"并非指人类已进入某种崇高的道德境界，而只是减少使用暴力，减少个人所承受的苦难而已。

近代中国人饱受暴力欺凌、社会政治制度的迫害以及现实生活的种种折磨，却始终不曾有意识地把暴力的降低当作社会治理的成功的重要标志，把不施暴作为个人道德价值的明确追求。中华人民共和国成立以后，国家进入和平建设时期，民间的暴力活动受到抵制和制止，社会的暴力程度也趋向弱化。但人们的某些行为、诉求，仍然怀育着暴力的因子，这一点，值得警惕。

马士取保监外执行没几年，就死在家里了。而士义被撤销大队常委、贫协主任以后，闷闷不乐，数年后也郁郁寡欢去世。

我们家族的那件命案，却是埋藏在历史深处，一直没有人提起。父亲和三叔在90年代去世。随着他们去世，这个家族也是这个村庄的一个巨大的秘密，掩埋到了黄土深处。

士忠老汉临死前几年，和我有过一次谈话。"文革"时代大演革命样板戏，旧戏一律禁绝。士忠士义老汉都爱闹戏，旧戏唱不成了，浑身难受。有一天见了我，士忠老汉忧心忡忡地问：你说这老戏就不能演了吗？

《打渔杀家》也不能演了吗？那可是杀财主的。

在他看来，只要杀财主，就能演出。杀财主，哪还有错？

问起那件杀人案，村人也是说得稀松平常，那号坏尿，还不该杀了？

"文革"中的杀人放火，这两年的冲上街烧车砸车，都打着一面辉煌的旗帜，呼喊着伸张正义的口号。我相信，种种暴力冲动驱动的人们，都有他们疯魔的理由。

民间暴力的基因还在，我们的社会还应警惕。

1959，一家人院子里挖出财货

早年乡村，哪一家财主发了家，喜欢在院子里墙心里埋一些金条银货什么的，意在为子孙应对不测。若干年以后或遇到灾荒，或者子孙不肖败了家，挖出来有个救济。埋藏金银的地方，当然非常隐秘，不会让子孙知道。大多是一直到临终才留下遗言，哪里藏着什么什么。不到救急，不能动土破墙。金银器物经常就埋在院墙根，或者是屋里的土墙墙缝里，不到万不得已，谁愿意拆墙拆房子折腾翻寻，那不是自找麻烦。万一翻寻不到呢？自家拆自家的房子啊？

有这么个由头，村子里的乡亲，当说到谁谁得了外财，也就爱逗笑，说人家在院子里挖出了银圆金条。但凡上一辈日子好一些，后人翻盖旧房拆墙动土时，帮工的乡亲就会打趣，小心了哇，看看土墙里头有没有银圆罐罐！拆到界墙，也会紧着嘱咐，听一听，有没有打碎的瓷罐罐！当然这些多是说笑话，毕竟能积蓄一些金银财货的人家太少。

高头村有这么一家，还当真在院子里挖出了宝贝。

高头村一队家户姓景的多，平时都叫景家巷。景家巷有个景自立，四十多岁。景自立原来是安邑县东张岳村人，1953年招亲到高头村。景家的院墙，隔墙邻居叫南贡杰。民国时期留下的院墙多是黄土夯墙，墙底二三尺宽，作为两家的公用墙。1959年二三月，景家看到院墙实在破旧，就动手翻修。不料一动土，在土墙根挖出一个坛子，景家又惊又喜，知道挖出了地宝。

出土的坛子有二三尺高，借着傍黑的夜色，能看到坛子里装满古铜色的钱币。一家人不敢惊动四邻，静悄悄地把坛子挖出来，挪动到院子里一棵石榴树下，挖了个坑，重新埋好，一切都像没发生一样。

景家人看明白了，那是一坛子铜圆。

铜圆是当地的叫法，就是一种古钱币。民国时期就不流通了。早先的制钱，当地有两种叫法，一种叫麻钱，铜锌制，较小，圆形，内有一方孔，用以穿起来提动方便。穿起来的叫一吊，一贯。万贯家财指的就是这个。麻钱面值较小，铜圆面值大，一枚相当于若干麻钱。铜圆个头较大，面值也大，制作也就更加讲究。一枚铜圆，掂在手心，是那种沉甸甸的感觉。

这若是一坛子银圆，可就值了大钱，景家这辈子能过上好光景了。一坛子铜圆，也不错，毕竟是飞来外财。

景家开始想办法将这笔外财变现。景自立找到西张贺村的表兄王茂堆，让他帮忙。王茂堆见过一些世面，知道公家收购这个。他找到附近的泓芝驿镇供销社，那里有个同村的周志刚，王茂堆说明高头亲戚有一批铜圆想出手。谈好以后，也是一个擦黑天，王茂堆带着麻袋，来到景家，景自立一捧一捧掬出铜圆，王茂堆怕有闪失，分两次将这坛子铜圆驮到泓芝驿，交给供销社。

隔了三四个月，王茂堆回话，泓芝驿供销社收购铜圆共一百四十三斤半，收购价按牌价每斤一块九毛八，第一次带走九十三斤半，折款一百七十五元七角八分，第二次带去五十斤，折款九十四元，共计二百六十九元七角八分。

1959年到1960年困难时期，国家鼓励农民交出铜铁一类金属，收购有奖。按照当时的规定，泓芝驿供销社划拨给景自立两辆自行车指标。困难年代，买自行车，你有钱也不行，国家要划拨给你购买指标，才能买。景家这一坛子铜圆，换来两辆永久牌自行车指标。一辆一百六十六元，景自立买了推回，自家骑用。农家的自行车，也要经常用于驮运。家里有一辆自行车，是好多农家的憧憬。另一辆王茂堆自己补足欠款买了，也算是帮忙的报酬。

从此景家有了自行车。景自立美不滋儿地蹬着自行车进进出出，走街串巷，在人前也是得意扬扬。一辆崭新的自行车，还是永久牌，当然足可以显摆。

景自立陶醉在自家的幸福生活里，不知道一场灾难正在向他悄悄逼近。

村里的闲话风传，都说景家修墙时，从墙根挖出一坛子银圆。

1959年到1963年这几年，景自立一家生活平静。原以为那一坛子铜圆的事情就这样过去了。不料1964年，"四清运动"开始。在农村，开始翻倒农民解放前的历史问题。1941年，景自立十六七岁时就被阎锡山34军抓兵，抗战期间，先在安邑县政卫大队当兵，后来当过保安支队排长。抗战胜利前夕，在安邑县学生训练队、安邑县爱乡团当排长。就是这样一段简短的当兵历史，还都在国共合作的抗战时期，但由于在阎军，终于给景自立带来很大麻烦。其实像那个政卫队，属于牺盟会的新军，抗战期间是共产党领导的抗日武装。不过"文革"中极左得很，算账都记在阎锡山头上。

大队为景自立建了专案，除了历史问题，同时详细调查现行问题。大家揭发，景自立的主要问题有这样一些：

一、1966年邢台地震，华北都在防地震，景自立说：前几年搬神像把天神得罪了，现在老天收人哩！咱见庙就磕头，咱不是坏人，咱不怕。

二、在小队和一些有历史问题的人关系亲密，翻（说）闲话，在贫下中农中间制造分裂，破坏社员团结。

三、1962年2月，景家搬到新址，原旧院子地基私自转让给其他社员，收款二百七十元。这属于私自买卖土地，破坏人民公社六十条。

四、大搞封建迷信活动，盖房子，修坟地，请阴阳先生看风水。

五、景家盖房，未经批准，私拿小队麦草六百斤。

六、1963年打场碾麦，不负责任，没有翻碾麦秸，造成麦收损失。

小队反复揭发，景自立的问题也就这么几条。可以看出，这些大都属于无限上纲。社员之间有矛盾，私下议论一些事，没有那么些政治问题。看风水这号习俗，即便现在村子里也是常见的事情。买卖旧院基，其实很典型地说明了集体化刚开始那一段，将农村土地收归集体以后，村民都还不适应，大部分村民还是习惯于将别人的老院基看成人家先人留下的祖业。

小队，大队，贫协，大队"四清"工作队，层层申报，呈报意见是，要给景自立戴上历史反革命分子的帽子。

这个报告，报到临猗县王鉴村片区的"四清"工作团，工作团没有同意。工作团的批复是：因没有重大反动活动，故暂不给戴帽子，今后若发现有严重破坏活动，可立即呈报县委审批。

五十多年以后我看到这份案卷，大队"四清"工作队队长在案卷首页批了一句：身份不够，工作团没批准。这个批示让人哑然失笑。看来景自立的"身份"还是太小了一些。这个批示实际上说明了，解放前他在阎军，只不过是个小毛卒，哪里够得上历史反革命。

景自立也知道这些麻烦的根子在哪里。他在检查交代里一再说过，自己是"招亲"到高头村，"脚底踩得软"。当地人对于招亲倒插门女婿，经常这么说。毕竟不是在这个村子里长大，成人以后才迁移过来，比起在本村长大的男丁，结交要从头开始，没有家世，没有从小一起长大的伙伴，孤立无援。一旦遇事，你就成了外人。

再往深处追寻，这一切，还不是因为那一坛子铜圆。因为这一笔意外之财，村民看他的眼光都变了，一个个怪怪的，好像大家都希望他倒霉一下。没来由你得一笔外财，天下哪里有这样的好事。遭一点灾，招一点祸，对大伙儿心理是个安慰。好运都落到你头上还行？

不管怎么说，这顶帽子没有戴上，景自立舒了一口气。

60年代初景自立在东张岳老家的院子翻修，他回了一趟老屋。在老柜桌里，景自立翻出了一个小包，那里面包的是自己那几年在安邑县当兵的证件。有臂章、帽花，还有一张委任状。毕竟是青年时代的旧物，留着是个念想，他没有舍得扔掉，把这个小包悄悄地拿回了高头。他有些害怕，搁在哪里都不放心，最后，卷成一个小布包，他上了屋顶，攀住檩条，把这些旧货塞进椽缝里。不料过了一阵村里来了工作队，安排住在景自立家。工作队火眼金睛啊，很快就发现屋顶有货色。搜查出来，这还了得，景自立私藏反动证件，这不是企图复辟变天？一直说这个家伙没有新的罪恶，这个不就是包藏祸心？

1968年的"群众专政"，1971年的"一打三反"，景自立都是肃查的对象。

工作队来了，开大会，给景自立戴上纸帽子游街。

这个时候，那坛子铜圆的事情，自然又翻倒出来。

"文革"中的清查，多属于有罪推演。用到景自立身上，这个推理的逻辑是这样：既然你是反革命，你挖出铜圆不交就是违法。既然你违法不交铜圆，反革命罪加一等。这个逻辑推演下，高头村加大了清查处理力度。在当时，查出一个"历史反革命"，也是运动成果啊。

景自立招亲的这家，家庭成分是中农。一家中农挖出上一辈埋藏的财物，运动中查起来没什么劲。但是景家的邻家南贡杰是富农。大队调查时，南贡杰家出证争辩，言之凿凿，说这一坛子铜圆是自家当年埋下。大队认可南贡杰的证言，理所当然，这一坛子铜圆，成了地主富农剥削贫下中农血汗所得的财物。景自立出卖铜圆，成为"把地主富农剥削贫下中农得来的铜圆据为己有"。

下一步要查实，这一坛子铜圆到底有多少，是不是像景自立所说的那样？

大队找来收购出卖铜圆的王茂堆、周志刚查证，翻查高头村档案，1971 年 6 月 7 日上午，几人交代记录如下：

景自立：
　　茂堆把铜圆卖了以后，我没见钱。后听我妈说卖了120 来斤，价是牌价。

茂堆：
　　第一次还是我撑住布袋口，自立取。还是在坛子里取的，坛子还在老地方。

自立：
　　第二次是在罐里取的。头一次是从坛子里倒进罐子里一部分，然后把坛子取完。志刚问还有吗？我说完啦。

这不是坛子。第二次茂堆带走，究竟给了谁，我不知道。

茂堆：

第一次装了两个麻袋后，志刚问还有吗？我说没有啦。但自立没有叫看坛子。实际上还有。

是我叫上志刚去高头带，我说我带不了，咱俩相跟上去吧。

茂堆：

你也不是我兄弟，今天晚大家都在，我就老实说，自立家还有。有多少我不知道，总是还有。他还说留下打一把铜茶壶。

从这个记录可以看出清查的火药味渐浓起来，双方已经开始推诿，揭发。

景自立的老婆和女儿也被叫到村小学隔离谈话，不过她们都说不知道内情。

眼看这样问不出个名堂，高头村想了一个办法，派人到运城去搞一个测试。

大队派出四人，拉车推着景家的那个坛子，找到供销社转运站土产库，装满一坛子铜圆，再倒出，过秤，经过测试，铜圆净重一百八十四斤。

在如此强大的压力之下，景自立终于支撑不住。他又一次写出检讨，承认自己违法买卖铜圆，侵吞人民血汗，性质恶劣。景自立对工作队表决心，愿意交回非法所得。

工作队长和景自立谈话，限令三天内交回钱款。景自立按照要求，赔退永久自行车一辆，家里拿不出那么多钱，先还了零头，计款"九十八元七角八分"。

景自立只能埋怨自己倒霉。这几年，不停地检讨请罪，被关进大庙办学习班，他不怎么会写字，检讨书却也写下厚厚的一沓沓。"四清"专案，"文革"两次专案，都是这一坛子铜圆招的祸。运城县，张岳村，四处调查他的事情，十里八村都知道他犯了事，女儿香串刚定了一门亲事，人家看到不好，也退婚不谈了。景家真是走投无路、焦头烂额，只能埋怨自己走了背运。

高头村工作队倒是信心爆棚，他们认为有成果可以上报。一个旧军人，有历史问题，又保存旧证件，又有买卖铜圆的现行，上级还能不批准戴帽子？

高头大队向公社呈报，决定给景自立戴上历史反革命分子帽子。

公社革委会同意。

临猗县委落实政策办公室同意。

但是景自立最后并没有戴帽。1974 年 11 月 16 日，临猗县革命委员会下达"临落处字"第 5 号文件，景自立的问题，按照有严重历史问题结论。

戴帽和历史问题结论，那差别可大了。前者是敌我矛盾，专政对象，在农村要管制劳动。后者是人民内部矛盾，村里没人管这号子事。

景自立手心一把汗。最后躲过一灾，他自己暗暗庆幸。

"文革"结束，拨乱反正，四海升平。眼看着农村的戴帽分子都一风吹了，景自立呼吸着自由的空气，越想越不对，当年自己不就是挖开了院墙，收回了上一辈人埋下的一坛子铜圆，怎么就遭了那么大罪？

景自立向高头大队申诉，要求平反。恢复名誉，退回被迫上交的罚没款。

大队落实办：

我叫景自立，是本大队第一生产队社员，自华主席为首的党中央粉碎"四人帮"以后，我精神舒畅，干劲倍增。想在自己的壮年再为实现四化出点力，但我总是有件事压在心头，想向组织申明，给予解决。

事情是这样的，1959年二三月份，我家决定修理自家南房墙根。当时我招亲到这里没几年，家父好像有点不放心，事先没有告诉我。但动工开始，他只好给我交代，墙根埋着铜圆。挖开后果然不假。当时按照老人意见，取出又埋在院里石榴树下。第二年1960年，国家正处在困难时期，号召用铜器换购自行车，那时张贺村表兄王茂堆与我商谈，家里也没有自行车，我想死宝变活宝，既支援国家，又照顾了自己，便同意了此事。表兄后来与泓芝驿供销社谈妥，经他手交给泓芝驿供销社铜圆，换购两辆自行车（我家一辆，他得一辆，自付差额款）。"文化大革命"开始后，大队追究此事，但没有罚款。1971年"一打三反"运动开始后，来了工作队，又追究此事。当时工作队长是严金贵。他把我叫去，对我说，三天内钱全部交清。我说东西是老人留下的，严说，先交款，事情以后再说。就这样我无奈低头，赔退永久自行车一辆，上交款九十八元七角八分。

此事至今，我总是想不通。我想国家绝不会白白没收人民群众财产。以华主席为首的党中央知悉民意，关心民事，冤案定会得到昭雪，罚款一定会退还。请组织了解，调查。过去打的墙根二尺八寸，还有三尺多的，埋在我院界内，绝非南贡杰界内。有脑筋的人都会想通，邻家再富，财宝再多，也不会跨界埋到别人家。像我这样的老实农民，绝不会贪他人之财据为己有。现在各级政府都在落实党的政策，解决"文革"中处理不当的问题，我向组织提出申请，请组织调查解决，给予处理。我也放下心理负担，焕发精神，为社会主义再大干数年。

申诉人　景自立

1979年3月10日

景自立这个申诉，句句在理，表达得清楚明白。不过这个申诉提交上去，可是投石入海，从此再无消息。

村里人说他，又没打又没罚，就戴纸帽子游了几天巷，也没把你咋啦。

你还不是白捡的？人家收回去，权当没有这回事。

不是你的，掉在地上也不要拾。老一辈传下来的这个话，说得好哇。

景自立等了几年，大小没有回音，自己渐渐地也就心凉了，不再提起此事。

他的那些当兵历史，放到现在，满可以算个抗战老兵。

景自立死在十多年前，那辆永久自行车早骑烂了，就扔在院子里的小夹巷里，破破烂烂，一身尘泥，家里人谁也不愿意再看它一眼。

我心里一直揣着一个疑团，1971年"一打三反"，景自立为什么没有戴上帽子呢？按照当时宁严勿宽的大形势，给他戴个帽子没什么说的。

我找来高头村这一份档案，仔细查看一下。大队同意戴帽，公社同意戴帽，县委落实办同意戴帽，就是最后一关，县革委不同意，签字负责人是张呈祥。

哈，张呈祥，老相识，老领导。

张呈祥"文革"前就是临猗县着力培养的年轻干部，"文革"中间经磨历劫，1974年担任临猗县革命委员会副主任。新时期以来，先后担任过运城县县长、县委书记，最后在运城地级市人大副主任的位置上退休。

我在运城市一处静雅的小区找到老书记张呈祥。他已经八十岁了，退休以后喜好书法，他的短腿隶书，在书界有一份好评。家里，粉墙书架，到处披挂着条幅，求字的客人进进出出，家里热闹、有喜气。

我拿出一份高头工作队 1974 年呈报的《定案批示表》，那呈供的是景自立的种种劣迹和各级的严惩意见。几十年过去了，纸上的厮杀声依然隐隐作响。

他仔细地看了这一份审批表，几十年前的笔迹，唤起历史的风云，他的神色严峻起来。在记忆里搜寻了一番，他说：这个景自立的案子我不记得了。

不过那时的落实政策，记得。在我手里，一个原则，从宽，从轻。

"咱们这里好多老同志参加过阎锡山的同志会。你们公社王理明书记，老书记，就是因为当过同志会秘书，不能提拔，我一看这算什么，抹了。你们的同学阎发云，'文革'中问题纠缠不休，就是不用人家，学生娃娃懂个什么。还有，咱们这里，解放前阎锡山抓兵，有过旧军队经历的人很多。说起来好像都是天大的问题，哪里有那么严重。在我手里，都一笔抹了，不算。"

他在这里踩了闸刹车，严打降温，一批人的命运因此改变。这是多大的功德。

王理明书记，后来到夏县任副县长、县长。阎发云，后来担任县林业局局长。

景自立不知道，一项即将压垮他的帽子，在一个人手里掂了掂，他沉思了一下，搁过一边。

而景自立后半生的幸福生活，与此有关。

每一次残酷斗争，都有人动了温情，一个善念，有时就是一批人的获救。

细究起来，景自立就是这样稀里糊涂遇到了好人，侥幸逃脱。

一包红枣和"六二压"

高头村申家庄有个南敬宗，南敬宗有两个儿子，老大南全福，老二南建福。

全福和我差不多大，我们上小学就在一起。建福比我小个十来岁。

我们这一辈不敢说南敬宗，提起了，都说福福他爸。

福福他爸是个老革命，早年在四川工作，把一家人都带到了四川。全家迁回村里，是后来的事。

村里人有时和他们逗趣，常是笑了说，你回来干啥，不回来，现在也是大官了。

就是的，南敬宗要是不回来，后来好赖也是个离休干部。

南敬宗生在 1924 年腊月，民国时期，家里有十七亩地，十七间房屋。水浇地，有水车，有牲口，算个殷实人家。他父亲是我们那一带的教书先生，自打七八岁，南敬宗就跟着父亲读书，先在高头村，以后父亲被外村请出去，他跟着，到过县城的贵戚坊、翟村、西祁村，这样前前后后上过五六年学，算个识字人。

日本人来了，他只好跟着父亲，休学回村，做务庄稼。

民国时期，中央军到地方部队，兵员补充都是靠强征，民间叫抓兵。1940年2月，阎锡山的部队到高头村抓兵，一次抓走本村的南敬宗等三个小青年，有的分到34军，有的分到国民兵团。家里一看不好，连忙托人求情。两个月以后，把他从军队赎回来。就这样，南敬宗有了第一次在旧军队从业的历史。

抗战时期，兵荒马乱。有军队的抵抗，也有地方武装拉起的人马。1943年，邻村赵家卓有人起事，拉起一干队伍，号称归属第一战区。他们庄上参加队伍的有四五个，南敬宗也参加了这个队伍。一个多月以后，队伍解散，南敬宗又回了家，接着干农活。

1944年6月，阎锡山的二战区实行"兵农合一"，齐民编户，三丁抽一。南敬宗被编进猗氏县国民兵团第二大队四中队，部队曾经拉进北边的吕梁山，后来改编为汾南挺进队，驻扎在县政府。其间，挺进队还曾经开到侯马一带，保卫铁路。1945年日本投降以后，趁着一次开拔机会，南敬宗开小差回了家。

1946年3月，挺进队搜寻到高头，寻找逃兵，父亲介绍南敬宗去了夏县县政府做事，安排在第一科。待了一个多月，不能适应，他只好又回村。

1946年7月，挺进队又一次搜寻他们，这几个在挺进队的同伴又跑到虞乡县政府特务连，也是待了一个多月，回村接着种地。

在这期间，南敬宗还是个小青年，青少年时代的两件事，却是值得他一辈子铭记在心的。

民国时期，高头村的关帝庙还保存完好，宏大的正殿，明清风格的戏台，历经风雨，依然正装肃然。来来往往路过的游民，时常就流落在关帝庙。庙里也没人看管，住就住，走就走了，偷偷摸摸做什么，也没人知道。一天突然传出消息，关帝庙那个流浪汉偷村里的韭菜。高头村靠河都是水浇地，高头产菜，远近闻名。农家都很珍惜自家的菜蔬，出菜季节家户时常有人在地里看菜。突然发现有人偷菜，村人很气愤。有几个二杆子就发了怒火，弄死他！幼小的南敬宗当然害怕。几家事主却是怒火中烧，他们从外村叫了几个好打杀的暴徒，想抓住偷菜的流浪汉，把人家倒插进村西的大井里。

这是幼小的南敬宗经历的第一次暴力事件，他当然只是跟着看，无疑，血淋淋的打杀，在他心底留下了深深的刻痕。

40年代，枪杀康排长那件事，曾经是高头村历史上一个著名的流血事件，我没有想到，此事也有南敬宗参与。

康排长是当地一个兵痞，游手好闲，倚官仗势，欺压良善。抗战时期，康排长入了皇协军，日本投降以后，他跟了阎锡山的军队，在编村做事，是国民兵团的排长，管着高头村这一块。他整天斜挎着枪，走东串西，拉夫派差，动手打骂是常事。百姓恼恨在心里，也没有办法。大约在1947年1月，康排长又下来派差，和巷子里的村民吵起来，争吵的一方是南敬宗的姐夫一家。康排长竟然动手，打了这家老太婆两个耳光，也就是他姐姐的婆婆挨了打。南敬宗的姐夫顿时起了杀心，召集亲戚乡邻要动手报仇。他们在南敬宗家里商量如何行事。几个小伙子联手，把康排长骗出来，手脚捆了，捅了几刀，扔进邻村的深井里。据说南敬宗曾经外出找人，借了一把"折腰子"手枪。他就是这样卷进了这场血案。

战乱年间，乡村社会失序。民间这一类暴力活动很多。打打杀杀，当时人们也没觉得有什么特别吓人。

南敬宗的革命经历，从1947年开始。这年冬天，解放军攻打胡宗南守卫的运城。运城攻坚战，曾经是解放战争初期著名的由守转攻的取胜战例。三打运城，南敬宗参加了担架队，救护伤员，运送给养。运城解放以后，解放军轰轰烈烈地南下。1949年9月，南敬宗参加了南下工作团第二梯队运输队，于当年12月到达四川省绵阳，安排在绵阳县税务局工作。

南敬宗就这样投身新政权，参加了城市接管，还有早期的城乡建设。

几年以后，他把老婆孩子接到四川。

他的崭新的历史，就从此开始。人们都以为，他会顺风顺水，走过鲜花盛开的人生。

南敬宗跌跤，是在1958年。在他，完全意想不到。

涑水河南岸这一带，地里栽种枣树。在高头村，村北地里是粮棉，村南枣树就多了。相枣是这里有名的特产。民国时期一直到后来，"上打枣，下种田"，曾经是一种小康人家的耕种理想。枣树底下是平整的田禾，庄稼上头，枣林摇曳着红玛瑙一般晶亮的红枣。吃粮有好地，收入有红枣。光景好些的人家，大多都有十来亩枣树。

1958年，南敬宗回家探亲。离开时，按习惯，他要带一些红枣，给机关的同事尝尝鲜。回到绵阳以后，上了班，拿了一包红枣，散给大家吃。脆甜脆甜的，同事们都夸，好吃好吃。

事情的转折就从这里开始。南敬宗这时说：这是我在地里随便摘的。要是先前我们家的地，那枣子才叫好吃，比这个好吃多了。

什么？你们家先前？枣子好吃？

你是说，人民公社的枣子不如私家地里的枣子好吃？

你是说，集体化不如私有制？

你是说，现在不如旧社会？

这是什么样的逻辑，才能推导出这样的结论。

那个年代，人们把闲言碎语上纲成政治问题的能力很强。

大跃进时期，正在插红旗，拔白旗，南敬宗的言论，让他很快成为机关的白旗。1959年反右倾，又翻出他已经交代过的问题，从眼前到历史，批判了一通。

倒是没有处分，也没有戴帽子。但是这个事情，很伤了南敬宗的心。这样的机关生活，真没有意思。于是他向单位申请，回老家去。

1962年，正值压缩城市人口。这一批由城里回农村的市民，后来都叫作"六二压"。

南敬宗就这样回到农村，又成了一个农民。

他想得简单了，农村也不是世外桃源。就在他回村没几年，轰轰烈烈的"文化大革命"开始，清理阶级队伍。他又成了清查对象，一遍一遍填写各种表格，一遍一遍被专政指挥部传唤，一遍一遍检查交代，那些他已经向组织交代过多少遍的陈芝麻烂谷子。

他的档案里，两种记载在角力，红色历史的记载，终于没有占了上风。

还是和上次一样，没有戴帽子，没有处分。但是，这又一次伤了他的心。

南敬宗的晚年，心有郁结。厌倦，心惊，在抑郁中去世。

80年代曾经有一个大规模平反冤假错案的潮流，四川方面终于找到高头村，宣布为南敬宗恢复名誉、恢复待遇、补发工资、落实房补等，一一到位。

那么，他应该还是一个离休干部。按照政策，离休干部的遗孀，也有一份庄稼人羡慕的补助。

多一份外财，福福兄弟的日子很快好了起来。人们说，南敬宗的罪没有白受。

不知道他自己怎么说。

今年春天，我因事回老家，就去找南建福谈天。

南建福后来读完中学，考进山西农业大学。现在他已经是著名的华北地区旱作农业专家，山西省农业科学院棉花研究所所长。

翻腾他爸的历史问题时，他正在读中学。

我问建福，你在中学入团了吗？

建福说，没有呢。那时我入团可难了，还是后来上大学解决的。

我说，你知道你为啥入不了团吗？

我拿出一份高头村五十年前的历史档案，那是他爸南敬宗的专档，里面有一份临猗县中学团委会的发函，说明要采取积极慎重的态度，吸收学生入团，需要了解一下南建福父亲解放前的职业，政治面貌，还有现实表现。高头大队的答复是：

兹证明我大队社员南敬宗历史问题如下：

主要罪恶：

旧社会多次参加顽伪军队当兵，为蒋匪效劳。

1941年3月，伙同某某几人杀害偷韭菜人，有血债。

1947年1月25日，伙同某某某等人将康排长打死。

他虽然参加，但未动手，是积极参与者。

是年1月间，借某某某折腰手枪一把交于某某某。

尚未落实。

现在家务农，表现一般。

有这样的一个父亲，能入团吗？

南敬宗不知道，他所谓的历史问题，不但影响了自己，还连累到孩子。

这时南建福也快要退休了。仔细阅读档案，忆及少年时，他沉默着，没有说话。

知道你家三代以上的事儿吗？

到西安、成都转了一圈，好多朋友在微信上看到了，一路风景名胜，美不胜收。贴出来，晒出来，朋友们都说你好逍遥。

其实这次去成都，有一个使命，我要找大哥，了解我家上三代。

父母亲在90年代去世，那一阵子，忽然觉得我对父母一点也不了解。他们一辈子做了什么，遇上过什么难关，取得过什么成功，这一份家业怎么来的，我全不知道。父母亲在世时，我没有时间了解，其实也是没有兴趣。他们说些陈年往事，我觉得没意思。正像我现在给孩子说当年，他们哪里爱听。

大哥比我年长二十岁，对于30年代，他已经能够记忆，40年代他已经长成，记得更多更清楚。这是父母亲的青壮年，创业和治家的重要关节，都应该在这一段。这一段对应的大历史，恰恰在抗战到中共打败国民党取得政权，家国一体，了解起来肯定有意思，有价值。

大哥精神健旺，谈性很浓。我说好，你所谈，我全程录音。

有时一连五六个小时，有时一天能谈十来个小时。在都江堰，我们坐在河边，要一壶茶，一边喝，一边摆，这也是成都人最喜欢的聊天方式。清澈的江水打身边流过，往事就像水流，牵出上几代人的一丝一缕。那天，我们一直坐到日落西山，回城，已经是灯火照亮万家。

记录也有遗漏。有时吃着饭，一句话，突然就扯到了正题，我也没在意，结果越扯越深。有时准备好了，却是好半天都是闲话。家事，本来就是闲话。无奈我这次就是奔着家事来，聊轻松的话题也不禁有了责任感。什么事情都怕正经办。

家事说来好像简单，家长里短，无关国计民生。其实一个家族的由来发展，其间的丝丝缕缕，远远不是你以为的那样无聊琐细。

我幼年时，常常听到祖母说"官家伙"，那是时兴大家庭的民国时期。按照大排行，曾祖一代，兄弟长幼共十人，分列门户十家，这就是后来为什么在巷子里，我会叫几个"七老爷""九老爷""十老爷"。这十个门户，是我家在庄子里头血亲较近的。现在虽然淡了，再回去说起来，人们还是认为"你们是一家子"。血亲就是这样顽固。到祖父一代，他的兄弟、堂兄弟五人，祖父和三爷是亲兄弟。这就明白了，为什么有两个姑姑和我家走得最近。我还有一个哥哥，从小过继给三爷顶门。我家等于兼祧三爷一脉，那两个姑姑，当然把我家当了娘家。高祖一代，家族家业兴旺，他曾经主持修建高头村关帝庙的大戏台。这个带卷棚的大戏台，一直是高头村人的骄傲，方圆几十里少见。曾祖治家时，已经是民国，他雄心勃勃把祖父送进北京国立法政大学，祖父大约是民国第一代大学生。可惜宏才远志，厄于短年，祖父二十多岁病死。三爷染了大烟瘾。眼看着他最钟爱的两个儿子成了这个样子，曾祖晚年，郁郁而终。家道从此败落。

家事的许多小扣子，解起来也是很有趣的。比方说，我的姑姑有好几个，从来不叫大姑二姑，却是有一个叫作三姑。堂姑姑也有好几个，却是从来不见四姑五姑，除了最大的姑姑和三姑，一律在姑姑前面加上名字叫，比如俊娃姑、够娃姑。我的亲姑姑不叫大姑，在邻村却有一个"南大姑"。所有这些小扣子，都是血脉流向里的一个小漩涡。在一条河流里，细看这些小漩涡，很有趣味呢。

还有一些社会关系，也是和大哥谈话，闹清楚了。比方说运城附近的羊驮寺康乱娃家，为什么和我家亲如一家？那时日本人在运城修飞机场，逃避战乱，乱娃一家躲到我家大半年，父母亲待他们如同亲戚，两家从此结亲。以后战乱平息了些，乱娃一家回到了羊驮寺。再后来日本人在羊驮寺修机场征民夫，父亲和大哥都去当过劳工。在那里，又受到乱娃一家尽力照顾。这个羊驮寺飞机场你不要小看，日本人轰炸西安，轰炸延安，都是在这里起飞。还有，峨嵋岭上有个曼里沟，我至今不知道这个地方在哪里，曼里沟的学孩叔，却是和我家走动很勤。这是因为国民党抓兵，父亲被抓到曼里沟关起来。眼看第二天开拨，多亏学孩叔一家搭救，他躲上房顶，隔天潜逃回来。父亲不忘大恩，从此我们认了无亲无故的学孩叔。

这些看来都是小事情，和大历史，却都是联系很紧的。

最可笑的是，也是这次谈话，我才闹明白父亲的名字叫什么。我们上五代的排行是彦、士、昌、庭、迺，我一直奇怪，父亲为什么没有按照排行的规矩取名，而是另取一个辈分排序之外的名字。这次终于明白了，名字之外，父亲给自己起了个字。他习惯以字行世，久而久之，人们竟也不知道他的原名了。人们不知道也就罢了，我这个做儿子的也不知道，那是太可笑，也很羞惭。

同大哥谈话，内容非常多。家族的，他个人的，百年沧桑，看历史充满了戏剧性。和女儿通电话，她说，你说的这些，都像上演的谍战片。是的，一个家族的百年史，该是多么丰富的蕴藏。不把这些当回事，太愚蠢了，也太无情了。

我此番动念，来自于一个朋友的推动。朋友父母突然离世，身边一下子空落了。这时才想起，自己对父亲母亲其实一点也不了解。上一代人的事，不是没有机会了解，而是不愿意了解。父母亲突然离世，才真真切切感觉到无法挽回。朋友追悔莫及，只能无限懊悔：他就住在我身边，我怎么没有让他好好说一说呢。其实不是父母亲不想给你说，而是他一开口，你就没兴趣去听。

朋友四十多岁，我的父母亲去世时，我大约也是这个年龄。

多亏我有个年长的哥哥，我还能抓紧打捞，挽回一部分。

我抓紧行动，于是有了四川之行。

长期以来，我们只重视国史，比如通史之类。还有党史的革命叙述。最近一些年，区域史逐渐进入人们的视野。细究起来，还是政治史居多，社会史的比重较轻。山西大学的乔志强先生，对于近代社会史研究有筚路蓝缕之功。沿袭到现在，山大的社会史研究中心，在全国已然有一定影响。不过不管怎么说，家族史家谱学这一块，还是习惯地被人们视为草芥之论，登不得大雅之堂。由此一来，一般人也很少重视自己的家族史。问一问党史，千里之外的大事件，他还能略知一二，问一问他家的上三代，他反而一片混沌，一问三不知。过去退休在乡的缙绅，常有编修家谱的传统，因此民国以前的乡邦文献很是丰富。看看现在，谁还重视修一修村史家史。哪个村子如果有人出面续家谱，在旁人看来，怀疑你脑子出了问题。一家一家的子女不知上代人的经历，历史在底层断裂，这其实是非常可怕的事情。

台湾作家王鼎钧，在《昨天的云》中曾经说道，他那个年代的孩子，必须接受的基本教育有这样一条，"我们小时候受过几项严格的基本训练，其中一项就是牢牢记住你的三代尊长"。"当年，人事资料要记载曾祖父、祖父和父亲的名字，每个人都要写出自己的上三代，否则就是大笑话。倘若求职，写不出三代的人一定落选。"

那个年代，要参加工作，必须能写出自己上三代。否则，没有资格。

我很幸运，还有一个补救的机会。不但记住了他们的姓名，更是收集到了自己的高祖、曾祖、祖父一些历史碎片。对于父母亲在30至40年代的经历，有了更多的了解。

知道你家三代以上的事儿吗？这个问题，问得震撼人心。

门里门外

关于门

　　乡村的人家聚族而居，原先的一个村子，大多就是一个家族。年代久了，难免也有杂姓的人家迁居进来，也有后来杂姓喧宾夺主，成了一个村子的主要姓氏。不过一般来说，老早先人占据这个地方休养生息，一个村子的人口主要还是那一家姓氏的多，一个村子总有一个大姓，叫主姓。多了，就是杂姓。像我们高头村，毕姓的人家占了多数。史家说最早的先祖是周文王第十五子毕公高，早年封在此地，后世的子子孙孙就都姓毕。毕姓是个小姓，但在我们老家的县份，足可以排到前十。一个古老的姓氏，在它的源地，总归还是有粗壮的根脉。

　　在村里，除了说这一族人，乡亲们更多的是说这一门人。"门"这个叫法，比家庭大，比宗族小，特指家族的某一支。一门的大小远近，也不甚确定，可大可小，可远可近。有时候专指血脉较近的本家，有时候也就宽泛一些，追溯得远了，旁系或者较远的旁系也能包括进来。反正都是一个街巷的同姓血亲，分得那么清楚有必要吗。

我的家族往上溯，我只能说出高祖的名字。巷里说起我们这一门人，一般说的是曾祖一辈，我的曾祖毕昌河，宗族一共有兄弟十人。

经历分家析产，一族几家分为十个门户。

我们家族的辈分排列，我知道的五辈，按照彦、士、昌、庭、逦排列，分别是天祖、高祖、曾祖、祖父、父辈，这一门人，昌字辈的，我的曾祖一辈，大小曾祖一共十人。

我家长门，辈辈长门。父亲辈分小，在村庄很多人都是他的长辈。巷子里没人叫他叔爷什么的，大人小孩都叫他"老拖"。"拖"是方言，老拖就是老大的意思。也有叫他"大哥"的，那是比他辈分高年纪又小的年青一代。他却是人家的侄子辈或者孙子辈，人家怎么称呼他？在村里，叫一声大哥就是礼貌。三五岁十来岁的娃娃管一个老人叫大哥，别扭吧？这就是乡村辈分排序的力量。

我的这十个曾祖，按排行我得叫二老爷，三老爷，等等。村里年轻人，比我大一辈的多，他们要叫二爷、三爷，以此类推到十爷。大部分年青一辈都这么叫，二爷三爷到十爷，也就成了特指的身份。一说二爷、三爷，村里都知道说的是哪一个。

大爷，方言叫拖牙，二爷，方言叫日牙，三爷四爷，就叫三牙四牙，一直到十牙。大爷到十爷，这一门，在村里确是一支可观的人丁，一支不可小看的亲族队伍。

今年9月里我曾回村里去，和同辈的伙伴聊起这十门人家的来龙去脉。

　　一片菜地，种辣椒，村里都叫秦椒。高头村的秦椒远近闻名，辣椒不是炸辣，香味醇厚，香辣，又不刺激肠胃。秦椒色泽鲜红，飘锅，所以，用于羊肉泡馍的大饭锅最好，撒一把，立刻泛起一片红。在锅面上载沉载浮，诱人眼神，你不由得要停下脚步，买主来了。

　　高头村的辣椒特产，和村里的土质有关。这一片都叫垆土地，和沙土地不同，含胶泥。奇怪的是，也就高头这一块是垆土地，一旦走出高头村的地界，就是另一种土质。上天圈住了这样一块地界，与众不同。

　　高头村人稠地窄，分地以后，各家各户地块都小，田里的庄稼也就成了一溜一溜的，我在永孩的秦椒地一边摘辣椒一边聊。秦椒角已经开始成熟，有青青角的，也有绛色的、全红了的。一溜地，三行秦椒，摇摇曳曳，田野里飘着青禾的香气。

　　永孩这一家人，在村里很有声望。在村里，上一辈人都叫他爸犬娃，小名。民国时期阎锡山整顿村务，犬娃当过编村村长，卸任村长以后，依然热心村里的社事。大家信任他，有关村里的公益，还是习惯找他。家风影响，永孩在村里，也是一个热心家族事务的人物。我想厘清历史上的宗族脉络，和永孩说，最合适不过。

　　日光下，碧绿的菜畦里，南瓜很随便地躺着，豆角鼓爆了身子，芫荽正旺，贴着地皮，清香味儿一阵一阵冲过来。

　　永孩说，这一支，一共十门。

上　溯

巷子里都不记得大爷和二爷，他们早去世了。只有"二虐"还在。"虐"是我们当地对祖母的称呼，叫"虐"不太准，后音更接近"窝"。当地人叫转了口，都这样。这个发音，在当地其实接近于"娘"，近年也有学者探讨，说这个音其实是"女娲"二字的连拼。运城这个地方，有好多远古的文化遗留，我们邻县就有后土祠，是专门拜祭女娲娘娘的地方。也许这个叫法，就是从女娲那里来的。

二虐和我家是邻居。她没有男丁，我在孩童时，二虐常常抱着我，大一点，二虐就带着我。夏天夜里，我们会铺一页凉席，躺在院子里，二虐会给我唱"小星星，亮晶晶"一类的歌谣。如果有蝎子唑唑唑窜过，二虐会惊恐地抱起我，看着那个高举尾巴的爬虫飞快溜过去，才平静下来。浮云飘过遮了月亮又露出来，二虐会给我念叨一些戏文。她爱看戏，会说很多戏里的故事。二虐最喜欢说一句戏文，"做官不知民受苦"。她会变着各种乱弹的腔调来哼哼这一句词儿。

有那么一个秋夜，少年的我突然来了兴致，看着二虐在旁，就学了一句她的"做官不知民受苦"，二虐却没有呼应我。她止住我，感叹地说，唉，做民不知官艰难哪！

"做官不知民受苦""做民不知官艰难"，这是我最早接受的社会学启蒙教育，一个农妇对那时的官民关系的通达理解。

二虐只有一个女儿，嫁到邻村。为了养老，女儿的一个女儿，又过继回本村，给一家人做了女儿，离二虐的门户不远。

最后一次看到二虐，是80年代，她去看女儿回来，满脸是苦相，她大概得了难看的病，照面也顾不上和我说句话。不久，二虐就去世了。

三爷早夭，没有后人，巷子里也就不咋有人提起。

四爷就住在我家隔壁，和二爷二虐一个院子。民国时期一直到改革开放以前，农村两家伙住一个院子的很多，哪里像现在，村里盖房子都是独门独户独家院。

四爷的房子窄小破旧，儿子两口住北房，他只好和四虐挤在伙房里。做饭住人，苇箔泥糊的顶棚烟熏火燎，早已经黑得油亮。一到吃饭揭锅，水汽蒸腾，只能在雾里摸索。柴火灶，炕上睡人，脚地做饭，屋里就常是满满当当、乱七八糟。

我打小就记得，四爷的儿子在太原重型机械厂当工人。他应该是50年代出去的。四爷四虐去世以后，他就不怎么回来看，村里和他联系也不多。我调到太原工作以后，曾经把老母亲接来住。老人很寂寞，没人说个话拉拉家常。我就想到了四爷的儿子，他在村里长大，和母亲说一说村里的事情，聊得来。我给他打了个电话，邀请他过来。他也说了过来，几次联系，却不见动静。终于等到腊月快除夕了，我再联系，邀请他过年一定全家过来，在我这里吃饺子，我们一门两家热热闹闹在太原过一个团圆年。他那时已经退休，在一家私家厂子里帮工。我们殷切地期望着，过了初三，我再联系他，家里人说他初二就去上班了，厂子里没人看门。我终于明白了，他有三个儿子，一大家子人，他想多一点收入，过年也闲不着，于是告诉母亲他来不了，一家人都觉得没滋没味的。

四爷四虐去世早，儿子在太原也不怎么回来，他们的院子早早就空着，一个本家兄弟给看着，偶尔住一下。房子老旧，他也不修，四爷的老院子就七扭八歪，渐渐只留下一个空架架。路过的都指说，家里没人，就是这个样子。

五　爷

巷子里也不怎么提起五爷，他的寿数也不算高。不过五爷有后人，传到孙子这一辈，顺存，顺孩，都是村里的"能人"。

人多说三岁看老。顺存少时聪明，上书房时，捣蛋不好好学，先生的功课却是从来落不下。书房里的小学生都贪玩，顺存就带着他们和先生躲猫猫。先生来了，一个一个装模作样念书，先生一走，立刻掀翻了桌椅大闹天宫。小顺存敢站上课桌，掏出小鸡鸡朝着先生的站台撒上一泡尿。年轻时候，他也是吃喝浪荡，不像个正经庄稼人。

七七事变以后，全面抗战爆发。在山西，阎锡山的晋绥军和中共领导的牺盟会都积极活动组织抗战。薄一波组织的牺盟会就在稷王山一带活动，村子里来了宣传队，国难当头，号召抗战。日本人已经开到高头村，见天往峨嵋岭上开炮。父亲本来胆小怕事，这一回也被亡国灭种的威胁激发了斗志。

他参加了牺盟会的培训班,回来就在村里土墙上到处贴标语呼吁抗日,一支抗敌演剧队路过村子,他找到长官要送大哥去当小演员,最后还是因为孩子年纪太小没有入队。不过可以看出,在民族危亡时刻,我们一家的抗日热情终于被激发了。

不几天日本人就进了高头村,他们来村里指认中国兵。不知怎么稀里糊涂指到了顺存。日本人把他捆住,按在条凳上灌辣椒水。后来,日本人把他带回了羊驮寺的据点。

大家都以为顺存这一回小命不保。一年以后,他回来了,一点事没有。听他说,日本人把他关在南杨姚军营,让他当马夫,喂军马。仗着聪明,顺存很快学会了一些简单的日语,能和日本人对话。由此搭上了日本军队的金翻译,二人混得厮熟。日本人看他聪明乖巧,也就不再难为他,有了这一手,他没怎么受罪。

1942年阎锡山军队抓兵,顺存被抓。在吉县接受培训期间,加入同志会,成为阎部铁军基干。以后顺存主要混迹在阎军,担任过61军71师216团5连政卫工作员,抗战胜利后,任阎军汾南地方团队二团机炮连特派员。解放初识字的人少,当地安排他在临猗县第一高小管理总务,但他很快就因为贪污公款被判刑,坐满三年监狱,回了村当农民。村里看他有文化,安排他到民校当教员,扫文盲。顺存利用这个机会,多次诱奸女学生,在村里,顺存就是出了名的混世魔王。

村里至今都在传说顺存诱奸环环的故事。环环是前巷的一家女子,上了民校,很快就被顺存闹大了肚子。闺女本来已经许了人家,人家一看,立马退婚。这个时候环环肚子越来越大，娘家眼看瞒不住，只好急匆匆给找了个人家出嫁，那头家穷，也顾不了这些。环环出嫁时上马，家家都站到巷里看热闹，因为这时环环的肚子已经很明显地大了。奉子成婚，在那个年代可不是什么光彩的事。

环环生下这个孩子，大家一眼看出就像顺存。皮黑，方脸盘，一直到老，高头人都心知肚明那是谁的种。前些年这个孩子都五十岁了，跑一趟客车，车在高头有一站。每当过站，高头人还会指着车后影，议论说，你看那个顺存的眉眼！

顺存坐过班房，回到村里照样威风不倒。他先后当过大队的计统股长、生产股长。生产大队就是一个村子里的股长，当然不算国家干部，可是在农村，实物过手，有实权。大跃进中，顺存因为贪污盗窃，懒于劳动被拔了白旗，1959年以后就只能在三小队当记工员，兼会计。三年困难时期，顺存利用这个身份，伙同队长保管，偷盗库房粮油。社员忍饥挨饿，队干们肥吃海喝。顺存肥头大耳，游手好闲，成天骑个自行车转来转去，号称检查工作，从不下地劳动。顺存自己打开库房偷盗，社员下地回来捎带点豆子枣子充饥，他抓住也要大会批斗。社员们忍受他的侮辱欺压，一个个敢怒不敢言。

饥荒威胁每一家人，那时大家上地干活私拿偷拿很普遍，谁家没有饥饿的老人孩子，吃一口是一口。我父亲胆小，不敢动，黑更半夜悄悄摸到菜地，偷拿两苗白菜，白天一家子煮了吃一顿菜汤。不料顺存闻着了风，他半夜尾随父亲外出，在菜地当场抓住父亲。顺存得意扬扬声称人赃俱获，第二天组织全村开大会，责令父亲检讨。每天民兵把在巷口，像这样被顺存抓住偷拿的社员太多了，家口等着救急，叼一口也许就是救命。顺存如此不仁不义，乡里少见，却是没人敢惹他。那时小队吃食堂，队干权力大得很，谁要是不听话，喊一声，"把他的饭止了！""今晌午不能领饭！"你就得饿着。

顺存和队干横行霸道欺压良善，终于激起众怒。"四清运动"之前，社员们已经开始秘密串联，写好帖子按上手印告状。"四清运动"一开始，顺存那一班队干立刻被掀翻，查账清理，落实贪污盗窃数额定罪。矛头所向，顺存人人喊打。批斗会上，顺存多次被架上条凳，蹬翻摔下，跌得鼻青脸肿。那是当地民间流行的一种私刑，乡下人的报复当然是过火了，不过可以看出乡亲们对他的痛恨。

批斗大会群情激昂，曾经挨整的乡亲纷纷撺掇父亲上台，动口也动手。父亲没有动弹，后来他说，总是一家人，算了。

"四清运动"结束，顺存戴上了一顶历史反革命分子的帽子。其实，这个帽子有点不合名号，管他呢，乡亲们只要出气。

顺存戴了帽子，受了管制，在村里，那叫"王八是啥他是啥"，从此没了威风。在乡亲们的冷眼里，顺存郁闷气结，活到80年代初就去世了，也就六十岁。

五爷有两个儿子，顺存、顺孩，顺存的弟弟顺孩在50年代当过乡长，1960年前后是高头村的支书，"四清"以后下台。"四清"清查，顺孩只有一些多吃多占，在那个年代不算什么。他的下台，无疑和庇护其兄顺存有关。

七 爷

六爷和我家亲近。不过他去世早，我没有什么印象。

七爷我就记得了。我小的时候，好一些的人家，大门口都有一溜上马圪台。门口砌成一道斜坡，一条一条青石就坡摆上。七爷经常坐在对门的石头圪台上，和人聊天说闲话。他小腿上长着一块牛皮癣，时常要撩起裤管，伸手上下抓挠，巷里人都知道他这个毛病。

七爷是穷家，出了名的穷。他和儿子都靠着常年给财主扛活，才能有吃穿。他是典型的房无一间地无一垄，乡村的无产阶级。土改以后，七爷才分了一处住房，全家总算有了个住人的院子。说是院子，也就是村里富户的一处马坊，只有平常人家的半个院子大，土墙土屋，窄矮黑暗。灶火是黄泥涂的，出出进进的门也就是土墙一扇柴门，歪歪扭扭斜靠着，能挡住鸡狗。本来嘛，就是人家财主原来喂牲口的地方。这还算有个窝，天晓得他们一家原来怎么住。

在村里，七爷行侠仗义，好打抱不平。有恶人欺负谁家，七爷会出头说理。有争斗，七爷会主持公道。他不怕事，不怕打架，敢上手，有大规模的械斗，七爷提上家伙就走。村里的恶棍烂人，见七爷都惧怕，让着他。一门之内谁要是仗势欺人，七爷会找上门去，打起来他也不怕。

七爷有两个儿子，庆祥，都祥，都是一把力气的汉子，站在那里顶天立地，七爷的门风就硬气。庆祥更是健壮挺拔，眉清目秀，一表人才，出门到县城走一走，谁见了都惊讶，这哪里像个庄稼户的孩子。

谁也想不到庆祥这样一个漂亮孩子，却和北坡一代的土匪地痞扯到了一起。他家穷得干打干，出门却是好吃喝好赌钱，一把玩跌了，跟着人杀人越货，渐渐地心狠手辣起来。晋南那年月时不时有八路军的游击队出没，各村里，中共领导的地下村长、农会也在悄悄活动。两军对垒，激烈残酷。庆祥参加了反共复仇暗杀团，每当夜色降临，这伙匪徒立刻流窜出没，绑架活埋，刀砍斧剁，残忍杀戮那些乡村红色政权的领头人、积极分子。猗氏县东好几处惨案都和庆祥有关。夜色里，村庄连环遭到夜袭，打头的是一个英俊后生，做活儿残酷潇洒。一副漂亮的面孔里，暗藏着嗜血成性的手段，这是村人万万没有想到的。

共产党领导的武装也开始注意到庆祥这只黑手，猗氏县城解放以后，武工队俘获了他们。

庆祥死得很惨。村里有看到的说，处决的时候，一群拿枪带刀的人围住庆祥，包围了一个圈，捅一刀，庆祥就倒向另一边，对面再捅一刀，庆祥又倒过来。庆祥倒下，又被提起推过来。翻过几个来回，庆祥浑身都是血窟窿。几个人又拉又拖，把他扔进庄门头前的一眼枯井里埋了。庆祥撒播的仇恨终于回报了自己，他双手沾满血债，村里也没人敢埋他。这号暴毙，也不好进祖坟。就那么荒野里埋了算了。

庆祥死了，这样一个穷家，媳妇就守住没走。这一带的婚姻，兄死弟继，姐殁了，续娶妹妹的也常见。

都祥两口子生了七八个孩子，在村里，数得着的多子多孙户。

都祥爱做农活。他只知道干活。在生产队，他是有名的头号能干。队里上工，天不亮就敲钟，我家在巷口，老是听见，天还雾雾的，都祥就在树底下说话，招呼下地了。锄草，都祥领头，比别人多锄一行。割麦子，他领腰子，捎带放捆麦的把子，唰唰唰领到地头，还要回头接一接手脚慢的。割麦子是我们平川的大苦活，弓着腰一连几天在麦行里挥舞镰刀，一上午浑身就散了架。有民谣说，"头一天胳膊第二天腿，第三天割得活见鬼"，说的就是，先是胳膊疼腿疼，三天过后，就不成人形了。我就没见都祥叫过苦，叫过累。六七天过去，他还照样和头一天一样，精神抖擞，架子不倒。打场了，他顶着毒日头，驾牲口拉碌碡，放下叉把拿起扫帚，一天不停歇，晚上还要扛麻袋，过秤，小麦入库。

都祥力气大。老家不说力气，都说劲大。我在村里的时候，他也就不到四十岁，正当年。农村小伙子，谁家不是劲大？难得的是他干活不惜力气。送粪担粪，那时都是土粪，重得很。一般装筐，都不装满。轮到都祥，他总是铁锹大铲装得饱饱的，那一担有一百斤。拉小平车，地里土虚，怕陷进去，装平就算了，都祥不是，小车装得冒了尖。一脚深一脚浅，扑里扑通就一个来回。抗旱推水车，三个人把杆推一辆，他一个人哗里哗啦推上走。给粮库装小麦，上斜坡，他扛起麻袋一溜小跑。粮库的公家人都感叹，这人哪有这么大力气，这么大精神。

都祥不累吗？不累是假的。我就见过他吃饭打盹，扣翻了饭碗。晚上浇地，那时都是漫灌。都祥教给我，一片地开了口子，放进水来，我们就到那边地头等水浇满。都祥说，咱们躺下，脱了鞋，身子在小路上，把脚伸进地头，浇满了，凉水一来，淹着脚，一激，你就醒了。每当回好水口，转到那一头，都祥放倒身子，立刻鼾声大作。一旦冷水泡了脚，刺激一下，都祥立刻跳起来，改水口。一个晚上就这样折腾到天亮。第二天我们都说受了一夜罪，都祥说，黑了尽睡觉了，白天接着上工。

都祥真是个铁人，他一年四季，就像一架劳动机器，从没有停歇的时候。

都祥图啥？好像也不图啥。他说，人就是贱皮，不动弹，啥毛病都来了。做活，啥病都没了。他说，力气这玩意，最不值钱，使光了，歇一把，又来了。这大概就是他的苦干哲学。

都祥浑身力气都给了集体，生产队公认他是头号能干。那个时候，生产队实行大寨式评工。隔一阵子，要开评工会，大会评议谁谁谁一个劳动日应该记多少工分。大寨评工，目的是不让包工，要是包工，像都祥这样的强壮劳力，能顶别的好几个。每当队里评工，男劳力满分十分，那就是都祥。都祥是公认的标尺。其他的，九分五，九分出头。差别不大。差别不大，大家也就不太在乎。偶尔有争议，也在都祥一句话。都祥说少了就加高点，都祥说高了就抹去点。都祥说的，肯定没错。人家干多少活，不也就十分嘛。

都祥得过很多奖状。五好社员啦，爱社如家啦，热爱集体啦，都贴在炕墙上，花得耀眼。

如果不是分地，都祥恐怕要一直风光下去。就像是一个早上起来，乡村变了样，呼啦啦分了地。一家一户各干各的，都祥的吃苦死受，立刻没了意义。你是为自己干，苦也罢，累也罢，你自己愿意。谁让你苦干来着？都祥先是当不成模范，就有些失落。再过几年，农民很快尝到了给自己种地的甜头。脱离了管制，愿意种啥不愿种啥再没人强迫你。农闲农忙，也由你自己安排。一种一收，平时就闲着。很快农民发现，种地原本也不是什么苦差事。半年干，半年歇，白面也吃不完。好多人不明白，为啥农业社一年忙到头还吃不饱。一年到头喊叫艰苦奋斗，好像人生在世上就是为了受苦似的。人们终于明白了那就是瞎折腾。一旦明白了这个，都祥的灵光立刻消退殆尽。换一种干法，就能过好日子，上面愿意折腾，都祥愿意苦干，好像一对搭档。这样的苦干，那不是和自己过不去嘛。

　　都祥慢慢年纪老了，村里也罢，孩子们也罢，不让他做什么活儿了。一不做活，都祥就成了废人。

　　这些年农机具大普及，农用小三轮进入家家户户。这个小三轮遍地跑，首先消灭的就是大牲口，几年工夫，马骡牛驴这些过去农活的主角，很快不见了踪影。卖的卖了，宰杀的宰杀，长腿牲口，绝迹了。

　　家家户户都在处理大牲口，这个家伙，要喂，要吃夜草，要防病，麻烦死了。小三轮加上油就跑，要牲口干什么。

　　谁都不要牛了，都祥自己留了一头牛养着。

　　都祥的牛，就是我们当地常见的大黄牛，浑身黄毛，有浅色的白花。小角，个头大，明显是拉犁的。都祥独处，和牛做伴。都祥每天给牛割草，天气好了，拉着他的老牛出来晒晒太阳，梳一梳，顺顺毛。牛卧在黄土里，都祥慈祥地看着它，好似自己的儿孙。听它哞地叫一声，都祥满脸都是笑纹。都祥惯常要拉老牛出来遛弯，到村庄的老地里看看，也是放牧。冬天不出来，都祥要贮备好一冬的草料。都祥养牛，当然不是为了使役，到处是农机，哪里用得着牛。都祥当然也不是养肉牛，谁要说宰杀，都祥会跟你急。都祥就这么一直养着。都祥说，他要给老牛养到老，送了终。我有时想，要是搁在大城市，都祥的宠物够另类的。他养的宠物是一头牛，比小猫小狗气派多了。

都祥养牛，更像是留住集体化时代的一个纪念。他们都是给农业社出过大力的，惺惺相惜。

苍老的都祥，牵一头苍老的黄牛，慢腾腾地从村庄走过，残阳夕照，一幅剪影，你肯定会想到这都是即将要消失的什么。

都祥终于将老牛养到死。老牛死了，都祥不卖牛肉，不卖牛皮，挖个墓坑，都祥安葬了一头牛。集体化时代的袅袅余烟，终于一丝一丝消散。

老牛死后没几年，都祥也随老牛去了。

村庄的最后一头牛，村庄的最后一个劳模，相继去世。

九　爷

八爷九爷是嫡亲弟兄俩。

兄弟两个四十多亩地，一起伙着种，伙着吃。土改了，四十亩地，他们被划成富农。

九爷的儿子叫天恩，解放以后，天恩一提这事，就捶胸顿足，仰天长叹，老弟兄就是不分家嘛，要是分了家，一家二十亩地，还能划成富农？一副悔青了肠子的样子。

地主、富农和一般人家可就差多了。房子分了，地分了，在巷子里，就没有人正眼看你。一家人分了九爷的老院子，要翻盖房子，拆墙，听说挖出了一罐罐银货。这家人当然不说，村里只是传得厉害。事过不久，九爷就疯了。随后，八爷九爷相跟着殁了。

天恩在村里，当然憋屈得很，做事左右不是，说话也低声下气。他会唱几句戏文，到了野地里，看看没人，才敢吼一嗓子。

那一年村里排老戏，一出戏叫《庚娘传》，里面有个不吃劲的角色，老苍头，没有多少戏份。实在找不到人，就把天恩拉上。农村闹戏，就是庄稼户自家热闹，唱成怎么样不要紧。大家也就找个乐子。可不管怎么说，唱戏登台，也是个出头露脸的机会。乡村剧团的演员，也是村里的公众人物。逢年过节，是乡村的关注中心。

大幕拉开，没有出台，天恩就在边幕后面唱：

荒乱年众百姓出逃流离——

天恩的嗓门，苍老粗放，就是冒了。台下友好地哄笑，横嗓子啊。

唱戏，是天恩少有的露脸机会。

这出戏，庚娘报仇，手刃强徒时有一段唱：

气得人一阵阵黑血往上潮，
杀人的贼子你死期到，
我忙把宝刀抽出鞘，
照贼人的头上砍一刀。

天恩没有多少戏份，别人唱，他也跟着学，庚娘这几句，天恩就唱熟了，有了兴致就来一段。

不久就有人反映，天恩唱这个，暗藏着自家的心思，是对贫农翻身的刻骨仇恨，是地主阶级的反攻倒算。有人还引用报纸的高调，上纲这是贫下中农和地主阶级谁占领舞台的问题。天恩一时很是尴尬。戏，不能唱了。

好在正月的热闹也过去了。天恩又回到了小队，做他的农活。卸去油彩，洗去铅华，天恩失望地走下舞台，又成了原来的样子。天恩给队里赶车，戏文不能唱了，笑话也不敢说，坐在车辕上闷闷不乐。

农家都习惯吃两顿饭。早饭在九十点。也是一天早饭，母亲看着饭还有一会儿，对我说，你去到地里拢些草，要喂猪，提上那个猪笼筐子。

我家有一个筐子，平时都叫猪笼。说它大，可以装下一头卧着的猪。同样的大筐，一般都是圆的，粗柳条编成，插一个圆木爿。我家的猪笼是长方的，四四方方，也是竹编，由好几绺拼成，编工很是细致。虽是庄稼户的家具，可就显得很精致。婚嫁行礼什么的，装一些轻巧的行装，看起来很飘洒。

我挎了猪笼，跑到小队菜地。这一块菜地，我已经看过了，知道长了一片马齿苋。我把猪笼放在路边上，自己一个人进地去拔草。马齿苋好多，一会儿就拔好一堆，我看猪笼差不多能装满了。这个时候，我看到天恩赶车，从河堰子那边上了路。马车的铁轱辘骨碌碌从地头碾过，我也没有在意。抱了野菜回到地头路边上，才看到，猪笼被碾扁了。一道车辙从猪笼中间碾过，竹编已经被碾折了，歪歪扭扭倒在一边。一件漂亮的竹筐，就这样被糟蹋了。

大车只要稍微向外打一下，就能绕过猪笼，或者停下车，叫我去拿开，也行。

正在饭时，四野空荡荡无人，天恩就是故意的。碾坏一件村里少见的工艺品，他心里大概很有点报复的快意。

我抱了猪笼和猪草，哭着回家，给父母说了，一边说，一边忍不住大哭。

父亲很是生气，拉着我，要找天恩说理，叫他赔！净是欺负小娃！

母亲也是气得不轻。父亲要拉我出门，她还是挡住了。

她说，算了吧。你看天恩，一天就没有个开怀大笑的时候，就是欺负一下小娃，他能开心一下。不要争竞了，算了吧。

天恩果然开心。下午出门，他见了我，背过脸偷偷地笑。

十　爷

十爷最小，和父亲年岁差不多，我就记得多了。

十爷身强力壮，在巷子里就强横。不服人，好争胜，翻了脸，敢吵，也敢打，巷子里一般没人惹他。

十爷最瞧不起软蛋、认尿。偏偏父亲从小由寡母养大，受欺负，在巷子里，就是个软人，受点气，受受了，和谁也不争竞。你打我，我不惹你你打我？你骂我，你骂我我又不疼。你吐我一脸唾沫，擦擦一会儿就干了。十爷就最看不起父亲。

十爷和我家隔一家相邻。十爷咋看父亲都不顺眼，整天横挑鼻子竖挑眼，父亲做什么都不对，做什么都尿包。在他看来，父亲这个软蛋，就是族人的耻辱。他有事没事就教训父亲一番。他辈分大，父亲也不好说什么。

两家连畔种地，就少不了磕磕绊绊。十爷动不动就起事，站在地头大骂，父亲一声不敢吭。骂得兴起，他扑过来，动了拳脚。这个时候，七爷不让了。七爷本来就好抱不平，想不到本家还这么欺负自家人。在村里，这个时候只有七爷敢出面为父亲抱屈说话。他跳脚大骂十爷，贼坏子你敢动手？打起来，七爷也不是善茬儿。当然，对着七爷，十爷也就不敢动手。

七爷怒气不息，这么长年累月欺负人，多会儿是个完？他拉了父亲，要去找官府说理。当天晚上，他们爷孙套了一驾马车，连夜赶到峨嵋岭根下的七专署去告状。马车在夜里咯咯当当摇晃着，爷孙两人满以为国民政府会给百姓做主。谁知道抗战中间，七专署连自己都不知道哪一天就没了，哪里还有心思管什么民间的吵闹。

于是十爷更加凶恶。一个月以后，在田间地头，十爷又来寻衅。父亲忍不住争辩几句，十爷架住父亲的胳膊，劈头盖脸连打了十几个耳光。他高大强壮，父亲毫无还手之力。

打完了，十爷撂下一句话：这才是捎信儿哩！看我今黑了怎么收拾你！

一个人再软蛋也受不了这个。绵善的父亲终于动了火气。当天晚上，父亲在家里，翻出一杆铁叉，我们那里装载麦捆子专用，挑起捆好的麦个子，装到大车上载回去。那就是一个长长的木把子，顶头安一个铁叉。父亲怒火中烧，他在静静地等待一个人，等待他破门挑衅。如果是那样，一杆铁叉将飞快地发射出去，一场血光之灾就在小院里发生。

父亲平静地给大哥嘱咐后事，家里预感到一场横祸就在眼前。全家都紧张得发抖。

父亲手持铁叉，期待一洗屈辱。

但是，那一个晚上平静地过去，十爷没有呼号着侵入。

往后好几年，父亲一旦和大哥托付家事，就是嘱咐大哥报仇。

父亲说，你要记住这个恶人，欺负了我多少年。你还小，长大了，要替我出了这一口气。

大哥那时也就十六七岁，傻傻地站在一旁，哪里明白父辈痛说家史。家仇村仇这些东西，在这些革命青年看来，都是小气，他们关心的是解放天下。

但是报仇，还就在不经意间一步一步走来了。

运城解放时，大哥正在晋南中学读高中，解放军多么需要念书的年轻人，大哥旋即参军，随军南下，解放大西南。

打土匪，护送干部，大哥率领一车人，往山窝窝里开。车上就他一个军人，胸前一支冲锋枪。一进大山，枪声四起，人们都吓得蹲下。车里颠簸，人群像装满车的土豆一样撞来撞去。大哥知道自己不能怕，他站在车厢前沿，把着枪，迎风屹立。到了安全地带，一车干部都在夸奖，一个二十岁的小兵，怎么就一点不害怕？大哥后来对我说，咋的不害怕？我腿肚子都打战！

大哥他们挟胜利之师的雄风接管成都，他和他的战友们，经常穿着从国民党军队缴获的黄呢子军大衣，在街上，晾晒那一份威风和自豪。

也剿匪，也征粮，大哥他们的征粮队进了川西。一进村子，那些富户就跪下一大片，诺诺连声，交粮交粮。也有藏着掖着的，白天躲到山里，晚上回家。大哥他们打听好了，趁夜摸进寨子。一进院门，掏出手枪，砰砰砰连放三枪，只听得房顶骨碌碌一阵乱响，吓得爬上屋顶的主人立刻咕咚一声跌在天井里，磕头如捣蒜，我交，我交。谁敢不交？

大哥说，那时，我一句话，就能杀人。

天下甫定，组织上安排大哥进了文化单位当个小领导。大哥执教，教授马列主义、中共党史。

60年代的大学教授啊，收入不是一般的高，大哥就不断接济家里。

大哥通过邮政给家里汇款。每当大哥来了汇款，大队的高音喇叭会广播，起孩家的，快到大队取汇款条子，带上章子，带上章子。有时也喊，北庄的老拖，老拖，到大队来，带上章子。人们也知道，父亲是去取钱。

前三十年的农村，日子多么艰难。仰仗着大哥的接济，除了强令吃食堂那几年，我们家没有受过多大苦。二三月青黄不接，全村人都在挨饿，我们也不够吃，就去黑市买高价粮。冬天全是玉米面窝窝头，我们家不吃粗粮，最多也就白面掺和玉米面，村里叫"两搅"。平时隔一阵买点猪肉，偶尔也尝一尝点心。在村里，那个年月吃穿不受屈，老拖家，高头村头一份。

十爷家里孩子多，吃喝就艰难。春天了，要来我家借粮。分下的小麦不够吃，十爷到我家，二折一，一斤小麦换二斤玉茭；偶尔，也借个三块钱两块钱零花；来了客人，借一茶缸白面，擀面条；炒菜，借一个调羹的油，那个时候，不来客人，谁家炒菜舍得放油啊，倒了油，慢慢地走，哆哆嗦嗦端回去；隔几天来还油，一小勺，倒进油瓶子，瓶子口儿小，洒到瓶子外沿，流下一道油渍，连忙用食指抹了，收到嘴里吸溜吸溜吮咂干净。那个时候的人家，穷气得不怕人笑话。

不知道父亲遇上这个场面，心里有没有解恨的感觉。这个儿子为他争了气。

十爷对父亲凶狠异常，可是这个十虐不管这个。十爷吼不吼，老人家和我家一直来往不断。她和母亲，更是多年交好，有来有往，从不见怪。

十爷和我家的冤仇，终于也有化解的时候。

我高中毕业，"文革"了，大学不办了，我只好窝在家里，当农民，做庄稼。

在农村，我也到了找对象的时候，十虐这个农妇以非凡的眼光选中了我，她要给我介绍一个姑娘。

十虐的女儿嫁到邻村，有个小姑子，运城师范毕业，教小学。十虐就去提亲。人家嫌我没有工作，架不住十虐苦口婆心，十虐以她的阅尽沧桑的人生经历，断定我不会窝在农村。这门亲事就这样说下来了。

我的媳妇儿，就是十虐女儿的小姑子。

一个姑奶奶辈分的，我开始叫人家嫂子。一直到现在，我都不好意思开口。

农村这种娶过来嫁过去的人家，常有。

两家于是成了亲戚。这大概也算乡间的和亲外交，最大的矛盾，只有靠联姻才能化解。

十爷见了我家人，还是不怎么说话，不过脸上没了仇气，僵着的皱纹开始松缓。

村里排戏，演《沙家浜》，一日主演出了事，就让我顶了刁德一上场。

十爷不爱看戏，村里唱戏从来不去台子底下。这一天，十爷收拾好站在了台子前头。

看见的人们就指着十爷，悄悄地说，那两家好了。

我哪里会演戏，就是背个台词。乡亲们看了都说，不沾弦，不沾弦，好好的一出戏，就是那个刁德一搅坏了。

十爷就说，呃，不能这么说，他就没有登过台，头一回嘛。

旁边立刻有人就撇嘴，看人家，到底是亲戚嘛。

念 书

我们这一门人，在村里评价较高。村里人说我们聪明了，会说，那一门人，灵性；说能干了，会说，那一门人，利洒；说自信，就说，那一门人，走路都和别人不一样，说的是有心气，精气神儿足。这一门人硬气在哪里？在村庄，有什么特别之处？靠什么，这一门人门户不倒，支撑了一二百年？我多年想来想去，不得要领。

我们这一门人都教导孩子上学。祖父民国初期考进京师法政学堂，是民国时期第一代大学生。往后传，民国时期都读过私塾。顺存读过六年私塾，解放初参加工作，简历填写的初中。那时的文盲很多，小学毕业就很了不起，中学生是大宝贝。冷面杀手庆祥，劳力苦干的都祥，都进过私塾。我父亲打小起，读过三年私塾。到了民国后期，我家大哥读到晋南高中，在方圆，那是创出了学历的新高。后人必须念书，这是这一门人恪守的家规。

我小的时候去顺存家，常见他躺在一张躺椅上读书，就现在那种"葛优躺"，一颠一颠的，优哉游哉。庄户人家，读书，只能是一种雅好。50年代，村庄还能容忍。顺存身边，经常放置着《古文观止》一类古典，也有新文明小说，比如《官场现形记》《二十年目睹之怪现状》，他喜欢看这些谴责小说。他给自己起了个名号，叫"旭昭"。顺存游手好闲，好吃懒做，不过手捧一卷书，立马和一般的庄稼人区别开来。

究竟是什么维持着一个家族的百年兴盛？除了强大的传

统力量，乡村世界也自有一套朴素的民间道义和乡村伦理，维持着乡村社会生生不息平稳运行。民间的善良、正直、公平，美好的原则恒久不变。比方说勤劳，节俭，亲近大地，赞美劳动，讨厌懒惰讨厌贪心讨厌奸诈。比方乐于助人，悲悯情怀。反对残害，反对流血，反对损人利己，等等。家族相处求和能忍，斗则两伤。庆祥的残忍，落了报应。顺存损公肥私，受到惩戒。都祥劳作不止受人尊敬，伙分公粮同样为人鄙视。至于我家和十爷两家，纠纷打斗终于握手言和，也是乡村土地绵延不绝的天道人心，冤仇宜解不宜结。

乡村的纷争乃至家族内斗，更多的与个人的德行有关，按照贫富阶层的解释未免牵强。贫穷并不天然生长美德，邪恶也不见得都和富裕有关。历史在前进，社会在变迁，善恶正邪因时代而表现不同，人心的差异和对立并没有多大改变。

顺存顺孩都是中农，他们多年担任村干部，是乡村红色政权的领头人。庆祥都祥是贫农，庆祥参加暗杀团血手残杀八路军村干部。我家中农，大哥却是为数不多的参军解放大西南的战士，我们村里唯一的离休"高干"。五爷和我家都是中农，顺存下手狠整父亲，凶狠又下流，并不因为同一个阶级而手软。给顺存戴上历史反革命分子帽子，更像是贴一个标签，贪污偷盗这种刑事犯罪，任何一个社会都不会容忍。那些富户不见得都是红头发绿眼睛，天恩的小耍弄，可恶又可怜。很多贫农革命，但庆祥这个贫农不革命甚至反革命。很多中农犹疑，倒是我村的中农户都站在革命前列。这一个富户不可恨，这一个中农不摇摆，这一个贫农是敌人，跟上面划定的身份没有多大关系。这些更应该是个人品行的特异色彩。

说到这里，和家族、家门就有了千丝万缕的联系。

几个后人

庆祥的一个儿子叫养孩。养孩青少年时期，在村里，是出了名的顽劣。

年少上小学，养孩爬墙上房，掏鸟窝，挑马蜂窝，偷偷到地里摘瓜打枣，掏空西瓜瓢子拉屎，村里家家说起来挺头疼，又没有办法。养孩逃学，跑到娘娘庙打翻神像，搬了八百罗汉的小泥塑到课堂上摆成一个队列。老子暴毙，毕竟是一个没人管教的孩子，村里人能说什么。

青年时代的养孩，更是没人敢惹。他身板高大，筋骨强壮，是村里有名的力气大。在村里一伙年轻人打赌，经常比赛扛车辕，扛石头，养孩没人能敌。看戏到戏台子底下打架，在巷子里但凡有个争执，就骂就打，整个一个煞神，谁敢惹他。

养孩四十岁以后，可像是变了个人。人到中年，懂事多了。他带头在村里做善事，孝敬老人，帮扶贫困。地里活做不动了，养孩会帮你。屋里需要提水扛粮食，养孩胳膊夹了就走，有的是力气。村里的公益事业，比方修路呀，出勤杂工呀，养孩不含糊。红白喜事，养孩带头操持，办得多了，养孩成了公认的执事社首。谁家的孩子不孝顺，养孩会上门做工作，安慰老人，也督促小辈。养孩变得这样通情达理，村子里觉得惊诧莫名，感叹一番，又只有归结为天道难违。

养孩这样出众，村里就选他当了队长。

养孩当队长那几年，地已经分了。劳动不用组织了，收入也是各家管各家。队长的职责，主要就是一些公共摊派啦，调解纠纷啦，家庭矛盾啦，养孩和气耐心，说和周旋，倒像个碎嘴婆娘。

养孩中年以后最大的一个心愿，是要给死去的父亲找一个女人。

山西这边有一个民间习俗，夫妻死后合葬。男人死后若是单身，要找一个单身女人合葬。其实配冥婚这种习俗好像其他地方也有，不奇怪。按说养孩父母双全，可是庆祥死后，和谁合坟呢，不找一个女人，庆祥肯定要落单。作为儿子，养孩不忍。

养孩按照习俗，在这一带为父亲找寻单身亡故的女人。事情已经过去几十年，人们感念养孩的孝心，不再计较庆祥是革命反革命，总归是他爸，孤魂野鬼，怪可怜的。

四十多年过去，庆祥的遗骨早已不见踪影，原址就在庄门前，具体地点谁能确指呢。

养孩说，找不到，就在原来那一片地块，铲几锹土，埋了算了。

这次迁坟，没有骨殖，更像是一个仪式。

养孩先后谈说过几个，有嫌庆祥年纪大了，养孩就再三解释，死人死了变鬼就不长了，鬼还有年纪吗？死时多大，永远多大。也有的女人的孩子不满意，嫌弃庆祥暴毙，命中犯凶，这个事情总归不太顺利。

养孩总以为此事可以从长计议,不料十多年过后,商品经济大潮,人间地下统统通货膨胀,任什么都涨价,死鬼冤魂也是水涨船高,价格飙升,一副女人的尸骨要到三万五万,一直到十万八万,比人间要彩礼厉害多了。好在生产队的墓地不收费,不然的话,简直比找对象再婚还难。

这个价格,严重挫伤了养孩的积极性,此事也就暂且放下。

养孩也老了,不能下地了。运城有家公司,找他给人家看门,活儿不重,每月能有一份收入,他就去了。

时间不长,养孩煤气中毒,大脑受损,一阵清楚一阵糊涂。养孩,就成了一个废人。

几年以后,养孩就病死了。

养孩的晚年,村人都说好。和睦邻里,孝敬老人,尤其是还惦记着给死去的父亲合婚。养孩没有忘记自己是从哪里来的,哪怕那人是一个恶魔。

乡间总有一些东西,不为社会变迁所动,那就是亘古不变的人伦。

衰　微

走进新时期以后,十爷一家发家致富起步较早。

十爷一家,长久为穷困折磨。有一年春节贴对联,十爷的儿子发狠,贴上"挖掉穷根栽富根"一联,足见心有郁结。

"文革"甫一结束，他家就开始思谋开放搞活。十爷的儿子和长孙承包了一辆车跑运输，给一个工地拉水，一天挣四十块钱。那时的四十元，是普通干部一月的工资。几年工夫家财颇丰，80年代初发家光荣、万元户光荣，十爷属于第一批光荣起来的人家。我们村里第一栋两层小楼，是十爷家的小院。养汽车，住小楼，十爷是村里率先富起来的人家。

家境小康，十爷的孙辈先后进大学学医，分配到省城人民医院当医生。十爷的儿子也已经老态龙钟，近年搬到了省城，跟着孩子养老。

我家大哥先期落户成都，我的两个孩子也先后落到北京上海，早年的长门人去屋空，只留下孤零零一座老宅盘踞在巷口，顽强地告诉你，这一家人后人依然一路逶迤，老根苍劲虬曲。

四爷的儿子前些年回了一趟家，把他的院子转让给了看门的本家侄子。随后不久，他就在太原去世。

这三家原来都在巷底，挨门挨户，眼看都已经是人去屋空。今年清明，十爷的孙子回去上老坟，我也回去祭祖，我们在巷子里遇上。同在省城见一面也很难，在先人坟地见着，感叹一番，心里不是味儿。我们和村里就这样维持一种联系，不绝如缕，如悬一丝。回头再看四爷的家，那就算是从高头村的土地上完全抹去了。

养孩死了以后，村民重新选举，养孩的弟弟养增当队长，这时叫居民组长了。

我们这一门人，在村里依然算个望族。不过这些年，家族家门这回事已经不再有人提起。

这一族人的辈分，只排到"迺"字，后人有了孩子，起名字再也不排辈分。在省城曾经有一次聚会，一席人谁为尊长，谁排在后，辈分已经不是排序的依据。大家嬉笑一番，推一个年长的在上就罢了。

不只是起名字没了家族辈分的观念，对于名字的严正堂皇，也不讲究了。过去孩童有乳名，入学要有学名，成人之后有大名，做官要有官名。我的父亲一介农民，按照辈分起了正规名字，请教书先生起了表字，他自己又循名思义起了大号。我们家，有堂号。父亲一生以字行世，多年来我们误以字为名，竟很长时间都不知他的名字。至于起一个乳名稀里糊涂叫到老，周围更比比皆是。

家门家道在衰落，不可遏止。在社会这个大的共同体里，人们很少想到家族家门这个小单元。

人们越来越倾向以个人的身份融入社会，家门，一点一点黯淡下去。

我们一族的老家谱，修自晚清，可以追溯到明代。由家谱得知"世居猗郡高头村"，民国时期宗族活动多，家谱不时拿出来翻检。解放以后，宗族活动受到打击，家庙渐渐废弃塌毁，家谱也不知所终。多年以前，不肖子孙竟然将它卖给了来村里收废纸的。也是缘分使然，有心的后人又收购了回来，由此纸上一脉不绝如缕。数年以前，我曾动议，重修家谱，响应者寥寥。农村日渐荒凉，年轻力壮的外出打工，留守的栽种果树，挣钱，盖房子，娶媳妇，过不好的要过好，过好了的要攀比，上几辈先人的事情，谁还在乎记录下来呢。

在村里，翻检前三代的事情，没有人能够说清楚，家族的历史一片混沌。

天道轮回，万物有生复灭。天恩的隔阂，顺存的仇隙，七爷的侠义，庆祥的打杀，都祥的劳苦，十爷的凶悍，在时光里一天一天日渐化于无形。

劳动，创造，生活，奋斗，生存，挣扎，恩与仇，善与恶，合作计较，地主富农中农贫农，这一门人形形色色，林林总总，日渐模糊。大地上的事情，都这样。

我和父亲共同守护的一份隐痛

乡村日子最难过那几年，我也就十多岁。

家里越来越没有吃的了。刚入社那几年，家里还有些陈粮食，贴补几年，米面缸都干净了。入食堂以前，粮食也不够吃，总还能找些瓜菜掺着。队里吃了食堂以后，每顿到食堂去领饭，馍馍论个，汤饭论勺。定量，不够吃就一点办法也没有。

到了 1960 年，粮食标准越来越低，每人每天六数。这是一个新发明的数量词，十两秤的一两叫一数。刚刚由十六两秤改十两秤，说"两"，不太容易说清楚。食堂的定量为每天六两粮，三顿饭，每顿二两。黄面搓条，像甘蔗那样粗细，一顿一圪节玉米面黄馍，一碗清汤糊糊。任是大人孩子，都不够吃。我正在长个子，母亲只好饿着，给我省点。饿得犯了胃痉挛，在炕头上翻滚，村里叫"犯肌"，能死人的。为一口饭食，家里免不了争吵。一天我放了学，母亲为我攒了一口，祖母没有吃上，竟然和她撕打起来。

父亲看着家里的乱象，低下头苦了脸。他知道，这个时候，他已经没有能力养活自己的老母亲小儿子。

那一年，父亲五十三岁。

大概也就是这个时候，父亲艰难地做出了那个一生难以言说的决定。从此以后，这一份羞耻烙印在他的记忆里，伴随了他的后半生。

父亲决定到生产队的地里去想办法。

在村里，父亲是出了名的胆小怕事，做出这个决定，可知他要经历多么钻心的痛。

那个时候社员偷偷摸摸，已经不稀罕。下地收玉米，剥了玉米颗，衣兜里装些。割豆子，抓一把塞进裡裤。打枣了，也有把大枣装进夹裤里层的，把守巷口的民兵，也都睁只眼闭只眼，权当没看见。

父亲动这个念头，已经隆冬，天地冻僵了，庄稼都收了藏了。有凿墙钻库房去偷窃的，有去粉坊偷红薯偷豆腐渣的，在父亲，他是万万不敢。

高头村产菜，白菜萝卜辣椒，远近有名。在北方，晋南的天气，不算严寒。初冬，白菜菜心卷实了，掰断根，有的拉回家，藏进菜窖。菜窖不深。也有的就在地里存放，就在白菜地挖一个平坑，白菜分层摆好，翻一层土埋住。冬天要取菜，刨开土，抱了回去。队里要卖菜，翻开土层，就是码放整齐的实心白菜，抖掉土，装车运走。

可怜的父亲，他只能偷偷去抱一棵白菜回家。

大地熟睡了，四野黑魆魆的，一个小黑点在蠕动。扒开黄土，地下是救急的包头白，粘着薄薄的冰凌花。

于是就有了那么一个寒冷的深夜。我钻在被窝里，迷迷糊糊醒来，看到父亲抱了一棵白菜，悄悄地进了里屋。点了煤油灯，屋里还是暗，豆粒大小的灯光一摇一晃，父亲的身影映在墙上，巨大的黑影摇动着。母亲给他留了门，他的身影一闪，带着一股寒气进来。烧了炕，屋里暖融融的。父亲把白菜放在脚地，坐在炕头，缓口气。白菜怯怯地缩在一角，有炕火，它也要化冻。

随后那么几天，家里终于可以煮一锅清水白菜。那个年月，食堂之外，添一碗菜汤，已经是救饥救穷的宝物。

几锅白菜汤下来，家里人的面色，终于有了一点和暖。

父亲大约暗暗得意。他不知道，狐狸早已盯上了猎物，巨大的危险正在逼近。

我们队里的记工员是顺存叔。民国时期，顺存叔上过中学，在我们村队长、保管、会计等几个队干中间，只有顺存叔正经上过学，他也比庄稼人有见识。日本人在时，他被抓去给日本人当过马夫。阎锡山队伍来了，他在阎军当过兵。渐渐地，顺存叔就成了不出面的队长，摇羽毛扇的军师，拿着队里大权。

顺存叔这样的"能人"，庄稼人那一点小心眼，怎么能瞒得过他。

他早已暗暗盯上了父亲，像一只捕猎的狼慢慢靠近再靠近。终于在一个黑天黑地的夜里，他的跟踪大获成功。

人赃俱获。父亲被押回小队部，在寒冷的空屋里瑟缩了一夜，第二天到大会做检查。

父亲胆小怯懦，他本来就不善言辞，在众人面前更嗫嚅不清。我直到现在都无法想象，父亲怎样把"偷窃"这样两个字和自己行为搭上。我们家上一辈也是读书人，讲究耕读传家。父亲一辈子清白自守，没有占过别人半点便宜。我们家的门楣上，"忠厚传家"几个大字还是父亲亲自写的。今天，让他把自己的行为和贼行绑在一起，他怎么受得了！日后怎么去见祖宗八辈先人，眼前怎么面对自己的儿女？

父亲不知怎样度过那几个日日夜夜，他肯定经历了无数次锥心刺骨的自责。那一份丢人，那一份羞辱，是他后半生灵魂深处的千斤重压。

面对儿女，父亲从来不提这一回事。父亲也以为我们不知道。其实早在幼年，从乡邻面对我的窃窃私语，从他们背后的指指点点，我早已明白了什么。他们在压低声音说什么，为什么我一走来，他们就不说了。到我长大成人，更加明白，那个饥饿年代，我们的家里，发生了什么可怕的事。

可怜的父亲。他把一个污名一直背负了几十年。

顺存叔下狠手死整社员偷拿，是出于公心、热爱集体吗？是正直无私，主张公道吗？后来的事情说明，根本不是这样。

1960年的生产队，顺存叔才是当之无愧的偷盗主谋。队长、记工员、保管，这一伙队干，是生产队最大的偷盗集团。

顺存叔游手好闲，社员下地苦干，他从来不劳动，骑着自行车在各个地块转悠，说得好听叫"检查生产"。开会讲话，吆五喝六，把社员训得不敢吱声，耍够了威风。

三年困难时期，全队社员都挨饿，顺存叔和一帮队干，倒是吃饱喝足，油水不断。

社员家家面有菜色，顺存叔一家却关住门在家里炸油坨坨（一种白面饼）。

谁家能吃到炒菜？这个时候，路过顺存叔家门口，听得吱啦一声，接着炒菜的香味飘出来，路人莫不停下脚步，交换眼色，那当然是看在眼里，恨在心上。

顺存叔和队长、保管偷生产队的粮食私分，这样的故事多了。

队下的粮库就设在顺存叔的大院子里。一天他们几人定下圈套，队长带领大家上地，家家不准留人，顺存叔在巷里督促社员出发。待巷子里空了，三人动手。保管打开库房门，一次偷窃小麦三百六十斤，三人每家分了一百二十斤。

场上打了小麦，当晚他们就偷盗。天擦黑，保管把一布袋粮食扛到村后，想从院子后墙翻过去。顺存叔站在墙头拿绳子吊。他一身懒膘，根本吊不起一袋粮食，保管又爬墙二人换位。倒腾之间，一个社员路过看见，两人撒了小麦，仓皇逃走。

队上卖棉籽，得了二十斤油。队长、保管、顺存叔几人分了，每家四斤。商量一下，还有政治队长，应该也分给四斤。几个人偷偷装了油，盖严实了，黑夜隔墙扔进政治队长家。不料政治队长的老爸是一个非常正直的老汉，一看这小油篓子来历不明，说什么也不要。隔天开大会了，老汉送到会场，说上交。主持会议的顺存叔、队长、保管，揭了疮疤也只能忍着，一个一个脸上红了绿了，没有个正经颜色。

传说好像不足为凭。但是乡民口口相传，绝不是无中生有。

经历了 1963 年的"三清"，1964 年的"四清"，村民的民间传说，终于桩桩件件得到证实。我队队长、记工员、保管结成团伙，鼠窃狗偷，对公产予取予夺，队里的库房简直就成了他们私家的。

翻查高头村的"四清"档案记载，对顺存叔的结论是这样的：

> 1959 年至 1962 年担任三队记工员兼会计期间，借职务之便，纠集队长、保管，先后七次合伙偷盗集体财产，利用开会等名义贪污工分，浑水摸鱼，贪污盗窃，总值达四百六十九元零二分。

我们队长的机会更多。一旦大车赶集卖菜，卖菜款他总要截留侵吞。胶轮车换胶皮轱辘，他要倒换牟利。上油厂拉棉饼，他偷偷地多装。队里买苇箔，经手就要占便宜。几个队干部私下一合计，号称补贴工分，就地分掉二百斤玉米。记工员那里多记工分，食堂多领饭票。公社拖拉机来耕地，借机大吃大喝。平日里饿了，他就到食堂要一个馍吃。按他个人的回忆交代，1960 年到 1961 年，他白吃馍馍二百多个。在那个饿肚子的年月，吃一顿饱饭多难。有时候，一个馍馍就是一条命啊。

队长的威风还不止这些。惩罚社员，他可以喝令社员停工回家。不听话，可以让食堂止了你的饭。停了饭，只有饿着。停了工，没有工分，拿什么吃饭？翻看他的检查就知道：

1960年8月有一天，我和社员金菊，劳动时发生冲突，拿队长之权，罚金菊少吃了一个馍。

1960年，在队里劳动，和社员世忠因为做活质量发生冲突，就不让他在队里干活了。

1962年，派社员养孩去担粪，他不担，我没有说服教育，就停了三四天不给他派活。

"三清""四清"最后定案，我们队长贪污盗窃私分私拿等，共折款五百二十七元一毛七分。由于检查得好，退赔得快，没有给处分。

我们的保管跟上队长占便宜，粮油过手，不给他留点好处怎么得。1960年、1961年这两年，保管私分粮油，损公肥己，折款二百零四元。

这些钱款，现在听起来好像没有多少。那可是在60年代，一斤小麦一毛多，一斤白菜几分钱，一斤猪肉也就三四毛钱。整个国家货币流通总量很小，那时钱值钱。我们的队长一家八口，四个强劳力，一年分红，也就一百出头。五百元，就是一个人家五年的劳动收入，想起来怕人。他们搂回家的，大量的都是小麦食油。在困难年月，粮油国家统管，你就是有钱也买不出来。那个年代，吃喝无价。1960年人人挨饿，他们凭借着盗窃私拿，吃香喝辣，在饥饿难挨的那两年，这些队干，家家都是好日子。

"四清"清查结案，各队的队干很少有干净的。总归是法不责众，这些干部，大都"思想教育"，退赔了事。

顺存叔好吃懒做，贪污盗窃，欺侮一村的乡亲，村人早已恨在心里。村头的世忠爷牵头，在村里联名告状，吁请上级惩办恶人。1960 年，乡村百姓还是用那种联名告状跪求青天大老爷的老办法。顺存叔还在台上，大伙只能在暗地里悄悄串联。世忠爷晚上一家一家走访，交谈，然后掏出笔，取出印油盒子，让人家签名，摁手印。一村人不敢声张，很有点地下工作的味道。

还是在一个深夜，我睡得迷迷糊糊，看到世忠爷进了屋，和父亲交谈。他们两人坐在灯下，灯光暗，看不清脸面，只听得世忠爷激动又气愤，他的声音突然就高起来，那是要拼死把官司打下去的劲头。他拿出状子，一张白麻纸，前边是毛笔字写的具状内容，历数顺存叔的种种罪恶，下边是村民的签名画押。我的乡亲大都不识字，会写自己名字的也不多。只有画押。一个一个墨写的名字后面，紧挨着一个血红的手印。一村子几十家的指头肚的纹路在这里展示，仿佛歃血为盟。血印歪斜着，却是触目惊心。那是一村人积蓄了好几年的强烈怒火，压抑着只待爆发。

"四清运动"结束后，那些偷库房骗工分的大队小队干部，多数都经过"洗手洗澡"，没有给什么处分。老百姓也原谅了他们，困难年月，偷就偷了吧，退赔了就算了。到了顺存叔这里，大伙儿可是就不放过他。最终因为民愤难犯，顺存叔被戴上一顶历史反革命分子帽子，成了专政对象。

顺存叔这个帽子，有点张冠李戴。老百姓只看他偷粮食一家好过，欺负人，上级重在政治正确，于是找了个历史问题的缘由，总归是戴了帽子。

斗争顺存叔的大会那叫激烈。不需动员，屋里屋外挤满了愤怒的人群。乡亲们早已经憋了一肚子气，一报还一报。那是愤怒的农民对于只许你偷窃仓库，不许我苟且偷生的猛烈回击。那些声讨，那些斥骂，渐渐地带上了火药味。

乡村的斗争会，群情激昂时很容易走向肉体惩罚。山西的老百姓经常使用的一种刑罚很简便：摆一张条凳，上边再摆上一张条凳，让人犯高高地站上去，低头垂手，认罪服法。条凳不稳当，很容易翻。就在大会发言火爆的当儿，主持人一脚蹬翻凳子，那个高站在上的人犯立刻倒栽下来，和凳子一起翻滚在地，重重地摔在地面。这个刑罚，简便易行。它大约来自山西民间的私刑传统，经过解放区斗地主闹翻身，将这个刑罚发扬光大，传播到各地。50年代到"文革"十年，农村使用的简易刑罚，还是这个。这些刚刚斗完地主的干部没有想到，没有几年，这一套刑罚就轮到了自己头上。

顺存叔战战兢兢站上去，不一会儿凳子被一脚蹬翻，他扑通一声由高处摔下来，立刻鼻青脸肿。

两边看护的民兵把他拉起来，又往条凳上架，顺存叔吓破了胆，哭得呜呜呜的：我不上啊，我知道，你们一会儿又要推倒——

主持人说，不啦不啦。不一会儿，又是扑通一声推倒。

大会斗争暴风骤雨，群情激昂。这时主持人喊：老拖，你也说说！

老拖是老大的意思，父亲在这一门排行老大，村里人经常这样叫他。

父亲坐在会场一个角落，没有想到会点名要他说。他慌乱地摆手，一边口齿不清地拒绝，我不说，我不说。

一直到斗争会完了，父亲始终没有说。

一村人很奇怪，大伙都在出气，父亲怎么不说。

父亲当然不能说，顺存叔总是个本家，他有些不忍。再说，他怎么说？他说顺存叔抓了他的现行？顺存叔是偷，他呢？他的善良，也是他的惭愧，让他缩回了身子。他越不过这个坎儿。

父亲一直笼罩在1960年那个巨大的阴影里。他不愿意提起这件事，何况在一村人面前。

在以后漫长的岁月里，任何时间任何场合，父亲都在小心翼翼回避着这个话题。

70年代，村里穷得很。高头村靠种菜换几个钱，也是难。上县城去卖白菜，菜帮子狠狠地剥，白菜只剩下雪白的心儿，二分钱一斤，仍是卖不动。只要有人问价钱，马上就像见了亲戚，拉住不放，像求乞。卖不了，天黑又拉回来。

白菜怎么这么贱？我问父亲，白菜就没有过好价钱？

父亲说，当然有。1960年，白菜可是掏钱也难买。

父亲像是想起了什么，突然断了话头，闭口不说了。我明白了，父亲心里那个地方，不能去，就是走近了，也不行。

还有那么一回，母亲在笑话顺存叔遇到的尴尬。他斥责一个社员干活偷懒："送粪偷懒什么行为？"那个社员反唇相讯："库房偷粮食什么行为？"顺存叔红着脸僵在那里，下不了台。让人抓住了短处，免不了难堪，村里都当笑话传。

母亲说："顺存说人家，送粪偷懒什么卫星？人家顶他，库房偷粮食什么卫星？"

母亲不识字，闹不清"卫星"和"行为"的区别。大跃进时期放"卫星"太多了，让一个文盲也熟知了这个新词。

一家人难得开心地大笑，父母笑顺存叔出了洋相，我在笑母亲乱搬新词。笑着笑着，父亲突然变了脸色，收敛了笑容。我知道，这是又触到了父亲的隐痛。

顺存叔1979年摘帽，1983年去世。那时我还在老家，父亲没有通知我参加丧事。这一段往事眼见得渐渐地掩埋严实了，为了父亲，谁都不要翻腾起那一段日子才好。

父亲以为我不知道。我明白不该提起这事。我们之间，这个秘密，一直没有捅破。

父亲1991年去世，他那个心结，到了没有解开。

大抵是因为父亲的原因，这些年，我不由自主地关注60年代的中国农民问题研究。大约在2006年，我看到了山西人文学者高王凌的论文。原来早在80年代初，他和同好就开始倾情研究集体化时期的中国农民。1992年，高王凌的中国农民"反行为"的概念，开始引起国内外学界的注意。这个山西人，选择在山西晋中一带农村做调查，总结了农民在集体化时期的种种作为，他把这些作为称为"反行为"，即是指权力重压之下的消极应对，比如生产队的瞒产私分，大田里的消极怠工，社员的偷拿，等等。在美国的耶鲁大学，高王凌"反行为"这个概念获得学界认可，国内外学者把它誉为"弱者的武器"。2013年，高王凌的著作《中国农民反行为研究》出版。

提起高王凌，当然要说到杜润生，他是杜润生的弟子。杜润生这个山西人的老领导，是改革开放时期农民问题的专家。中国农民80年代的扬眉吐气，和杜润生这个名字紧密联系。

我像搜寻解脱的符咒一样，翻开高王凌的著作，一眼就盯住了这个"偷拿"。它和一般的偷盗、盗窃毕竟不同，是饥饿年代的无奈。在国人的心目中，偷盗是大恶。多少先人治家，都把饿死不偷人当作头条戒律。家族有人偷窃，那是非常羞耻的事。可是当真遇上了不偷拿即饿死的岁月，偷拿还是容易为人们谅解。一辈子老实人，这会儿也要去偷偷摸摸，这是多么让人心酸的事情。这个在当时是一种可以同情可以理解的选择。在1960年，这不是一家一户的个别行为，这是中国农民的时代性应对。

偷拿，好听多了。我紧紧地抓住这个救命的词不放，心里只想着，为父亲减轻一点良心的重担。

2016年我又回了高头村，巷子里迎面碰到1960年的大队妇女主任，我们几句就聊到了顺存叔，她还记着当年的事情。

她说，顺存那人，就是坏。巷子里，欺负过的人，不知有多少。

她抬起眼睛看着我，又垂下眼帘，像是不想说，又应该说。她眼神探寻着，终于怯怯地问：欺负过你爸吧？

一句话，足以让人泪流满面。她转了多少弯子，才找出这样一句委婉的表达。

我的乡亲，还在心底疼惜着我那慈爱的父亲，担心自家唐突了天国的灵魂，刺痛了远行的弱者。

我领情了，乡亲。今天，大家也都已经理解了那个年代。父亲，你释怀吧。

父亲，一个为了救饥奉献了尊严的父亲，这是你的功德。

乡村事

乡村的贱名

看到高级干部里头出现两个名字，一个叫什么大耐，一个叫什么铁环，我心里一惊。

这么大的官，也有这么土气的名字，说明至少上一辈没文化，起名字不讲究。而他们自己呢，也不怎么重视。这样的名字出现在高官的行列里，下属要在心里嘀咕，外人要笑话。

我生在乡下。乡下人给孩子起名字，有一个说道，叫贱名好养。那时生活太苦，小孩子难养。说是起个贱名，阎王爷会忽视了，不会早早把你领走，于是孩子会平安长大。

乡村的孩子，叫个狗娃猫娃的很多。男孩叫黑蛋铁蛋，女孩子叫人样好看，这些都不过俗气一些罢了，不算啥。我们那里方言，女孩有叫者卓的，整庄、端庄整齐的意思。炫且，新鲜洁净的意思。这些只不过土气。狗剩子就难听了，在乡村，这可也是常见的俗名。作家权文学有篇小说《在九曲十八弯的山凹里》，主人公的名字叫狗呲，这就是狗咬过吐出来的意思。吕梁山的山洼里，怪名字就是多。出卖刘胡兰的叛徒叫石五则，吕梁山以"则"取名的很多，多年来我一直不理解，为啥穷乡僻壤的孩子起名，要用一个发音和意思都很乖张的字，直到看到当地饭馆菜单上有一个"烧茄则"，我终于明白"则"就是"子"，五则六则，只不过五子六子，按照兄弟排行叫的名字罢了。

既然贱名好养，乡下就有比烂比臭的。尿罐，尿盆，茅瓮（就是粪缸），屎刷子，都不稀罕。有干脆就叫肮脏的。肮脏另一个发音叫"腌臜"，我们那里发音叫"懊糟"。我村有一个老汉，七十多岁了，一天坐在村口，碰上一个老太婆回娘家，亲热地招呼，你来啦？老太婆多年没有回来，不认得他了，问你是谁。老汉不好意思地回答，我这名儿不好听。老婆婆想起来了，老汉叫屎橛子。

我当兵时，部队的战士都是农村来的，我们一个连就有三个"丑子"，李丑气，贾丑来，燕丑丑。坦克一连有两个"臭子"，一个高老臭，一个高臭屁。高臭屁实在难听，一点名队列里就哄笑。还是连队出面谈话，很快给改了名字，叫作高青云。名字改了很久了，大家一叫高青云，还是忍不住笑，因为那个名字背后，谁都知道就是原来的高臭屁。

怕孩子被阎王小鬼拉走了，于是有了王拴牢、李胡拽，我们原来都不知道这是啥意思，后来明白了。永固，双根，走的也是这一路。

贱名在苦寒之地更多，因为这里，文盲更多，有的一个村子没有个识字的，起名字也就胡乱起一个。山西晋北有个劳模，一辈子栽树，植树造林，有功劳。他叫苗满红。他的弟弟叫苗二满红。就是因为生下弟弟，没有个名字，哥哥叫满红，弟弟便跟着叫二满红。

前辈作家马烽有一篇小说《伍二四十五纪要》，看这个名字怪怪的，其实这个"伍二四十五"是一个人，关于这个名字，马烽老师在小说开始有一个说明——

> 过去，这个地方有个习惯，生下男孩子，大多是请村里的头面人物给起名。例如，伍二四十五的爹叫伍金贵，这名字就是请学堂里的先生给起的。为请先生置办酒饭，就果了二斗米。到生下他二叔的时候，老人们为了节省开支，就沿用了这个名字，叫成了伍二金贵，假如他有三叔、四叔的话，就会用伍三金贵、伍四金贵排下来。那时候，除了少数有钱人是一人一个名字外，大部分人家都是采用这种变通办法。因此，虽然在这地方没有复姓，却出现了四个字，五个字的姓名。

> 伍金贵家穷，可得子早，生下第一个孩子的时候，他爹才四十五岁，于是就以他爹的岁数做了小孩的名字。可惜活了没几个月就死了，到生下第二个孩子的时候，援例就成了伍二四十五。

这个说明可以看出，晋西北地区不但有弟弟跟上哥哥叫的，加一个"二"就是名字，还有按照父亲祖父的年龄取个名字的，其他地方其实也有。

我们机关在岚县扶贫，村子里拿来名单，索毛驴，苗根拴，苗自来锁，看到这些名字，能够猜到这个地方肯定贫穷落后。汉族取名字，单名双名居多。如果一个村子出现这么多三字名四字名，不是他们打破成规，而是老百姓还在规矩之外。人说文化就是一种限制，有道理，你不能胡来。过去说化外之民，是对落后地区民众的鄙视。但是一些偏僻山乡山庄窝铺不知有汉何论魏晋，也是让人心酸。

由人名的恶俗，联想到地名，道理一样。山西有个水电站叫拴驴泉水电站。我开始以为是个躲在深山里的小水电站，不是，水利厅的朋友说，这就是当时山西最大的水电站。看看这个名字多糟心。

有人说只要人好，名字起啥都行，不对，好人也要好名字。名字能够体现出一个人的文化修养。人名地名沉淀着丰富的文化内涵，在有限的几个字内，体现出个人的志向抱负，或者性格修为，这其中甚至还有一地的民风民俗，家族的秩序安排，等等。总之起一个好名字很重要，不能胡乱敷衍。我们的干部，农民出身的居多，前辈没有文化可以理解，上学了，工作了，重新起一个正规名字就是了。

我以为起名字，还是民国时期讲究。我的父亲生于1907年，民国时期成年。他是一个农民，做务了一辈子庄稼。按照他的说法，这就是最底层的老百姓。他有个小名，叫满囤，这是庄户人家常见的名字，取丰收，粮食满仓的意思。二叔三叔分别叫满庄、满斗，庄指一口袋，哥儿仨都是盛粮食的器具。按照辈分，父亲那一辈排在迺字辈，父亲叫迺璋，以璋字循名思义，他给自己取了个字，叫圭良，再以此字义，他给自己取了号，叫子善。他还给我们家取了个堂号，叫复兴堂。一个农民，有小名，有正规的姓名，有表字，有大号，家庭有堂号，而且一个个取得合意合情，文辞雅驯，简直要感叹那时的农民都如此儒雅。看看现在，怪异名字、恶俗名字不以为丑，起一个乳名稀里糊涂叫到老，比比皆是。认真落实张狗娃书记的指示，接受李丑子县长的领导，这样的名字不仅有损自家尊严，也是对家族的亵渎轻慢。

我十多年前看黄河，游览娘娘滩。娘娘滩是河心的一块沙洲，传说这是李广将军出生的地方，滩里盖起李广庙，庙里续着家谱，有三十几代了。我从第一代飞将军李广，数到眼下这一代，叫李二秃，估计这就是滩里一个头上没长头发的农户。这当然也算个贱名。从名字也能看出，他和先人李广，地位已经相差很远。名字，当然和运道有些关系。经历了几十代的潮起潮落，名字从李广变成了李二秃。盯着这两个名字，你还能说什么。

乡人不惜命

十年前我回老家，安顿把旧房子拆掉，盖几间新房。

老家的院子是民国时期的老房子，起盖在 1944 年。那时的一般农家，盖不起砖瓦房。像我家这个光景，一般也就黄土打墙，立柱支起大梁檩条，架起房顶，就是好房子了。房子的四周围墙都是黄土夯打的，墙底三尺多厚，墙顶也有二尺多。土墙很厚实，房子看起来就笨重。土墙经受日晒雨淋，墙底碱化落土，老墙就容易倒塌。有屋梁檩条拉着撑着，四墙还是一个整体，一旦拆掉房顶，留下土墙，随时有可能倒塌，就很危险。

家里寻了几个雇工拆旧房，卸了屋瓦，放下大梁檩条，两侧的山墙孤零零地兀立着，摇摇晃晃。我一再嘱咐工人，把山墙的三角顶子先铲掉，由高到低一层一层铲土削低，没有危险了，再彻底放倒。这样，不至于出什么事儿。

一堵土墙孤独地挺立着，没了大梁、檩条，土墙没个搭靠，在空中摇摇晃晃。拆墙的雇工，在墙边来来去去，转瓦扛椽。

我们站在远处，看着那墙头吱吱冒着土雾。突然，墙尖猛烈摆动了一下，整个一面土墙轰隆一声倒下，那是两丈高的土墙，砸到地面，发出沉闷的声响。土地颤抖了一下，粉尘袅袅升腾，现场笼罩在土雾里。

墙边的小树被拦腰斩断，墙尖掠过柴房屋顶一角，木橡齐齐打断，像刀砍一般。

我们心惊胆战，不敢猜测几个雇工的生死。过了半天，才怯怯地喊：人呢——

后墙传出声音来：在呢。

都在吗？都在呢。

我可是长舒了一口气。天哪。

我要教训他们一下，催着你们把墙头削了，你们就不，看看多危险！

几个帮工根本没当回事。他们说，常事，没事，没事。

见我接连责怪，他们反倒不耐烦了：砸死不用你赔！

房子砌垒起围墙，要上预制板了。施工队调来了吊车，在院外巷道上，吊车伸出吊臂，垂下吊钩，另一头钢丝绳拴住水泥板，一启动，预制板嘎吱吱就上了房顶。

司机在车里操作，屋顶有几个工人在看位置，解缆绳。吊臂在头顶晃过来转过去，再高，就是村里的高压线。

我已经通知乡镇配电室停电，告诉他们等一会儿就可以安全施工。

吊车根本不听。一伙人嬉笑着起哄，起吊！起吊！我急赤白脸地挡住，没用。人群乱哄哄的，根本没人听。

吊臂上方就是五千伏高压线。高压线静默着，不动声色地看着一群蝼蚁一样的肉体。一旦触电，空中将冒出火花，瞬间机毁人亡。钢铁熔化，人肉烧成焦炭。

你们就稍等一会儿，停电再施工不行？

提心吊胆地看他们把预制板安装完毕。看着垂挂的高压线，我问，你们不能等一下？不知道高压线的厉害吗？

没有人理我。半天有人说，知道啊，邻村有一家出过事，人都烧完了。

帮工多是些村里乡亲，我那个时候就想，为什么这些乡友这么不怕出事呢？

类似的情况，在乡间经常遇到，比如喝酒，某人明知道自己有高血压心脏病，不能喝酒，一圈人疯逗着他喝酒，他自己也不检点，半斤八两下去，死在酒桌上，或者回去死在家里。好几个都是年纪轻轻的壮汉，老婆孩子等着他养活。

干农活，外出，也经常有村里的伙伴做一些很危险的事。比方说，放倒墙，可能会砸死人。挖土，土方倒塌，不小心就埋住了人。放倒大树，围观的不躲避，树倒了砸伤人。下工了，推起小平车，一人推，一人坐，忽然有一人加劲快推，车子在平地上飞跑，忽地一下车尾猛力着地，小车掀翻，把车上的那个扣住。这些年通了电，电工维护线路也是大大咧咧，触电烧伤烧死的经常听到。

我有时禁不住就要问问这些乡亲，那么危险，要弄啥哩嘛。

听到的回答是，怕啥哩。

你活着一月领几千，我活着能咋？

在他们看来，光景好的才怕死哩。

我村里最穷的穷汉，是一个河南家。他逃荒要饭，流落到高头村，当雇工。我们都叫他杨伙。土改以后，杨伙分了地，分了房子，就住在祠堂家庙。他老婆直不起腰，常年佝偻着身子，缩成一团。女人得了痨病，一年到头咳嗽不停。我们从家庙门前走过，总能听见里面一个女人在哼哼哼。我进过一回他家的院子，家庙啊，可是村里最好的房子，青砖墙两丈高，门窗还都是雕花的，那是村里分的。但他啥也没有，就在高房大厦里泥一个锅灶，烟熏火燎。

没过几年，他老婆就死了，留下两个女儿。大女儿比我略微大一些，也是病病歪歪的，早早就嫁了人。村里医生拦住他说，你那女儿这样子，要生娃非死不行。老杨并不在乎。他女儿怀了孩子，很快腿脚浮肿，走不动路。从前村到后村，也就一里半地，常常见到他女儿挺着肚子半步半步地往婆家挪。没到生娃，他女儿就死了。

我在村里多年，从来没有见过老杨诉说他女儿早死有什么。在他看来，乡人就这样死死生生，能活着就活着，不能活就死，没什么大不了的。

这其中缘由，是我看了吴思先生的《血酬定律》，才解开了一些。

《血酬定律》曾经风靡一时，这本书实在开脑筋。你不是说生命无价吗？吴思先生通过历朝历代好多案例告诉你，生命是有价格的。

关于"命价"一词，吴思认为最早出现在咸丰皇帝和臣子的一次对话里。那时江南乡村大姓小姓之间经常有械斗，如果打死了呢，双方要诉讼到官，索要命价。当时的一条命，赔偿大约三十块西班牙银圆，相当于一千八百斤大米，在今天约等于两千元人民币。

明清两代规定，官员可以赎买死刑。官府的定价大体是这样的，三品以上，官银一万二千两，四品，五千两，五六品，四千两，七品以下，进士举人，二千五百两，贡生，监生，二千两，平民，一千二百两。

最完整的命价等级，吴思先生认为要数西藏的嘎玛政权的律法，律法有两个文本，在这里，下下等级的妇女、流浪汉、乞丐、屠夫等，命价只有十两银子，另一个文本，只值草绳一根。

人命原来是有价的。几千年的历史长河里，人命早已和某个数量的货币等值。

这些年，我们也时常碰到死亡索赔的案例，按照当下的判例，命价甚至有了非常明确的数字化计算模式，比方农村如何计价，城里如何计价。各个大城市也有区别，大体上按照平均收入的多少多少倍，乘以百分比多少多少，这样算下来，农村和城里，大城市和小城镇，相差可就大了去了。

官府的判断，当然要影响乡人对自己生命的定价。俗话说人穷命贱，这好像不是什么怪话。在乡间，这个俗语早已流传多少年。

这里一家煤矿，找了农民工，开工不久，砸死了一个下井的。矿主生怕家属闹事，打算赔给命价五十万元。谈判开始，矿主试探性地许了二十万元，算是询价，他等着对方要价。不料对方一听二十万，简直喜出望外，喊里咔嚓就答应了。他们担心矿主变卦，连尸体也没要，领了钱连夜逃走，从此无踪无影。

在村里我有两个从小耍大的伙伴，永孩和功功。功功是有名的憨胆大，啥悬乎的事都敢干。他买了一辆摩托车，经常在村路上飙车兜风。听到身后呜的一声连带沉重的轰隆隆马达，一辆摩托嗖地从身边蹿过，就知道功功过去了。在村里，没人敢坐功功的摩托。巷子里的人说，谁要坐功功的摩托，那是寻死哩。功功和永孩也是好伙伴。一天功功在地里碰上永孩，永孩见功功骑了摩托车，就说，把哥捎回去吧，功功说行。永孩跨上后座，摩托一开，功功立刻笑着大吼，永孩你说，今儿个是要死还是要活？永孩知道这家伙犯了疯魔，连忙求饶，要活哩要活哩！功功不管，一加速摩托就箭一般射出，在乡间土路上扬起一溜尘土。飞驰几十米，摩托轰隆一声翻到了路边的枣刺洼里。地里做活的吓得变了脸色，围住圪针沟喊叫半天，只见功功满脸是血，笑嘻嘻地从枣刺堆里爬出来，那一辆摩托倒地熄了火，后轮子还在骨碌碌空转。

功功抹着脸上的血，一边嘿嘿嘿地笑，没事，没事。

我回村里住几天，要走了，离运城舜帝陵的公交车站还有十来里地，功功说，咱家有电动三轮，我送你到舜帝陵。

我说笑话，谁敢坐你的车，那是找死哩。

功功说，咱慢慢开，一挡。

功功果然一路慢慢地开，把我送到舜帝陵。

功功知道，车上这个人是干部，比他的命值钱。

这个道理，顽固地烙印在他的心底。

乡人的老病死

我打小就觉得，村里的乡亲们，对于生死不那么看重，多半觉得生死由天不由人。我一个同岁的女孩，小学毕业不上学了，很快结婚，不久难产死了，死时也就二十来岁。五十年过去了，她的孙子辈都成人嫁娶了。她的男人如今老了，没事在巷子里闲逛，从来没有听他抱怨过什么。一辈子，就这样。

我家在巷底，数过几家，就是虫娃，按辈分，我叫爷。三十多年以前他去世，也就四十多岁。虫娃爷是村里有名的会过日子的。家里烧柴，全靠他到河堰挖树根。那年头，生产队锯了树，不要树根。虫娃爷专门挖树根。挖出来拉到家，抡起劈柴斧头，一斧一斧劈树根。不管是多么难劈开的死疙瘩，虫娃爷都能劈开截短，搬回去码放整齐。他家的房檐下，堆放着一排劈柴，高过窗台，一年烧火不用买煤炭。尽管这样过日子，家里还是半年饥饿半年糠菜，他根本没有余钱。

虫娃爷在四十多岁时突然得了一种病，现在看来就是鼻咽癌。对付这种病，庄稼人主意坚定得很。虫娃爷一听说自己得了"瞎瞎病"（村里发音叫哈哈撇），立马止住打针吃药，咱不看了，回。回到家，平静地等死。

虫娃爷见天吃点喝点，就坐在门口的石墩子上，看着路人过来过去，说两句闲话。

几个月以后，旁人就看出他鼻颊肿起，那就是里头长了东西。再过一阵，挤得眼球暴突，吓人。他很快就病死了。

村里人一般都说，人寿最长的时段，大致上在90年代。我们北庄一百来户人家，掰着指头数，八十岁以上的老汉老婆一共十四个。说这话的时候，那年我母亲八十四岁，那应该是1993年。她老人家2001年去世，可谓高寿。到了去年我回村，北庄人再数，八十岁以上的老人不上十个。

乡村死人，这些年常见的是，六十岁上下的死得多了。我那几个村子里的好朋友，好几个在六十来岁去世，都在这几年。我离家时，一张照片合影六个人，现今只留下两个。比如村干部厦娃，村医岳岳，村校教员家孩，都去世快十年了。

我小时的玩伴自有，在村里辈分太大，比我小两岁，却是我的曾祖一辈的。自有脑子活，也敢干。80年代刚放开发家致富，自有动手早。他带着两个儿子进城开饭店，卖早点，多年在北京打拼，很快就成了村里的万元户，以后又不断积累，城里房车这些早已不是问题，村子里也起了好几处院落。十多年前我回去，看他明显消瘦，我劝他检查一下，他不在意，说我就这个样子。等到感到不好，已经迟了，查出他是胃癌，不能再手术。自有徒然积累家资巨富，自己躺在病床一病不起。

村里人说，自有临终的那些日子，躺在炕上长吁短叹。

长气一口，短气一口，有怨有恨也无奈：这是闹了个啥！

自有活了也就不到五十岁。

这几年，自有的孩子日子更好了。老二把饭店开到了太原，我们都在省城，能通话见面。去年秋天我回去住，突然听见院子外头响起鞭炮，噼里啪啦一阵接一阵。我想是谁家盖房子上梁，贺喜的来了。出门一看不见施工，只见门口摆着一辆宝马新车，鞭炮的红纸碎屑就撒在新车一旁。村里人说，这是自有的小儿子买了一辆新车，新车上路要道喜。是庆贺，也是辟邪。这些年村里富裕了，又多了好多新风俗新礼数。

香车宝马，自有的儿子日子越来越好，他却去世十多年了。

村里的医生岳岳，是我的好伙伴。岳岳医术好，在方圆村子里有名。90年代，他就到乡卫生院当院长。乡村医院医疗条件有限，岳岳却是在有限的条件下发展到极致。有他在，乡医院可以做一些小手术，这个很罕见。在乡村，自然也有一份高收入。岳岳医术好，方圆十里八村谁个不知。就这么一个乡村名医，竟然没有发现自己得了肺癌。

村里把岳岳送到山大三院，那是山西省的肿瘤医院，全省治疗癌症的一流专家、一流设备、一流护理都集中在这儿，但是这儿也没有留住岳岳。他是肺癌。入院几天，呼吸困难，肚皮一鼓一鼓的，随时可能进入危急抢救。医院动员家人放弃治疗准备后事。家人附在耳边和他商量回家还是重症监护，岳岳一口拒绝：尿咯，进监护室！他还是多么强烈地留恋人世，却也没有能够阻挡住死神拖曳。医院打了几针维持生命，家人雇车迅速送回家，没几天岳岳就病逝在家里了。

我的好友岳岳，也就六十岁出头。

第二年我回村里去，到他家去看。村里的医院就设在他的院子里，和村委会挨着。他的女儿跟着他学医，接替他坐诊。女儿还是学手，他其实还没有到交班的时候，可是就这样走了。

就在我回乡的日子里，听说最近一个死者是谁家的媳妇，五十八岁。

村里乡亲告我，2018 年，高头村死了三个六十岁以下的女人，分别是五十五岁，五十八岁，五十八岁。都是癌。

为什么这么多六十岁上下的壮年去世，村里一般的解释是说，吃的喝的都出了问题了。是的。看一看眼下，面粉、食油、蔬菜中的化肥农药添加剂在注入人体。各种有毒物质渗透地表，污染了水源。空气里雾霾毒化，乡村环境日益恶化。短寿村民多了，和这个有关。

高头村是果业区，遍地苹果梨树。和过去不一样，果树也要打针吃药。葡萄要打膨胀剂，要不然颗粒哪里有那么大，那么圆？苹果要打增色剂，不然哪里有那样娇艳？为了上市抢节令，要催熟。防病要输液。对付虫害，一周一次农药更是不能耽误。不这样行不行？我的乡亲们说，根本不行。你不打，别人打。别家葡萄颗乒乓球一般又大又圆紫黑晶亮，挤得密密实实，你的散挂一摊干瘪瘦小，谁买你？人家下架了你才上市，哪里有买家。所有这些，你不用也不由你。

各种有毒制剂交相夹攻，这几年乡村罹患怪病的乡民也多了起来。大队干部线线，多年在村里负责，和我交好。他多年参与村委会工作，对本村的历史也熟悉得很。表兄去世以后，我了解高头村的过去，想来就依靠线线。不料去年一回村，人说线线突然死了。前后犯病也就头二十天。上个月我回来，他还和我一起商量组织村里戏迷活动，不过一个月，就再也见不到了。说起线线，村里人说他肩膀头突然长出一个青黑的硬块，像是从体内顶出的乳头一般。一旦发现，很快人就不行了。没有人能说清楚他得了什么病。

线线也就过了六十五六吧。

这些还不算意外死去的。前巷一家人光景本来还可以，主家突然腰间盘突出，疼痛难忍，到县城医院打针，根本止不住疼，回家拧开一瓶农药百草枯，仰头一喝就自杀了。百草枯顷刻痛断肠，想来瘆人。

我说的这些，多依据高头村的考察结果，甚至连考察都算不上，就是我每年时常回乡的见闻。我相信高头村这一角落，可以折射出世界。环境恶化如此严峻，我们必须正视，加以治理。

乡村早年的自由恋爱

新中国颁布的第一部法律是《婚姻法》。50年代初期，宣传婚姻法热闹得很。

《婚姻法》内容很多，宣传核心是自由恋爱。自由恋爱还要宣传？谁不会？50年代初，还真不会。中国乡村的婚姻，历来都是父母之命媒妁之言，哪里能自家做主。小伙子大姑娘自己找对象，那是来路不正，丢死了人。所以评剧《刘巧儿》唱"这一回我可要自己找婆家"，才打动人。那时的戏曲宣传声势很大，我印象里，新中国成立以来的第一批现代戏，大多是宣传自由恋爱的。比如评剧《刘巧儿》，吕剧《李二嫂改嫁》，沪剧《罗汉钱》，眉户戏《梁秋燕》，都是宣传新婚姻法自由恋爱的时兴新戏。

巷子里大人爱编顺口溜：电灯泡，明又亮，自由恋爱找对象。有趣的是，我们小学生也加入了这一支宣传队伍。我那年也就小学一二年级，六一儿童节，高年级的大哥哥大姐姐排了一出小戏。戏里说，一对青年人好上了，要到一起，家里死活不让。没有办法，女孩投绳，上吊自杀。那时我们学校还在村里关帝庙，演戏就在关帝庙戏台。看戏的很多，乡长也来看，就坐在戏台上，搬了一把椅子，挨着乐队。小戏的高潮是女孩上吊。扮演女孩的是我们巷子里的存女。她在舞台上左顾右盼，泪水涟涟，摸摸索索，不忍就此永别，又觉得无路可走，痛苦万分。台下人看得很入神。突然，人群爆发出一阵号啕，有人大哭。大家都朝哭声的地方看，原来，存女的爷爷也在台底下看戏，看到孙女寻死，老汉入了戏，大哭止不住。台下一时大乱。事后，有人编了顺口溜：六一儿童节把戏演，观众来下一大片。戏演个半杆（一半，没结束），把老汉气翻。台下又哭又喊，兆耀点了两点，乡长光看不管。

兆耀是我们那一带有名的乡村医生。

存女那时不过是演戏，可这个小戏大概是教育了她。她是我们村里第一个自由恋爱自己找对象的大姑娘。入社以后，她进了机耕队，和一个修理拖拉机的小伙子好上了。那时村里农业社配不起拖拉机，乡里才有一个拖拉机机耕队，耕地、修拖拉机，要从机耕队请人。50、60年代乡村爱情的最浪漫的诗篇，莫过于拖拉机手的爱情。开垦处女地，播种爱情，美丽迷人。文艺作品最喜欢编织这个梦。存女无意中走进大众梦里，成了一个最新潮的角色。调来的小伙子叫长林，家在二十里以外的何家庄。那时闺女出嫁都在邻村，隔个三里五里，存女也是我村头一个婆家远在二十里以外的闺女。

存女自己找对象，和《婚姻法》开风气、自己大胆追求有关，也是集体劳动给她创造了条件。作家刘玉堂在小说《最后

一个 生产队》里有个段子:"集体劳动就是好,能把爱情来产生,个体劳动则不行,不管你怎么有水平。"这实际是讽刺那时的集体劳动都是混工分,不正经。可说集体生活容易产生爱情,也自有道理。以前村里各家顾各家,青年男女在一起互相接触的机会太少,怎么能碰撞出爱情火花来。

存女在我村第一个自己找对象,她带了个好头。不过自她以后许多年,乡村男女的婚姻还是多半在半自由状态。媒人介绍,双方同意,家庭主婚这种类型居多。真正意义上的自由恋爱,到了改革开放以后才真正兴起。青年男女自主择业,自由流动,婚恋圈范围大大扩展,自由恋爱终于不是问题了。这也说明,颁布一项法律容易,法理融化为民众实践,远不是一系列宣传能奏效的。张艺谋有一个段子,说的是在乡村公路上,如果前面走着一个男的,身后五米远跟着一个女的,那就是他媳妇了。不远不近,只能是五米。远了就是旁人,近了关系就不正经。乡村几千年"男女授受不亲",男女交往限制很严,结了婚还这样,自家找对象,早先乡下人会笑死你。

存女一家,在村里不算富裕。人穷了就容易邋遢,家里脏乱不讲究。她妈是巷子里有名的邋遢女人。村里人起了个外号叫"貂蝉",一看这个外号,就知道乡下人有时候损起人来也是不含糊。村里传着一个段子,说是几个邻家在存女家和她妈闲坐聊天,存女家一只鸡从茅房出来,进了屋,忽然扑腾腾飞上了锅台。来人大叫,快快快,看你家的鸡上了锅台!存女妈回头一看,白了对方一眼,咋呼啥哩?那鸡屁股不是朝外着哩?意思是拉不到锅里就没事。这样的人家,想来礼教的约束就松一些。新事物总是在旧肌体链条最薄弱的那一环突破诞生，存女的出头，也符合这个道理。

改革开放以后，存女一家动手早，在乡村，属于先富起来的那一拨人。一家子在运城开饭馆，存女干活原本就利洒，饭店生意好的时候，三翻两炒上菜，附近的吃客说她：麻利嫂子下厨房，沟子（屁股）一扭饭停当。饭店挣钱不少，方圆村镇都很羡慕。有一年回娘家，存女全家穿金戴银，服饰艳丽惹人注目。她女儿梳起高髻，头上的簪子金光闪闪，一身长裙，流苏垂落飘啊飘的。乡里人都说，看存女一家，穿得跟台上唱戏一样。

存女有了钱，买了好几座小院落，一家人都搬进了城里。她两口也早早地就歇了，在家里享清福。她和我二姐是小学同学，回娘家在巷子里碰上了，存女大嗓门大呼小叫的，哎呀，你不知道，我一马（现在，眼下）在屋里，就是端端端端坐着哩！意思是说她啥活也不干，要人伺候着。

二姐就问她，那屋里谁和你说话哩？

存女说：长林嘛！还能有谁？说话间，她的眉里眼里全是得意。

自由恋爱，自家找下的对象，感情还是好。

少男少女

　　小学四年级那年秋天，村里收秋，学校放秋假。这大概也是农村小学的特色，农忙要放假，除了暑假寒假，还有麦假秋假。

　　这一天，我和父母都在小队院子里剥玉茭颗儿，大家围着一个大蒲篮，握住两个金黄色的穗子互相搓磨着，一行一行的玉米颗粒落在蒲篮里，雪白的玉米芯子散落在身边。剥玉米能诓闲话，大人小孩一起，边做活边聊天，算个轻活。

　　村里戏班子的猫猫爷给我父母说，我看你这个娃灵得很，跟我到咱村里唱家戏吧。我就十一二岁，能干了啥，父母就说行。

　　猫猫狗狗是村里爱闹家戏的老兄弟两个，一个打马锣，一个弹三弦。猫猫爷一条腿歪转着，走路右脚只能成丁字步，一耸一落地瘸着。巷里人爱逗他，起了外号，给他叫"地不平""宛平县"，我不知道意思，大概民国时期北平的宛平县县长就这么走路。

猫猫爷把我带到村里关帝庙，村里的戏班子就在大庙里排戏。猫猫爷说，我带来一个孩儿，咱们教他唱那个《藏舟》，行不行？

　　我们这里唱的戏，叫蒲州梆子，村里都说乱弹。《藏舟》是乱弹还有秦腔都爱唱的一出戏。本戏叫《蝴蝶杯》，或者《游龟山》，《藏舟》是其中的一折。讲的是湖广地段，一家胡家父女靠打鱼为生，老父上岸去卖娃娃鱼，遇到湖广总督之子，抢走鱼打死老汉。县令公子田玉川路见不平，失手打死卢家恶少，被官兵追赶，逃跑时躲进江上胡家女子胡凤莲的小船，一夜躲藏，感恩相爱，互订终身。一个爱情故事，也是传统戏常见的套路，我一个十来岁的孩子，还不解男女之事，大人让唱就学着唱了。

　　猫猫爷说，这孩儿唱田玉川，叫翠翠唱胡凤莲吧。

　　小田玉川，小胡凤莲，这是我们村里头一回排娃娃戏。

　　要和翠翠唱一台戏？这个，我可是不愿意。

　　村里小学只有一个班，我们都在上四年级。那时班上的同学，男生女生都互相不说话，我怕人家笑话。

　　小学生，男孩就欺负女孩。和我玩得好的几个小伙计，经常一起欺负翠翠。翠翠她爸叫子俊，属狗，我们看见翠翠，老远就齐声大喊"狗子俊狗子俊"。学校教我们唱《刘胡兰》选段《数九寒天下大雪》，里面有一句"勾子军来了整一个团"，指阎锡山的 19 军，每当我们唱到这一句，几个伙伴就格外使劲，"勾子军来了""勾子军来了"，都知道我们唱的是啥，翠翠就哭。

翠翠她爸，是村里有名的穷汉，常年馍馍里头搅着菜叶子。春荒接不上了，就靠菜叶子顶饭。菜叶子不耐饱，越吃肚子撑得越大，一拉一大堆。村里人见了大粪堆都骂，这他妈的就像子俊巴（拉）下的一样！

　　子俊家穷，就贪便宜。上泓芝驿赶会，有一家卖驴肉的，给子俊一疙瘩肉，说便宜，子俊买了拿回来，很快叫懂行的看出来了，笑话他，子俊你今儿个可买到好地方啦！那时候不像现在，驴鞭狗鞭卖的补药价钱，那时大家都嫌这号货色脏，乡村根本没人要。子俊的故事很快传遍全村，连我们小娃娃家都知道了。放学了，我们几个捣蛋熊孩子，偷了老师一根粉笔，在踩得光亮的小路上大写"狗子俊赶集上会买叫驴鸡巴一条，哈哈哈"，后面大大的三个感叹号。翠翠走在后面，看到就呜呜呜地哭。回家以后，她爸带着她寻到我家，和我父母吵闹，我爸差点打我。

　　翠翠爸爱唱戏，也会唱戏，肚子里戏文很多。由他教，翠翠在小学就会唱《秦香莲》，在班里，老师叫她给同学唱，翠翠就唱：

　　　　堂鼓儿不住地响连天，
　　　　好苦儿他与我秦香莲。
　　　　手拖上儿来引上女，
　　　　我母子三人一步一步入衙门。
　　　　上堂来又只见陈世美，
　　　　他本是忘恩负义的杀人贼。

好多年以后我才知道，十多岁的翠翠唱的是蒲剧老艺人尧庙红的版本，民国时期就这么唱。

村里戏班子教戏，没有本子，都是上一辈老人吐词儿，他吐一句我记一句。小娃娃记性好，不几天就记下了。翠翠上学不行，戏词儿却是记得好，也许是这些戏她早听她爸唱过。

猫猫爷让我们对词儿。他说，唱戏哩，不说话怎么能行？我们就只好你一句我一句对词儿。从这个时候起，我和翠翠说话了。

演戏的那一天，村里人都来看。看新鲜呢，两个娃娃演一回戏。

小娃娃个子矮，根本撑不起戏装。田公子本来穿秀才衣冠，绣袍太大，我只好短装打扮。翠翠唱小旦，裙装也只好缝短，两个小人儿，着装画脸，还是好看。

乱弹的《藏舟》开戏，胡凤莲伴着大流水的打击乐出场。好一个大流水，三十多个节拍的敲打，在梆子戏里面也少见。马锣铙钹，咣且咣且，梆子板鼓噪切切如急雨。翠翠身着白衣白裙，船桨桨板上也绾了一朵白绫花，这是为胡父守孝。翠翠幕后一声"苦啊——"乐声大作，她从上场门倒退着水步出场，台口站定，一个软亮相，接着水步走圆场。翠翠白衣白裙舞动白色的船桨，在舞台上飘拂，一边唱，"哭了声老爹爹难得相见——"锣鼓凄怆，板胡悲切，在奏鸣中，胡凤莲走完圆场，唱四句流水：

胡凤莲心里似油煎，

猛然间抬起头观看，

　　江岸上站下（采采采咣）哎嗨嗨——

　　一位少年——

　　在这里，田公子和胡凤莲有一个对视。我凝目观望，夜幕下的翠翠，好看极了。

　　运城这边的乱弹《藏舟》，和秦腔是同一个本子。夜半江心停船，田公子和胡家渔女各怀心思，渐生爱慕之意。耳听得江岸上敲起三更，夜色下，少年男女困在船舱，明月相照，各起幽幽情怀。胡凤莲唱：

　　月光下把相公仔细观看，

　　好一个奇男子英俊少年。

　　他必然读诗书广有识见，

　　能打死帅府子文武双全。

　　……

　　假如还我与他结成亲眷，

　　女孩儿到后来好把身安。

　　怕只怕他嫌我出身贫贱，

　　这件事我还是不好开言。

　　正是少女少男怀春，两情相悦，我偷偷地看翠翠，台子上冷，小人儿渗出了淡淡的鼻涕，化了脂粉，嘴唇上画出了一道轻轻的印痕。

演了戏以后，我和翠翠说话多了，说熟了，也说惯了，爱在一起说。上学一起走，下学一起玩，队里有时干活，也一起下田劳动。村里人看着这两个小男小女做伴儿，也是又奇怪又惊喜。

高头村的家戏有了这么一出娃娃戏，引得邻村的乡亲也留心了。以后几年，我们逢年过节在本村唱，也有被外村叫过去唱的，公社会演，有时也叫我们过去。有人看老把式演功夫戏，也有的专看两个小演员，看个稀罕。

秋天了，我们到公社去演出，离我村大概五六里地。夜场，散戏就十点多了，大家收拾收拾，就要很快回去。大队有一挂马车拉人拉行李。我和翠翠商量，我们都认识路，不想随大家了，我们自己走回去。

秋天的夜空，月色无比皎洁。大地静了，朦朦胧胧掩映在无边的月色里。路两边都是庄稼，玉米已经一人高了，天花挂起粉絮，翠绿的青纱帐连着片，散发出成长的青春气息。苜蓿地里，蔓丝纠缠，紫色的、白色的细碎的花儿，轻轻地摇曳。醉人的香味弥漫着，随风沁过来。露水一上来，蚂蚱的翅软了，吱吱吱吱，叫得弱了。蟋蟀倒是不怕早晚，放声地唱。不涉世的小小少年，就在这秋光里散漫地走路。熟悉的田野，熟悉的家乡，不怕夜路。翠翠走一会儿要停下来，踏进苜蓿地里踩一踩，闻一闻，那紫色的苜蓿花在裤脚冲撞，她说这会沾上田野的清香气味。月光那么杳渺，空气那么好闻。少年心里洋溢着一种陌生的喜悦和沉醉，那是一个男孩子和一个女孩子相随的月光之旅。万物萌动，我们的心也像是有什么要破土顶出芽儿来。真的，以后哪里还有那么好的秋天，那么好的月光，那么好的苜蓿地。

我们深夜到家，吱扭一声开门各自回家。第二天才知道，猫猫爷发现找不见我们，坐车一路念叨。一下车就拐着腿一晃一晃到翠翠家打门问人，听说回家了，才叹一口气，收兵回营，好像不是怕遇到狼呀狐子呀什么的，还有其他我们尚不明白的东西。

秋夜冬夜没事的时候，我也会到翠翠家里去玩。她独自住一间南房。她爸妈以为我们说戏，也不管我们。我们就有一搭没一搭说到哪里算哪里。孩子游门晚回家是常有的事，我父母也不问。一天晚了，我回去，夜黑透了，摸黑走过厢房圪台，到了门洞。院门闭着，门洞里伸手不见五指。我碎步走，伸出胳膊，左一摸，右一摸，寻找院门门闩。翠翠也赶来了，帮我在黑地里摸索。两个小人像是演出《三岔口》，暗影里蹑手蹑脚抓摸。蓦地两手摸到一起，我们火烫了一般缩回手，静默了，对面站立，听到了对方一张一翕的喘息。还是翠翠胆大，她抓住我一只手，拉起帮我摸到门闩，放上去。我匆匆拉开门闩，开门，微光里立刻闪出一个洞窟一般的门口。小巷通到底，就是我家。

我慌乱地躺下，回味刚才，有一点心跳，也还有一点向往。

两年以后我就考上中学，到县城去念书。翠翠不上学了，在村里看来，女孩子家家，识个字就行了。小学毕业，她就在生产队挣工分。

星期天回来，放假回来，我和翠翠仍然常来常往，有时一块儿下地，歇下了一块儿坐在地头大树下歇凉。锄地，我们一前一后，傍着走。

渐渐地，村子里看着这两个小人儿，开始友好地逗笑。也有人怀了心思偷看，好像我们有什么秘密。

巷子里，只要响起我的歌儿和戏文，翠翠会立刻跑出家门，站在门口上马圪台上寻我，穿着她那件小碎花布衫儿。

收麦了，我出了点事，一镰刀砟在膝盖上，伤口好些天长不住。翠翠拿了十个鸡蛋来看我。我休养了十多天，有时就在翠翠家大门口的石台上坐着，来来回回看着大家收打。翠翠有时也坐下，和我说说话。巷里面远近有那么几家门口，突然探出一个脑袋，又缩回去，那是看我们的热闹。

我要上学去了，翠翠站在家门口，望着我，用心地唱起了《藏舟》，那是快下场时的四句流水：

恨只恨江岸上树林一片，
望不见田公子他逃向哪边——

我愣了一下，明白了她的意思。我们心头都有一种依恋在滋长，不过谁也说不明白那是什么东西。

我回学校没有几天，父亲看我来了。

父亲提着一个柳条提斗，是一种柳条编起的提筐，里面捂着蒸熟的红薯，看样子是来学校给我送吃的。

我刚来没几天，父亲明显是要给我说话。父亲说，村里有人说我和翠翠的闲话，说我们怎么怎么好。"宛平县"猫猫爷说我们那天晚上不随伙，私自跑路。父亲说，母亲在家里哭，要我千万不要和翠翠来往了，村里人正在毁坏你的名声。

我完全不知道这是咋了，我做对了什么，我做错了什么。这个事情好吗？这个事情不好吗？我完全糊里糊涂。但我知道一点，翠翠长成大姑娘了，我也是中学生了，村里笑话我们，认为这么着不正经。

根本不容一个学生娃娃多想，不久我就听说，翠翠要嫁人了。

她也就十五六岁，肯定不到现在法定的结婚年龄，可是在村里，只要人家愿意，谁管这么多事呢。

他们不管翠翠愿意不愿意，她的亲事，还是家里做主。

翠翠是她父母抱养的闺女。她的生身父母就在邻村赵家卓，她有一个高大英俊的哥哥，常来看她。这个亲事，就是父母亲做主，哥哥介绍，翠翠许给的男人，在太原一家煤矿。

在我看来，翠翠新婚那几年，是她这辈子日子最舒心的好时光。男人比她大好多，知道疼她。他有一份工资收入，一年几次接她去太原，比翠翠在农业社下苦力日子好多了。翠翠很开心，出来进去地换着穿那几件花衣裳，脸上的笑就绽开来。见了我，不说她嫁人的事，不过我能看出来，她心里藏着一份喜悦。

男人先在太原，后来又到阳泉，翠翠跟着去转过。翠翠喜欢游逛，生产队编排了她的段子，套用了《老两口学毛选》

的曲调来取笑她：

俺队的翠翠女干活有点懒，
刚从太原回来又想上阳泉。

翠翠也曾经去过那个遥远的婆家，河北灵寿县，在那住过一阵。回来她说，好爷哩，那是个啥地方呀，没粮，一顿饭，吃倭瓜就一锅倭瓜，吃茄子就一锅茄子，哪能叫饭。

不过这个好日子没有持续几年。翠翠跑到外地，经常一个月余没有音信。那时不像现在通信方便，子俊夫妇好像闺女丢了一般。老两口养闺女本来为了防老，让这个外地人拐跑了咋办？为了拴住闺女，老两口逼着翠翠离婚，回家，在他们身边守着。

翠翠还是愿意和我说话，晚上我到翠翠家去，她会拿出男人的信给我看。那男人略通文墨，知道老人逼他们离婚，给翠翠写了诗："昔日晋南把花采，花虽不好我也爱。可恨王母重下世，棒打鸳鸯两分开。"接着又称病，哀告"吾病有增无减"，想叫翠翠过去。翠翠父母根本不理这些，铁了心逼着翠翠离婚。

村里去县城演出，我恰巧又看到了翠翠离婚。那时翠翠已经怀了孩子，肚子显出来了。演完戏，到民政办了离婚，翠翠大哭一场，赵家卓那个哥哥扶着她上了自行车，一队人夜色里回村去。

那也是个月夜，月色不甚分明。他们骑着车，我跟着。快到高头村地界了，路面开始疙里疙瘩，自行车颠得上下蹦跳，咯咯噔噔。我听得她哥哥对男人说，不要结仇，离了婚还是朋友嘛。翠翠一路抽泣。四野里是暗暗的树影和连片的庄稼，一条黄土路带子一般闪出亮光，我们就沿着微光，伴着翠翠走完了她人生的一个大站。

半年以后，翠翠生下一个男孩。那男人赶回高头村要看，翠翠父母堵住不让进门。天黑了，家里叫了两个邻家的，陪着男人睡在大庙厢庭，第二天打发他走人。男人连孩子也没见上，大哭着离开上了火车。这是在高头村地面，咋办由不得他。

几年以后翠翠再婚，家里决意要找个可靠的上门女婿，人老实顾家就行。家里也当真如愿，上门女婿安分守己、老实笨拙。经常看见他满头大汗，啥活儿也干不好。总归有个男人，翠翠又生了一男一女。

小小的翠翠，结婚离婚带给她深深的伤害，我不知道该怪谁。乡村的婚姻，那时还是父母做主。早婚这个陋习，在乡下却不违忤。乡人说起来轻描淡写，女孩家，迟早还不是个这。一个不懂事的孩童过早地接受另一个男人，似花儿含苞摧折，似庄稼收了青苗，没有发育成熟就遭遇了人生不该承担的变故，这就是世俗，她毫无还手之力。

不过仔细想想，那时的乡村小女孩，亲友介绍找婆家一点也不稀罕。民国《临汾县志》记载，"自由结婚，邑中尚少见之，两性缔结婚姻，大多由媒妁居中，取得双方同意，然后择日换柬，行纳彩礼"。依托亲友代为撮合，山西多地县志都有记载。这种习俗，一直延续到50年代。

高头村的乡亲，曾经警惕我和翠翠的交好。这和那时候的乡俗有关。一个台湾人曾经写回忆录回忆 30 到 40 年代的山西婚俗，他讲道："家乡过去的结婚，无所谓自由恋爱，倘有此种事实，那将视为寡廉鲜耻，必为乡里所不齿。"即使到了 60 年代，乡下的婚姻，还是亲友牵线居多。

我和翠翠先后各自找对象结婚，都还是听凭介绍，到邻村找的。

也有人给我俩说合，以我两家的家境，我和翠翠没有这个缘分。我家富庶一些，讲究诗书礼仪，翠翠家穷困，遭人下看。父母做主的年月，这两家绝不可能走到一起。这才是又应了《藏舟》那一句戏文："怕只怕他嫌我出身贫贱。"贫贱是一个永恒的话题，门当户对，现在怕也讲究。

以后许多年，翠翠和我就各自过日子。"文革"中大唱样板戏，我们村里剧团又排又演，拉起班子走村转乡，我和翠翠也都各有角色，同出同行，低头不见抬头见。毕竟使君有妇，罗敷有夫，戏外的话，你不提起，她不提起，仿佛都淡了。

我当兵十多年，转业了，回乡了。

从北京到山西西南角，一过临汾，满车厢熟悉的乡音，听得你一股一股热泪往上涌，想哭。回到村里，远望连绵的黄土坡，上面坐定一个三角形一样的孤山，老家的形象印在心里许多年，许多年不得亲近，今天又到了眼前，由不得像回到母亲怀抱一样身上发热。

媳妇儿迎我。乡亲们也是问长问短，有夸我长高了，有说见过我在军报的文章，打小就觉得我有出息。家里巷子里，时常有人围住我，告我这些年的变化，问我北京的高楼大厦，华国锋也赶集吗？上街能不能见着邓小平？总归是这里长大，乡土亲人亲。

我没有见到翠翠。在我和一群人热闹地高声来回时，人群里找不到她的影子。

一天我在巷子里走路，听到背后咯噔咯噔，那是自行车碰上路面的硬疙瘩，上下颠跳绊出的声音。我感到了一团熟悉的气息急驶过来，肯定是那个熟悉的人。我来不及反应，一辆车子从我的身后骑过来，又掠过去。分明看到了我，那人加快蹬，迅速逃离。我看到了翠翠。翠翠目不旁视，飞快闪过去，我一瞥认出是她，她已经走远，一脸不自然，我只能注视着她的背影。

第二天听人说，翠翠埋怨，他都不和我说话。

旁边立刻有人抢白，你就那么想和人家说话？

翠翠马上羞得满脸通红，啥也不说了。

我转业到地委，回家多少次，也没有和她来往说话。

有时候我回去，村里一般大的玩伴也故意打趣，没见你那伙计啊？我知道他说的是翠翠，笑骂几句算了。

也是天算，我还在地委，有一回回家过星期天，正好赶上下雨，连下两天不停。到了星期一，我不好耽误上班，就给父母说我要走。我们村里全是垆土地，土路一下雨，就如胶泥一样，车子根本骑不成。我和父亲商量，他说可以叫一挂车，毛驴拉了人拉了自行车，把你送到公路口，你骑车子走人。父亲说他去找人找车。

不一会儿父亲回来，让我到人家门口等。

就在翠翠的门口，送我的是翠翠男人。

他在门口架车，套驴，把自行车搬上去，我在等，我以为，翠翠一定会出门，送送男人，也送我。

隔着大门，隔着院墙，一直到我们吆喝驴子上路，我都没有看到翠翠出来。

我朝着市里走去，朝着公路靠近，村庄，越来越远了，我却感到，背后总有一双目光。我相信翠翠就站在院子里，她会听着车马走动，她会远远地望着我们离开，目送我们一直上公路。

又过几年，我调到了省城，离家远了，回家的次数越来越少了。父母去世后最近一次回家，是几年前的清明节。

给父母上坟，祭奠一番，我往回走。跨上涞水河岸，一辆自行车迎面骑过来，看着躲不过去，翠翠下了车子。

翠翠和我打了个招呼，算是多年来头一回面对面说话，却只有简单的两句问候。她低眉顺眼，目光一对视，立刻挪开。我们好像都有很多话要说，却最终没有打开话题。她很快说要去坟地，跨上车子离开。

我呆呆地站在涞水河岸上。就在排戏唱戏的幼年时期，涞水河还是高岸，石桥，河堰芦苇一人多高，芦花开放时飘飘洒洒。挨着的就是大队的菜地。我们时常一起钻进黄瓜洋柿子的菜架，在青绿的瓜蔓里穿行。西红柿蔓子的气味最好闻，一划衣裤上就一个绿道道。随手拽一个咬破，汁液溅了一手一脸。河堰根有獾洞，点起火熏烟，小獾会吃惊地蹿出来。那些盛满了我们欢笑的往事又在目前，我们却谁也没有勇气打开记忆的盒子。翠翠越是不说，我越是觉得我们藏着几十年的心事，绷得太紧了。

几十年前，到底发生了什么事情？

猫猫爷把我们带到戏台，上一辈有一个最懂戏文的幡儿老汉给我们吐戏词。幡儿老汉一边比画着一边念白：看这个月明风清，我二人在船舱做下这苟且之事，如何对得起天地祖宗？

猫猫爷在一边听着，插话说，这个就不说了，新社会了，不能说老词了。

什么是苟且之事？我不知道。听大人的口气，肯定不是好事，肯定是不好意思说出的事情。不说就不说吧。

翠翠知道的戏文多。在翠翠家里聊天的时候，她曾经给我讲过《蝴蝶杯》全本的故事。田公子和胡凤莲在河心一叶小舟躲过灾难以后怎么了？翠翠说，胡凤莲大闹公堂，田公子得以赦免，率兵出征，得胜还朝，再以后——翠翠说，他们就结婚了。翠翠突然红晕飞上脸颊，染得满面通红。我不知道结婚是啥事情，但肯定是有关男女的大事情，要不翠翠为啥脸红呢。

戏台上，田公子以传家瑰宝蝴蝶杯为聘，向胡家渔女求婚，道白说："请问大姐可曾许人？"接着是"倘若允亲，将杯收起，倘若不允，将杯退回"。

胡凤莲唱："他那里许婚姻奴心情愿，羞答答应一声无有姻缘。"

我们只是背台词吗？好像也明白了一点什么。

我们十多岁的时候，就这么一点事情。

五六十年过去了，我们都老了。今年再回去，我想着一定去找一下翠翠，再不见面不说话，就太晚了。

当年的老屋老巷子早已变了样子。老戏台三十年前拆掉了，翠翠家的老院子，两个小朋友谈天说地的老南屋，摸黑走不出去的院门窟洞，都没了，只留下一堆荒草，掩映着旧址。

翠翠搬到了新巷，重新盖了院子。新房也已经盖起二十多年，又成了旧房。

我打听着找到了翠翠院门，叫门。一个老妇急匆匆过来开门。她已经明显发胖，胖得臃肿走形，双腿有些弯曲，这是年轻时生产队干重活落下的。我们脸上都刻满了皱纹，翠翠比我更显衰老。早年的风霜留下了痕迹，虚胖和枯皱同时写上她的面颊，那是肃杀以后的岁月伤瘢。她穿着随便，一根红布裤带拖曳下来，一看就是这里农妇的装束。

翠翠的孩子都大了，他们都已搬出去住。男人十年前得了脑血栓，行走不便，整天坐在院子里。照翠翠说，他就是最后坐死在这里了。当下老院里就是翠翠孤身一人住着。

翠翠家的房子和院墙，都还是二十多年前的老式样。青砖，白灰抠缝，屋顶的苇箔黄泥老朽了，开始脱落。眼下乡村盖房都是水泥红砖，现浇混凝土顶子。翠翠说她不想再动了，凑合着能住就行。

翠翠头婚那个男人呢，受不了打击，离婚以后不几年就郁郁而终。前多年，大孩子不知道怎么打听到自己的根，独自一人回了河北灵寿老家，给大伯父承嗣，续了家族香火。在农村，子女长成人以后，知晓自己的身世，认祖归宗的很多。

她的一儿一女，都各自成家，在外头打工。看来，日子说不上多好，也还过得去。她说农民能有啥的想望，过得下去就满意。

翠翠还是喜好唱戏。80 年代以后分地，日子过得见好，农村管得也不那么严了，有一段她也曾跟上鼓乐班子"走事"，有红白事去唱戏，后来腿脚不便，也停了。近几年高头村组织戏迷活动，一个月三次聚会，有乐队有唱家，在这一块有些名气，翠翠说她不参加了，老了，声音不好听了。

几十年过去了，岁月带给我们的变化让人伤感。小时的不晓事，早婚的摧折，经历了残酷，经历了凄凉，眼前这个女人，已经风烛残年。

翠翠喜欢说一句话：现如今你是啥人，我是啥人。我也没有成了啥，她也不至于成了啥，一路分开走过来，两条不同的路，终于还是把我们变成了不同的人。几十年后再聚首，越发觉得幼年的两小无猜，青梅竹马，纯净洁白，了无污痕。少年时代能有这样一段美丽时光，可遇而不可求。

翠翠说她一直想和我说话。说起那些一次一次的避开，翠翠说她不好意思。几年前清明节小河岸，没有说成，翠翠说她后悔死了。说来真是的，就是那么几年小猫小狗一般不晓事的亲密，竟然滚烫地烧灼了我们几十年，莫名其妙瑟瑟缩缩地总想躲着。现在我们都成了老人，感情的泉早已干涸，人生的差别也已经消除了所有误解与猜疑，我们终于有勇气坐在一起相对，面对过去，摊开岁月深处的收藏。眼前这样一个老妇，就是我爱的曾经，这让我悚然一惊，又随之释然。人生，就是这样。

翠翠的院子里，栽满了一园子菜。架起的有西红柿、黄瓜、西葫芦，地面上匍匐着倭瓜、豆角。侧角有一棵杏树，枝子也就胳膊粗，杏儿却是压满枝头，一簇一簇的。5 月天，麦黄杏熟得正好，翠翠搭起梯子，摘了一捧又一捧，我在树下，她伸手递给我，收在篮子里。这应该是后几十年我们挨得最近的时候了。仰起头是她，低下头是我。一手递，一手接。几十年，我们没有这么靠近过了。

一篮子亮黄的杏儿，她要拿到村头和本巷的同伴闲坐，散给大家尝个鲜。

翠翠邀我一起出门，看看我，她说，走吧，管他旁人说啥呢。

岁月残酷又温情，我们都老了，老到没有人拿往事当回事了，我们才能够回到当年，捕捉岁月深处那一闪一闪的回忆，共赏日月流光的甜蜜，回味呆萌可爱的少年时。

我们的时间，我们的青春，我们的情事，都已经渐行渐远，远到浩渺难寻，你想挽留也徒然。不过爱总归是不会死灭的，男孩女孩的友谊，糊里糊涂有滋有味，哪怕没有后来，哪怕没有得到他或她，回忆也够美好。

地老天荒，年华凋零，爱却是永恒。即使在最穷困不堪的日子里，也给爱留下了生长空间。任流年似水，嫩绿的青春，迷蒙的少年，朦胧的温情，男孩女孩的两相好，此情可待成追忆。

三尺走路，百年沧桑

　　高祖一代，我家日子宽裕。民国初期，曾祖给后人处分房产时，五个儿子各得其所。我家是长门，又加兼祧三叔祖一份，房产就较多。五个儿子处分了房产，巷子里还有一个打麦场，我们都叫它半巷场子。打麦场各有一排南房北房，我家和二叔家各得南房北房。这样，我家就有了两处房产。一个打麦场，载麦的大车要能进出，那门安的是一座双扇大车门。门上做了个小挑檐，遮风挡雨也护门。两侧门柱粗壮高大。上有门楣，书"大有之年"四字。宽阔的两扇木门，钉着几排铁页。民国时期，这种大车门在农村常见，做务庄稼，免不了大车进出。有的家户住院也是这样的大门，人和车都能进出。住家和打麦场分开，那家境就好一些。我家，属于这样的。

　　打麦场的房子归了我家和二叔家，那场子却是五家共用。大车门也由此归了五家共同出入。一直到土改，我们五家都划了中农成分，房产打麦场还是沿袭原先的使用习惯。1950年猗氏县人民政府颁发了房窑证，那是一张白麻纸，毛笔书写，填写了房产东西南北四至界线，说明"右列房产经猗氏县人民政府依法核准确定为某某某所有特给此证为凭"，盖上猗氏县人民政府四方的大红印章和县长的小方块名章。关于大车门，证件备注，依然填写着"车门出入通行五家做官"。

50年代新政确立，按照新的土地法，一部分土地收归国家集体所有。老百姓的住房院落当然还是自家住着。我们的打麦场，就有点不尴不尬。这个场地，房子少，场子大，作为一个封闭的院落，怎么看都像占国家集体的便宜。我们自己也知趣得很，1955年农业合作化了，这个场子就一直让生产队做马房。虽说房子所有权是我家的，生产队要喂牲口，我们也不好说什么。那么大的场子，也天然适合喂牲口。吃草在槽头，牲口理直气壮踩着集体的地。放出来满地打滚，那更是在集体的土地上，我们更管不着。

人民公社化以后，生产队规模越来越大，不几年，生产队另划了一块新地，圈了一处打麦场，顺便把马房盖在场子里，我家的半巷子场由此腾出来，我们用它放杂物，就这样，总算由主家使用了几年。

这个情形，一直延续到1968年。

老家农村早婚，1968年，按照乡村习惯，我也到了找媳妇的年龄。那时给女方娘家的礼钱，是一份二百四，加上整修裱糊粉刷新房，婚礼开销，媳妇进门总得七八百元钱。那时的八百元可不是个小数目，生产队一年到头难得分红，有的家户劳力多，干一年才能分上一二百元，一般的几十元就不错了，欠款户也有的是。父母亲合计了好一阵，拿了主意，把半巷场子那几间房子卖了。

听说我家要卖房，二叔的邻家动了心。他当然是一家合适的买主。买了房子，他的两处房产，隔了一架大车门两边对应，几乎就算连在一起。那几间房子，带着那么大的场院，当然划得来。几经商讨，他出价八百元，买下了我家这四间房子。

二叔的邻家，我们都叫他蝶孩家。蝶孩是个独生女，蝶孩的爸妈打算招个女婿，让他们分开另过。女儿就在身边，走动也方便得很。两家商定，找了中人，立约为证，签字画押。那时的农村房产过户，没有现在这样复杂，两家立约就过户了。这一宗房屋买卖，很快成交。

蝶孩家没有想到，我们都没有想到，麻烦由此开始。

二叔家和蝶孩家两家一个院子，门却只有一个，就是那个大车门。

二叔这时出面了，他说蝶孩家，你是买了房子，可没有买走路。这大车门，是我们一家弟兄五个的，这个门，他们能走，你不能走。

蝶孩家顿时傻了眼，只有这么一个门，你不让我走路，我搁哪里走？

二叔说，我不管，你想你的办法，这个门你不能走。

有没有办法？有的，蝶孩家买的房子背靠着街巷，拿出一间拆了后墙开门，就能进出，可是开一间门房，就少一间住房，谁愿意？再说，当时的习惯，都是梢门在外，住人在里，安全和私密全有了。一进大门两侧就是卧室一盘炕，谁愿意？

蝶孩家要走路，二叔家不让。两家顶了牛，僵住了。

我清楚地记得，一个深夜里，一盏煤油灯，灯光如豆，在灰暗中忽闪着。蝶孩她爸又找到我家，两个黑影在灯光里摇晃着，他找我父亲商量那几间房子了。他拿着签好的契约，对父亲说：你就做做好事，添上几句话，把你的走路也卖给我吧。

父亲识字，还是懂得一点政策的。父亲说：不是我不卖给你，如今地都是公家的。我只能卖房子，那地就不是我的地，我哪敢卖给你。

蝶孩家买不下走路，和二叔两家出一个门，就麻烦得很。有时他家没回来，二叔回家了，大门在里头上了闩，他们进不了家。有时他们还在家，二叔出门，在大门外上了锁，他们出不去。时间长了，次数多了，两家的仇怨越积越深，终于开始打闹。

70年代，蝶孩不过三十来岁，在巷里挺绵善。蝶孩她妈，却是个刚强硬气不服输的女人。她不相信这房子她家住不成，她决不让步，在巷里，碰上二叔，她破口大骂，大骂二叔故意堵路，不让她家进出。她是个泼辣的女汉子，她会跳脚大骂：

"贼斗娃，死斗娃，你个不死的斗娃，你占了那么多房子，想带到阴曹地府去呀？

"死斗娃，你个绝户头，你房子再占得多，顶个屁！看你能留给谁！你忽忽悠悠一根线，还想拉一挂大车？"

斗娃是二叔的小名。

再后来，吵架已经不顶事，两家断不了大打出手。二叔一家不是蝶孩一家的对手，一般二叔都会主动避开。那个大车门，二叔却是紧闭勤锁，决不让步。

巷里邻家经常见到，二叔在里面上了门闩，蝶孩她妈进不去了，他们一家人会拿了镢头、铁锹、钉耙，擂鼓一般砸门，拿铁锹乱铲，钉耙子抠，那木头的大门实在厚实，任你砸，任你铲，二叔躲起来就是不开门。

蝶孩家没有办法，只好在房子一侧，搭了一架梯子，上梯子，翻过土墙，下梯子，进院子。在高头村，翻墙进自家院子，他们是独一份。

又过了好几年，蝶孩家看着实在难堪，就在房子一侧的土院墙，勉强开了一个小门，只能一人进出，门窄小，像钻洞一样。房屋一侧挖这么一个小门，小门瑟缩在大门一旁，一排整齐的黄土夯墙立刻无比丑陋。有什么办法，人总要进出。

蝶孩家一边继续打闹，一边告状，跑大队，跑公社，跑县里，状告二叔霸道封门，不许他们进出，不过都没有什么结果。

几十年以后回想，二叔和蝶孩家的争执，为什么没有一个结果？为什么闹到大队公社，也没有领导出面裁决？

这实在是一个难题。

症结就在于，民国时期，土地私有，从房屋院落到巷道走路，都办定了私有手续，暂且不说利弊，那每一寸土地归谁，地权边界都是明晰的。1956年以后基本实现社会主义改造，1958年"一大二公"，宣布城镇土地国有，乡村土地集体所有。农民的宅基地也属于集体所有，家户只有使用权。这个政令，在城里好办，你脚踩的每一寸土地都是公家的。在农村呢？村民都有院落，进出走道。你总不能说，房子是你的，院子是集体的地，我就能随便在你的院子里占地跑马闯进闯出吧。人们还是保留了尊重别家院子地权完整的习惯，认可一家一户对院落的使用权。不只是院落，好多农村家户院子后面常常还附带一个小园子，栽树，种点菜，放点杂物什么的，取用很方便。小园子没有房屋，但是人们还是习惯地认为这小块地属于房主。

二叔和蝶孩这两家，在这里就遇到了一个盲区。既然土地是公家的，蝶孩家为什么不敢破门而入，强行占道？他尽管砸门打门，在心里深处，他们还是认为，那走道是人家家族几个兄弟的。大队公社为什么没有强行裁决？这些干部都是农家出身，他们深知那条走道是遗留问题。允许蝶孩一家出入大车门，岂不是说明，任何一家的门道别人都可以任意出入？"所有权归集体，个人使用"，说房子可以，一旦面对附着房屋的空地，立刻苍白无力。

政令和民俗就这样顶了牛。有时候，民俗的力量也很强大。

没有人主张支持二叔，也没有人说蝶孩家有理，两家就这样，打闹了几十年。

1989 年的秋天，雨水特别多，田野湿漉漉的，街巷里也是一片泥泞。偶尔有大车从巷子里驱驰过去，立刻溅起泥水，骡马快跑呢，那泥水就溅起老高老远。巷子里的人家，都特别留心避车。

一辆大车从蝶孩家门口驶过，骡马正精神，车轱辘飞快碾过。蝶孩刚出门，连忙缩回身子躲车。车过去了，一震，小门边上一溜土墙倒塌，正好砸在蝶孩身上，夯实的土墙，砸狠了，蝶孩当时就昏迷不醒。

蝶孩妈叫了小平车，拉了蝶孩，就往县城医院送。没有等到拉上县城的桥坡，蝶孩就断了气。

这才是塌天大祸。蝶孩是独生女，招了个女婿续香火，按当地人的话，她是一家的"砲塞子"，这话是说，她是一家关系的中心。招的女婿毕竟隔一层，对父母，对子女，对丈夫，女儿都有不可替代的凝聚力。如今她的三个儿子还小，她却被那么一溜土墙砸死了。

蝶孩丈夫哭得稀里哗啦端不起架子。这个时候，才显出蝶孩她妈的刚强不服输。她大声呵斥这个没出息的女婿："哭啥哩！看你那尿样，哪里像个男人！日子不过啦？没了谁，光景都得过，还要过好！看谁敢笑话咱！"

这个女人真叫刚强，一直到这个时候，依然忘不了自己的使命，忘不了和二叔一争高下。世上难找这样一口气硬到底，女儿死了也不服输的女人。

蝶孩妈曾骂二叔绝户，二叔并非没有儿子。他有一个儿子，堂弟比我小个一两岁。

二婶不生育，抱养了她妹妹一个孩子，也算有个亲根儿。可惜的是，人家家里男孩个个身强力壮，二叔这个儿子是个先天性心脏病。在农村干活，要出大力流大汗，心脏病吃不得重，干活不顶一个人，还要犯病。堂弟瘦弱得像一只螳螂，做活不顶人，凡事不出头。渐渐地，乡里人都说他是个尿包软蛋。长期的自卑，让他反应迟钝，大家又觉得他缺心眼。在村里，任谁都不把他放在眼里。

二叔做庄稼没说的。五行八作，他都来得。农业社收入太低，二叔会做豆腐，在家里做了豆腐，沿街转巷叫卖，能挣几个零花钱。二叔做豆腐一直做到老，想传给儿子，无奈堂弟不会算账。村里也有人问，咋不叫上你儿子帮忙？二叔只好叹口气，咱那货色不顶事哇。

堂弟成人以后，二叔还是给他张罗了一门亲事。媳妇是个二婚，人家不嫌他，已经谢天谢地了。过门没几年，生了个小子，二叔欢天喜地，不料孩子长到几岁，发现遗传了堂弟的先天性心脏病。瘦弱无力，走路撂手撂脚的，这一家的遗传，那叫没法说。

蝶孩妈敢破口大骂二叔断子绝孙，实在不是没来由的。

不管怎么说，二叔死命守护的这一个大院子，总算有了传承。二叔还是高兴，引着抱着小孙子，欢喜不尽。

二叔晚年，大约得了肾癌，开始尿里带红，后来就尿血了。他又和蝶孩家吵了一架，弥留之际，他拖着病体，进了蝶孩家，躺上蝶孩家的大炕等死。在乡下，这是很厉害的一招。你敢动，我就死在你家炕上。家里死过人，那是几辈子冲不掉的晦气。乡下人常说死有理，豁出来死在你炕上，看你怎么办。遇上这号事，谁愿意惹那个晦气，说好话求告，赔点钱，快快打发走算了。二叔的用意也在于以死换几个赔偿，给儿子多留几个钱。

他知道自己一死，儿子很难独立过日子。可怜的二叔到死了还想着后人的日子。

蝶孩家飞快报了警。二叔是照以往经验认为报警能咋的，一个濒死之人，警察来了莫非把我整活了不成。可事有凑巧，这一次这个警察特别负责任，公事公办不和稀泥。他批评二叔私闯民宅以死讹诈，责令家人立即把病人抬回去。他态度强硬，警告要调法警来强制执行。堂弟和媳妇立马退让，赶紧灰溜溜地把二叔抬回自家。二叔的孤注一掷，最后变成一场闹剧，在众人的怜惜和奚落声中，二叔依依不舍地离世。

二叔去世后，堂弟媳妇知道跟着这个男人过不了日子，她离了婚，带着孩子改嫁到了邻村。

一座大院落，二叔几十年抗争守住的大院落，此时就留下了堂弟一个光棍。

堂弟出门，大车门依然加锁。蝶孩家，依然进不了大门。

二十多年横眉立眼吵架打架，就这样一天一天过着。

堂弟一个人过活，倒也简单，他做务几亩地，不求过好，有饭吃就行。大家在致富的路上赛跑，他是一个闲汉。一种一收，赶赶集，逛逛县城，闲了到邻村看看戏。

看戏，远了骑自行车，近了，就走着来回。9月的一个夜晚，堂弟和村里几个伙伴又去邻村看夜场戏。戏完了11点了，他们走回来。月色淡了，夜幕下静寂，点点灯火移动着，都是看夜戏回家的人。三五个庄稼人吹着凉风，一路聊着戏里的故事。田野若明若暗，风吹庄稼沙沙地响，暗夜里连片的影子起伏摇曳。月白风清，如此良夜。

进了巷口，他们作别。

第二天，太阳一竿子高了，不见堂弟出门。门里面闩着，叫不开。几个伙伴翻过墙，撬开门，进了屋子，堂弟死在被窝里。

心脏病猝死，一般都这样。

安葬了堂弟，前妻带着小儿子离开，大车门又一次落锁。这一次落锁和以前的千万次落锁都不相同，它表示，二叔家这个大院子，已经彻底空了。没有人住了。

这个院子的主人，应该是堂弟的小儿子了。小子七八岁，和他妈就住在邻村。时值 1995 年。

这两家三尺走路争斗的最后平息，在以后二十年。

大约从 90 年代中期起，中国房地产大潮涌起，波澜壮阔。大城市，小城市，高楼噌噌噌一幢一幢长起来。卖地的、卖房的大发其财。蓝天白云映衬下的高楼，背后是黄金万两，这个情形当然刺激了中国乡村。他们仿佛一夜之间明白过来，中国的土地城市国有，乡村归集体所有。集体所有，就是村子所有，就是村委会甚至村长所有。乡村于是也掀起一轮卖地热。谁家要盖房子，要扩院子，一律收费。我们村里偏远，大概是一分地一千元。从此后，村里只要打井安自来水之类，没钱生产队就卖地。公益事业卖地，村委会居民组的开支，干部收入，也靠卖地。谁要院子，掏钱就行。高头村的人均住房，二十年间获得大发展。按照乡俗，一家弟兄一旦成人，老一辈都要新划一座院子让他们分开另过。渐渐地，新院子就成了娶媳妇的必要条件。几个孩子几座院子，不能含糊。高头村人均地少，一般的院子三分到四分大。乡村院房的格局差不多，正房从平房发展到小楼，又到两层半，偏房门房一层，门楼院墙用琉璃瓦装饰。这一座院子，盖起到装修，目前大约四十万。相应地，一分地地价从一千涨到二千。

改造老巷道，当然不够，乡村大力规划新区，满足需求，不惜占地，什么耕地红线，早已忘在脑后。土地从蚕食到鲸吞，毫不怜惜。就说我们北庄一个居民组吧，住宅新区，几乎是老村的两倍大，一个村子成了三个村子。

蝶孩三个儿子，在新区划了三个院子，兄弟三人每人一座。新院子宽敞豁亮，一套崭新。他们很快就都搬了出去，老院子空着，他们也不住了。

蝶孩男人十多年前死去。刚强的蝶孩妈，搬到了新区，随着孙子住。四五年前我回村去看她，她八十多岁了，坐在门口的石墩上，见到我，满脸的笑容绽开，笑得慈祥可亲，也带点老年人的痴呆气。她已经完全不是那个敢打敢拼、刚强到底的妇人，而是一个万事无争慈眉善目的老婆婆。

两家你死我活的争斗，最后靠这样一种方式和解，历史的走向总是出人意料。有道是形势比人强，大势来了，多少历史纠葛迎刃而解，多少历史细节遁于无形。

我离开村子不久，蝶孩妈就去世了。

蝶孩家的老院子不住人，二叔家的老院子不住人，房屋就迅速朽坏，屋瓦漏水，墙皮剥落。老院里的土隔墙，倒塌了，成了土块，土块又风化成了黄土沙砾。二十年不住人，院子里野生的树，长成了林子。榆树，都有小腿粗细。臭椿树蔓延得快，粗的碗口大，细的指头一般，爷爷孙子好几辈。难得见到的枸桃树、楸树，也在这里安了家。夏天走过你要看，那是一片小树林，林子里是一人高的荒草，刺蓬、棉扫帚、杂草小树混在一起，分不清。门前走过，不注意看，谁能发现那小树林杂草丛中还有一排砖表砖裹，白灰灰墙的老房子？冬天疏林冷落，叶落凋残，你才能透过树杈间的缝隙，看见端正的连檐板，窗户上拱券的小穹顶。当年，这可是村子里数得着的好院子好房子。

万里长城今犹在，不见当年秦始皇。

二叔家和蝶孩家的将近五十年的三尺走路大战中，我一直觉得二叔是个很窝囊的人。他软弱无能，他不敢争，不敢闹，打骂都死受着，一直到临死耍了一回赖，还叫派出所民警狠狠整治了一下，成了违法乱纪的刁民。他简直窝囊死了。

也是到五十年以后阅档读史，我才了解一些二叔的衷曲。

年轻的时候，二叔曾经威风过。在乡人的眼里，二叔在方圆地面上踩得那叫轰隆隆响雷一般。

1969年"文化大革命"清理阶级队伍，村里把所有有历史问题的人集中起来办学习班。查高头村档案，1969年4月7日，二叔的交代是这样：

毕乃斗　别名毕斗娃　毕满斗　年龄50　籍贯猗氏　家庭成分上中农　本人成分农民

1929—1934 年，在家念书。

1935—1937 年，在襄陵县邓庄镇宝元昌杂货铺当店员。

1938—1944 年，在陕西宜川县秋林镇给阎伪尉官王乃荣当勤务兵，王乃荣给了本钱，给他做生意，商号名集又成。二年后，又在秋林镇设商号意成饭馆，出任应名经理。其中，1942 年回家到河津县住，34 军 45 师特派员介绍我参加帮会，我回家，拿 45 师路条。

1944 年 7 月—1945 年 2 月，本县阎伪国民兵团抓兵，在猗氏县县政街大队当兵，到村里叫人，派差，派饭。

1945 年 3 月—1946 年 4 月，给猗氏县长周梦鸿当卫士，后当管家。

1946 年 5 月，经运城地方团队督导官王乃荣介绍参加进步社，任少尉干事。住在王乃荣家，给他做生意。去临汾带红糖，回来带颜料，煤油。回到运城后，有一次我回家，带王乃荣手枪一支，回去就交了。

我初入学习班的认识：

当时通知我学习，我认为我在旧社会当过几天兵，思想搞不通为什么叫我学习。

到校后，经过各位领导给我多次讲解政策及各个文件，各位同学给我的帮助，领导个别给我谈话，我才了解有必要学习，解除以前思想顾虑，我才把我在阎伪时期所做的坏事坏东西，一五一十交代清楚。如有遗漏者，我还要深挖细找，找出时，随时给领导报告。

我今后保证：

我回到队里后，向贫下中农好好学习，学习党的政策，队长叫我做什么，我就做什么。我今后要向贫下中农低头认罪。

王乃荣是我们家族一个远房亲戚，在阎锡山的晋绥军当军官。1938年到1946年初，二叔也就是跟着王乃荣，给他跑腿做生意。抗战时期在秋林。抗战结束不久，二叔就离开了。

王乃荣后来一直做到阎锡山的运城城防司令部稽查处少将处长，解放军打下运城，王乃荣被枪决。

看过二叔40年代的历史，就该理解二叔为什么软弱无力，不敢硬碰硬了。那房子刚一转手，二叔就被整肃了一回，险些成了专政对象。

翻看档案，高头村的小伙子，抗战期间奋勇投军的不少。他们的历史也大多相似，投了国军打日本，抗战多年。日本投降以后，国共交战，他们大多都避战回了乡村。在他们心里，打日本，不含糊，打内战，就不当兵了。

抗战期间，二叔在晋绥军。1946年初，他就回了老家。追究历史，二叔应该算一个抗战老兵。遗憾的是，冷静地客观地评价国军的抗战历史，是近些年的事情。

2015年春天我回到村里，发现蝶孩家的老院子拆了。

村里人说，蝶孩的儿子叫了一台推土机，轰隆隆一会儿就把老院子推平了。老房子腐朽不堪，一推呼啦啦就倒。

40年代的建筑，土木结构，土墙早已千疮百孔，那些檩条木椽，拆下来也都只能烧柴。

村里人问蝶孩家，你拆那房子做啥哩？

三个儿子说，不做啥，谁还要这些老业。墙也不行了，房顶也撑不住了，只怕哪天突然倒了，伤着巷子里什么人，惹麻烦。

推倒老屋，清了场地。一片黄土裸露在地面，有新土，带着水汽，也有旧土，带着一百年前的浮尘。

邻家的院子一拆，二叔家的院子立刻没了任何拦挡。院墙没了，隔墙没了，一眼看去，老房子就晾在天地之间。

只有那一个大车门依然挺立。立柱歪斜了，门扇也合不上了，它仄着身子，仿佛一个百年老人弯腰驼背，依然勉力支撑不肯倒下去。

四周没了围墙，任谁走过巷子，都可以直通二叔的门窗，看到炕头。

没有了院墙，没有了主人，平地上，一个大车门孤兀地栽起，两扇歪斜的大门上，两个铁环，依然严肃地挂着一把铁青的大锁，实在可笑。好在它不知道自己的丑陋，它不知道自己的可笑。它只知道尽责，尽大门之责。四周没有了墙壁，孤门一个，它要锁什么？它更像一个象征，看护一个家族的百年。

有人问，堂弟的儿子还要这个院子吗？

队长立刻回答，怎么不要，前几天他妈还打电话过来，让修一修院子里的自来水管，漏水了，漫了院子。

这个院子，现在属于那个二十八岁的患有先天性心脏病的青年人。

队长一面嘟嘟囔囔，一面还是给修了水管子。

百年的老宅，百年的沧桑，都因为一个地权问题没有彻底明晰。孙中山先生建立民国，就号召平均地权。中共土地改革以后，实行耕者有其田。1956年的城乡社会主义改造，收回土地，实行城市土地国有、农村土地集体所有。1958年"一大二公"，土地可以随意平调。直到1962年国民经济调整，才重新明确"三级所有，队为基础"，土地重新归属于自己的村庄。嗣后到1998年，新政策出台，规定农民可以原始取得宅基地，房屋可以在村里人中自由买卖。二叔和蝶孩家几十年的走路战争，贯穿了整个土地政策调整时期，实在是一份难得的农村地权纷争标本。

有学者统计，从1957年至1977年二十年间，中国农村居民人均住房面积由十一点三平方米下降到不足十平方米；改革开放以后，1978年至1998年二十年间，农村居民人均住房面积由十点一七平方米增长到二十三点五平方米。贫穷和禁锢，制约了农民的建房能力，前三十年，农村居住条件竟然不如解放初。蝶孩家买旧房，实在也是无奈。改革开放以后，生活富裕，政策松绑，农民的住房条件大为改善，这才有了住房大战的休战和解。回首看乡村的富裕祥和，走过了几十年的坎坷。

有一个市长是诗人

　　老家的村子靠着涑水河，就是那个撰写了《资治通鉴》的"涑水先生"所说的涑水。老先生在上游，我在下，很有点君住江之头，我住江之尾的意思。可见在宋代，涑水河还相当大，蛮像一条河。清代涑水河也曾经发威，冲毁城郭，淹没良田，让你不敢小瞧它。不过到了我记事的50年代，涑水河已经没有了当年光景，沦落成一条小季节河了，河底也就几尺宽，两条围堰夹着细流，涝了波翻浪涌，旱了水浅，挽起裤腿就能蹚过去。

　　村子靠了小河，可是好风光。河水蜿蜒流过，堰上尽是一人高的芦苇，有小兽出没，野鸡舞着花翎起落，堰根老榆树、老杏树高大葱茏。夏秋一到傍晚，蛙鼓阵阵，在庄稼的青涩气味里看夕阳，听蛙鸣，乡亲们说，咱这里就是好。

　　1958年大跃进了，说要兴修水利。一天突然看到河堰剃了十来丈光头，芦苇割了，露出绿茵茵的浅草。不几天，南河堰一边搭起一架脚踏水车，就是江南水乡稻田里车水的那种。一个木头架子，像体操高低杠那样，两条人字形的水槽，一头探进河水，一头落在河这边地里。男人女人站上去，踩动踏板，骨碌碌转，河水从河底抽上来，跨过河堰，流下来，浇了地。北河堰另一边竖起一架风车，四张大叶片子，风一吹吱呦呦转，皮带轮子带动水车，哗啦啦浇了河北的地。人们都说，咱这里实现水利化了。

涑水河在县境内流经几十里，沿岸不知安装了多少风车脚踏水车。那场景，很是壮观。你想想，一去数十里，沃野平畴，村落静静地傍着河湾。风车吱呦呦，在蓝天下转动叶片，脚踏车架在河沿，吞吐河水。涑水一路流去，风车水车斗折蛇行一路逶迤渐渐隐没在地平线。那是何等美丽的田园风光。

大家暗地里猜测，我们的县长大概是个诗人。这是田园牧歌的构思，只有诗人，才能想象出这样如诗如画的风景。他肯定去过江南，要不怎么能仿制出江南水车。说不定他去过荷兰，见过荷兰风车，要不怎么能想到风力车水。不管怎么说，王维的诗中有画，画中有诗，在大跃进时代的农村看到了。

风车车水，很美。脚踏车车水，也很养眼。市长大约很得意。但市长百密一疏，涑水河在我们这一带是地上河，河床比地面高，靠河的地，河堰根都留着水眼子，平时拿砖头堵了、泥糊了，要浇地，抽了砖头，扒开水眼子，河水自然就奔涌流出，根本用不着什么车水机具。那些风车脚踏车，只能是来人参观表演一下。半年以后，伟岸的风车、精美的脚踏车就踪影全无、下落不明。应该是人们拆了卸了做了别的零件吧，劈了柴烧也说不定。市长（那时还叫县长）也调走了，只是不知提拔没有。

老家第二次遭遇诗人市长，到改革开放以后了。

80年代初期，大约是刚分了地那会儿，牲口也分了。山西南部农家犁地喜欢使唤大黄牛，也使唤叫驴。可巧有一天市长下乡考察，亲自下到田头，看到牛和驴耕田，市长来了灵感，为什么不用骆驼呢？骆驼个儿大，力气大，又耐饥耐渴，吃苦耐劳，农民还是没见识啊。市长又深入牲口圈里考察，看到农家喂牲口，木槽里撒了草，拌上料，拿一根木棍搅拌一下，当地人都叫拌料棍。主人一边搅拌，一边伸手在草料里摸索。市长问摸啥哩，主人说怕牲口吃进铁钉子什么的。市长脑子里又是灵光一闪，这个拌料棍头上加一块磁铁，搅拌时，铁钉子铁丝不就吸过来了？市长的天才创意让下属惊叹不已，我们怎么没有想到呢？于是一场轰轰烈烈的引进骆驼行动和研制拌料棍行动就此展开，一个时期的工作重点明确了。

不久，山西南部这块小平原上，昂首挺胸的骆驼开始在田野上行走，吸引了不少路人驻足围观。夕阳西下，骆驼拉着犁铧，前进在社会主义的康庄大道上，显示出藐视困难、斗志昂扬的革命气概。各家各户的槽头一律配上了磁铁头拌料棍。那是个类似棒球杆一样的器具，一头细，一头粗，车工抛光，烤漆上色，浑圆可爱，光滑亮堂，悬挂在牛棚马圈，那整一个蓬荜生辉。

骆驼市长在老家顿时名震一时，搅拌棍革命也震响朝野。市长见多识广，肯定去过内蒙古，去过宁夏，见过大漠孤烟直，长河落日圆，听过驿路驼铃声。光是骆驼的形象，就比牛马驴高大雄伟。沃野走骆驼，诗意盎然。拌料棍也是创举，家家牛圈悬挂，光芒四射照亮了陋室。遗憾的是，骆驼人高马大固然好，和牛马驴的使役的农具先不配套。骆驼从西北引进，牲口不学普通话，它听不懂山西当地吆喝牲口进退拐弯的口令，犁耧耙耱，前边得有一个劳力牵着，不胜其烦。那根光亮可鉴的拌料棍，倒是能吸附铁丝铁钉，可是一遇铜丝铝丝，立刻不灵验，倒不如用手扒拉扒拉简单实用。乡亲们也是看在市长的面子上，勉强使用了一阵子骆驼，不得已挂了一阵子拌料棍。听说市长调走，轰轰烈烈的骆驼行动和拌料棍革命，立刻烟消云散，无疾而终。各领风骚的创意，终于成为劳民伤财的笑话。

又一位诗人市长上任，是 90 年代的事。

90 年代初，山西境内开始了高等级公路建设，市长决心在老家两市之间，修一条好公路。市长端详了地图，拿出一支彩笔在两市之间笔直一画，一条一级公路的规划完成了。那确是一条好路，左右各两车道，在当时已经是高标准。两市之间一马平川，道路笔直，司机说上路不用扶方向盘，一路开到另一市。不料公路刚修成，山西公路建设传喜讯，别的地区开修高速公路。这个一级路，显然已经不能独占鳌头。市长的智囊们就有人建议，一级路和高速路，区别在哪里？不就是差一个全封闭吗？咱们的路宽，路平，路直，已经达到了高速路标准，现在一封闭，不就是全省第一条高速路吗？市长一听此计甚妙，拿过地图，又是一条粗直线，一条高速公路的规划完成了。很快，道中打隔离带，道路全封闭，全省地市间的第一条高速公路诞生了。

市长画规划线时，我想肯定有点指点江山舍我其谁的气概。市长豪情满怀，改造河山造福乡里的幸福感久不消退，我能遥远地看到他脸上浮起幸福的红晕。

市长的大手笔很快带来了麻烦。道理很简单，他的规划是直的，公路是直的，沿公路一带村子的地界可不是直的。公路封闭前，村民上地收割，横穿公路就是。两边一封闭，路南的村子不能去路北耕种，路北的村子不能去路南收割，村民叫苦不迭。但高速公路已成，不能拆除。市长着急上火，紧急动员，在高速公路上架设人行天桥，隔两公里一道，引桥就用黄土堆砌，桥面用钢架。无论如何，第一条高速公路保住了。市长造福乡里的蓝图有惊无险，化成大地上凝固的风景。

一直到过去二十年，市长的这一英雄政绩始终在故乡人心头缭绕。也不是乡亲们感念，实在是大地的铭刻。老家这一段高速公路，是朋友经久不绝的谈资。自从有了天桥，要下地了，村民们扛起犁耙农具，赶着牛马驴，迎着朝阳，跨上天桥下地。傍晚，又迎着夕阳，登上天桥返回。间或也有放羊汉，赶着一群羊，踢踢踏踏攀越天桥到对面去放牧。一桥飞架，通途变天堑。每天，我们自豪地从人造天堑跨过。桥下的车流很奇怪，怎么一路老有牛羊在头顶来去。牛羊大概也很奇怪，自己很少站在高尚的人类的头顶啊。有时它们会在桥上站定，注视着开车的人们，发出一声一声长哞，那是城里人一种久违的亲切，于是司机按喇叭算是回应亲爱的畜生。好事的也会靠边停下车，人畜相看两不厌。

乡亲们的幽默一点不亚于城里人。他们模仿城里人"行人过街天桥"的叫法，把这一段高速路上的天桥，统统叫作"过牛天桥"。

你千万莫以为我在讲故事，我说的都是真事。不过为了叙述方便，把县长、书记、市长统统叫作市长罢了。几十年来，几个诗人市长，在故乡留下的创意，至今乡亲们说起来，还是绘声绘色，如在目前。

几番岁月折磨，从此我见了会写诗的市长，就有点恐惧。诗人都善于幻想。你做诗人，尽可去幻想。怕的是诗人做了市长，有权推广他的幻想，把他的幻想变成行政举措。五彩的想象，固然美丽，总要在老百姓那里验收。强加给治下，就有点残忍，即使是最新最美的文字，最新最美的图画，最壮丽的蓝图。

其实诗人的幻想漏洞明显得很，和老百姓的生活一见面，立刻出乖露丑。这一层纸轻轻地一捅就破，实在因为诗人做了市长，没有人敢说罢了。如果一个诗人市长心血来潮，浮想联翩，设计出一个比一个更荒谬的方案，并通过他所拥有的权力贯彻到底，再美好的方案只不过是人间笑剧。

"丑陋"的乡野

　　喜欢乡村的人不少。尤其在文艺作品里，乡间常常是炊烟袅袅，温情扑面。陶渊明的诗，描述的是"榆柳荫后檐，桃李罗堂前"，"狗吠深巷中，鸡鸣桑树颠"；费翔唱的是在城里竞争受了伤，怀念故乡的云；三毛千里跋涉，只为了梦中的橄榄树。城里人享受了高楼大厦，煤气水电的方便，无奈又被堵车、雾霾折磨，为明争暗斗不得成功苦恼。唉声叹气之后，开始想念乡村，那老者的慈祥，少年的天真。"右派"下放，全村都来慰问。谁家遭灾，全村陪着叹气。思量一番，他们开始向往乡村，想念田野的风光，乡间的人情味。有人动念，有人就开步走，打算搬到乡下去。乡下啊，多么美好洁净的绿洲，一派世外桃源。

　　多年来我和乡下一直没有中断联系，自问我还是知道乡下的。当年乡下没有他们想象的那么坏，现如今，乡下也没有他们想象的那么好。乡村，不是你想象的那个样子，或者说，不完全是你想象的那个样子。

我说说我们村里的事情。

我的那个村子在晋南，主产小麦棉花。粮食一年两季，夏天收小麦，秋天种玉茭。庄稼是乡村的衣裳，田野是乡村的形象。那朴实的麦穗，硬倔倔的玉米棒子，怎么看，都像这里生活的庄稼人。

农家之间当然不总是和气的。城里人大概不会想到，闹了意见，村里人经常拿庄稼出气。这和城里说的报复有些不同。这种"报复"，民国时期就有，合作化以后没有了。集体的地，报复谁呀。80年代初期一旦分地，这种报复很快就复活了。棉花苗，玉米苗，刚刚长起一寸高，有人晚上进了地，踩倒两行。西瓜呢，刚刚结起来，正长个头，他拿了一把小铲子，趁夜色，到根儿上那么一划，第二天，你的西瓜蔓就蔫了。这几行西瓜就报销了。还有萝卜，拔起来摇一摇，看上去没什么，那可就不长了，慢慢死去。你没有办法，只好恨恨地骂上一顿，拉个车收了青苗。

近二十年，我的村子大片种植苹果梨树，乡亲们都成了果农。一棵果树，就是一沓沓票票。这种报复，当然就移用到果树上。看到哪一棵果树结得好，一把小刀子围着树身划了一个圆圈，那棵树就报废了。哪一棵结果子疙瘩一串一串，他下地回来，看着没人。一把拉断大枝，那一枝最漂亮的红果儿就算报销了。果枝还奔拉在树上，仿佛等待主人来了哭诉一番。仇家，早不知道躲到哪里喝酒去了。

在单干时期就有报复麦子的。麦子要灌浆了，他躲到麦海里，打上几个滚，倒伏一大片，你是收不回来了。还有拉上驴子上你的麦地里打滚的，你又看不见。

这些年我已经没有听到有麦田点火的，以前可是有。农业社大田以后，没人敢点火了，点火有危险，一旦失控，连片的麦子起火，就成了大罪。那时的粮食多金贵呀，废了人家的麦子，那就是深仇大恨了。分地以后，一家都是种几行一溜，不怕燎原，麦地里点火就又有了。一般即使在仇家麦子上打主意，那也是看好风向，地头烧上几行，警告一下。麦地起了大火，那就是刑事犯罪，缺了大德。结了疙瘩报复一下，也有个限度。不管怎么说，庄稼人还是看重麦子，敢在人家麦地里动手的，下手就比较狠了。

我还没有发现哪两座城市结了世仇的，但村庄之间历史悠久的村仇可是常见。过去为争水，为抢地，两个村庄几个村庄之间打得你死我活的不稀罕。老作家马烽曾经写过短篇《村仇》，郑义的成名作《老井》，开篇就是村庄抢水打架。乡村的聚众械斗，有时会闹到三村五里，酿成大血案。就是在平时，一言不合，大打出手，田间地头，拿起镢头镰刀拼打也是有的。我在村里割麦时，亲眼见到两家挥舞镰刀夺命恶打，吓得边上女人捂住眼睛。乡民的好勇斗狠，狰狞可怖的一面，你想不到，可也是确实的。

这些年，村庄逐渐富裕文明，我也想，太野蛮太凶残的故事应该听不到了吧。未料想再听到的故事，更加森然可怖。十多年前，岭上一个村子，一个小青年受了欺负，为了报复村民，他趁着全村看电影，开来一辆拖拉机，轰隆隆就开进了人群，全村一片惨叫，四散奔逃。

有一个身边的朋友，曾经给我描述过城里盗贼的猖獗。他说有一个夜晚，他拉起窗帘睡觉，忽然听到阳台外有窸窸窣窣的爬动，拉开窗帘一看，一个盗贼顺着排水管爬到了阳台外，正准备撬窗进屋行窃。

他大喝一声：干什么的?!

那贼瞪了他一眼，反问：干什么的？你说干什么的？深更半夜爬到这里，你说能干什么？

这主人反倒被盗贼的理直气壮顶得倒憋一口气，这年头，做贼都这么有理!

这盗贼眼看行窃不成，于是就跟主家商量，能不能让他进屋里走，我不偷了，出你的房门下楼去。贼十分诚恳地说：爬水管危险啊！主人当然不答应，于是那盗贼只好一边嘟嘟囔囔，一边慢慢地顺溜下去。

倒是他站在那里感叹，做贼，都可以这么任性!

这位朋友给我说这些，是想说乡下的秩序好，没有那么多贼，贼也没有那么猖狂。我要说，不是天下无贼，不是乡下无贼，乡间的盗贼和城里一样。

前几年暑天我回村里，住了一个多月。村人就常说现在乡下的贼。你在哪一个村子住，每天一到半夜，就听得邻家噔噔噔一阵轰响，那是启动三轮农用摩托的声音。一连多天，天天如此。住家不禁就有点奇怪，这家人为什么天天晚上半夜出门？

伙伴讲这些事情，大多面色很神秘。有人小声说：说到这里你还不知道？这就是贼家了，净贼，没一点夹带。

又有人说：这号人，地里啥庄稼也不种，家里啥粮食都有，你说咋来的？

大家七嘴八舌，我明白了，村里著名的偷手，现在都这样。他常年偷盗，就靠偷过日子，也没人管他。日落而作，日出而息，他的日子很是滋润。

乡村的盗贼，自然以偷盗乡民的财物为主。粮食衣物家畜家禽，都在盗窃之列。长期的偷盗生涯，这帮小贼竟然积累了许多盗窃经验，使得这个活计，有了一定的技术含量。村里人说起来，像听故事一样。比如说大牲畜，牛马骡最难牵走，只怕叫唤惊动主人。但是大牲畜一旦叫唤，尾巴都要撅起。这帮家伙都是先给牲口尾巴上吊一块铁疙瘩，这个铁疙瘩下坠，强制尾巴下垂，再牵缰绳，喂料，牲口会乖乖跟上走。拉到集市，卖了分赃。家畜之中，猪最能嚎叫，猪却也最好对付。拿几个馍馍，白酒泡了，往猪食槽里一扔，猪吃得蛮欢，一会儿烂醉如泥，抬上车拉上走，连哼也不哼。所谓死猪一样，大概指的就这个吧。一旦出村，谁还认得自家的猪？杀了卖肉，贼们欢天喜地。有一阵偷牛偷猪甚是猖獗，县市都发动过专项打击行动，但收效实在难说。

这些小戏法，很像流氓的小聪明。静悄悄地拉走了猪羊，你能想到他们在背后快活地嗤笑。这些坏货，让人恶心又痛恨。

我们高头村的果树，都栽在村庄近处。远一点的地，才种粮食棉花。这个道理不说你也明白，果树离村里近，好看护。隔着一条涞水河，河北的地，就种了粮食棉花。

乡民很快就发现，地远了，粮食要丢。

贼偷粮棉，胆大得很。开了小三轮，一个拉一个。小三轮进了地，慢慢开，后边的那个就掰玉茭穗子，一左一右，边走边掰，小车厢一会儿装满了，开到地头，一溜烟就没了踪影。偷棉花也一样，棉花开得最白的时节出来，进了你的地，前边一个开车，后边的左右开弓专挑那开圆的大朵子摘。噔噔噔一行到头，看看货不多，掉回头再来两行，装得差不多，飞跑回去卖棉花去了。等主人来棉田，看到几行空壳壳，知道招了贼偷，你又能咋的？

这种毛贼偷盗，一般都在饭时，趁地里没人。也有时候不巧，恰好主人来大田了，那贼也不尴尬，哎呀老哥，这是你的地啊！给你放下。卸了车，留下赃物，开车，打道回府。仿佛不知道他是做贼被人逮住了手，没事人一般。

有那么一回，也是活该这贼倒霉。偷了一车玉茭穗子，开车过涞水河的小桥。涞水河已经成了一条干沟，小桥就是河上搭几块水泥预制板，拼成一个人字。那贼开车，上桥，下桥，不料车轮子卡在两块预制板的缝隙里，开不动了。

贼这下子可是跑不掉了。贼也没有跑。他知道这是高头村的地，放下车，进了村子打听，河北那块地种玉茭的是哪一家？我偷了人家的玉茭，车陷住了，叫他帮个忙。主人家叫上几个人，到了小桥，把小货车抬出来。那贼开起车，把玉茭送到家，卸车，还了人家。

贼非常讲礼貌，一股子五讲四美三热爱的样子。贼说，今天这事，我没有打招呼就收了你的玉茭，这是我的不对。可我不是也把玉茭给你送回来了嘛。权当我给你收了一回秋，搭赔了油，误了工，我也不要工钱。算了算了！贼很慷慨。

主人沉吟半晌，能咋的，接过贼递过来的一根纸烟，打发人家上路。

在巷口，他们挥手告别。腾腾腾一道黑烟，小三轮消失在暮色里。

任谁看到这里，都以为这是主人和帮工道别。谁能想到，这是一个人赃俱获的盗贼受到的礼遇？盗贼够无耻，主人也够大方。双方友好相处，互谅互让。偷了，还了，走了，一出捉贼放贼的故事。

很多人想象的乡村，是古典的乡野。其实就在古典的原野上，也不是你想象的那般南风如熏，祥云缭绕。自古以来，乡村当然是一块美德的沃土，乡野却也不是只有一种颜色。乡村的小气，算计，偷窃，麻木，自保，痞子气，仇隙拌嘴，斗殴凶杀，构成了不同于城市的独特风景。正像城市不会专门制造邪恶，乡间也不是专门生产美德。两地的善和恶，表现有所不同罢了。

其实，乡野的土地，生产淳朴敦厚，也生产愚昧颟顸；生产聪明智慧，也生产狡诈圈套；生产勇敢无畏，也生产残忍嗜血；生产勤劳节俭，也生产游手好闲；生产好人，也生产盗贼；生产正经庄稼人，也生产地痞二流子。这里善恶共存，都染上了浓郁的田园色彩。

忆乡人

乡村大力士

　　大力士是城里人的说法，我们村里人说这个，都说谁谁劲儿大。

　　我在乡下长大，村子里，田间地头，经常看到年轻人玩角力的游戏。乡人的角力很简单，干的农活，随时可以用来比赛。你能搬起那一块石头吗？两个大粪筐装满粪土，你能担起来吗？能担起来，能从这一头担到那一头吗？冬天不赶车了，大车架子和车轮子分开放，走到车子跟前，就有人怂恿，你能扛起来吗？扛起来了，能从村头走到那一头吗？请客坐席了，几杯喝下去，就有人提议掰腕子定输赢。输了喝还是赢了喝，倒不重要。小伙子们看的是谁能扳倒谁。

　　田间巷子里打赌，那个赌注也时常和力气相关。乡村的赌注也常就是眼前所见，比方说在田间地头，装满一袋子粮食，打一个赌，你能扛回去吗？一口气扛回去，不歇气，这袋子粮食就归你啦。地头有一道沟，小平车装满一车车玉荽穗子，你能拉上去吗？打个赌，能拉上去，玉荽穗子就是你的！这样简单地赌个输赢，力气大的小伙子往往赢得意外收获。不过输家好像也不在乎，输了，乖乖地认输，那是讲信用，也是尊重体能，对大力士的敬畏。

早年的乡村凭工分吃饭，家里有一个彪悍的小伙子，是多么得意的事情。谁家要是孤寡体弱，就吃大亏了。村里人经常以轻蔑的口气嘲笑那些干活不顶人的老弱病懒。常年出大力流大汗，确实锻炼人，干庄稼活长大的小伙子，比城里同龄人力气大得多。劳动光荣主要指的是体力劳动光荣。乡村出现某种体力崇拜，是很自然的事情。

各种大力士就在乡村肥沃的厚土上茁壮成长。有的听了，简直让人难以相信。

我曾经看过陕西作家邹志安一篇小说，写过他们乡下的一个大汉，那是出奇的劲大。生产队一连丢了三根松木檩条，都是两丈长，一抱粗。这号东西，一个人搬不动，几十年前，偷了也转运不走，就在村里私藏。能藏到哪里呢？这么大的物件，翻遍全村找不到。最后翻到贼娃子家，在哪里寻着了？原来这家伙根本不需要帮手，一人扛回来，抱起，倒插进红薯窖里，封了口。掀开口子，两三丈深的红薯窖，窖口整整齐齐三根断面，一圈一圈的木年轮。查询的村干部惊呆了，这家伙，怎把它抱起来插下去，又能悄没声息不惊动四邻？

我说起这个故事，村里的侄儿马上说道：那个算什么？咱村里就有那谁谁能偷杨树。晚上一个人，一把锯子，到野地里，锯倒杨树，砍掉树枝，一个人就扛回了家。檩条还是干的，刚锯倒的杨树，一揽粗，那是精湿精湿的树身啊！

那天我们一起吃饭，还有几个邻村的小伙子，他们接住话头说，村里有一个劲儿大的，当年麦子收了，要在打麦场摊开碾麦，那是一个石头碌碡，牲口拉了绕圈儿转。谁能搬动？他村里一个小伙子和人打赌，能搬起碌碡，眼看搬起了，众人围起来大叫，举起来！那人当真举起来，放在麦场一棵树杈上。树杈扛石头，颤颤巍巍，摇摇晃晃，路过的一个一个看得心惊胆战。

侄儿便对我说，咱村也有。你还记得我们巷的谁谁吗？一群人打赌，要他抱起那个石头碌碡。他蹲下，一把就抱起来了。众人又喊，抱到胸前！他直起腰就抱到胸前。本来这回就赌赢了，谁想到，他穿了一双塑料凉鞋，满是脚汗，脚下一跐滑，石头掉了，砸在脚面上。右脚立马粉碎性骨折，住院一个月，至今留下病根。

豁嘴老六你认得吧？盖房子没有石页子，黑天半夜偷大队的石条，让治保逮住了。那是"文革"中间，严加惩处。让他背了半尺厚的石头板游街。他当真背起石头，一条一条小巷，转遍全村，一边吭哧吭哧背起转圈，一边自己检讨：我是老六，我是贼，偷人家石条……

这些说起来都是三四十年前的事情了。近些年农村的盗窃活动也还是时有发生。我家院子里拆旧房时，老台阶上的青石，有长条，也有四方的，我都收拾在院子里。不料几年以后，突然无影无踪。当时我也想不明白，这么几块大石头，怎么搬走的？现在看来，不是多难的事。碰上哪一位大力士，或许胳膊一夹就出了门。

小时看戏，我们当地最有名的本戏叫《薛刚反朝》，戏里头有一折，说薛家的幼子，十二岁能举起门口摆放的石头狮子。我是从来没有相信过，只觉得那不过是传奇，姑妄听之罢了。但听了这么多乡下奇人奇事，我甚至有点相信，那些超越常人的力能拔山的故事不是无本之木，田野上，或许就生活着有异常禀赋的人们。

　　过去，人们一说起异禀，往往容易朝着大脑功能超越常人这一方面想，看来，体能超越常人，也不应当忽视。

　　二十余年以前，乡村盖房子还多用预制板。水泥钢筋浇铸好了，按照规格卖给用户。一般都要两米多长，一米多宽。要上屋顶了，叫一辆起重吊车，吊上房顶安放。村里有一家盖房子，买好预制板放在工地，撒手不管回去睡了，谁还能偷了预制板？没想到还当真丢了。召集人全村翻寻，待到捉住贼，他说他偷了，人们根本不信，让他当场表演。那人撬起一头预制板，搬开，钻下去一挺，当真扛起就走。那一时，可是把人们吓坏了，天下竟有这样的人，那是牛马也驮不动的玩意儿。莫非巨灵神下凡了？

　　就是这个家伙，在建筑工地干活，手执一把钢钳，剪断钢筋，就如同农妇使剪刀剪铅笔一般。咔嚓，咔嚓，一截子一截子钢筋吧嗒吧嗒落地，简直恐怖。

　　乡村的故事，似乎就在不断挑战人们的认知极限。一个人究竟能有多大力气？究竟能有多大体能？到乡村去，会让你开眼。

　　劳动分工和城乡差别紧密联系。城里人上学多，有文化，从事的工作也多属于脑力劳动。不过脑力劳动者脱离体力劳动久了，也会造成种种体能缺陷。体弱，不强壮，没力气，等等，就是脑力劳动者不可避免的城市病。有些城里人文质彬彬，谦和有礼，把动辄角力、比谁劲大，视为落后野蛮。岂不知上帝造人，体能原本也是一种美。乡下保留着动物性的蛮力，原始的野性。生命的赋予，肉身的强壮，怎么说也是一种美。

不过侄儿也罢，几个邻村的朋友也罢，都觉得近年来乡村的赌力气比赛越来越少了。乡村的大力士也好像不怎么引人注意了。以前总有人提起，哪个村子谁谁谁能搬起什么，担起什么，现在呢，很少有人说起这类事情了。大力士，好像成了上一辈人的话题。说来也是，当年，人们都靠力气吃饭，谁劲大，那是骄傲的资本。现在，过好生活，和力气大小仿佛越来越没有什么联系了。看一看村子里过得好的人家，谁家是靠五大三粗赢人的呢？甚至可以说，五大三粗，头脑简单，简直可能成为嘲笑的对象。乡村看人，也开始喜欢聪明精干利洒的。

乡村大力士，就这样成了一个遥远的话题。

乡村的富人们

高头村人稠地窄，靠土地收入少，搞点小手艺的就多。近几年，村里慢慢地有了收入很高的人家，在农村，算是富户了。

我的侄儿李航远，给新居搞装潢，一开始也就零打碎敲，给庄户人家安装铝合金门窗什么的。多年以来逐渐滚大，前几年他和运城大运房地产集团开始合作，给新楼盘做装潢，由此开始上了规模、上了档次，成为村里收入高的人家。儿子结婚时，他给孩子在运城外滩国际先买了一套一百五十平的婚房，第二年，孩子嫌小，又买了一套两百多平的。运城外滩是高端小区，这样的出手，应该够阔绰。

高头村人在外，做熟食生意的多。一个小间口，一张鏊子（烙饼的器具），饼子铺就能开张。这个也是以前的老眼光了，近几年，有眼力有气魄的乡民，早已经做大做强，对外，他们开始都叫餐饮公司、集团公司，收入更不是一般农民所能想象。

我问侄儿，像你这样，在高头村算是头几名了吧？

侄儿笑了，哪里算得上。

这个让我意外，总能数进前十名吧。

侄儿不假思索就说，进不了。

这就叫我惊讶了，一个在运城有两套大面积高档住宅的家户，一套都要一百多万，竟然进不了前十名。

侄儿说，前几年运城一个小区楼盘开盘时，高头村一下子买了三十二套。

七百来户，两千八百多口人家，在运城一下子买了三十二套，当然这中间也有为了娶媳妇，借贷掏空了家底的，但是总体上富户多了，不难想见。

侄儿说，眼下高头村生意做得最大的，是我巷里的进兴两口。他们起步较早，80年代初开始积累，本县牛杜镇扩街时，他们夫妻一次买下了当街几十间商铺，招商经营。牛杜是个小镇，房产没多贵，可也占着半条街呀。

记得一天我们开车路过牛杜镇，一边走，侄儿指着两边的商铺说，你看你看，这一溜溜，都是进兴家的。

这两年在高头村风头强劲的，叫李世杰，四十多岁了。他爸原来是我们村里的医生，是我小时的好朋友。子承父业，李世杰也学医，他爸安排他学了牙科。他不甘心在本村，要出去闯荡。小两口奔波选择，落到了雄安，开了个牙科诊所。诊所缓慢起步，惨淡经营。好在这些年借力于美容业，牙科风生水起。近年雄安雄起，李世杰进一步招人才，引技术，扩规模，一个民营医院异军突起，新产业引人注目。

我巷子里的转兴也不错，他在河北邯郸，开饼子铺起步，逐渐发展，现在手下十多人，村里人说，每年闹（挣）几十万不成问题。

高头村的小饼子铺，现在都成了餐饮业。餐饮公司开遍全国。我看到的，乌鲁木齐有，云贵两省有。这些餐饮公司，已经不是小打小闹，好些已经成为一方豪强，当地不可忽视。

侄儿人聪明，上过学，能跟上当下流行话语，满口新名词。他说餐饮业现在也是资本运作，要招标投标。进兴媳妇在运城，就是餐饮行业的一条强龙。一个系统的食堂要招标，进兴媳妇到场，先放下标的资金三百万。那气魄，一看就叫同行服气。

航远父子的公司也在起飞。眼下他们正在广州江西考察，准备筹集资金一千万，在西安开一个装潢材料厂，以后再施工，就只用自家的建筑材料。

要说有钱人，高头村要数淮家庄的赵平。赵平80年代在运城关公酒厂当厂长，有一阵子关酒卖得火爆，报刊电视广告铺天盖地，风光得很。据说后来得罪了某些当地官员，处处受制。几年以后酒厂关门，赵平流落在外。赵平顽强地投诉，历经二十年曲折，近年案子终于有了着落。正月我回村里去看社火，有乡亲说赵平回来了，据说正和当地政府谈判赔偿。当地愿意赔偿八千万，赵平不干，索赔一个亿。

甭说一个亿，八千万的资产，在村里也够吓人。

这个富人群体，大部分和乡村保持着紧密的联系。这个也是天赐的。他们的祖祖辈辈就在这个村落里生活、老去，先人的骨殖都在高头村这块土地上埋着。他们本人即使跳出农门，也是这一代的事情，青少年时期还是在高头村长成人，玩伴都是这个村里一起耍大的。这个注定了，除了生意上的朋友、客户，最纯粹的友谊，还是早年毫无利害关系时结下的娃娃情感，何况，还有一部分属于血亲。

富人们在家乡的表现惹人注目。头一条，如果家里过事，他们的热闹程度比一般人家要豪华得多，有的可以说得上奢靡。富贵不还乡，等于锦衣夜行。他们愿意把事情办得大方招摇，乡人也乐意跟上看个热闹开开眼。婚丧嫁娶，他们要请最好的承办公司，邀最好的鼓手乐队。乡下的鼓乐班子由此升级换代，原先的唢呐队，换成了民族鼓乐队、军乐队。吹奏由简单的《大得胜》《旱天雷》，变成了最繁复的《秦王点兵》全曲，那是新绛县鼓乐团出国演出的曲目，眼看已经普及到乡下。去年我回乡，恰好赶上李世杰给他的祖母过周年，大街上搭起十里长棚，全村人随到随吃。八面一人高的大牛皮鼓立在当街，鼓乐队师傅扎起英雄结，响鼓重槌，震得山摇地动。全村人都围拢来挤满了大街。黑压压的人群，那是看子孙的孝顺，也是欣赏人家的排场。

逢年过节，这些富人们会踊跃捐款，尊老敬老。我巷里的转兴夫妻两口，每年的重阳节，都会组织一回敬老活动。他们叫一帮村里女人，搭起一个小班底包饺子，把全庄上的六十岁以上老人叫到一起，摆一场饺子宴。几年下来带动了全村，去年村里新班子上任以后，来了一场全村的饺子大会，高头全村六十岁以上老人集中到文化广场，摆起一场饺子宴，这个号称"千叟宴"，一时传遍十里八乡，县里也通报表扬。

尊老敬老，民风亲善。

有了社事，这些富人们更是慷慨解囊。高头村由此每年热闹红火，人气爆棚，邻村都来观赏。今年正月二十五古庙会，新一届村委想重整旗鼓，把这个传统节日恢复起来。村里号召经营出色的企业主捐款。赵平二话没说，回了一趟家，放下五万元。李航远李必达父子商量捐多少，儿子问，人家都捐多少？航远说，两千，儿子说，那我三千吧。高头村的正月，剧团演戏，各队出花车、高台、民间歌舞，热热闹闹过了年、过了元宵节。

过完年，一直到三八节，赵平的乐善好施活动还在持续。他把高头村七十岁以上老人聚在一处，发给每人一桶食油一袋白面，学校的老师，每人给五百元补助。赵平不忘乡里乡亲，回报高头村对他的哺育，全村人都结记着他的好处。

县里电视台报道了这个消息，我的乡亲们在镜头面前诉说感谢之情。不需要多么会说，大家说的都是大实话。

我和赵平通了话，说了这个事情。赵平在电话那头很感慨，你说咱不捐款行吗？这么多年，村里多么照顾咱？我爸殁了，我都没有能回去。我妈八十多了，全靠村里人照顾。人总要讲点情分，讲点良心。

乡村出去的，再有钱，也还是这个村子里的人，谁也认这个。

不忘乡里，知恩图报，这个就是好品德。

由高头村的富户可以看出，他们大多都是依靠一种手艺，长期苦干积累出来的。一开始，他们的摊子都比较小，稍微有一个遮风挡雨的地方，能支起火烧炉子就开张，甚至一家人挤在一个五六平的旮旯里，一面火炉，一面小床，大热天，人挤人，简直没有扭身子的地方，一烤一身汗。就这样由夫妻店起家，逐渐滚大。资本逐渐壮大，经营才有了规模。这绝不是一日之功。

由小打小闹到豪掷千、万，这个过程，也是咬定一个信念坚持不懈的成果。这几十年，生意有旺季有淡季，收入有高峰有低谷。这些富户，也是认定了进城经营这一条路，咬定进城打工这一条不放松，不断寻找商机，在夹缝里成长。曲曲折折，几番沉浮，咬牙坚持。几回生死，一朝起势，你发现门口好像一日之内长起了一棵参天大树，其实中间的辛酸和苦难，不足与外人道。高头村人的熟食生意做了好几十年了，几乎家家都有外出打拼的，年年似候鸟往来，有多少家发了大财呢？

这些年，乡村对他们不是没有诱惑。尤其是前十年，一家人二十亩苹果梨，一年收入十几万，守着家就能赚钱，谁愿意出远门？这一拨人，就是不相信乡村能发家，就是认定城里能挣钱。任你喊破天，他们不回来。凡是那些出去回来，在城乡之间首鼠两端的，没有定力坚持到底，也就没有守到别家今天的辉煌。坚定地在外闯荡数年不回头，这需要坚忍不拔的定力。

乡村铁匠

20世纪五六十年代，我们村里还有铁匠。

铁匠师徒二人。师傅年纪大一些，徒弟也就三十来岁。烧炉子打铁时，我们这些小孩子家家就围着看热闹。铁砧子垫在炉台上，铁片铁条烧红了，师傅左手拿一把火钳子夹出来，枕在砧子上，右手握一把小铁锤，叮叮当当敲打铁砧。徒弟就按照师傅的指点，抡起大锤砸，砸那些不平整的地方。师傅领锤，徒弟卖力气，铁匠，就这样。

铁匠铺子，在50年代，是社会主义改造的产物。那时全国实行"一化三改造"，在城里，铁匠木匠编织刺绣一类的都编成手工业联合社。在乡下，农业社有个铁木业社，高头村叫副业组。

铁匠师傅是我们这一带有名的铁匠，姓雷，村里都叫他雷师。徒弟是我们村里中巷的，在村里叫憨老义。

雷师是个外路人，早些年他挑着风箱炉子走街串巷，是个游方匠人，解放后落户到高头村。老义也是外村搬迁过来的。

他父亲当过保长，家有四十亩地。土改以后，老义家里评成地主成分，从此没人和这号人家结亲。老义孤身一人，在铁匠铺里吃住，光棍，就这样。

千百年农业立国，人们还是习惯以种地为主业。在村里，木匠铁匠等手艺人，村人往往瞧不起。这一拨人里，流浪的外路人多，家庭成分不好的多。大队的副业组，砖瓦窑，粉坊，这样的人多。

每当打好镰刀什么的，师傅会掏出一枚四方小印章，两寸长，铁制的，摁在淡红的铁片上，小锤子砸几下，刀头上就留下了印记。那是一个小小的"雷"字，浮雕一样，这是师傅给自己的作品署名。这一带的人，看到这个，就会明白，这是雷师打的嘛！

俗话说，长木匠，短铁匠，说的是用料。木匠只能用长料，铁匠只能用短料。铁匠师傅，还是要有些道行的，比方刀头淬火，足见功夫。徒弟就一般，抡大锤，力气活罢了。

憨老义干的就是力气活。干一天活，挣一份工分。

从此我们就天天看见老义在大队的副业厂里打铁，抡大锤。大锤足有二三十斤，打成一个铁件，总要砸几十下。老义有的是力气，整天就跟着师傅，拉风箱烧火，抡圆了光膀子打铁。师傅叮叮当当，老义哐当哐当，震得小棚子乱抖，烧炭火，风箱拉起，呼呼啦啦，劲要足。铁件烧红了，一锤子下去，火星子四溅，落到老义臂膀，他胡噜一下，接着抡，不停。整天煤烟火花子，老义的前胸后背，时常沾上煤灰。煤灰和脸上的油汗和着，你进了铁匠铺子，老义笑模悠悠地抬起头看你，那个鼻沟鼻梁，常常是一层黑灰。

常年抡大锤，老义练出了一身疙瘩肉。他身材高大，胳膊腿全是腱子肉，蜷起胳膊，鼓起老大的包，胸前脊背，都是硬硬的块块，绷紧了都是力气。老义饭量惊人，常常一顿吃五六个馍馍，喝下三四碗米汤。村人和邻居都满是惊讶，那年月半年粮食半年菜，怎么还能养出这样瓷实的汉子。

老义是我们方圆有名的大力士，说起来，有好多让人瞠目结舌的故事。

时兴大跃进那两年，村里浇地，除了锅驼机、柴油机，突然来了一种叫煤气机。动力是煤气，自带一个煤气储藏罐，靠燃烧煤气为动力带动水车。煤气机比锅驼机、柴油机小，可也是个铁疙瘩，下不了五百斤。一块地浇完了，要换地块，找来了两个小伙子，抬。两人拴住绳子抬起，立刻龇牙咧嘴，支持不住。正好老义在一旁，伸出胳膊，抱起就走，一边走还一边喊：还有没有？再有一个，绑住我担，一头一个，省得跑两回！

我村"四清"以后就通了电，再用动力，都是电动机。一开始，都是那种四点五千瓦的。安电动机时，叫来老义帮忙，墙上安好电闸开关，备好皮带轮，带电磨，带水车，都是呼啦啦飞转。有一回，老义在电工那里瞎玩，看电工要合闸，老义张开虎口，两手把住动力轮。电工发现电动机只是哼——哼——就是不转。回头一看，老义把住皮带轮在憨憨地笑。电工吓坏了，这家伙哪来这么大劲！

高头村都知道，只要老义两手卡住，电动机就是烧了保险丝，也转不了。

老义憨劲大，村里人遇上卖力气的当口，断不了就起哄捉弄他。

高头村修河，工地上挖出一块石头。野地里的石头，像一个烟袋锅。一头粗大，一头细小。没法抬。泥里水里，湿滑湿滑的，一个人，又搬不动。有人就叫嚷，叫老义来！领工的只好叫了老义。老义抱起石头，泥水脏了一身。那个石头，抱起粗头，要颠倒，抱起细头，要滑掉，也就是他，旁人谁能挪得动。

众人都围着嚷嚷，给老义记功！领工的看着大家憨不住笑。后来，工地上给老义发了一张奖状，写上修河模范什么的。

村里有一辆胶皮轱辘大马车，冬天不出车了，卸了轮子，车子架斜靠在墙边。那时没有机车，胶皮轮子大马车，就是生产队最好的运输工具。马儿踢踢踏踏，铃铛哗啦哗啦，就像那个电影《青松岭》唱的"沿着社会主义大道奔前方"的画面那样。有一天老义几个人靠墙扯闲篇，有人就将军，老义，人说你比一头骡子劲大，你能扛起这个车架子吗？老义就跃跃欲试。旁边有人撺掇说，你要能扛起从南门走到庄头，我输一盒金钟烟。金钟烟一盒两毛六，庄家户平时难得见。老义见有赌注，抹胳膊挽袖子就动手。那车架子车辕车帮全是方木，两丈多长，五六尺宽，平时是要骡子大马拉动的，最难受的是，头顶车厢，没个抓挠。老义就这样死扛硬撑，沿着村边走了一个来回。看热闹的齐声喝彩，输家心疼地掏出一盒金钟烟。

老义扛大车，赢了一盒烟。农业社难得分红。老义太穷了，几毛钱也是钱啊。

高头村过年，要闹社火，当地人都叫闹故事。有的装扮成阎王小鬼，有的装扮成七仙女神仙什么的。一组人演绎一个故事，敲敲打打走街过巷，图个热闹好看。有一个节目，看来像是上几辈传下来的恶搞，叫作"耍大脸"。闹法是这样：找来一架"土簸箕"——像独轮车那样，平板上三面有槽板，装了土粪，一推一倒，很方便，一般都用在近距离转运。一人脱了裤子，露出白屁股，屁股这里都叫沟子。沟子撅起，四面围上被褥。沟蛋上一左一右画两只眼睛。沟子壕里栽上一个纸糊的鼻子，像一个人的脸。打扮好以后，推上土簸箕，跟上队伍，算是闹故事一景。

这一出非常简单，可是非常出彩，走到哪里，哪里一片哄笑。可是谁来扮演这个大脸？一般人家都嫌丢人。社主想来想去，就找老义，许愿村里转一圈，社里给五块钱。老义犹豫了一会儿，还是答应了。他没有老婆，不怕家里落埋怨。

老义爬上土簸箕，装扮好。土簸箕一旁插一个旗幌子，墨字写着：这是大脸。老义撅起肥沟子，一人推着独轮车，吹吹打打，在大巷游走。这一景果然超级爆笑。走到哪里，哪里看热闹的挤过来，闹哄哄乱喊笑翻了天。

岔子出在邻村南岳村。队伍拖拖曳曳进了南岳村，照样是笑声一片。不想南岳是个小村子，小村子敏感得很。看热闹的有人传言说，这是高头村笑话咱，说他们的沟子和咱的脸一样。于是在队伍走到大场子，有几个老婆婆，看着大脸过来，从头上噌地拔出簪子，照着老义白花花的沟子就刺。一簪子下去，老义疼得跳起来，提起裤子就跑。大脸游巷也就在哄笑里收场。

这个闹故事，算是高头村历史上著名的恶搞真人秀。谁要是扮大脸叫人推了一圈，挣上五块钱，也是很丢人的事。有几个扮过大脸的，每当说起，仍然羞得抬不起头。

好多年后我才弄明白，那年扮大脸的，其实是巷里另外一个伙计，不是老义。但是人们说起，总说是老义。凡是丢人的事情，大家就喜欢贴在老义身上。

老义憨劲大，可也是个巧手。抡大锤地动山摇，在家里可是会做饭，甚至会打毛衣。动手的活计，会打小铁件，会修汽灯，修缝纫机，摆弄电烙铁。他杀猪，你要几斤几两肉，一刀子下去准准的。他还能修车子，摆弄手扶拖拉机，家里面乱七八糟像个修理铺。一天深更半夜一群人忽然破门进来，说他开着地下黑工厂，挖社会主义墙脚，满屋子搜查，不由分说端了摊子。老义吓得脸色煞白，腿脚打战。村里人说起老义，那叫七窍通了六窍，不知道哪一窍不通，有名的憨劲大，大大咧咧，一脸憨气，支撑门户却是不顶用。

老义这样的人家，找个女人成家就很难。老义三十多岁了，还没有媳妇。

眼看着要一辈子打光棍，老义见了女人慢慢就动了主意。有流落到村里的外路女人，老义会临时和女人凑合几黑夜。也有的疯子乱跑，黑夜没个落脚的，老义拉到玉米地里苟合一下。村里人知道老义的苦处，也就不怎么怪他。

老义四十多岁的时候，终于找下了一门亲事。那是逃荒流浪到我们这里的一个四川女人，实在没有个落脚处，只要有个男人要，愿意嫁给他。女人明显脑筋有毛病，可是老义这样的，有什么挑拣。邻家说合，老义算是有了媳妇。

老义要结婚，这在高头村可是个大事。他是头婚，村民照例要闹新房。依照这里的乡俗，十天之内无大小。不论年龄、辈分，都能来逗新郎新娘。闹新房有一个恶俗，叫闹明房，就是大伙儿要明眼看着新婚夫妻行男女之事。老义的小屋，里里外外，那天挤满了看热闹的。老义傻呵呵地笑，大家叫亲就亲，叫抱就抱，叫看身子就脱。里里外外笑翻了天。夜黑了，藏瓮根，贴门缝，爬窗台，老义的婚房里外叽叽咕咕嘻嘻哈哈，他也不在乎这些。老义的新婚之夜，后来成为高头村著名的民间故事。那晚，老义拿过来一个小篮子，拾了十来个大白蒸馍，择好一把鞭杆子葱，整整齐齐码放在篮子里。老义睡一会儿，起来，吃一个馍，就一根葱。一个晚上，老义吃光了一篮子馍馍，一把子大葱。在屋里屋外哧哧的笑声里，老义展览了自己的新婚之夜。几十年后，人们依然津津有味地口口相传，那是一个傻瓜愣汉不知羞的经典传说。

这个有毛病的四川女人，给老义生了一儿一女。但是老义一家还是没有浑浑全全过到底。几年后四川女人带着孩子跑了。老义，又成了光棍。

这次散了家以后，老义很绝望，从此不再张罗找婆娘。

80 年代初，农业社呼啦一声散了，铁匠炉子拆了。憨老义也分了地，靠种菜维持生活。

高头村产菜，靠河的水地，过去都是菜园子。白菜、秦椒、胡萝卜，一说高头的，卖得哗哗的。老义有一块靠河地，种二亩菜，收入也可以。慢慢地人们发现，就是去运城卖菜，老义好上了一个女人。

那女人没男人，可也不愿意跟老义，老义也娶不起人家。两个人就这样明铺暗盖，过一天算一天。

老义卖菜，头一天夜里装好车，东方不亮就起身，太阳老高了到运城，停在姚家巷巷口。偏晌午卖完菜，吃一碗羊肉泡馍，驴车拴在巷口电线杆子上，给牲口戴上草料袋，就进了女人家。一个午觉，睡到下午太阳偏西，老义起身回家。套上车，赶起小叫驴，出了城，老义就往车厢里一躺，头上盖了那顶破草帽，呼噜呼噜睡了。谁也不用担心走错路，多次来往，小叫驴早已认熟了，遇上岔路，它会拐弯。有了沟沟坎坎，它会停车等主人醒来。偏西的太阳暖洋洋的，小叫驴就这样踢踢踏踏，一路把老义拉回来。路人看着这个受活的庄稼汉，也是啧啧地惊叹。天黑透了，老义的小平车到了家门口。吱扭一声，小叫驴停了车。老义睡眼蒙眬，到了？是的，到了。

那几年，在运城高头村的路上，如果你看到一辆小驴车吱吱扭扭，一个庄稼汉晒得睡眼迷离，在西斜的阳光下悠然自得，那就是老义。

老义的车走过街巷，村里伙计会喊，老义，又走运城过瘾啦？

老义嘿嘿地乐，算是答应，也是得意。

乡村铁匠　**205**

不管人们揶揄还是嘲笑，老义走完了晚年的日子。

老义死时，也就不到七十岁。

村里盖院子，已经时兴一砖到顶，水泥圈梁。老义的泥土房子，歪歪扭扭瑟缩着，实在丑陋。村里重新规划巷道，叫来一台推土机，呼啦啦推了，很快，老地基上，新房子光鲜挺拔地长起来。

老义这一家，就这样没了踪影。

老义不干了，高头村的铁匠铺子并没有关张。老义死后十几年，老雷师这一门铁匠却是兴旺发达，非常火爆。世事沧桑，乡下人也要学会以变应变。

铁匠雷师的儿子叫顺森，也跟着老雷师当铁匠。农业社散伙以后，老义不干了，小雷师顺森子承父业，支起了铁匠炉子。80年代，小雷师还是以打造修理农具为主。90年代以后，耕作都用机器，铁匠炉子就废了。这个时候，农家有了钱，农村盖房，家家户户都装起大铁门，大红的，喜气耀眼。小雷师顺势而为，改做乡村铁门。谁家盖房不装大门？你阔气我要更阔气，小雷师生意登时红火得很，比做务庄稼，来钱多了。

憨老义歇业了，小雷师做铁门却发了。铁匠也要转型，才能抓住商机，做大做强。

憨老义老去那几年，小雷师早已在城里买了房子，搬到运城去住了。他的厂子也开在运城，号称"王牌门业"。

乡村闲汉

父亲在世时常说，世上就难寻庆和那么个人，一辈子享福，兴洋烟吃洋烟，兴料面吃料面，兴药颗吃药颗，家业日塌干净了，赶上土改，人家成了贫农，接着享福。

父亲说的洋烟，料面，药颗，都是毒品。民国时期的毒品，有那么几个样子。抽大烟败家，就是在民国，阎锡山的编村也是严管的，可哪里能根除了。庆和就这样倒腾光了家产，土改时评成分，定成贫农。政府依靠贫下中农，庆和败家赶得正好。

庆和这么好吃懒做，庄稼根本做务不成个样子，地里半是荒草，半是禾苗，哪里有收成。1955 年号召入社，庆和就随大流入了社。在他看来，反正自己也种不好地，伙着也没有啥，还能瞎到哪里。

庆和身子瘦弱，胳膊腿都没力气，根本不是干农活的料，抽洋烟掏虚了身子，也就不想干活。他在旧社会还不想干，到了农业社更是懒得动弹。

庆和三天两头请假，今儿个要到泓芝驿赶集哩，明儿个脑仁儿疼啦，再一天上火啦，又一天跑肚啦，就是不好好下地；到地里做活也是白搭。我就见过他锄田，按说一人一行，偷不得懒，庆和才不管呢，一锄隔一锄，我们把这个叫作"猫儿盖屎"，就是胡抠几把，做个样子。庆和锄田，就是猫儿盖屎。着急了，一锄隔几锄，撵上旁人就是。队长在后头再喊，没用，只好替他返工。有的活儿就是做响响，熬时间，这也不行。他一会儿尿去了，一会儿拉去了。气得队长大骂，懒驴拉磨屎尿多，你还不胜懒驴！

庆和懒得不做活，一天就想着喝酒。

人喝酒，隔上一阵子过过瘾，也是常情。庆和那是几乎天天喝，或者中午，或者晚饭，庆和总要抿一口。那会儿都穷，庆和能喝什么好酒，劣质的红薯干发酵，他就喝得有滋有味。哪里有下酒菜？没办法了，就是和点酱油醋，调一口辣椒面，庆和拿一根筷子蘸了，伸到嘴里，舌头上点一点，眯缝起眼睛，咂得吱溜吱溜的，那是一种酒鬼闻酒香的陶醉。

庆和常年嗜酒，喝红了眼睛。他的一只眼常年红肿流泪，眼睑下翻着，于是人们叫他红眼子庆和。

红眼子庆和，是村里有名的懒汉。村里的供销社，时常能看见庆和在喝酒。他从怀里摸出一块钱，靠着柜台，打一小提子酒，也就一二两，衣兜里揣了两个干枣，掏出来嚼着。庆和有一块钱，绝不攒到两块再花。一块钱，庆和马上就打酒，受用一会儿是一会儿。大场门前，大车门的泥台墩子，都是庆和吃喝谝闲话的地方。他要么呼噜呼噜，抽一袋水烟，一边吞云吐雾，一边说些十里八乡的闲事，或者就吱儿吱儿咂着那些红薯烧酒，摆上一个小碟子，咸菜生菜都行，美滋滋的，品得有滋有味，都说庆和是村里最受活的人。

庆和吃烟喝酒，没有个好身子骨，干啥都干不动，村里人号称"大木囊"。但这个最木囊的人，享受着一份难得的滋润。村里人经常嘲笑庆和"木囊"，干活儿实在磨蹭不动。有那么一天，大队老主任训斥庆和："你木囊死啦！"庆和得意地反唇相讥："我木囊不木囊，一天喝四两。"

"木囊不木囊，一天喝四两"，就是庆和的画像。

庆和不想干活，天天喝酒，他哪里来的钱？农业社当然指望不上，他有个儿子，在外工作，挣一份工资。其实说工作，就是在城里中学做饭，一个月挣二十九块钱。

每当发了工资，庆和就要跟儿子讨账。巷里邻家曾经听到过庆和父子二人的对话。

"店孩你说，你这月领了二十九块，扣上十块伙食费，还有十九块，你怎么只拿回十三块？"

"我就不买个洗脸胰子（肥皂）啥的？"

"好。刨上一块。还剩十八块。"

"我就没个应酬？几个朋友到饭馆吃过饭。"

"哦，下饭馆。再刨上两块，还有十六块。"

"修理车子，换了个气门芯。"

"再刨五毛。还有十五块五。"

庆和和儿子算账，就这样一块一块、一毛一毛，死死抠住儿子那二十九块工资，每个月结余的十几块钱，大半归了庆和。他拿了钱，还不是去打酒。一天一块钱，十块钱够好过十天。

村里人说，你把儿子刻薄成啥啦？庆和不管。

庆和的小儿子在家里跟他种地。有一年10月，儿媳妇收拾了些红枣，晒干了，存到坛子里，打算腊月哄哄小孩，正月过年蒸个枣糕什么的。晋南农家家里一般都有几个坛子，就是小口粗脖子大肚子细身脚的那种。倒进枣子，坛子口扣一个碗，用泥糊住，不走气，就不坏，女人们一般都这么存放枣子。庆和要枣子下酒，早就盯上了这个坛子。腊月，儿媳妇开始取枣子用，开了坛子口，掏出一把枣子，拿棉花套子塞住口。庆和要偷枣子吃，又怕儿媳妇发现，每偷一把枣子，他就加塞一把套子，这样看起来坛子老是满的。终于有一天，儿媳妇觉得不对劲，这坛子倒是满的，可枣子越来越少，烂套子越来越多。看到庆和又要喝酒，儿媳妇一边纳鞋底，一边悄悄留心瞅着。等到庆和又下手偷枣子，让儿媳妇逮了个正着。儿媳妇掂起鞋底，照着庆和的脑袋抽过去，庆和连忙大叫，扔下枣子就跑。让儿媳妇撵着打，巷里都说丢人。庆和才不管这个，只要能喝酒，有什么丢人不丢人。

庆和心眼奸猾，算计精明，在乡邻中间，也是没人能顶得过。一招防不住，就要吃他的亏。生产队担茅粪，按人头记工分，庆和一家有屎尿都拉到自留地里。一旦按担按桶记工分，庆和家里拉出来的，不知掺了多少清水。生产队交公粮，突击剥玉米，家户领了玉米穗子回去，回头交玉米颗和玉米芯，分量一合，记工分。庆和的分量倒不差斤两，但明眼人一看就知道，他留下玉米颗儿，掺了玉米芯儿。高头村的秦椒远近知名，庆和卖辣椒面，预先就掺了不知多少柿子皮、盐面面。天哪，柿子皮、盐面面七分钱一斤，辣椒面要一块钱。庄稼人心眼小，那年月人都穷，算来算去也就多那么几毛钱，庆和偏能把几毛钱的便宜都刮得干干净净。

离高头村五六里远，有个泓芝驿镇。泓芝驿三六九逢集，村里习惯到这里赶集。村民到泓芝驿赶集，随口都说走驿街，卖点土特产，也买点吃喝杂物。逛街，也能吃点好的，凉粉啦，油糕啦。庆和时常来吃一碗羊肉泡馍。乡下的羊肉泡馍简单，自己带着馍馍去，要一碗羊汤泡了吃，两毛钱。就这两毛钱，乡下农民那时也难得吃一回。羊肉泡馍常用那种大海碗，豆腐粉条羊血拌了，一碗热气腾腾，乡下人难得见点荤腥，也算过一把瘾，享一回口福。

盛羊肉泡馍的海碗比平时家户吃饭的饭碗大得多，一个碗卖两毛钱。那时工分不值钱，地里受一天苦，一个工分也就两三毛钱。于是吃泡馍有人偷碗。就像陈佩斯演的那个小品，吃完饭，饭碗往胳肢窝一夹，溜了。卖羊肉泡馍的师傅要制住偷碗，想了个招儿，吃泡馍先交押金，每一碗五毛。吃完交碗，见碗退三毛，等于还是两毛钱一份。

摊主发现，原先有人偷碗，碗越吃越少，自从预交押金以后，碗是越吃越多。大海碗啊，这里头有什么蹊跷？泡馍师傅实在摸不着头脑。

只有庆和心里明白。原来就在镇东头，一家杂货铺就卖钵碗，两毛钱一个。庆和到那头两毛钱买一个碗，拿到羊肉泡馍摊子上，假装吃完了退碗，一个碗退三毛。

庆和不停地退碗，那个羊肉摊子的海碗当然越来越多。

等到摊主明白过来，已经一年多过去了。大家知道了这个秘密，可事情都过去了。庆和退碗，一个碗白挣一毛。摊主见了庆和，笑骂一声你这个挨刀子货，也不纠缠要账。

懒汉庆和，酒鬼庆和，旧社会，他踢踏了光景，新社会，他又懒又馋，人见人讨嫌，可谁也没治。地主富农，还能狠狠地打击，他是贫农，游手好闲，占个小便宜，也上纲不到社会主义资本主义那些大问题上去，人们或者鄙视，或者羡慕，庆和就在大家复杂的目光里，品尝着属于自己的幸福生活。在老家，庄稼人有一种人生哲学，"能受活，紧受活，哪怕只活一后晌"，"骑个毛驴拄个棍，舒服一会儿是一会儿"，庆和就是这样的人。庆和自己也经常骄傲地炫耀自己会享福。不过，只顾自己享受，不管旁人不顾家，在老百姓眼里，总归还是不好。这是那个年月里的三观不正吧。集体化那几十年，农民日子都难过。那个年月，庆和能不管不顾，把那么一点点享受耍弄到极致，庄稼人里头少见。

不管哪朝哪代，好吃懒做总归招人讨厌。勤劳节俭，也一直是乡村崇尚的好品德。民国时期，山西乡治曾经是全国模范。阎锡山军政府通过种种律条，依靠权力改造莠民。政府规定不准打架斗殴，不准游手好闲，不准偷盗田禾，等等，一共十三不准，要求乡村根除贩毒吸毒、赌博、偷盗、窝娼、斗殴、行乞等丑行。40年代的延安，也曾经发动大规模的改造二流子运动，大力提倡劳动光荣，奖励劳动模范，改造吸食鸦片、醉酒赌博、抽签打卦、不劳而获等游民习气。新风蔚然，一时全国瞩目。在民间百姓，好人烂人，还是能一眼看穿。

庆和这号人，公家当然要管。1964年"四清"，高头村来了工作队，分到北庄的两个工作员都姓刘，于是一个叫大老刘，一个叫小老刘。大老刘在县里工作，小老刘刚上大学，来农村锻炼。半年后，地主富农斗过了，阶级斗争抓狠了，小老刘突发奇想，要抓一把落后社员。后进促先进，先进更先进，誓把高头村变成社会主义教育运动一杆旗。小老刘选中的落后社员，就是庆和。庆和当然也合适。懒汉，酒鬼，还不叫后进？

小老刘规划了一个帮扶大会，要开社员大会帮助落后社员庆和。

这个新鲜。多年以来，村里开大会都是斗争地主富农，没有见过贫下中农上过批判会。村里人只知道上会丢人，搞不清自己和斗争地主富农有啥不一样。村干部再动员，庆和就是不上台。小老刘只好亲自出马做思想工作——

"庭堂同志！咱们这个开会和斗争地主是不一样的，要区分两类不同性质的矛盾。不好好参加集体劳动，这是人民内部矛盾。对于人民内部矛盾，要采取团结批评的方式，要满腔热情，语重心长。庭堂同志！你是我们的阶级兄弟呀！我们不能眼看你掉队不管啊！

"庭堂同志！中华民族有勤劳勇敢的光荣传统，我们要继承这一优秀传统！

"庭堂同志，好吃懒做，是腐朽的资产阶级世界观。社教运动，就是要兴无灭资。

"庭堂同志！你不要辜负同志这个温暖的称呼啊！"

庆和不识字，他一脸懵懂，实在听不明白小老刘说的什么。

开会的社员也都是文盲，闹不清小老刘到底要咋。就连那个"庭堂同志"，众人也是头一回听到。人们叫惯了庆和，早已经忘了庆和有个官名叫庭堂。"庭"是村里的辈分用字，庭字辈我得叫爷。"庭堂同志"，乡下人更是听起来稀罕。多年来，乡村一旦大会斗争，都是斥责喝骂，甚至于吐唾沫打人。一旦要满腔热情，谁也不知道怎样语重心长。于是在一惊一炸忽高忽低不知所措的发言里，小老刘的"正确处理人民内部矛盾实验"宣告结束。全庄人谁也没有弄明白满腔热情是个什么东西，倒是小老刘的学生腔，几十年后还是高头村人讥讽大学生的笑料。

40年代延安改造二流子的运动，在党史影响很大。通过有组织的帮教，改变乡村的喝酒赌博、游手好闲、不务正业，新中国成立以后也是大得人心。党史是大学的必读书，我猜想，小老刘大概也是从红色历史中学来的，企图运用到眼前的思想政治工作里去。不过这里，小老刘挪用得实在不得体。那时刚刚土改，分地分田，农家有心气，肯干，上下里外劳动光荣蔚然成风。集体化土地归公，社员积极性遭到沉重打击，集体地里都在磨洋工，偷懒懈怠是常态，庆和不过格外显眼一些。《人民日报》大张旗鼓批判"共产主义必出懒汉论"，可是放眼看去全民怠工，你企图改造一个酒鬼懒汉，大气氛太不给力。

庆和依旧喝酒，依旧懒游，没见着他怎么继承中华民族的优秀传统，勤劳勇敢起来。

庆和扎实顶真地干过几年农活，还是在刚分地那几年。庆和老了，人已经没了力气，不过干活尽心不尽心，还是一眼可以看明白。一个人天黑了不回来，中午一身大汗，那怎么也不是装样子，也没有人怀疑你装样子。地是你的，你装给谁看？连乡长来了都惊讶，庆和都勤快了。

庆和死在1983年。

那年深秋，我回村里去看父母。一进巷口，就看见庆和端着水烟袋，坐在墩子上谝闲。他老了弱了，精神还行，抬头见我，现出笑脸，算是打了招呼。他的红眼皮依旧往下吊着，红眼子庆和，红眼子庆和啊！

暮气一合，天就有了寒意。父母亲早早就上了炕，屋里暖和。我也上了炕，靠住被子摞，伸开腿，和父母亲有一句没一句说闲话。我家住在村口，谁过去了，听得真真的。驴，牛，踢踢踏踏，狗，羊，哧哧啦啦，都能分辨出来。

忽然，母亲凝神，说，今黑了不对，怎么听着巷里脚步乱乱的。母亲说，我出去看看。

不一会儿，母亲回来说，庆和死了。巷里忙乱，都到他家帮忙去了。

庆和死了？刚才还在门口迎着我，说笑哩。

母亲说，是后晌坐在门墩上还好好的，天黑了进门，说他不合适（舒服），儿子连忙搀着，上炕就咽了气。

村里咒人，最恶毒的话叫不得好死，庆和这叫得了好死。

庆和没受一点罪，说走就走了。村里人说起来，这叫积了福了，修了德了。

可是庆和，一辈子偷懒，见天喝醉，积了啥福？有啥德行？

高头村的老人们聚到一起，还是爱说什么，人要积福哩，行善哩，有德行总有好报。

每当这个时候，就会有人顶着问：那你说，庆和积了啥福？有啥德行？死得和神仙升天一样。

那人一下子就噎住了，再也说不出什么。

乡村恶人

要说高头村最厉害的主儿，那是兵孩带兵两兄弟。

兄弟俩的老爹，就是个硬茬子，当过兵，落过草（当强盗）。老一辈总想，下一辈子撑住门户先要恶，要狠，不能厌了，就给两儿子取了刚强暴烈的名字。景家巷，景兵孩，景带兵，赫赫有名。其实这兄弟俩从来没有当过兵，带过兵，但这名字让人一听就怕。

村里村外，都知道这兄弟俩在高头村没人敢惹。景家巷最能打架，就因为有这兄弟两个。打仗亲兄弟，这兄弟两个也真是亲骨肉一起上阵。但凡哥要动手，弟弟肯定帮着，弟弟要上手，哥也不含糊。人们说，其实这兄弟俩，不见得多么强壮，他们吓住众人，就是靠的又硬又愣又横。二话不说，上手就打，村里人一看这个架势，咱不招惹这号厉害的，先就躲开，于是他们赢了。打不赢呢，靠的是死缠烂打，不赢了不松手。你输了算了，你赢了，跟到你家，一口一个，我知道你今天把我打了，你打呀，你打呀，打不死不是你妈生的，一边说一边伸出头往你怀里犁，你要不理，一天赖着不走。好人谁架得住这个，算了算了，认了倒霉算了。

村里也有不怕这两个兄弟的，那就得自己也要横才行。巷头有人说，我不怕。你不怕，带兵找上门来寻碴儿，两人巷道上扭成一团，一个时辰分不出高下。眼看大雨来了，两个人不停手，还在撕打。大雨浇得巷里黄汤子哗哗地流，两人浑身上下眉毛眼窝都是泥水，干脆脱光了，全身一丝不挂，在泥里水里继续翻滚。一场雨下来，两人打成两个泥猴。砖头瓦碴扎破了脊背，血淋淋的。眼睛鼻子青泥涂抹得不成人样。你和带兵打架，就得豁出来。

高头村景家巷，由此就经常打架，打群架。时间长了，景家的女人也上手。女人能帮啥忙？景家巷的女人也学着带兵，耍赖。不管你怎么捶怎么搐，拽脱了头发，撕破了脸，我弓着腰只取下三路。一旦手塞进男人腿胯抓住了籽蛋，攥住就使劲，那是要捏碎了才撒手啊。对方立刻爷爷老子直叫唤，这架当然就此结束。景家的女人也是了得，顶大用。

我见过兄弟俩和人打架。我还在村里，有一年收麦，队长呈祥不知怎么把兵孩惹翻了，两人在麦地里打了起来。呈祥身高力壮，练过点拳脚，就不把兵孩放在眼里。兵孩朝他扑过来，呈祥只抡胳膊一拨，兵孩就倒地滚出老远。几个来回后，兵孩倒地翻起来，一把夺过旁边一人手里的铁锹，那种圆头的铁锹，举高了朝着呈祥就狠狠地投过去，那一把铁锹，足可以把人戳出血窟窿，那是玩命的架势。呈祥闪身躲过，兵孩又夺过一把镰刀，割麦时的镰刀，一把一把都磨得风快，一刀拉过去，麦子要齐齐断根的。兵孩挥舞着镰刀，朝着呈祥肩头一刀就砍过去，那一刀能砍下脖子，我们都吓呆了，女人拿手捂住了眼睛，呈祥眼看难逃一劫。不过这个家伙看起来愣，下手之际还是心里有数着哩。原来这家伙挥刀就砍，那刀锋却是朝外，镰刀柄朝里。咔嚓一声，兵孩竟将镰刀把砍断，随即抡着带木碴子的镰刀把，朝呈祥胸前一戳，顿时呈祥胸前就戳出一个血窝子。呈祥当然不怎么回击，还是抡胳膊一扫，兵孩倒下。他也知道自己闯了祸，一边骂骂咧咧，闹着你打你打，一边就收了手。

围起来的村人没一个敢上前劝架。涑水河边的麦地，这一架打得翻来滚去，众人踩踏，麦子倒伏了一大片。

兵孩带兵兄弟这样玩命，在村里当然没人敢惹。在地里，他们看上谁的菜，拔几棵就拿回去吃。西瓜熟了，在瓜地，他们摘一个，砸开了吃，看瓜的不说。谁家的鸡在巷里寻食，带兵见了，咕咕咕吆喝到自家，杀了煮了，主人找不见，也就算了。在一起做活，用起来趁手的小铲子什么的，带兵随手就顺走。你去讨要，那得客客气气。带兵啊，我今儿个干活回家忘了一把小铲子，你见了没有？带兵倒也不昧，啊哈我拾了一个，是你的啊！拿走！以后再不敢丢了啊！主人客客气气道谢拿走，出门变脸就骂，丢个尿，你不拿它能丢了？

大家背后骂娘，只要带兵听不到。你要敢和他骂架，他抡起大粪勺子，照着你的大门泼上一勺子臭屎。嘻，招惹他干啥。

村干部也不敢说他。那时集体劳动，他想去了就去，他不想去了就歇着，队长从来不敢叫他。出差修河，北山炼铁，更是压根儿没有人想到派给他。你若惩罚，他叫喊要死到你屋里去。他不干活，分粮很少。没有吃的了，就到公社去闹。你和他说理，他大喊一声：八路军不兴饿死人！谁敢让他饿死？于是他不干活有理，你饿死他没理。你只好给他粮食，让他回去继续不干活。

有一年公社来了个下乡干部，不知情，想惩罚一下带兵，吓唬说，你再胡来，我把你关到班房里去！带兵瞪起眼，有本事你当真关了，我现在就跟你走！干部到他家一看，泥房子漏风，锅灶几天不洗，吃饭桌子都是几块土坯搭的，满屋里没有个像样的家什，粮食吃一天算一天，这号有一天没一天的光景，关班房还得管他吃饭，招这个麻烦干啥？以后再说起兵孩带兵，干部就都躲着。

公社主任老廉到高头村下乡。有人闯进来，兵孩带兵又打架啦！快去看呀！

老廉说，你先走！我喝了这碗药就来啦！

药锅嗞嗞冒气，盖子噗噗响着，老廉熬好了药，喝好了药，走出去，巷里的打架也停了。于是老廉隔空喊话，讲一番打架的危害性，警告要严肃处理，也算履行了职责。

公家管不了，带兵专门逆着来。那时集体化，上头喜欢割资本主义尾巴，不让个人杀猪杀羊。村里谁敢？带兵不管，带兵什么不敢？过年了，他到外地拉回一头猪，杀了刮了毛，卖到村里。那时大家都穷，好赖有个一斤半斤猪肉，过年见个油气。平常有个啥节气，带兵也杀羊。谁家来了亲戚，会到带兵家，买一点羊肉羊尾子油，剁胡萝卜馅包饺子。再穷，谁家没有个待客的日子？有带兵，这个难处就不算事。

带兵杀猪杀羊，能赚点钱，贴补光景。他是个有今天没明天的人，其实不在乎这个。杀了猪杀了羊，头蹄下水都是赚下的。带兵会请了朋友，热了烧酒，煮了下水，在家里喝酒。他闹翻了天，大队公社也没人来，知道没人管，来的人就多。那年月，难得醉一回，醉就醉吧。屋里暖烘烘的，大锅里肉块子咕嘟咕嘟，一条巷都是香的。有人路过，只要打个招呼，带兵就拉进来。一会儿，半条巷的人都来了，屋子里外都是人。大家围着火炉，嚼肉片咂肉汤。有好多穷家，都是因为带兵，一年到头偶尔能尝尝肉味。

平田整地高头村落后，公社书记到高头讲话，大声斥骂，社员没一个敢言传。带兵到了会场，指着书记骂娘，书记一看这人来了，连忙散会，啊，今儿个就说到这里啦。

带兵不理会官家的任何规矩，乡亲们也就把带兵推到前头。

上头到龙龙家催缴摊派，龙龙说，带兵咋不交？你叫带兵交了我就交。

腊月天修河，旺旺媳妇坐月子也得去。旺旺对队干说，只要带兵去我就去。

带兵能去干这个？这会儿他成了挡箭牌。

带兵是个煞神，媳妇凤阁却是高头村数得着的漂亮。那是洛南逃过来的一个人家，着急给女儿找个下家，凤阁就跟了带兵。只说高头村光景差不了，过了门知道是这么个恶人，早已经迟了。

兵孩带兵兄弟，以犯愣耍横立家，一朝垮塌，当然也是因为太横太愣。

兵孩带兵兄弟在村里打架，不能吃亏。可是带兵和北头殿孩打架，殿孩人高马大，带兵死缠，还是吃了亏。

带兵给兵孩说，我叫人打了。

兵孩说，你叫人打了？他打你了？你不会到他家跳井去？

在村里，跳到你家井里是很厉害的闹法，那是要跟你玩命。带兵当真就找到殿孩家，扑通一声跳了井。

带兵以为那口井有水，不料那是口枯井，只有半尺井水，带兵落到井底，咔嚓就摔折了腰杆。

兵孩带人来救。几人在井口搭起井马子，安上井辘轳，把井绳放下去，吊人。

兵孩下井拴扣子。这井下吊人，拴扣子有个窍门。两条大腿根各盘一个圆圈，扶起伤号，头朝上坐着，搭好绳子，在胸前再盘一个圈，伤号双手抓住下放的井绳，坐着吊出井口，安全稳当。兵孩这个二杆子哪里管这些，抓住绳头，往带兵腰杆子上缠几匝，像是捆绑一抱高粱秆玉米秸，三下两下缠好，朝井口大叫：绞！上面摇起井辘轳，带兵就杀猪一般号叫，腰伤还要担住那么重的身子，谁受得了。井口连忙问下边：绞不绞？兵孩大叫，绞！就这样带兵一路惨叫上了地面。出了井口，带兵就断了腰。

带兵从此只能低猫了腰，拖着一条腿走路。

兵孩没了帮手，孤掌难鸣，从此也不敢怎么张狂。

村里人长长地松了一口气。

带兵废人一个，也得要吃喝啊。

带兵没有粮食了，他猫着腰，胳膊挎着一个布袋子，挪到谁家门前，递过去布袋，人家知道他要装点米面，就装满。

带兵拿不动，他说，装好，给我送回去啊。

带兵要吃菜，他挪到谁家的地头，递过去一个筐子，人家就拔菜。

带兵说，拔好，洗净啊。

带兵依然白吃白拿，强索强要。可这会儿，讨要的双方力量强弱已经转换。村人见他可怜，也就不念以往的蛮横，愿意送给他吃喝。

带兵到门口，人们会说，没吃的只管说，咱屋里有呢。

带兵到地头，主人家装好菜，会说，地里有啥，你想吃只管拔，不要管我在不在。

带兵残废以后，早已没有了往日的凶狠，媳妇儿看到这样，也就起诉离了婚，改嫁到了邻村。

带兵心里不美，让人拉了小平车，把自己送到邻村，找到媳妇的新家门口吵骂，要闹事。

那男人也是个愣汉，出门堵住带兵说：你是带兵？知道你厉害。我敢惹你，就不怕你厉害。咱今儿个把话撂在这儿，你乖乖地回去，啥事没有，你要敢耍麻达——愣汉戳了戳手里的平底钢锨——小心我一锨拍死你！

带兵早没了当年的锐气，一看遇上了比自己还要横的主儿，让人拉着就回了高头。

带兵不愿意再碰上媳妇，还就是躲不过。一日县城逢集，带兵去逛街，恰恰碰上了凤阁，带兵气得大骂，当时就口鼻流血，回到家没几天就死了。

带兵死后没几年，兵孩也死了。这是十几年前的事。

在我心里，兵孩带兵兄弟俩就是村里的恶棍，想不起他们在村里有什么好。十几年后说起来，我还是这样。

嗯？带兵没有一点点好？乡亲们说，可不能这么说。

那个时候你屋里能吃一顿肉，忘了带兵啦？年年腊月，你还不是到带兵家里去买肉？没有带兵你肉毛也见不着。

公社书记在台上训人，带兵给你出气，你躲在背后偷笑哩，你忘啦？

龙龙和旺旺的孩子就在一旁。立刻有人说，你爸不交款，你妈不修河，还不都是带兵在前头撑着？忘啦？

这当然也是带兵的好。乡亲们还真没有忘记。

乡村光棍

侄子多年当村干部，和我说起这些年乡村发财致富，兴致勃勃。突然他话头一转，问我，叔你知道吗，现如今你们北庄就有三十来个光棍。

乡村人结婚早，二十二岁到三十岁还没有找下对象结婚，以后就难找。这样的小伙子，就算光棍了。

我们小队一百来户人家，四五百口人，这么多小伙子没有对象，这个比例把我吓着了。

这可不是城里的小青年腻烦结婚玩单身，腻烦生育玩丁克，那是吃撑了，这是饿着呢。完全不是一回事。

据我看到的听到的，眼下在乡村，传宗接代还是顶要紧的事。孩子不找对象不结婚，绝不是玩什么新潮，那是无奈。父母老辈会非常忧心焦虑。世世代代到咱手里绝了后人，老人会觉得愧对孩子，也愧对祖宗。

倒退几十年，那时很穷，日子过得不叫日子，可是村里很难见到一个男人没媳妇的。老一辈人爱说，怕什么，瘸子找跛子，猫腰找背锅。意思是条件再差，总有般配的，哪里能打光棍呢。

庄上的老光棍，那时只有一个，巷子里都叫他贤儿。他不是当地人，随母亲逃荒落户到这里。当地人都叫他们外路人。外路人，媳妇就难找，贤儿四十多岁了还是一个光棍。曾经有一年，一个陕西洛南的女人流落到我村，热心的乡亲赶紧张罗，给贤儿说媒，不过还是没有说成，那女人待了几天还是离开了村子，贤儿又成了一个人过。

贤儿小时候过来，说话总还带些河南口音。生产队干活，贤儿勤快肯干，谁家有了杂活，贤儿也时常帮忙。贤儿一个人，到谁家去帮忙，谁家也就管饭。贤儿能吃苦、好使唤，是大家的好帮手。在这多年了，他也学了些技能，比如说打井淘井。谁家要打一口井，会找贤儿来帮忙。下到一丈多深，快出水了，找地泉，还是要有些窍门。还有的老井，年久枯了，要请贤儿下井重新开挖，乡里人叫淘井。老井重新出水，贤儿会鼓捣这个。老井活了，主家很开心，贤儿就有了一种帮助了乡亲们的骄傲。他是个好人。

80 年代我再回村里去，贤儿已经老了。他孤身一人。人老了，夹不住尿，裤裆里经常冻得硬邦邦的。寒冬腊月，他也不会烧炕，就这么挨冻，当年冬天就死了。

后一代庄上的光棍，我记得只有贵娃叔的儿子福娃。福娃比我小十来岁，他家里的上几代，都和我家交好。他的祖父红脸森娃，是我家的常客。

集体化时期，家里没吃没穿，贵娃叔家里是出名的穷。

1958 年大跃进冬天修河堰，三九天滴水成冰，贵娃叔穿一双雨鞋，就是那种防水的橡胶鞋，一冻就透，要不是没有鞋穿，谁穿这个呀。督促修河的工作队，一看这样艰苦奋斗，感动得当场奖给贵娃叔一双鞋子。这个冬天，贵娃叔就不至于冻了脚。

穷家的孩子找不下对象，贵娃叔知道这个。孩子的亲事，只有一直拖着。福娃三十多岁，还是一个人。

福娃也知道家贫无妻的道理，家里的房子老旧，像要垮塌。土墙土院，拿什么说媳妇呢？ 80 年代初，福娃开始自家打闹挣钱。那时刚刚兴起小商小贩，福娃打听到从黄河边往南山根这一带贩猪娃赚钱，就做开了这个。一辆自行车，后座驮起一架木编的篓子，买几个猪娃，蹬起车子一天跑百十里，算个短途买卖。福娃就这样起早摸黑，辛苦奔波，几年下来，攒了些钱。他把自己住的门房翻盖了，靠巷子这头起了一排三间新房，青砖青瓦，一砖到顶，在当时，算是好房子。

80 年代初我还在运城，有一天从县城回来遇到福娃，那是他贩猪娃回来。我们一路骑车子同行，那时的福娃，虽说辛苦，却是对未来充满希望。成家立业的希望那么诱人，福娃说起未来，眉宇之间满是笑意和向往。那一路，微风掠过脸颊，夕阳照在身后，我感受到一个农家青年蓬勃青葱的成长。有希望的日子，才是好日子。

福娃盖起新门房，一家人静等媒人上门。终究家底还是太差了，就只换了个门房，院子后头还是土墙老厦，福娃再张罗不起了。

三间新房在当巷崛起，还是不见有人说亲。福娃终于崩溃，

乡村光棍 **227**

变得疯癫。

福娃破破烂烂，脏兮兮，就在人们眼前犯傻，吃喝不着顿，不几年就死了。

几十年以前，巷子里有光棍，都说因为太穷。那么眼下这么多小伙子没媳妇，还是穷吗？肯定不是了。那又是因为什么呢？

在村里闲聊，他们说，这是男孩太多了，女孩太少了。据说现在的人口男女性别比例大致是 118：100，老家这一带男女比例更不平均。高头村呢，侄儿说，就说你们北庄，就算是北庄所有的女孩不出村，都嫁给北庄的小伙子也不够！

再说，乡村的女孩也不怎么愿意嫁在乡下，条件好点的，找对象首选城里。夏天空调，冬天暖气。做饭用煤气，厕所上下水。人望幸福树望春，谁不想过得好一些呢？城乡差别，毫不留情。乡下的姑娘都往城里嫁，留在乡村的小伙子，找对象当然就越来越难。

高头村的小伙子一点也不比别的村子差，甚至可以说很出色。这些年村里的小伙子们走南闯北，把生意做到了全国各地。随之而来，他们在东西南北各地娶回了媳妇。到外边的世界转一圈，挣回了票子，带着新媳妇回家，要多风光有多风光。高头村的一队，一向领风气之先，在全村，引领潮头不输城里人。我的表兄在世时曾经做过一个统计，一队外出打工的青年人，这些年娶回的媳妇哪里人都有，山西就算本地人了，外省的呢，仅仅说一队，全国就有九个省市的姑娘跟着高头村的小伙嫁了过来。高头村这一代，在全国各地风风火火，收获了事业，也收获了爱情，收获了婚姻。九个省市的媳妇，这事儿，说起来我都得意得很。

我年轻时候，经常听到同行嘲笑老家的女人丑。究其原因，无非是老家历史上富庶，女子不远嫁，男子不远娶。十里八村，三里五里，男女婚配的都在就近物色，甚至有"好女不出村"的俗话。这么好的地方，谁找外地人呢。但代代近处择偶，婚配在一个较小的地域里循环，无疑会影响到后一代的智力和相貌。史上的穷地方，逃荒要饭，千里迁徙，满是血泪，可就人种繁衍来说，倒是优待了那些穷困地区，让他们有可能远缘婚配、优生优育，这实在是我们这个粮棉福地难以释怀的困惑。改革开放彻底改变了封闭的择偶习惯，这个年代，高头村的青年人在全国各地找媳妇，真让人无限地鼓舞欢欣。

我多么希望我的故乡家家男欢女爱，户户儿女双全，幸福美满，人丁兴旺。年轻人夫妻情深，老人儿孙绕膝。百代人伦，赓续不绝，香火繁衍，鼎盛兴旺。家世有传承，才有奔头。可是面对现状呢，喜庆之外，依然还有忧虑忧思忧伤。

红脸森娃和他的《卖膏药》

村里有会做庄稼的，也有不会的，红脸森娃就不会做庄稼。

民国时期，红脸森娃在西省一个馍铺熬相公。这话叫外地人听着费劲，山西南路的一听就知道，西省说的是西安一带，熬相公是给掌柜的当小伙计。伙计是学手艺的，日子苦，学成师傅就好了，要不怎么叫"熬"。

红脸森娃原本也打算就在铺子里这么干下去，无奈赶上了公私合营。私营的商铺，都散伙了。工作员耐心地开导他：你受尽了压迫剥削，应该和掌柜东家划清界限。铺子终于被公家收编，掌柜东家留在西安当市民，红脸森娃自由了，回到乡下种田。那时又没有农户非农户的念头，红脸森娃没有珍惜自己的城里人身份，卷铺盖回了老家。

运城人说，"从小卖蒸馍，啥活都干过"。也有说得难听的，"从小卖蒸馍，啥尻子（屁股）都卖过"，一个意思。馍铺利小，打交道的多是五行八作的下九流，馍铺的伙计也就眼界宽。木匠铁匠，货郎担子，印花包袱，剃头钉碗，说书唱戏，有些小手艺耳濡目染的也就会一点。孔老夫子也说"吾少也贱，故多能鄙事"哩，不丢人。

红脸森娃做庄稼那叫不沾弦（不靠谱），可那个时候农民除了做庄稼，公社啥也不叫你干。红脸森娃天生的一副近视眼，那不是一般的近视，高度近视。他那副眼镜，镜片片瓶底一样厚，黄铜腿儿，坏了还得进县城修理。依现在的眼光，我看近视度数在八百到一千。戴上眼镜，他也就能凑凑合合看个大概，下了眼镜，他和瞎子差不多。近视眼托生在庄稼户，那就是残废。我和他一块锄草，经常看到他一锄一锄笑呵呵地把玉米小苗锄倒，他根本看不清苗和草。好在那时生产队混工分，也没人说他。巷里也有人起外号，直接就叫他"瞎子"。队长看着他做过的活，经常在背后骂：瞎目合眼的能瞅着个屎！

要说比村民多一样啥本事，那是红脸森娃识字。

白天干地里活，红脸森娃憋屈受气，一到晚间谝闲，那是红脸森娃最得意的时候。60年代我村的祠堂还在，不祭祀了，黑了谝闲话是个好地方。吃完晚饭，一群上了年纪的围在一堆，就听红脸森娃说"古经"，什么"水浒""三国""封神""说唐"，红脸森娃一套一套的。有时候旁人也插几句，主要还是红脸森娃说。那时我上小学，经常听得入迷，要父母催着叫回去。有时说到三更半夜，队长就在窗外骂："日你妈还不散？明儿个不做活啦？"于是大家连忙起身，还有人忘不了嘱咐一句：明儿黑了接着说，啊！

我记得红脸森娃的时候，他就是一个人单过。他年轻时死了老婆，回村以后这个样子，哪里还有女人情愿跟他。他儿子娶了媳妇分家另过，按说有个照顾，偏偏儿媳妇是个恶煞神，恶吵恶骂，谁也惹不起。家里一起事，他儿子也躲着。一个老男人，儿媳妇不管，女儿就时不时回娘家，给老爸缝缝补补、拆拆洗洗的，间或也带点吃的。姑嫂为这个不和，经常争饭几句，乡村女人吵架，怎么难听怎么骂。一会儿两个女人就撕打在一起，抠，咬，扯头发，当然终到了，小姑子占不着啥便宜。

儿子一看这场面，两手捂住脸，圪蹴在一旁大气不敢出。红脸森娃呢，躲进屋里只是念叨，丢死人了，丢死人了，接着是叹气。

队里为了照顾他，有一阵子也曾叫红脸森娃喂牲口。这活儿不用下地，眼睛瞎点也没关系。他眼界宽，也略懂一点牲口经纪，按说是个合适的活儿。不到一年，有人提意见：红脸森娃不是贫下中农，不保险，他要谋害牲口咋办？队里只好换人。

红脸森娃就又下了地，和大家一块混工分。

6月天，日头毒。玉米长成一人多高了，要锄草。一钻进高秆庄稼地里，浑身的汗水就滋的一下全冒出来了。玉米叶子扫来扫去的，脸上胳膊上割出一道一道的血印子。汗水一渍，越发生疼。好容易熬到地脚头，一队人就寻了个树荫歇下，再不想动了。生产队伙伙（大锅）饭，也没人催，这一坐下就没个时候了。

看着红脸森娃一脸汗，有人就打趣：哎哎，这比那馍铺的活儿咋样？

也有人友好地同情：嘻，你也算是在西省停过多年，咋没学下一样本事，哪怕会个箍漏锅钉疤碗，也比庄稼户受苦强。

有人再问：你天天黑了谝闲，你不会个说说唱唱啥的？

红脸森娃的眼窝里竟然闪出一星火苗来，他嗫嚅着：小的时候，咱这里就传过几个段子，到西省常听人说唱，有些段子也听得熟背了。只是，咱谁兴干那个。

那就给咱们表一段好不好？

不行不行，多年不听，又忘得差不多了。

嘻，没事没事，记得多少算多少。来来来，大家呱唧呱唧！大家应声就拍手。

红脸森娃终于拗不过大家的好意，他说：那我来说一个《卖膏药》，大概记不全，说到哪搭算哪搭。这里头也有唱，我不会，只能说。

　　　花鼓挪一挪，听我给咱说卖膏药。

　　　我的膏药能治百病，

　　　贴山山倒，贴河河干，

　　　贴了犁辕，犁辕展端。（犁辕是木犁上一根粗壮弯曲的铁条，用作牵引，展端：绷直）

　　　贴前心，烂后心，

　　　贴手心，烂脚心，

　　　贴嘴唇，烂沟门。（沟门：肛门）

　　　招贴在十字路口，

　　　东边来了一个和尚，西边来了一个婆娘。

　　　那婆娘言道：

栽拐栽拐，奶头上长了斗大一块，（栽拐：出了怪）

问问先生有无有更改。

我从腰里掏出竹篾子，连着钩了几篾子，

花糊脓流了几盆子。

是她娘家不让，将我告到堂上。

大老爷问：

没尿本事敢胡闹，使什么药材，用什么料？

我言道：

屹蚤屎，蚂蚱尿，蛤蟆尾巴鲤鱼鳔。

蚂蚂蚍蜉籽蛋，媳妇子本钱。（蚂蚂蚍蜉：蚂蚁。

本钱特指女子的羞处）

大老爷听得一声大笑，招手放我走道。

老爷击鼓退堂，我收拾包袱行当。

今日七，明日八，改天还要到你家。

出北门，上北坡，新坟总比老坟多。

新坟都是我害死，老坟吃的师傅药。

师傅团人人人信，到我团人走背。（团人：骗人）

师傅把便宜占尽，轮到我背亏倒运。

待师傅七碟八碗，待我是藤条木鞭杆。

扳翻，拽展，扑挠扑挠稀软，（扑挠：抚摩）

踩住腰眼，按住腿腕，

抡圆了一番抽砍，血呼啦一头一脸，

从今往后再不敢提卖膏药一款。

红脸森娃的《卖膏药》，用的全是当地方言土话，我疑心这个段子是一辈一辈口口相传，到他手里又加工琢磨，才成了这个样子。段子还有锣鼓家伙，他拿嘴配。过一个小节，他就"咣咣且咣"，配一通锣鼓点子，模仿几声唢呐，可以想见当时演出的红火热闹。这号说话，村里人都能听懂，方言土话又有一种官话没有的味道和表现力，在一个小圈子里，它的魅力无可匹敌。这是书，还是戏？村里人也不管它是啥，有趣就行。他一说完，大伙儿都叫好，人越围越多，相邻地界的也撂下家伙凑了过来。红脸森娃一下子成了走红的明星，谁也没有想到，这家伙还藏着这么一手！有人起哄：再来一段！再来一段！这个时候就听队长在喊："日你妈是做活还是歇晌来了？想歇回你屋里歇去！"于是大家一哄而散，各自抄起家伙，紧赶两步，回头接着磨洋工。

可惜说说唱唱在生产队不能顶工分，红脸森娃的本事也就是闲了逗一逗趣。在晋南乡村，说书逗笑只有一个小小的市场：谁家有了红白喜事，乐人锣鼓班子偶尔表演个顺口溜，但当地人都以为下作，红脸森娃当然不干。

这个时候我就觉得，红脸森娃不该回来，到文化馆搞个群众文化的差事，蛮行。可是这时候城乡户口卡得很死，他想回城是没有门了。

腊月过了接春荒，这是红脸森娃最难熬的时节。

红脸森娃干活不行，饭量可不小，属于村里笑话的"做活不顶人，吃饭扛个和面盆"的那种。人吃得多，按说不算毛病，那是现在。要在饥荒年代，那是最大的毛病。像他这号人家，一般家里都有小孩。生产队分粮食只看人口不论年龄，小伙子成年人领一份，刚生下的胎娃娃也领一份。谁家有个小口，就占了便宜。大小匀一下，大人就勉强顶过去了。偏偏红脸森娃和儿孙分开过，儿孙连自己也不够吃，谁情愿管他。队里分给他的口粮，要放开肚皮吃，他顶多能吃半年，掺杂些糠糠菜菜，也接不上新麦。有一年他曾找到我家，提着半布袋小麦，要和我家换玉茭。一斤麦子换一斤半到二斤粗粮，为了多吃几天。我家见他可怜，就接济他一些。他女儿也紧巴紧地送点。那些年，红脸森娃就是靠大伙接济，死活熬过了一年一年。

"文革"十年，口号越来越响，吃饭越来越成问题。那年月磨得人心比铁硬，老子和儿子也是谁吃到嘴里算谁的，谁管谁呀。红脸森娃不知道能不能过了这一大关。

那年我回村探亲，在村头和几个长辈说闲话。没吃没穿的，说话也打不起精神，大伙苦着脸，抽着闷烟。偶尔有人开口，也是扯几句东沟西岭少盐没醋的闲话。这时红脸森娃郁郁地打我们眼前走过，远了，有人用下巴指了指后背影，说：知道吗？红脸在外头要馍哩。

要馍？老家管讨饭叫要馍。晋南自古就是富庶地面，过去一说要馍，那都是笑话河南安徽发水灾区的，这地方还能要馍？谁要是要了馍，那可是丢了八辈子先人的脸。村里人说，打死也不出去要馍。

就有人问：真的吗？没见过呀。

丢人呀，哪能在这十里八村。有人见过，跑到四十里远的夏县庙前村了。他还是前几年卖菜去过，那里地土宽，分粮多。

不会认错人吧。

那还有错。见过的说会唱《卖膏药》。

《卖膏药》？这还有啥说的，于是谁也不说话了。

人群散了，还有声音在感叹：难为老汉了，瞎目合眼的，还能跑出四十里地。也不知道他是咋摸过去的。受症（苦）啦，老汉受症啦。要馍还能碰上好脸色？遇上疯狗，老汉连眼窝都瞅不着。这是实情，他的眼睛，看不出三五步。

往后我再回去，已经不见了红脸森娃。于是问乡亲：我森娃爷呢？

你见不着啦。死啦。

我在家住了几天，你一句我一句，终于听明白了红脸森娃的死。说不清哪天，巷里邻居看见他走路一瘸一拐。那是他又去夏县庙前村，碰上学大寨修路，大路挖了丈把深一条壕，他瞅不真，跌了进去，扭了腿，出不了远门，从此只有守着家里挨饿。有一天早起，他终于吃完了最后一颗粮食。他不敢求儿子，进了孙子家，摸到孙子的面缸，伸手一探，见了底。大约就在这一刻，他知道自己该怎么做了。他拐出村巷，寻到井口，不行，这是一口巷里的吃水井。他终于跛行到涑水河北，这是村里最远的地块。他在浇地用的大井边站定，脱下一双布鞋，摆在井口。家里巷里不见他，要到处寻，这是个记号。一般跳井的，都会在井口搁点小物件，他知道。他想了想，又脱了夹袄，夹裤。这两件，他还想留给儿子孙子。过几天尸身泡胀了，泡烂了，就不能穿了。再无牵挂，他跳了进去。

他本想一了百了，还是吃了瞎眼的亏。集体化以后，大井早已经不是先前，直筒筒通到井底。快见水的时候，周围要留一个平台，供下渗水管子用。这种规格的大井，只有井心涵洞里才有水。红脸森娃纵身子扑进去，只能掉在硬台台上，摔断了腰。终到了，老汉在饿死之前，先是疼死的。

所有这些，都来自乡里乡亲们的诉说和推想。那一天他怎么做，怎么想，一个已经死去的人，谁还能知道。但老汉屋里没有一屑儿能吃的东西，是村里人都见了的。那天不见了老汉，村里人都在寻。推开厦门进去，屋里脚地上一地枣核。这是过年的时候女儿送来的枣，是个稀罕物，理应是过个啥节的动用。看来，但凡能进肚子的东西，老汉是吃得一星半点也没了。这一把枣，是老汉生命的最后时刻的最后一点吃物。凡进老汉的里屋吊唁，出来鞋底都粘着几粒枣核，这是老汉留给乡邻的最后纪念。

红脸森娃脱光了跳井，村里人又没有穿短裤的习惯，捞上来就一丝不挂。精身子尸首和一地枣核，这是他死得最特别的地方。一个好人这么没好死，女人们一提起就捂住脸，那泪颗，就从指头缝里渗出来。

从此再没人说起红脸森娃。

十多年前，前辈老作家马烽的女儿梦妮找到我，说她要到我的老家跑一趟。她是研究戏剧史的，不知道从哪里得的线索，听说我们县有闹锣鼓杂戏的，我们高头村和附近的上里村老人们还能演。锣鼓杂戏起源于中唐，我的老家就是发源地。相传唐将马燧平叛屯兵于此地，士兵庆功演唱形成，我的岳家那个村子，至今还叫马营。演唱原始古朴，近世早已失传。这些年学术界纷纷抢救非遗，她想去做田野调查，问我有没有这回事，怎么个下手。

锣鼓杂戏？我怎么能不知道。我自小就听村里人说看杂戏。五六岁时，我们这一班吃屎娃娃都会念那一段童谣：

> 红公鸡，绿马尾，（"尾"发音如"乙"）
> 咪朗朗，到三里，（三里：邻村村名）
> 三里庙里耍杂戏。
> 想看戏，没穿的，
> 开起柜门眼酸的。

梦妮忙问：那有会表演的吗？

我立马想到了红脸森娃，想到了《卖膏药》。这种有情节，有角色，有锣鼓，无丝竹，形式古朴的演出，是不是锣鼓杂戏？它明显带着古代军乐的痕迹。或者，它是否由锣鼓杂戏脱胎演变而来？或者，它保留了多少锣鼓杂戏的成分？我给梦妮大概说了说《卖膏药》的情节和演出场面，梦妮急切地问：

那人呢？还能演出吗？

我说，老汉早死在"文革"中间了。

我看到梦妮的一脸喜气立刻消退了去。她失望地摇了摇头，这是谁也没有办法的事。

梦妮还是去了上里村，事后我听她说，调查的结果不理想。几个老人，都八十多岁了，不识字。前朝古代，多少年以前的事了，记不住。梦妮仍然希望我能给她提供新的调查线索，像一个无望的人要努力捕捉最后一星火种。她的急切，她的忧虑，真切地传给了我。

可我实在不知道还有谁了解《卖膏药》的由来了。它当年的编创，它的师承，它的演出，它的锣鼓伴奏，都只有红脸森娃才能说出个一二三来。红脸森娃识字，以他的表达能力和艺术感受，详尽叙述那一段来龙去脉不会有困难。这种古朴的演出，是现代戏曲的始祖，民间艺人和专家结合，挖掘出一个大大的金娃娃也未可知。可惜，老汉已经死去二十多年了。

文化传统好像一条河，锣鼓杂戏迄今也有千多年历史了，它是怎么流传到今天？红脸森娃就站在我们的上游，有一条线索也许就装在他的心里。只要我们找到老人，也许就接上两条千年一遇的线头，可是，我们眼睁睁地看着它断了。继承诸如此类的人类口头文化遗产，只能靠传人，没了传人，只有灭绝，老汉非常可能就是锣鼓杂戏的末代绝响。

如果这样，这个落败乡村的窝囊老人，实际上是一位身怀绝技的民间高人。可那个年月多少大师都受迫害，谁把一个农民看在眼里呀。

这年春节我在老家过，迎新年，各村都在闹红火。村长听说我回来了，立马找上了门。"你念书多，文化深，给咱村编个小快板。过年热闹一下。"我不好推托，但我知道这活儿不好干。我在宣传部门多年，早都养成了写作官场公文体的毛病，要写乡亲们喜好的民间说唱，太难了。果然，当我费劲交了卷，念给他听，村长面无表情，皱着眉头嗑牙花子，像是刚犯了牙疼。可我只会这些调教成的官话，没治。

锣鼓敲过来了，秧歌扭过来了，场子就在我家门口，我得看看。村里的锣鼓队先敲锣鼓，还是传了多少代的老鼓点，《风搅雪》《战鼓》等。底下是说唱，台上一张条桌，一把长凳，走上来的是马驹爷。他还会说唱？我正在疑惑，老汉啪地一拍条桌开了场：

花鼓挪一挪，
听我给咱说卖膏药——

一巷一村的人都笑了："这不还是红脸森娃的《卖膏药》嘛。"

是的，红脸森娃的《卖膏药》，至今乡亲们还喜欢。只是它的来龙去脉，它的渊源流变，它对于民间口头文学的意义等，或许是一个永远的谜。

"奸商"老虎

老虎哥儿两个，兄弟叫豹子，长大了，豹子给自己起了官名，叫庭琪。庭字辈，我得叫爷。老虎不识字，没有官名，这个名字就一直叫到老。

40年代，老虎兄弟两个都做小买卖。豹子做点心、熟食，老虎贩卖竹器，倒贩一些筛子、蒲篮、竹筐、竹篮子、竹席等。每逢赶集，拉到集上卖。山西没有竹子，就是我们最南边这一块有一些。最南边，也还是山南有。这山是中条山，山南有成片的毛竹。劈成篾条，编了各种家具器物，老百姓家常离不了。有的竹器编得很精巧，像工艺品。竹器是运城家生活色彩的一部分，它告诉你，这里是北方最南，和竹子沾边了。

老虎那时，就到南山一带去趸竹器来，他家里时常堆满了竹编，我们看了新鲜。竹器比木器便宜，好销。老虎的竹器卖得很好，他是个小有名气的商贩。

别看老虎不识字，算账可是一把好手。赶集买卖，他从不带算盘，买几件，找多少，一口清。农业社碾场，当场分粮食，各家各户带布袋来。留下上交，全村该分多少，一家几口，大口小口，该分多少，要算好账。生产队经常是过大秤，碾一场分一场。这个时候，一般是搁一把算盘，叫一个老虎。有人打算盘，老虎心算。一边过秤，一边唱收唱付，算盘珠噼里啪啦响，老虎默不作声。算一家，打算盘的和老虎对一下数字，一致，分，碰不上，再算一次。老虎，是一架验算机器。

老虎走南闯北，经见得多，应对各色人等就自如得很。老虎的精明，村里传说的小段子很多。老虎去赶集，碰上一家卖眼镜。掌柜的拼命推销叫卖，我这眼镜养目啊，宝贝石头镜啊，有眼病不怕，戴三个月就好了啊。便宜了，一百八一副啊。你马上就试，戴上眼前就清亮啊。掌柜看老虎在关注，就一把拉住了他，老掌柜你诚心要，你还个价！老虎斜眼盯着卖眼镜的，那是挑衅，嘴里还价：五毛！摊主左看右看，一把按住老虎，老掌柜你千万别说破啊。他知道今儿个遇上真人了。

老虎的买卖，打入社以后就不能做了。集体化以后多了一个词，叫作投机倒把。

那时，全国都在声讨投机倒把，本来老虎也不怕什么，他一个农民，不让东奔西跑，就老老实实窝在家里做务庄稼呗。谁能想到他因为这个受了一回羞辱。

老虎不识字，每年过年，都要请先生写对联。这一年照例还是请学校的先生写了贴上。这先生不知是走神，还是专门和老虎闹别扭，给老虎写了这样一副，上联：劳动战线呈威武，下联：投机倒把实难容。横批：劳动光荣。老先生没有兴趣创作，对联也是从发放的皇历上抄来的，不过却是揭了老虎的疮疤。大年三十贴出对联，立刻有人偷偷告诉老虎：说你投机倒把哩，你还贴在门上！老虎羞愤难当，立刻全家出动去揭对联。怎奈是糨糊粘得太结实，怎么也揭不开。老虎急了，拿来一把钉耙，先抠了左右门柱，再抠门楣。一个大门让抠得乱七八糟，一道一道划痕极为丑陋。这年的正月，全村人都来参观老虎家门上的奇观，老虎只能装作不知道。

老虎的这个笑话，在高头村传了多少年。辗转传说，已经加上了乡民的集体创作。老百姓不亚于大文豪，他们的传说更加有滋有味。高头村的"故事新编"是这样的——老虎请人写对联，先生写了，上联是：农业社干活不积极，下联是：投机倒把贩竹器。横批：小心罚款。管他对称不对称，笑话嘛，要的只是可笑。

"文革"期间，不要说投机倒把坚决打杀，就是农村里搞点副业，也成了时时警告的自发资本主义倾向。上面号召以粮为纲，大寨经验就是批判资本主义。看各种各样的文艺作品，但凡写农村，都是围绕农业和副业展开矛盾。那个先进人物，一定是坚决贯彻以粮为纲，只种粮食的。那个副职，肯定是要走资本主义道路，发展副业生产，想挣钱花的。最后当然是种粮食的战胜了想挣钱花的。想挣钱花成为一种罪恶。

老虎空有一身本事，却只能种庄稼。一到庄稼地，他就是笨人一个。他思谋的那些，眼前却都不被允许。

老虎技痒难熬，有时就禁不住要闹出点故事来。

高头村水浇地条件好，产菜。白菜胡萝卜，都是当地一绝。白菜不是那种筒子白，都是包头白。菜叶子包得瓷瓷实实的，一棵十来斤。生产队为了让老虎展现他的一技之长，有时也就让老虎跟车，给队里卖白菜。老虎终于有一个机会，回到自己熟悉的领地。一回到这里，老虎的聪明和滑头立即展现无遗。老虎的花花肠子，乡民至今依然津津有味地传说。

老虎在岭上一个镇卖菜。大车拉了去，先是零卖，快散集了，剩下的就落落价，大部分给了学校食堂。

学校总务提了一条麻袋，过了秤，装满了，还没走，老虎抬脚一踢，骨碌碌一棵白菜滚了过去。老虎说，给你搭一棵。

总务当然高兴，正要走，老虎又抬脚一踢，骨碌碌又滚过去一棵，老虎说，再搭一棵。

搭，当地是添加、加上的意思，白送。

总务欢喜不尽，拉了白菜回去。不一会儿，又狐疑地转回来了。

总务说，掌柜的放心，我不是来找后账的。我只是想弄明白，你搭了两棵白菜，为啥我回去一过秤，不多一斤，分量刚好呢？

老虎瞪他一眼：别想占便宜。这世上，吃亏的事情谁干？

事后老虎给人说，缺斤短两的事情咱不干，咱不过哄买主个高兴。

老虎卖白菜的故事传遍全村，乡亲们见了老虎，都笑骂这家伙机灵滑头，老虎也很得意。可一抬头看到工作队凶神恶煞的眼睛，老虎就知道自己又犯了错误。工作队在大会上，批评老虎是奸商恶习不改。

终于等到了改革开放，老虎却已经老了。公家允许跑生意了，他跑不动了。

老虎的小儿子，学着老爸当年，来来回回趸菜，赶集去卖。

老虎赶集，转到菜摊子上，看到儿子卖菜，大怒。他指着儿子，鼻子不是鼻子，脸不是脸，大骂：羞先人哩，妈日的你还会卖菜，谁见过你卖菜？你识秤吗？你会算账吗？看你外痴尻脸，今儿个非赔塌了不行！人越围越多，老虎也不管，自顾自只管嚷嚷。还是村里有人看不过眼，上前拉开。老虎还不解气，一边退，一边嘴里还不干不净的。

围过来赶集的，一看小伙子这么实诚憨厚，肯定不会作假耍心眼，大家一哄而上都来买菜，一会儿，小老虎的摊位就卖光了。

没有人知道，这是老虎给儿子做的套路广告。

80年代初，一个农民的促销手段。

高头村知根底的，见了老虎都笑他奸猾，老虎还是那句话，咱不坑人，就哄买主个高兴。

老虎跑不动了，常见他坐在门口打盹，也在巷道里溜达。

也是合该出事。这天老虎在巷子里走，邻家的小伙子犁地回来。叫驴拖着犁铧，进了巷子，突然受了惊。驴疯了，拖着犁铧，撞倒了老虎，犁铧从老虎身上犁过去，老虎顿时断了骨头，血肉绽开。抬到医院不久，老虎就断了气。

老虎一生，精明算计，奸商大名在外。小伙子吓坏了，生怕老虎一家开出天价。撞死人，赔塌了光景的，有的是。

没有，什么都没有发生。老虎家没有索赔过一块钱。

老虎的儿子说，老人留下遗言：我一辈子，没有坑过一个人。这一回，咱也不能讹人。

　　老虎顶了一辈子奸商的名声，这一回，老虎是拿自己的命，洗刷了自己。高头村公认，老虎是好人，老虎是一个很忠厚的好人。老虎一点也不奸诈，老虎一点也不投机。搭上一条命，老虎也不想多换什么。

　　为什么多年以来，人们总喜欢把一种道德品质，比如老实忠厚，比如狡猾奸诈，和某种职业联系在一起呢？做工的，种地的，就一定忠厚老实，经商的，做买卖的，就一定狡猾奸诈。这问题，足以让更多的人深思。

　　老虎死前那几年，农村外出做小买卖的已经不少了。豹子的儿子早早开始做点心，走街串巷。那一批走出去的农民，一般都还是师承上一辈的手艺。家传，来得快。做点心的，打火烧的，收棉花的，贩卖红辣椒的，都是上一辈就干过，中断几十年，下一辈又拾起来。

　　老虎的大儿子二儿子和我差不多年龄，却是没有子承父业。两个儿子，至今都在村里做务庄稼。

　　老虎不让儿子做买卖。

　　老虎说，做生意，精明又不坑人，很难做到的。

大汉李廷贵

老家说人个子大，叫大汉。

李廷贵确实高大，他应该超过一米八。

那时我还在村里，他是招亲过来的。他是相邻不远的北相镇人，早年从部队回来，张罗晚了，没找下对象。他姐姐嫁到我村，给他找了个女人，到女人家过日子。

我们那里的乡俗，招亲进家门的，都要随女家姓。当上门女婿，将来有了孩子，孩子不随父亲姓。李廷贵却是硬气，说亲时，他提了条件，上门不改姓。他顶住，女家只好同意。他是我们村里少见的招亲不改姓的男人。庄子里没有其他姓李的，李廷贵就显得很特别。

人说身大力不亏。李廷贵身高力壮，干农活是一把好手。种地犁地使唤牲口，他不言自威，牲口服服帖帖听他管。锄田除草，他大步流星，来来回回麻利得很。有一些很精细的农活，李廷贵也不含糊，比如给棉花摘顶打杈，那都是女人才消磨得了的活儿，李廷贵一丝不苟地做，那活儿也是没说的。人们都说，这和在部队严格要求、讲究规矩有关系。在部队受过训练，干啥都有模样，和混工分的社员就是不一样。

大家就选李廷贵当队长。他当队长那可是严要求，经常把我们这些胡乱应付磨洋工的社员，日骂得小心翼翼的。只要他在，装样子也得装。调皮捣蛋的后生，也让他整得顺顺当当，有个干活的样子。他当队长那几年，大家评价还不错。

但他没有干几年，就下了台。他有历史问题。

李廷贵的历史问题，我听说时不过十几岁，也是后来长大了才明白咋回事。

他是安邑县北相镇人，禹都安邑，就是现在的运城县，1924年生，小时家穷，两岁失去父亲，无钱埋葬。十多岁时念过两年小学，十七岁进运城全德胜杂货铺当学徒。那时日本人已经占了运城，李廷贵被抓做苦力，修工事。几次偷跑，几次抓回。为了逃避抓差，李廷贵在1945年进了镇上日伪警备队当兵，从此有了一段不光彩的历史。

日本投降以后，李廷贵的部队编进阎锡山的防务部队，后来，又由同乡介绍，进了宪兵队。小兵也就是查街，站岗，有时也查戏院，查旅馆。1946年10月，一个偶然的机会，看到蒋军青年军招兵，布告说在洛阳培训一年半，愿意干留在部队做军官，不愿干退伍不再服兵役。李廷贵信以为真，又进了青年军，编在206师一旅二团三营八连，其间到过河南许昌，山东曹县，河南郑州，1948年又调防回洛阳。这年3月，解放军攻克洛阳，李廷贵被俘，编入东北军政大学学习，三个月以后正式参加解放军，学习榴弹炮。1949年8月，李廷贵编入炮兵第504团二营六连当战士，1950年参加抗美援朝战争，1953年复员回乡。

李廷贵的历史，说复杂也不算复杂。要说复杂，是他自己搅和复杂了。

原来，李廷贵刚编入解放军序列时，要交代历史。这人要了个心眼，他想，现在是由蒋军部队进了解放军部队，这边怎么安排自己的位置，和"那边"总要比较对等吧。在交代自己宪兵队这一段历史问题时，他夸张地填写了"宪兵队长"，军衔准尉。

1951年，轰轰烈烈的镇压反革命运动在全国展开。宪兵队长这个身份，在部队看来了不得。依照"军警宪特"的镇压标准，宪兵队长，应该是要掉脑袋的。李廷贵的历史问题，引起了部队保卫部门的警觉。他们找李廷贵反复谈话，要他放下包袱，彻底交代自己的反革命罪行。

李廷贵翻供说自己不是宪兵队长，这个时候谁信？

保卫部门的来人再一次做动员：

宪兵队的人都有血债，你怎么没有啊？

你就站岗查街？没有杀过人吗？

这样反复逼问，一个二十多岁的年轻人，哪里挺得住。李廷贵就开始交代"杀人案"，此事一开头就刹不住车，越交代越多，触目惊心。

据1951年7月23日炮兵第504团记录整理，李廷贵的有关历史罪恶如下："任匪宪兵期间，残害人民，罪恶多端，血债累累。前后逮捕所谓嫌疑分子70余名，亲手枪杀7名，伙同枪杀 14 名。将老百姓打得半死不活的不计在内""在青年军时作战勇敢坚决"。

炮兵 504 团，那时担任防空任务，驻扎在辽东宽甸县拉古哨，鸭绿江边。这是一个多么敏感的地名，一听就知道，抗美援朝，保卫领空。

炮兵团倒也没有全听李廷贵的供述，他们也向安邑县公安局发去外调信，调查 40 年代的敌伪档案，了解李廷贵的供述是否属实。

1952 年 4 月 12 日，安邑县公安局回函，经查证，无法证实李廷贵所述。

无论如何，像这样的危险分子，不宜继续留在部队了。1953 年 2 月，部队做出决定，发给李廷贵资费，遣返回乡。

李廷贵满腹冤枉，却也庆幸。庆幸在军队肃反，还能打发到农村。如果在地方上，像这样的问题，早就拉出去一枪崩了。

不料 1969 年，风波又起。"文革"清理阶级队伍，李廷贵的问题，又一次摆到人民群众面前。高头村，该如何了结这一历史积案？这样的罪行，无疑应该戴上反革命分子帽子。

"文革"中的政治动员迅速有效。高头大队成立了专案组，清查本村桩桩件件历史遗留问题。李廷贵的这一段"血案"，工作组当然格外关注。内查外调，势在水落石出。

李廷贵大呼冤枉，一遍一遍向工作组申诉，坦白自己那些说法都是无中生有，或者为了提职，或者因为惊吓，都是自己给自己扣上的大帽子，没有的事。

二十多年过去了，历史会让一些事情混沌不清，历史也会让一些事情面目清晰起来。结论由此简单明了起来。

有人说，他那个北相镇就一个据点，哪有什么宪兵队。

有人说，听他胡说，运城宪兵队的队长，是张贺村的某某某，哪里是他。

高头村当然不能仅仅听这些街谈巷议。工作组还是根据李廷贵提供的证明人，一个一个查访。发函太原、天津，走访运城、临汾、平陆、永济十几人，见到了原来的宪兵队上士班长、中士副班长、传令兵、警卫司书、大队长、中队长、分队长，一切都证明，李廷贵所说的宪兵队长纯属信口胡说。那些所谓血案，也是瞎编的。他所说的自己亲手杀人，伙同别人杀人，都是子虚乌有。几个队长都在，他们很惊讶，要是这么杀人，我们这些人早得挨了枪崩，一个也剩不下。

历时三年，高头大队终于为李廷贵洗刷了罪名，1972年12月，报请公社革委会，李廷贵一案结案，结论为重大历史问题。

一顶反革命分子的帽子终于擦身躲过。李廷贵喜极而泣，终于留在人民阵营，没有被推到敌人那一边去。反革命分子帽子的重压，那个滋味不是常人所能承受的。李廷贵又欲哭无泪。三年了，一遍一遍检查，一遍一遍交代，所写文字比一辈子都多。历史和自己开了一个多么残酷的玩笑。所有的罪孽，似乎都和自己胡乱交代有关，又似乎不仅是自己的原因。运动频仍，哪一次运动不想整出成果？宁可信其有不可信其无，是那时普遍的思路。仅仅把你打发回家，那还不是便宜了你。

我 1969 年当兵，李廷贵专案是后来知道的。1973 年我第一次回家探亲，在巷子里遇上李廷贵，他嘱咐我，在部队，一定好好干。他不说过去，只是无限悔恨地叹息："别学我，我是前功尽弃了。"

我知道，他是嘱咐我小心谨慎。那年月一句不当的话，政治生命就终结了。

李廷贵晚年得了一种病，腰杆再也直不起来。走路身子几乎一折两半，靠拄着拐杖艰难挪动。他腿长，坐下，脑袋几乎掉进腿胯间，抬头看你，费死了劲，很难想象这就是以前的大汉。一个人要承受多大压力，才能佝偻成这个样子。

村人在他面前匆匆走过。人们已经不记得六十多年以前，他踢进自己历史的那个乌龙球。知道底细的人，暗笑他装进了自己编织的笼子。可谁又能保证，严峻压力下，你自己一定不失手呢？

最后一个入社的女人

民国时期不分家，加上堂姑，我有四个姑姑，奇怪的是，只有三姑，我们叫排行，见了她叫三姑。没有大姑二姑，也没有四姑，只有一个三姑。叫惯了，也没有追究有什么说头。

三姑嫁在本村，来往就多。她和姑父过了有十年光景，1953年姑父去世，她年轻轻的就守寡，带着一个儿子，那就是我的表兄。

三姑带着她的独生子，日子过得费劲。但依靠祖上留下的几亩地，也还不至于挨饿。一收一打，她要来娘家求助。夏秋要使唤牲口驾车做农活，她没有车，父亲就赶了车，过去帮忙。一个村子，能帮上。

三姑的日子很平淡。没有人注意这一家孤儿寡母。

三姑名声大震，是在1955年上头动员农民入社。

农业社是为了"集体富裕"，当时的好多文章，都在介绍受灾户、病困户积极入社的消息，按说像三姑这样的孤儿寡母，应该希望享受集体化的优越性。村干部到她家里动员，三姑说她不入。

三姑舍不得她的地。土改到50年代初，三姑几次买地，家里总有八九亩地。自家的地，自己种自己收，好光景还没有过几年，叫三姑把地交给公家，她哪里肯。

三姑手里有六亩好地，那是六亩靠河的水地。高头村靠着涞水河，涞水河在高头村这一带是地上河，靠河就是水浇地。河水浇地，肥地，高产。要说高头村的地好，就是靠河的地多，旱地少。靠河地，一般在河岸底，会留着一个水眼子，用砖砌成的一个小洞。洞口一头在河底，一头在地头。平时，洞口拿一块砖头堵着，要浇地了，下河扒开砖头，打开水眼子放水，河水自然流出来，大水就漫浇了地。

高头村也有井浇地，安上木头水车，架起一串水斗子，牲口拉水车，木轮子吱扭吱扭转着，水斗子把水车上来。

井水浇地，地里要有水井、有水车，家里要有牲口。那时，一般人家没这些个。井浇地也是水地，好地。可是一眼就能看出来，打井，水车，牲口，比水浇地难多了。一般人家，打井打不起。水浇地，也都是前几辈留下的。

照这么说，在涞水河底捅一个水眼子不就能放水了？那可不行，河堤是土垒的，捅一个口子渗水，止不住就很危险。有水眼子的地，也是不知道哪一辈子赶机会在河底造了一个水洞，砖砌了，能拔能堵。

地头有一个水眼子，地主就骄傲得很。在高头村，那是一流的好地。三姑的地里，更叫绝，有两个水眼子。浇地了，两个水眼子放开，那是多大的水！双水眼子，当地土话，叫作

"方夫眼"，好家伙，谁家的地"方夫眼"，那就是好地里头的好地。三姑谋算这块地，日子可长了。土改时，这几亩地是我村一户富农家的。土改以后，富农败家，要卖地，三姑狠了心，买下。

头一年（1955年）动员入社，三姑就坚决不入。三姑坚信，土地伙到一块，没人好好干活，闹不成。

第二年又动员入社，村干部上门软磨硬泡，三姑还是那句话，不是说自愿吗，只要不拿绳绑了，我就不入。

村干部没办法，这一年，中国农村的社会主义高潮来到了，全国都在闹腾入社。土地伙了，牲口、车马犁、耧、耙、镬头、锄头都归了社里，敲锣打鼓，一片热气腾腾，高头村迈进了社会主义大门槛儿。

高头村，就剩下三姑一户单干户。

1956年，那是多好的年成啊。农业社照样热火朝天，成群结队，三姑一个人孤独地守着她的几亩好地。她一个妇道人家，不会种地，有时就来娘家叫父亲帮帮忙。好在那时她还年轻，能吃苦。麦收八十三场雨，说的是农历的八月、十月、三月，都要吃水吃足了。下种，越冬，返青，靠浇水过三关。三姑的双水眼子顶了大事，那六亩水浇地真叫个好收成，看着金黄的麦浪起伏，三姑的心，熨帖极了。

三姑收回六亩小麦。一捆一捆的麦个子，生产队的大场子不让堆放，她只好先寄放在李家祠堂小家庙里。社里的打麦场不让使唤，三姑耐心地等，等到社里全打完了，她的小麦上场。碾打，扬场，扫净土壳子，三姑的六亩小麦，装了二十个口袋，足有两千多斤。按照农业生产纲要四十条的规划，三姑这一年的亩产就过了黄河。

社里来人，狐疑地看着二十口袋小麦，扛走一袋，说是交公粮。你虽然是单干户，公粮也得交啊。三姑没有说什么，种地纳粮，在她看来，走遍天下都是这个道理。

两千斤小麦拉回家，怎么存放呢？小囤子满了，塞到柜子底层，再放满了，一口废旧的将军锅，打上笼圈，扣上盖子，装了麦子。中堂的供桌，抽匣底节也填满了小麦颗。坛子小罐，凡是能收藏粮食的家什，三姑都腾出来装了麦子。屋子里满是小麦的香气，三姑坐在粮食堆里，心安理得。

三姑还是不入社。隔年，种地要用大牲口，她回婆家，找她的娘家哥我的父亲，要借用那头灰叫驴，父亲说，我没有叫驴了，我也入社了。

三姑没了靠头，就这样入了社。

这是 1957 年了啊。

高头村，三姑最后一个入社。全乡，三姑最后一个入社。

三姑成了有名的老顽固。

1958 年成立人民公社，大炼钢铁上北山，粮食棉花烂在地里没有好好收。1959 年吃食堂定量，到下半年，每天定量六两粮食，上边号召"低标准，瓜菜代"。田野上散漫着饿慌了的人们，胡萝卜缨子蔓青根，一遍一遍到地里搜寻。树叶子捋光了，野菜挖完了。红薯蔓秧子也切碎了，玉米棒子剥了颗，白芯芯也磨了面，能吃的都往肚子里填。

三姑打开了她的柜子，那里面藏着救命的粮食。

私家磨面早已经禁止，打听到哪里偷偷地开磨，三姑悄悄地背出麦颗，背回白面来。小一点的石磨，人能推，关起门就能磨面。三姑找这样的磨坊，自己推。起火做饭只怕民兵来抓，三姑黑夜悄没声儿地和面擀面。再过后风声越来越紧，粮食越管越严，实在出不了村门，三姑掏出麦粒子，支起捣蒜的石臼，捣碎麦颗熬粥。只要够稠，也是好饭。麦颗砸扁了，一个薄片，像个椭圆的钱儿，像今天超市卖的燕麦片。

　　三姑的两千斤小麦，一直续着吃到1961年，过了大饥荒。

　　1955年，表兄十二岁。1959年，表兄十六岁，1961年，表兄十八岁。那正是小子吃饭，长身子骨的年龄。半大小子，吃死老子。没老子还有娘，就这样把他带过灾荒。

　　今年我回村，见了表兄说起这一段日子。表兄笑着说完，末了重复了一句，那几年，咱家可没有饿着。

　　我在老家工作那几年，三姑已经老了，她一条腿僵直，膝盖不能打弯，走路一条腿拖着另一条腿。老人，爱诉说儿子媳妇的不是，嫌表兄不好好供养她。可那个时候，家家日子都难。任她怎么胡搅，表兄从不生气，总是尴尬地赔笑，"好我的妈哩，我是没有嘛，我要是有一点奈何，还能让你难过？"

　　我的表兄，欠他的妈两千斤小麦。那是1960年的两千斤小麦。饿死人那年月的两千斤小麦。

　　村干部提起三姑，都还记着她的"老顽固"。我看三姑顽固得有理。她一个妇道人家，养好孩子就是她天大的事体。她依靠1956年的丰收，度过了灾荒，给了儿子一个吃饱饭的青春。作为母亲，她很伟大。

三姑活了八十岁，2002年去世，表兄热热闹闹办了丧事。在乡下，表兄送母亲和别人有些不一样，表兄给家里院门屋门全都贴满了对联，那是表兄的自拟联，全是诉说三姑一生的身世遭际。表兄只上过小学，那对联却也大体工整。院门两侧，表兄的对联是：

五十载分别泪，十来年夫妻情，酸甜苦愁难与世人诉；
八十载人生路，半世纪相思梦，而今重逢却在冥府中。

三姑去世已经十多年，村里人说起她，至今都还记得她的打死不入社。

乡村风景

乡村锣鼓

偶尔回老家，到村里去看看，会听到谁谁死了。这时乡亲们会嚷嚷，送锣鼓！咱庄上送一副锣鼓！

送锣鼓，意思就是庄上要派出一班人，到主家敲一番锣鼓，热闹一下，表示礼数。

村庄的锣鼓班子简单，一副铙钹，一面鼓，四五面大铜锣就能敲起来。讲究场面的，铜锣可以多几面，十多面的也常见。铙钹、大鼓却是不能没有。铙钹领奏，大鼓掌握节奏，和大锣，也和铙钹，在几种铜器的交响中，牛皮鼓是另一种音色，花搭，不能少。

乡村的鼓手也不怎么讲究，自家人敲自家人看，不客气。鼓手们都是平时种自家庄稼的，谁也没有专门去学。打小听了上一辈人敲，节奏，鼓点，记住了，遇事再去跟上敲几回，就会了。一回生二回熟，几回就跟队了。近年也有音乐学院开设鼓乐专业，谁也没想到敲锣鼓还要进学堂去学。乡下人用不着。当然，熟悉各种鼓点曲牌，也还是要有点音乐天赋，不是谁都能捉家伙。

锣鼓一般认为来源于唐代的军中破阵乐。马燧将军大破藩镇反军，军乐兴，由是传到民间。高头村邻村马营村，当地都认为是马燧驻兵的营盘。县里有马王爷庙，至今仍被供奉祭祀。锣鼓起源于此，此地对锣鼓格外看重可以理解。锣鼓传开以后，宋元又衍生出锣鼓杂戏，杂戏也诞生在此地。前些年专家们纷纷跑来，挖掘锣鼓杂戏的先祖。

民国时期，高头村分为前社中社后社，各社都有自己的锣鼓。一旦有了社事，社首会安排，庆贺、吊丧，锣鼓都会出场。50年代以后集体化，以小队为单位活动多了，锣鼓也逐渐成为小队组织，队长主事。人民公社撤销以后，小队变成居民组，锣鼓就在居民组了。不管叫啥，敲锣鼓没有停。

我小的时候，锣鼓套路比较多。《大得胜》《旱天雷》，最简单的，村里人叫"齐格噌"，就是模仿开场的家伙敲打叫起来的。最复杂的锣鼓点，要数《战鼓》，一个套路能敲半个钟头。半个钟头的鼓点，谁能记得住？这个主要就看铙钹的领奏，中间有几段，大锣就是噌、噌、噌无限反复。铙钹和着噌、噌、噌的节奏，不断花打，形成两重奏的和声。锣鼓班的铙钹，比一般的铙钹大，声音厚、沉，和铜锣的响亮混搭，是绝配。铙钹有瓦盆口子大小，中间有圆孔，穿出一束红布，红布在铙钹中间绾个大结，穿出来展开，布条成了穗子，大锣咣里咣当，铙钹要花打了，领奏的双手高高举过头，那是示意，跟着我。接着一起调，"采采采，采采采，采采采采采采采"——火红的穗子在空中舞来舞去，飘飘悠悠，划出一道一道火焰，好看极了。铙钹引领威风，铜器和鸣动听，乡村的天地，刹那就震得一颤一颤的。

最简单锣鼓点儿，就是"齐格噔"了：

采采采采采采乙采采——

噔噔，噔噔噔，噔噔，噔噔噔，噔噔衣噔衣噔噔，采采，噔噔衣噔衣噔噔，采采，采采噔，采采噔，采噔采噔采采噔，采采噔，采采噔，采噔采噔采采噔，噔噔，噔噔衣噔噔。

最简单的，也是最常用的。锣鼓一开场，一般都用这个"齐格噔"，我小的时候就是这样。

村里人爱说，娶媳妇埋人一个调调。喜庆也罢，丧事也罢，吹鼓手演奏的还是那些曲牌。那么，没有区别吗？我的体会，有。娶媳妇多用唢呐，丧事，多用锣鼓。

为什么死了人还要敲打一番？你要问，老人们会斜你一眼，责怪你：

受罪受了一辈子，死了，还不能热闹一下？

活了一辈子，死了，没有一点声响就走了？谁知道？

你就明白了，锣鼓就是村人离世的广而告之，宣告在这里，一个生命走完了一生一世，到另一个天地去了，乡里乡亲要送一下。

锣鼓不仅是热闹，它是一个庄重的灵魂送别仪式。

敲锣鼓一般选择在黄昏。傍黑，西天晚霞刚刚暗淡下去，前后巷子的锣鼓队就出发了，他们沿路敲敲打打，几个鼓点下来，就到了主家门口。几家的锣鼓队会集了，会有一个小小的比赛，这是鼓乐高潮。你一个段子，他一个段子，此起彼伏，有轮番，也有齐奏。锣响铙钹响，一时轰鸣一片。哪一个队伍阵容强，锣鼓置办得好，会叫人夸。锣鼓也有调门，几个不同的锣鼓队，像是一场同期和声。主家早早支起了灯火，安排好席面。席面也简单，几个凉菜，一壶热酒，热闹一下就是。主要是大家围坐叙叙家常，这个丧事，就不那么凉场。当真是，活了一辈子，还能那样寂寞冷清地走了？

西天也暗了，乡村的天瓦蓝瓦蓝的，几颗星星俯视着村庄。村里有一处亮起灯光，烧红了天地一个角。隐隐传来锣鼓声，那是话别的地方。暝色中灯光如火，一个熟悉的灵魂今夜升天了，有接引的，有护送的。锣鼓，就是护送的音乐。

父亲没了，儿子会接替，一场新的生命的接力，由此开始。只要有两代人的生命接力，锣鼓就不会废了。

我在现场，看到铙钹高高举起，接着一声急促的碰撞：

采采采采采采乙采采——

心头涌起几十年的沧桑，我便招呼熟悉的同伴，几十年了，你们敲的还是小时候的"齐格喤"！

同伴就着震响的家伙，向着我喊：那可不，一百年都是这，辈辈都是这！

大　巷

　　乡村住四合院的多。过去的四合院院落很小，四面屋子一合，阳光就很难照进来。房屋的间口也小，一般来说，丈二的间口就是好房子了。新时期以后生活好了，乡村纷纷盖新房。新房还是四合院，要说和旧房不一样，就是房子大，院子大。近几年，乡村逐渐形成了新房子新院落的新格局，那就是三分或者四分地皮的院基，北房正房小二楼，两层或者两层半。下房一排和北房相对，平房，留一间走路安院门。两边厢房，也是一层，一边起火做饭。门楼子现在都是新买的铁皮大红门，圆圆的扒钉盖（门钉）酒盅一样扣着，高门大厦，威风体面。

　　家家都在张罗盖新房，村里就规划出新区。新区统一规划，街巷又宽又直。新盖的房子没有土墙土厦了，一律砖混或者现浇钢筋混凝土。院门大多一个样式，高大宽敞。小楼挺拔，院墙内外都贴了瓷砖，墙头琉璃瓦平添富贵气象。新院子嘛，孩子娶媳妇要看这个。

　　人家儿不断地搬到新区，老巷就腾空了。

老巷渐渐清冷。土墙历经多年风雨，墙头一天天倒塌，残垣断壁长满青苔。房子不住人了，也不修理翻新，墙皮脱落，土灰罩了一头一脸。老房子原来的大门都是木头小门，有单扇有双扇，只留下老人守着；吱扭一声走出一个蹒跚的身影，抬头看看又瑟缩着回转身。老巷人迹冷落，废弃的老院子，荒草杂树疯长。老巷原来就窄，路面疙里疙瘩的。新区家户越来越多，出村的路四通八达，就越发没有人愿意打老巷走过。老巷像一个孤独寂寥的老人，被抛弃在僻远的一角没人理睬。

　　人们重新正视老巷，是出了这么一件事。

　　这个村里有一个政府官员，在省城当处长，处长也曾经给村里办过一些事，比如安变压器什么的。处长的父亲去世，回家办丧事，当地的官员来看望的很不少。村子里三三两两不停地有车来。丧事的程序很多，比如有一项，孝子要给墓地打墓穴的帮工送饭。送饭其实也是一个仪式。前面一人挑着饭担子，一头是馍馍热菜，一头是一罐米粥，后头跟着个孝子，拖拉着哭丧棒，呜呜咿咿哭号。有时不吃饭，提起一壶酒，送去，就是个样子，孝子也要跟着。这是规矩。

　　连天折返，孝子就跟主事的老人商量：

　　我这里有车，墓地那么远，咱们送饭走新巷行不行？开车把送饭的拉上，我也上车。新巷是柏油路，走车，来回快多了。

　　主事的老人登时变了脸色，那怎么行。村里进人出人，娶媳妇嫁女，死人埋人，一定要走大巷。

　　天哪，在主事老人嘴里，村里最窄最小最老旧的一条小巷，叫大巷，他大概还是沿袭了前几十年的叫法。那时村里只有一条进出的巷口，这一条巷子理所当然地叫大巷。

主事的老人接着教育后生，只有私奔姘居的，才走小巷，贴着墙根，偷偷摸摸，没脸见人。明媒正娶的为啥要走小巷？只有死得不明不白的才走小巷，寿终正寝，堂堂正正来了，堂堂正正走了，为啥要走小巷？一律走大巷。

处长没敢再说，他原先还打算，下葬那天叫一辆大卡车，把棺材抬上去，出新巷走柏油路，一路畅通拉到墓地。这个更加不合老理，不敢说了。

于是，处长每天给墓地送饭走大巷，迎客送客走大巷。下葬那天，十六人抬的棺材也走大巷。

大巷现在成了名副其实的小巷，路窄，土道，老旧，坑坑洼洼，十六人双杠头抬起笨厚的棺材，两边巷道就拥满了。棺材缓缓地移动，后面子孙们披麻戴孝号哭。两边也有站起的乡亲，照看死者最后一次出走家门。招魂幡引路，哀乐炸响，在村庄里弥漫回旋。这个时候，你才明白了大巷的威严。死者在这个村庄活了多少年？大巷有百年千年，新巷不就二三十年。祖先的魂魄，在大巷久聚不散。先人的气息，依然在老屋老院子里氤氲。这一条路，才是乡村的老根祖。多少代人打从这里走过，地面踩踏得滚烫，周围仿佛能够看到前代人的影像。一个人从这里走向永恒，到另一个世界去，阳世的最后一段，神圣庄严。

哭声一片，从村庄的一个角落响起。一旦走进这个叫作大巷的老巷，几十人的哭声不仅是悲伤，它升华为一种庄严肃穆的氛围。追怀先人，牢记历史，只有老巷，才有这个仪式的沉重感。平日里在宽阔平坦的水泥路上走惯了，一旦回到老巷，多少年来发生在这个小空间的历史立即鲜活起来，老巷在提醒、在激活几代人的记忆连接，乡村的今天，有了内涵。

一日拥挤，似乎在偿还平时的冷落。一次一次拥挤，确认大巷的神威地位不可动摇。

村庄一番一番的大事，就这样一遍一遍验证着大巷的威严。走大巷，先人才认你，村庄才服你。大巷仿佛一个不言自威的老人，默默地注视着后世的人伦演变。尽管你平时冷落它，忽视它，谁也不在乎它，好像把它忘了。一旦村庄有大事，它会突然出场，提醒你守住规矩。这个时候，新修的一条一条巷子，柏油路，水泥路，砖门脸，日光灯，就好像涂脂抹粉的轻薄小子，和万古沧桑一比，哪里有什么分量。

新巷子越修越多，村庄的道路四通八达，另一条主干道浇筑了水泥，宽敞平坦，人们却依然敬重大巷老巷，知道这一块圣地轻慢不得。

逢年过节，请神送神，过大巷。娶媳妇，大巷进来；嫁女，大巷出去。生儿育女要请客，来来去去，走大巷。巷口开门走路，要焚香祈告。有时候，放倒一棵大树，拉出去加工成木材，大家祈祷平安，也断不了祭拜一下大巷，在巷口，拱手一揖，念叨念叨。或祈福，或驱灾，心愿就这样洒向天地，和先人通了念想。

村庄上了年纪的老人，经常会聚集在大巷的街口谝闲话，免不了逗笑话。

你狗日的多会儿从大巷抬出去啊？

说不定，你还走不了大巷哩！

说笑归说笑，那话里都能听出大巷的分量。

唱家戏

　　高头村的关帝庙坐落在东南，占地十多亩，是方圆村庄少见的大庙。关帝庙大殿坐北向南，有关帝塑像，大殿两侧壁画画的是三国故事，讲述关帝的忠勇仁义。整个建筑基础全用石条，庙堂高巍。按照旧时的风俗，大庙都配造戏台。自古以来，唱戏就是为了敬神，戏台为敬神而建。

　　看形制，关帝庙的戏台一看就是清代戏台，自明清两代，戏台已经开始设围墙，分前台后台。高头村的戏台两层，础基一层，戏楼一层。石基，砖墙，硬山顶，前后台之间有木隔扇，前台左右两根青石柱，一柱擎天，架住大梁，石面四四方方，正面嵌刻一副对联：治乱兴衰由此点破，忠孝廉节自兹流传。这本来就是戏台演绎历史的写照。

　　高头村戏台最特别的地方，是台下有卷棚。卷棚就是戏台前面一种有顶无围墙的建筑，为看客看戏遮风挡雨，因此雨天村里也能唱戏。十六根粗壮的柱子，支撑起交叉的檩条，一架人字形大坡屋顶，四面滴水。乡村戏台设卷棚，很少见。

戏台传说是我家高祖创建，梁上有记：立木人毕士元。如此算来，到解放后，也有一二百年了。

这一代唱戏都是蒲州梆子，明末清初形成，也有几百年了。

请戏班子唱戏，请剧团唱戏，都在戏台。高头村是一个喜欢闹戏的村子，更多的时候，是村子里自家演出，唱家戏。

从老一辈嘴里，经常听到民国时期村里唱戏的传说，那是和戏曲一样活在乡亲生活里的种种传奇。鼎鼎大名的王存才、孙广胜、花脸杨老六（杨登云），乡亲们聊得津津有味。我知道的一些关于民国时期的戏曲故事，很多都是零星地从村里听来的。

50年代闹戏，我就记得了。高头村能排演了登台的，有折子戏《女绑子》《藏舟》《杀狗》等，大本戏有《秦香莲》《白玉楼》等。《白玉楼》是出了名的苦戏，能演三个多小时。乡村开戏晚，往往要到半夜才完戏。白玉楼数年漂泊历尽苦难，终于有了圆满归宿，打开苦节图，她向亲人倾诉满腹辛酸一腔悲苦。夜半万籁俱寂，高头村的戏台前，黑压压的一群人大气不出在倾听一个受苦人的故事，粗手大脚的人也有动情难受的时候。

50年代的传承，还是口传心授。没有本子，没有套路，没有曲谱锣鼓经，全靠老一辈的记忆。老把式牙也掉了，嘴也瘪了，在大庙戏台一句一句吐，学戏的一句一句记。教的学的都不识字，你简直难以相信，一个演出几个小时的大本戏，他们怎么记得住，而且一记就是多年。放下锄把子，上台画脸就能演就能唱。

村里唱戏，就是图个热闹，社事，不挣一个钱。自家吃，自家熬眼（熬夜），自家在台上跌撞，饿着肚子，辛辛苦苦，戏散了，大殿里炒一锅粉条，一人一碗，呼噜呼噜吃了完事。只要大庙喇叭里蒲剧锣鼓一响，不用招呼，演员们一个一个刺溜刺溜就聚来了。艺术的魅力，无法抵挡。仔细想想图啥哩？啥也不图，就图个自家高兴，大伙儿高兴。

高头村的家戏上等级上档次的，是在60年代推广的现代戏。

大致在"四清"前后，编演现代戏成了风气。这年高头村排练了大本戏《三世仇》《苦菜花》。这一次，大队让我的表兄牵头，导演，音乐，排练。表兄从地区的大剧团，搬来曲谱，结合本村演员的条件调整。伴奏也是这样，幕间曲，演唱伴奏，动作烘托，全面整合，拿出大剧团的架势。也就在《苦菜花》里，高头村家戏第一次唱起了慢板。慢板也叫"三倒腔"，过去都是剧团的大把式才能唱。演员在台上委婉曲折地拖腔，台底下人听得入迷。经由这两出现代戏，高头村的家戏升级了。

"四清"一直到"文革"时期移植样板戏，是高头村现代戏演出最火的十几年。"文革"期间，高头村排演了《红灯记》《沙家浜》《智取威虎山》《白毛女》四大本戏，不换地方能连演四天。家戏团那时叫"毛泽东思想宣传队"，不但在本村演出，还走村离乡，演到外村，演到城里。1968年春节，村里剧团拉到东半县，半个多月回不来。几辆马车，服装道具，化了装的演员，清冽的寒风里，田野里庄稼收了，大地裸露着，阳光里弥漫着黄土和庄禾混合的香味。一队人马在冬日的田野

唱家戏　**273**

上撒播着梆子腔，贫苦的日子里也有浪漫。

一个村里的土戏班子能转村走场口，想来幸运又滑稽。"文革"中文艺团体都被砸烂，地县剧团一律停演，全国都在等待。究竟演什么怎么演，谁敢轻举妄动，这就留下了一大片的地方戏演出空白。公家的剧团不敢放手演，一介农民怕什么，于是一些演出水平较好的乡村班子，就这样获得了机会。农民唱戏，县里公社也懒得管。高头村的戏班子，就这样钻空子红火了起来。

"文革"结束以后，古装戏重新解冻。高头村排演过《冯彦上山》等。不过在整体上说，这一轮中兴时间较短，萧条来得很快，到90年代，戏曲开始走下坡路，到21世纪之初，京剧地方戏等，就已经冷落到没什么观众了。

地方戏演出，已经不再卖票了，剧团都是送票，单位有时发票。看戏，成了一种发放福利。没有观众，剧团日子难过，演员没有收入，留不住人。散伙的散伙，改行的改行。县一级剧团早已经自生自灭，命悬一线。剧团没了，带来的是剧种消亡。传统戏曲现出末路征象，甚至有人断言，它已经消亡。

政府加大了扶持。补贴只能花钱排戏演戏，谁能把观众叫回来按在台子底下？省城的戏曲演出，看戏的一般都是稀稀拉拉几排人。我看过一次会演，开场只有五个老乡。剧团团长激动得拉住知音连连道谢，不是你们五个人，咱团今天就是零票房。

难道我们的传统艺术，就这样任它消失灭绝了？不是的，到下面走一走，你会发现，戏曲还留下一路宽阔的阵地，就是乡村，守护戏曲的最广大的队伍，是中国农民。

剧团到农村去演出，还有人看。农民爱看戏，是真的爱看。只有到了乡村，演员才能感到来自心底的支持和温暖。红皮鸡蛋送上来，扎好的鞋垫悄悄给你垫上，拉住小演员的手要他们拜干亲认干娘。锣鼓一响，放下手里的活先看戏。红事白事，先定剧团唱戏。只有回到乡下，戏曲才像小媳妇回到了娘家，诉一诉委屈吧，没开口，先红了眼圈。

　　不仅梆子戏面临大萧条，其实所有的戏曲艺术都这样。支持戏曲工作者们坚持下去的，是一群布衣草帽，锄头镰刀，粗茶淡饭，安步当车的农民百姓。

　　乡村唱戏一直没有停止。重大节日村里请大剧团，红白事主家请戏班子，还是依照老习惯保留了下来。亲朋好友之间的唱堂会，祝寿、庆生，高价聘请当地的主要演员助兴，更是大家喜欢的。当地获过梅花奖的演员，开价都很高。看戏听戏的也觉得，值了！

　　高头村还在闹戏。几个村里的活跃人物，组织了一个戏友会，阴历每月初一、十一、二十一，隔十天活动一次，清唱为主，自娱自乐，就在村里的文化广场。高头村有的是唱戏的，文武场面也是齐楚得很。叮叮咣咣，很快就开场。

　　今年9月我回村，高头村的戏友会活动已经闹出了名声，市里报纸电视几次报道过。少时伙伴拉我去听了一场戏。高头村毕竟老底子在，一旦亮出旗号，方圆十里二十里的村落，年老的年轻的戏迷都聚过来了。峨嵋岭下，盆地的北端，发育什么，这是一个很好的生长点。我看到一位八十多岁的老者，走路已经颤颤巍巍，抓住话筒，开唱还有一股子王存才、孙广胜的味道。段子一个接一个，还是老派的唱法多。有些很珍贵的唱段，能在村里看到，让人喜出望外。从民国到新世纪，听一场戏，就是温习一下梆子戏的历程。演唱会主持人说，报名抢着唱戏的排不完。围观听戏的也很多，小三轮突突突开着，拉了老人就到了现场。前排站人，后排立在三轮车上，还是乡下看戏的老习惯。

身旁有人议论，这几天收苹果，人忙了，要不看戏的还要多。

十里二十里以外的戏迷为啥赶过来？他们说，哪里不能唱，现在自娱自乐的地方多了，到高头村来，就是因为这里看戏的多。唱戏没人看有什么劲。

这个村子，这个世界的一角，每隔十天梆子响起，提醒人们，一种歌唱的精神依旧顽强地活着。

百年的传承，不会到此断线。

一伙庄稼人，发了果子，摘完棉花，收了玉米，粗壮的筋骨，皲裂的双手，聚到一起比赛声音动听，讨论怎样采光，怎样和弦，世界就这样奇妙。梆子戏，当下就活在天南地北这样的一个宏大的群体里。

算上"文革"，到眼下，梆子戏遭受两次劫难，两次兴灭继绝，乡村都是它的庇护所。

乡村对梆子戏，走红时，不奉迎，落魄了，肯定力挺。这就是乡村的品德。

和所有的趋新求变一样，不变何尝不是一种好品德。

不变不是保守落后，有时候，就是一种可贵的定力。

请先生

　　共和国这六七十年，农村打击最厉害的要数封建迷信。什么磕头拜菩萨呀，什么跳大神求医问药呀，什么占卜算命呀，什么测字问前程啊，抽签打卦一类，在农村很难看到了。偶尔有，也都是悄悄地瞒着人，不想让人知道，怕惹事。

　　高头村传说的最神奇的一个测字，是民国时期的学堂师傅的。师傅是村里为数很少的识字人，会一点测字。村里一个婆娘家男人去了外地，多天回不来，她心里焦急，一天去村里打醋，见了师傅，不由得乞求，你说我男人能回来吗？师傅问，你去做啥呀？我去灌醋。师傅又问，今儿个阴历多少了？女人说二十了。师傅说，你回去吧，明天天黑了就回来了。果然那一家的男人第二天黑天回来。师傅的神奇传遍十里八乡，有人问师傅，你咋算得那么准呢？师傅说，女人去灌醋求测字，醋，二十一日酉时。

　　我的父亲年轻时，从一个亲戚家学了一点八卦推演。在村里，他会看日子测吉凶，给房子院落看风水。小孩被蝎子蜇了、毒虫咬了，家人会领着孩子找他"禁"一下，那是要止痛，防止毒性发作。父亲还会禁老鼠疮，就是治疗长在脖子上的淋巴结核。五六十年代医疗水平很差，溃烂性的淋巴结核很难治。在方圆村子里，父亲曾经治好过不少人。

父亲的那种治疗，就是画符念咒。画符念咒能治了病？不知道，但是病人当真就好了，找上门来千恩万谢。这中间的道理，谁能说得清。

这些年来，医疗水平极大提高，乡下人的见识也广多了。依我看，靠着神神鬼鬼治病开药，少多了。但是在另一个领域，却是悄悄地热闹着，那就是看风水。

乡村盖房子，一般都要请阴阳先生，看日子，看坐落。埋葬逝去的亲人，墓穴也要看方位。这一点，至今如此。

巷子里曾经有个人，年纪轻轻的死了老婆，全家悲痛不已。不料第二年，父母接着去世。两年时间，家里死了三口。灭顶一般的灾难，男人只好去求助阴阳先生。来了个先生看了一圈，说他家里院门开得不对。咋个不对？原来这一家住在两条巷子的交合处，南面西面都挨着大巷。他家原来朝南开门走路，前几年为了进出方便，在后院朝西又开了一个门。农业社时期，断不了拉土出粪，两边都能进出，很是便利。但这一个院子两个出口，可是风水的大忌。家人听了阴阳先生的说法，连忙封堵了西门，当然这个时候是不是有点迟了？家里已经死了仨人。

乡村有些声望的风水先生，这几年生意很红火。尤其是做过几个大单子，给几家大单位的大型建筑做过法事，更是牛，一般请不动。一栋楼房刚刚落成，来了个风水先生，一看说方位不对，主家连忙请来施工队，将一栋楼房整体挪移。一转眼扔出三五百万，这是多大的手段？像这号子大师，呼风唤雨，在老百姓眼里，如同神仙一般。

大师也不一样，有的还是有头脑的，潜心钻研过周易学。卜筮操作容易得很，把周易等同于打卦，就粗俗可笑。

乡下的阴阳先生，当然也有不少混混，也就混碗饭吃。

前些年老家的院子不能留了，我在家拆房盖房。盖房子是百年大计，亲戚朋友就来劝告，请个阴阳先生看一下吧，万一犯了冲怎么办？盖房子嘛，就要事前想周到，一旦人家说不合适，你拆房子呀？

我本来不信这些，架不住亲友一再诱导，就请了一回。

这一带乡村盖房，习惯以北房为正，其次西房。这个可以理解，北房采光向阳，西房避免夏天西晒。所以有条件的家户，都不盖东南房。所谓"有钱不盖东南房，冬不暖来夏不凉"，就是这个意思。但是我这个院子，偏偏东临新开的大巷，明显是村里的主干道。依着我的想法，当然是盖东房临街。

先生来了，罗盘尺子摆弄一阵，主张盖北房。先生据理解析，说是盖北房西房有二十年火旺好光景。心里还想着临街，就给他说明我的心思，盖一排东房。先生一听，眼睛骨碌碌一转，立即改口，那也好。接着摆出一套大道理，给我讲述东房的种种好处。这个时候，我心里只有厌恶。这个阴阳先生，喜欢察言观色，迎合主家的意向和心思，哪里有什么定见。他的那一套罗盘和尺子，也不过就是混吃喝的工具。

不过一旦遇上灾病，人们也就管不了许多，先信了再说。

前年内人得了一种病，较麻烦。安排到北京手术，术后恢复也很漫长。一日亲戚来探视，闲聊中说起，家里过去留下的旧石磨，露天放置是个忌讳。我马上想到，我家那一副两扇石磨，正被当作旧物什摆放在院子里，磨扇当石桌，四周砌了石凳，安置来了朋友喝茶。这一下非同小可，听得我顿时魂飞魄散。我连忙给家里打电话，安排几个强壮劳力，当天就把石磨石凳就地挖坑掩埋。这会儿你就明白，阴阳先生为什么绵绵不绝，原来面对灾病，求神拜佛顶不顶用，人们都是宁可信其有不可信其无。大难临头，人不可能再固执，先听信了它吧。

说来，我对乡村的阴阳风水，其实不是那么强烈反感。人们一旦遇上天灾人祸，感觉到有一种超自然的力量在摆布自己，也就要寻求超自然的神力来应对。底层百姓能得到的庇护太少，于是频繁地找寻阴阳先生求救。也许并没有什么作用，求一个自家心安也好。

风水先生来了，在你的周围絮絮叨叨。世界浩渺无边，这一看似来自神灵的教谕，强化了你对神秘的未知世界的敬畏。如果并不损人利己，仅仅表达一下对未知世界的敬畏，并无不可。

在这种暧昧的容忍中间，风水先生这个物种，就在乡村的生活里生长着，兴衰枯荣，不算茂盛，也没有刈除。

这是乡村留给我们的一个少见的职业了。

乡村近二十年的变化，日新月异。大队小队没了，房子成了新的了，有汽车了，不种粮食了，等等，有谁想过，乡村什么没有变呢？

乡村的不变，确是耐人寻味的。

乡下野医生

我的父亲早年在乡村给人治老鼠疮，这个病，现在人都叫淋巴结核，脖子上长疮，破了口子流脓，治不好。医生那时也没有什么办法。父亲年轻时上辈传下来一个秘方，每年四月初八，写了黄表，掀开进门头一块铺地砖，拿来一根长长的铁钉，咔嚓一声钉到底，好似民间小说里的镇魔驱邪，说这样，不久病人就好了。

父亲还会禁妇女奶疮，蝎子蜇虫子咬，都有法术。我依稀记得，都是画了八卦图，口中念念有词，转身移步，咕咕哝哝，一套法事做完，有病人居然就好了。

父亲给人治老鼠疮也是这样，有好了的，千恩万谢，认了干亲，常年四季走动。在村里，他也是有求必应，村民有个小病小灾都找他。

父亲这一套，我看有些像是巫术。有人说医起源于巫，早年就是医巫不分，看病，离不开画符念咒。这话有道理。在乡下，村民看病不便，求一把乡村的土办法，好了算，不好也不怪。

从民国一直到50年代，乡村这种野医生很多，常见的。高头村村民最熟悉的南兆耀，他一开始也是个民间医生。村里人都说，民国时期，南兆耀在临汾一家药铺子当学徒，医生坐堂，他给人家当个下手，抓药，拉开一个一个小抽屉，用小戥子称了，包装好。也是有一回，一个二战区的军官带着太太来看病，太太不生育。医生调理好，怀上了。那军官回头来感谢，咣啷啷一下倒出三百银圆。这下子把南兆耀吓住了，当医生这么阔气呀！此后他也暗暗地跟上师傅学。也就是中医号脉、针灸汤药什么的。兆耀后来学成了一把手，成为我们这一片有名的乡医。高头村村大，方圆村子不少的乡亲有病有灾都来求医。公社化以后，村村设立保健站，南兆耀就进了保健站，后来又进了乡卫生院，成为国家注册的正规医生，他是一个土医生逆袭成功的范例。

南兆耀念书识字，和我家走得近。50年代，村里人把他的医术传得神乎其神。有一年村里闹戏，小学生娃娃排演了一出，歌颂婚姻自由的，那时婚姻法刚刚颁布，常常演这个。戏里说，一家女儿不满意家里包办婚姻，在屋里悬梁上吊。台下，小演员的爷爷也在看戏，看到这里，受了刺激，突然发了癔症，口吐白沫不省人事。台下顿时大乱。南兆耀爱看戏，恰好也在台下，他拿出随身的针灸针，几针下去，那老人立时忽悠忽悠顺过气来，台上接着演戏。这是高头村遍传十里八乡的故事。这是我身边的乡间医生传奇。

乡下野医生多是"一招鲜"，专治某一种病。治疗办法简单，但很实用，当下解了病苦，很受欢迎。我们的邻村东翟底，有个专门看疟腮的，就是现在说的腮腺炎。十几岁的娃娃常有，寻上门的很多。寨里村有一个女人，治产后恶露。乔阳村有一个治面瘫，也就是面部神经麻痹。一个人指挥不了自己的喜怒哀乐，脸上多会也没有表情，旁人看着难受，吃饭咀嚼也不得劲。乔阳这个人的招数是放血。哪一边不灵动了，翻开内腮，刺破血管，小血管流一阵子血，就没事了。放血这种疗法，在村里常见。头疼脑热的，土医生都会放血。要在额头上放血，会留下一块圆圆的青紫，铜圆大小。走在人前，像戏台上扮演媒婆的丑角。不过这时，谁还顾得好看不好看。

今年疫情期间，我曾经回乡找过名医李同立。他从县医院退休，现在县城开着一个诊所。他是我们高头村出来的，1962年考进北京中医学院，就是现在的北京中医药大学，那时的医学院本科要上五年，当个正牌医生多难啊。我问他怎样看待这些乡村的野路子。他说，有些方子看起来很灵，老百姓不懂这里边的窍门，像疟腮，过了一个发病周期就好，吃药，也就是心理安慰。那个面瘫放血，看似有效，其实呢，那是一根神经堵在一个小孔里，放血消肿，能起作用，这个不过是歪打正着。乡下人给乡下人看病，糊里糊涂看，糊里糊涂好，大多是这样。

李同立现在是有名的老中医了。据他说，60年代毕业于北京中医学院的，全运城地区现在只有四个人。当年他考进去，上一届毕业只有一个班，五十六人。五十六个，当然个个是全国的顶尖中医。一个老中医这样评说乡下医生，应该是行家门道，公允的。

我们方圆最有名的野医生，是郭村的录儿。录儿是个牙医，他光管拔牙。我们这一块是高氟区，饮水不好，早早就蛀牙了，活动了。牙疼上来受不了，都找录儿去拔牙。录儿是手到病除，痛痛快快当下就拔下来。他也到集市去摆野摊子，有人来拔牙了，录儿说，你这个牙有六个根，可难拔呀。拔牙的知道他要高价，无奈疼痛难忍，只求赶快止疼，也就不在乎加钱。他的摊子，一块白布上摆满了各色各样的坏牙蛀牙，散落堆积，像一块河滩捡下的碎石子儿。那是一个牙医骄傲的行医记录。

录儿有这本事，我们这一带把他传得神仙一般。都说录儿有祖传的离骨粉，那个粉末往牙根上抹一点点，那颗牙和牙床就脱离了，忽悠忽悠一拨拉就下来。有人说得更神奇。只要录儿上了离骨粉，根本不动手。这颗牙吧？摸一摸，摇一摇，喊，咳嗽！你吭哧一声咳嗽，接着！坏牙就吐在手里啦。

仗着这个手艺，在农业社时期，录儿根本不下地劳动，他嫌收秋打夏太辛苦，工分又不值钱。你苦干一个月，不够录儿拔一天牙。逼紧了，录儿就跑了，游走江湖专门拔牙。他在北京上海等大城市都摆过街头摊子，经常一出几个月不见人影。他走南闯北摆小摊，一招鲜吃遍天。不管到哪里，他根本不愁吃喝住，他成了十足的闯江湖耍手艺的。那时农民就得种地，公社大队严禁外出。录儿常年在外游荡，上面说他好吃懒做投机倒把，一回来就得遭受批判斗争。可是斗争归斗争，一旦牙疼，还是要偷偷地去找录儿。

六七十年代，严厉打击农民离土离乡。没有户口没有供应，不劳动不得食，录儿依靠本事流浪走遍各地城乡，他是那个时代残存的一个游民。

到了改革开放，允许农民外出自由经营了，录儿倒停业了。正规医院的牙科技术不断进步，他的离骨粉早已经成为一个过时的传说。他也老了，跑不动了，不愿意背井离乡了。只能笑眯眯地看着年轻人外出，一个人回忆自己在管制时期甜蜜的流浪。

这些乡下的野医生，只要识文断字，后来大多数都被县乡的正规医院收编，有了国家人员的身份。像我们村的南兆耀，很早就进了乡里的保健站，是有名的乡村医生。我的一个小学同学岳岳，接了兆耀的班，后来也做了乡医院的院长。那时，我们这一带，要做个小手术，不用远跑，到乡医院就行，岳岳也是我们这一带的乡村名医。

我满以为这些年月，乡村就没有野医生了，那可不是。

90年代，我们临猗名气最大的一个乡间医生，是县西的一个老婆婆。老人哪一天走运城，半路上头顶轰隆隆一声响雷，回来就说自己仙人指路，能看透人的五脏六腑，开始在家里开方子看病。老人没上过学不识字，可是你去了，能把你的病状说清楚，能点出草药名称几两几钱。一时间，"大仙"的声名传遍全县，有病的求医，没病的也赶过去看稀奇。县西老人家的村里，每天都像赶集一样。蜂拥喧闹，络绎不绝。这可真真闹成了大事情。县政府眼看不管不行了，派人调查，闹清了"大仙"不过是装模作样，背后有一个医生在演双簧。这一场闹剧，于是消散了。人们只是奇怪，啥年月了，还有人信什么狐仙附体。

多年以前我回乡，和一个朋友说起来胃病。朋友是胃溃疡，我那时怀疑自己得了萎缩性胃炎，医院也没有什么好办法。朋友说，他知道永济县一个村子里有一个土医生，专治各种疑难杂症，邀我一起去看看。我们要了一辆小车开过去，村子偏僻，路也不好走，摇摇晃晃坑坑洼洼找到了，看病的人群却是排了长队，看样子求医的热络得很。轮到我们了，那个医生很年轻，他问了一遍，给我们开药。我看他的方子，就是把几种西药片片，黄的白的红的，倒到一块，拿一个铁杵子捣了研碎，分包成几个小纸包，他交给我的朋友，说吃了就好。对我，他有些犹豫，说只能试一试。后来，我的朋友果然说他好了。我没啥感觉。

我们出门去，看到来求医的依然在他的破旧的屋子外排队，几颗西药片片混合，能治了病，他来钱太容易了。

还是在永济，和一帮朋友聊起当年我家祖传的治老鼠疮，不料永济的朋友说，有啊有啊，画符念咒，永济也有啊。

他们说，永济县城不远的村子里，也有一个治疗疑难杂症的，也是靠的作法念咒，老汉姓王，在这一带很有名气。老汉的绝招是"化"，就是一通作法，把病根化了。你得了胆结石，不愿开刀手术，老汉念叨一通，石头没了。你生了溃疡，长瘤子，一个样，都能化了，那些硬块，那些石头，消逝得没了踪影。

永济几个朋友都找过人家。进了村，老乡一看生人就知道，你来"化"来了？是的"化"一下。老汉把你引进门，院子是黄土院子，要接地气。问好生辰八字，写一张黄表，换上老汉家里专门接功的土布鞋，皮鞋不行。眼看中午十二点，对着太阳站定，单脚立地，单手举天，左手就左脚，右手就右脚。老汉身边一口水缸，拿瓢舀了清水，望空喷了，然后念念有词，在空中空着手写一个字，啥字人也看不明白，把一套法事就算做完。

灵不灵？永济的朋友说灵得很。老婆胆结石，疼得翻滚，谁想拉开皮肉取呢？做一回法，不疼。一根针断了扎进皮肉，拉开口子取，血淋淋的怕人。赵老汉作一回法，拍片子，竟然没了。你说神奇不神奇。

老汉的作法一直到90年代，家里院子铺了地板砖，还特意留出一块黄土，为的是留下一块作法场子。你来求老汉，老汉也不要钱。讲不过带点蛋糕罐头什么的，老汉说了拿礼做啥哩，就是行善。

巫术作法，乡间一直没有灭掉。你简直不知道这是封建迷信，还是精神变物质呢。

在我的老家，乡野医生成批地转化升级成了正牌军，我以为大致在90年代。在此之前，他们大多是靠一个偏方单方，在一个偏小的区域里，有一个小门面就不错了。90年代有一股风叫社会办医，乘着这个风，民间医院纷纷做大做强，他们各自开了自己的专科医院。以我目力所及，看到的就有白癜风医院、骨髓炎医院、老鼠疮医院、牛皮癣医院、肛瘘医院，治的全是顽症。老家不知道有多少专科医院，以至于当时有谚语说，天下有什么病，运城就有什么专科医院。这些专科医院经历了多年的发展，积累了资本，也聚集了技术力量，现在，他们哪里还是乡村野医生，你相信不相信，他们都是担当一方医疗重任的技术专家。

我们临猗县最有名的一家民营医院，就是一家治疗牛皮癣的医院。牛皮癣是一种顽症，世界上也没有什么办法。就是这家医院，宣称能治得了。这家医院，也已经治了几十年了。

这个医院的掌门人，原来是我的中学老师的女儿。中学时期，我的这位老师得过牛皮癣，自己琢磨了治疗。新时期以后，他的女儿女婿子承父业钻研医道，入了行，开了医院。牛皮癣是世界难题，听说这里能治了，各地的患者能挤破门，医院的规模迅速扩大。全国各地的患者都在打听奇方灵药，后来医院索性开设了远程诊断对症寄药，大包小包每天批量寄出，于是票子大把大把收进来。医院财源滚滚，在北京广州等地开设了分院，有一段时间，甚至谋划着把分院开到美国去。

临猗人说，咱们挣钱是手指头点哩，人家挣钱是拿簸箕撮哩！

这个说的是实情。

治牛皮癣灵不灵？有说好了的，有说不灵的，有说好了又犯了的。就在千万患者的笃信观望试错过程中，他们一手收治，一手收钱，成为一方民间大亨。

虽然是名噪一时的大医院了，听一听他们的起家传奇，还是有点邪乎。

到县城看一看，各种名目的小诊所，也是星星点点，病人零零散散，可是听说随便开一个诊所，一年也收入十来万，养活一个农民医生，足足可以了。

这些专科医院，虽然国家都承认它们的医疗资质，不过说到底，它们依然属于民间，属于乡下。公家没有拨款，存活全靠盈利。说正规军有些高抬，其实就是个杂牌军保安团。它们治疗的多是疑难杂症，收治大多都是国营医院不愿收治的病人。在国营的系统以外，这些民营医院，无疑是一个强大的存在，在耀眼的光芒里，也时时闪烁着一种诡异暧昧的色彩。至于那些个体诊所，更是好似过去的游方医生，不过有个固定的看病场所罢了。

野医生有野医生的特点，敢治大医院治不了的病，敢接大医院推出的病人，敢放话，敢下手，他们不守规矩，根本不按医学教科书来，往好的说，却可以叫作不那么墨守成规，有时偏偏出奇制胜。你敢不敢试一试？

去年清明我回乡，在家里住几天，家里的枕头还是过去装麦草的那种，一夜睡醒，头颈难受，前胸好像哪节骨头没接合好，别扭得很。呼吸岔了气，时不时要左右摇摆上下耸肩，一股子说不上来的不舒展。

我的少年时代的朋友功功来看我，见面就说，你落枕了吧？我来摆治摆治。

功功在村里开着一个理发馆，农村的习惯，剃头的一般都会一些推拿接骨什么的，这个也是职业传统。

功功搬来一只小凳子，让我坐好。他左右手扶住我的两颊，轻轻地前后摇晃，一面安慰我，就这样，就这样——

我完全没有防备，就在摇晃间，他突然发力，双手猛地使劲左右一扭，脑子里只听得咔嚓一声，感觉到两节骨头磕子复位了，卯合了，直立，站起，那股子难受的感觉没有了。

功功问，好了吧？

好了好了，立马就好。

乡下正骨就这样，立竿见影。进医院，只会让你回去养着。等待慢慢恢复，或者，按摩七天！谁耐得了那个心。

功功立马让我成了好人，活蹦乱跳，事后回想，却是把我吓得不轻。我的妈呀，我的颈椎啊，让他这么强力扭转，那个咔嚓一声，要是扭坏了呢？立马高位截瘫，从此倒卧起不来，谁负责任。

闲聊的时候，功功还给我说过好多治愈的病例。腰疼了，找功功。功功背对背背起你，左右摇晃，一阵刺疼，好了。谁谁肩膀脱臼，找到功功，功功一手拽住胳膊，一脚踩住胳肢窝，拉拉拽拽，疼得你龇牙咧嘴，一会儿就好了。

功功说，男人有劲，女人根本下不了手！

外科没本，全凭手狠。治病，有时就要胆大。

相信乡下野医生的神奇，你就去找野医生。

担心乡下野医生的危险，你就躲开野医生。

事实上，经过多次整顿，乡下野医生比过去少多了。该成正果的，国家收编，已然成了正果。还在乡村晃荡的，也就凑合着生存，也有的本来也不依靠这个养家，在村里碰上了摆弄摆弄，做点善事。

也曾经有人建议严格颁发行医执照，严审行医资格。可是，要论学历、论文，这些人哪里有？好多家都是靠一个单方，乐善好施，三村五里，信得过他们。国家的医疗体系越来越健全，民间发展的空间已经很小，担心有些多余。

城里人大多已经不信这种单方治病了，乡下人还信。要什么执照啊，野医生靠的就是十里八村的熟人信用。

有个小病小灾，乡下还是喜欢就近去找野医生。图个便宜，也图个方便。尤其像正骨、扭伤一类的。

乡野至今还活动着这样一个小群体。你去看病，有的是碰对了，有的就是个心理安慰，也有的很神奇。这些野医生，有的是胡闹，也有的凭经验能看病，更有些就是身怀绝技，只不过今天他们的世界太小了，没有人当回事。

村有闲田

常常想起小时走亲戚。

我们高头村在猗氏县最东边，和安邑县交界，这一带就好和安邑的邻村做亲。涑水河上游在山里，到了安邑县，才算出山到了平地。平地这一带叫河槽，说的是靠涑水河，地势低，水位高。一个小平原，水地多，历史上就是个富庶地面。高头村和邻近的村落这一块，就是涑水河的冲积扇的中游地段。地好，人口逐渐向这里集中，到民国时期，逐渐人稠地窄，土地很金贵。我家还有舅家姨家，都是河槽人家。

河槽人家，经常羡慕南北两岸的土地宽阔。河槽北岸，上了坡是峨嵋岭，峨嵋岭是一个黄土岭台，边沿沟壑纵横，上了坡倒也是平地，可却是旱地，靠天吃饭，老天不下雨，就没收成。地广人稀，人均土地五六亩十来亩，比河槽地土宽多了。河槽南岸呢？往运城盐池那边走，土地逐渐盐碱化，成片的土地撂闲，我们都叫滩地，一直到50年代，去运城，过了舜帝庙杨包村，就是几十里滩地，没人耕种，当地人都叫杨包滩。

一路走到运城，村落寥寥，一望无垠，天边就是钢青的中条山。

坡地滩地不说了，大片土地撂闲。那时候，就是河槽，土地也看似有余闲。河槽人种地，也比现在自在得多，随意得多。

小时候妈做了啥好吃的，喊我：给你舅家送些。我挎个小竹篮就上路了。舅家离我们村不远，有五六里地吧，叫寨里村东庄。两个邻村，可村子分属猗氏、安邑两个县。走大路，要拐一个死弯儿，我经常"踩斜"，这是当地的说法，意思是大路横平竖直，如果单人走路，你没必要走大路，从地里斜走过去，好似不走直角走了个斜边。野地里一脚深一脚浅，不好走，可路肯定近多了，人一般还是爱"踩斜"，走斜路。

踩斜经过的地块，一般种得都不怎么经心。有时就是空地，乡亲们叫"库地"，犁了撂一年，来年再种。这是轮耕，庄稼人说：地也要歇一歇哩。走的人多了，斜着踩出了一条小路。第二年，庄稼长起来了，玉米成了青纱帐，散穗子高粱高挑挑的。田主要挡住行人，就在路口挖一道壕，插上几根枣刺。挡不住，人们还是要踩斜。这时庄稼已经遮蔽了小路，钻进青葱的田禾行，玉米叶子在脸上胳膊上友好地划来划去，散穗子高粱架不住披头散发的脑袋，歪斜着仄身在路中央，我得时时拨开。玉米遮天蔽日，小路曲曲弯弯看不到头。在这个神秘的甬道里行走，一会儿就胆怯了，一头小獾蹿过去，吓得我半天不敢动弹。终于走出了庄稼地，天湛蓝湛蓝的，日头红红的。我像是从一个隐秘的地道钻出来，抹一把汗，松一口气，那种神秘和好奇，使得少年的心痒酥酥的。

问大人，这块地为啥不看严了，大人说，那都是闲地，种就收点，不种也就不种了。

在我自小的记忆里，乡亲们那时种地，确实不如现在种得扎实，种得较真。就说这闲田吧，村里村外多的是。村子靠着涞水河，两岸芦苇逶迤连绵，如一条青龙盘卧在村北，芦苇往地里涸新苇，靠河的那段地，田主干脆就不种了，经常见到新苇露出嫩嫩的尖角，也爱怜得不忍拔掉。村里公用的水渠，我们叫"泺壕"，渠岸上专门种植一种多年生的窄叶草，当地人叫莎草，根须很深，把住土，水冲不散，护渠没说的。莎草也是涸着蔓延，靠水渠的地块，田主也就让出来一截。没有人想到要把田禾种到水渠根。

还有坟地，那也是很宽敞的。古柏参天，碑楼林立，地下一层矮草密密匝匝的，遇上阴雨，我们一帮小伙伴就到坟地去拾"地软软"，那是一种菌类，指头蛋儿大小，像木耳，能做菜吃。大人逗我们，说那是羊屎蛋变的，我们一边疑惑着，一边禁不住馋，还是吃。

崖畔，地头，一般都留着空地，有一丈多。浇园了，人在地头踩踏，要犁地，回牲口也方便。送粪收割，回车也要空地。河槽这样，要是往北上岭台，往南走滩地，地土宽的村子，还不知有多少闲田呢。

仿佛一觉醒来，村里再没有闲田了。

这几年我再回乡，看到乡亲们种地，比过去抠紧多了。各家承包的地头，谁还舍得留一尺一寸的闲空，有精明的家户带头，大家不约而同地蚕食"官路"，村路越来越窄，原先过三套马车的大路，挤占得剩下不到三尺宽。公用的水渠渠岸上，哪里还有莎草，庄稼地不断往前挤占，土岸越来越薄，时常渗漏跑水，有人干脆扯起长长的塑料管子通水。涑水河早已断流，靠河的田主连忙扒平了河岸，拔除了芦苇，扩大一片可耕地。算计得扎实的人家，连河底也铲平，种上高粱。河岸的斜坡也依着高低种上豆子玉米。远远看去，玉米天花，高粱穗子，豆子枝蔓一般高低，倒是一处新奇景致。

还不只是扩大地亩，在有限的地块里，我的乡亲也是恨不得一亩顶几亩。电灌浇水，化肥农药，亩产由三四百斤长到八百斤一千斤，还在追求更高产。土地，像是一个可以无情役使的对象，人人都瞪着血红的眼睛，恨不能一茬一茬刮出金子来。

乡亲们也是无可奈何。人口翻番，宅基地扩大了，修路建厂，好地也被征了。人均耕地缩水，和二十年前比，已经减少了一半。不在有限的耕地做文章，能怎么办？听说靠近县城的村子，人均几分地，比我们还惨。那里的耕地，肯定更金贵，那里的土地，怕是负担更沉重。

土地被蚕食和侵吞无休无止。这几年再回去看，杨包滩早已经城市化了。运城开发舜帝陵公园，杨包滩到运城几十里，全都开发成了城区。工业区，高新区，学校机关搬了过来，十个车道的马路，从运城一路冲刺延伸过来。新规划，大手笔，都要占地。连片的土地，只要领导红笔一勾，很快水泥石子就蔓延过来，如水银泻地，无孔不入，无微不至。几番征地占地，滩地的村子，现在人均耕地甚至不如河槽。杨包滩，已经成了

村有闲田　**295**

一个历史记忆。

通向舅家的那条小路，几次都要废掉，因为它是两县的县界，勉勉强强留了一尺多宽，像是本来要勾除的，照顾了一点情面，不过是凄惨地苟活着罢了。

去年我重新温习童年生活，我重走了这一条路到舅家。西庄，东庄，所到之处见到乡亲，都在紧打紧闹。寸土不闲，寸土寸金。一个老人再次寻觅童年，实在可笑。农家的悠闲，土地的休耕，都是很遥远的事情了。

远望城里，那里的工厂冒着青烟。近处，农家的宅地也在蔓延。

地养人，地也是人，地也有人性。几十年前，时有闲田。说明土地养活我们，尚有余力。它在辛勤劳作的时候，也有余闲。好比一个人能挑一百斤上路，他只挑了八十斤，他走走停停，也许还有余兴去采摘路边的一朵野花插在鬓角，他很悠闲，活得诗情画意。现在，让他挑一百二十斤，还要限期到达。他如牛负重，汗流浃背，步履跟跄，让人感觉他时刻都会过劳死。当下，我们的确衣食无虞，但土地的承载能力也快达到了极限。如果我们再不爱护地力，还要疯狂地掠夺，鞭策这个超负荷赶路的自然之母加力再加力，总有一天，她会轰然倒下。

土地在呻吟，土地在悲号。沙化，荒漠化，板结化，富营养，都是它的求救信号。

有一首开蒙儿童也能谙熟的唐诗说：

春种一粒粟，

秋收万颗子。

四海无闲田,

农夫犹饿死。

如今真可谓四海无闲田,农夫也暂无冻饿之忧。我担心的是:四海无闲田,土地要累死。

我多么怀念童年的闲田。我也知道,失去的,永不再有了。

村校岁月

在高头村，以前上学不叫上学，叫念书。

相应地，学校不叫学校，叫书房。

你娃做啥去啦？念书去啦！你娃做啥活哩？还小哩，念书哩！你娃走哪去啦？走书房去啦！这里的念书，走书房，指的都是上学。

查一查，书房包括私塾和学校，村里人叫得还真是古雅。

这当然是民国时期沿袭过来的说法。那时的上学，就是念书。大声念，拿腔拿调，唱读。一直到60年代初我到县城上了新式中学，还有老派的语文教师，上课讲古文拖长了声调领读，他说这个叫吟，古文嘛，不会吟诵还行？

我家在高祖曾祖那几辈，家境较好。大致在晚清到民国初期，家里的子弟就都上过私塾，请先生开蒙。曾祖一门的娃娃，直系的旁系的，小小年纪都进了家塾念书。那时的私塾也很普遍，各村都有。我村的不算大，邻村孙家卓的私塾最有名。为了供养学塾，孙家卓关家划出五十亩地做学田，那是家族的集体贡献。学田所收，全部用来供养子弟读书。他们请的师傅荆建章，是坡上坡下最著名的教书先生。一直到我读小学了，还有人在夸他。

私塾所学，都是过去的童蒙读物，《三字经》《百家姓》《千字文》，高年级的有四书五经，《增广贤文》，朱子《治家格言》，等等。私塾教学那就是死记硬背，先生不怎么讲解课文，那些句子是什么意思，全靠娃娃个人领会。大部分文章，其实是成长过程中慢慢解开那些意思的。但是童子功很重要，小学时代背下四书五经，打下的功底以后一辈子得济。哪里像我这样，五六十岁了，读到一句格言，连声叫好，别人翻个白眼指出出处，才知道那是《论语》里的句子。我这个年龄，接触《论语》是1974年"批林批孔"。新世纪趁着国学热，回头翻读《论语》，都快六十岁了。

仗着家境好，父亲小时候读过好几年家塾。子女成年以后，他经常在我们面前大段大段背诵《增广贤文》，朱子《治家格言》，"黎明即起，洒扫庭除，要内外整洁；既昏便息，关锁门户，必亲自检点"，"宜未雨而绸缪，毋临渴而掘井"，"三姑六婆，实淫盗之媒；婢美妾娇，非闺房之福"，但是稍微文言一点的句子，他就不明白那是啥意思了。

父亲一辈子农民，对于孩子上学却很是在意。二姐读大学、我读高中时，有一年放暑假，父亲看着两个孩子念书有出息，就给我们炫耀他当年所学。他那天兴致很好，一篇一篇给我们背诵《诗经》。一个老农民在他的院子里大声背诵《诗经》，那是饥饿年代少见的乡村风景。《诗经》开篇就是"关关雎鸠，在河之洲。窈窕淑女，君子好逑……求之不得，寤寐思服，悠哉悠哉，辗转反侧"。父亲得意地给我们背诵，我和二姐对视了一下，都忍不住想笑。我们心里明白，父亲幼年背诵下的《诗经》，一直到六十岁，他也不明白那些句子是什么意思。否则，他怎么会当着两个刚刚长成人的儿女，旁若无人地高声朗诵情诗，一点也不难为情。"我的美丽的姑娘，我想和你配成双，追不到你，我吃不下睡不香。我一遍又一遍翻身难以入眠，都只为思念你的模样。"父亲高声朗诵的，不就是这个意思吗？

乡人那时候追求念书，好像没有什么管束号召，更多的是一种传下来的乡风门风。

村庄人家院子大，有车的留着大车门，进车，偏院喂养牲口。门楣上，一般都有砖雕或者墨写的匾额，写"耕读传家"居多。说明在庄户人家看来，一农耕，一读书，是农家立家的两大支柱。做务庄稼不用说了，要靠这个养活家人，繁衍子孙。读书呢，就是庄稼人的更高追求了，活得体面，活得明白。农耕以养家，读书以出仕，这是庄稼人的人生理想。这两条路，千年百年以来，没什么改变。

莫以为只有富户才将孩子送到书房读书，穷家也这样。我们这个家族，我家富裕一些，子弟读书不用说。五爷家境一般，两个孙子也都是很小进了家塾。七爷最穷，他是个佃户，房无一间，地无一垄，靠住在财主的马房当长工过活。土改以后分房子分地，七爷才有了个自家的住处。我去过他的家，那只是一处马房，一侧是槽头，没有前墙，一侧是喂牲口的住的，房屋矮小黑仄，土墙土屋，一家人勉强挤着。就是这个样子，他的两个儿子也都读过私塾。土改时划成分，五爷家是中农，七爷家是贫农。还有我们村的老主任，他从土改到农业社人民公社，一直担任村里的主任，解放前在陕西黄龙山逃荒，家庭成分下中农。他们无一例外都念过家塾。这些都说明，家塾那时收学生，不分穷家富家，曾祖都要把宗亲子弟送进书房。再穷再苦不能误了孩子，他的后人，不允许不识字。

巷子里还有一个死爱抬杠的人，我们都叫他虫娃。他是民国十八年（1929年）闹虫灾生的，家里取名叫虫娃。虫娃仗着自己出身贫农，整天不好好劳动，下地干活不顶真，爱和队长顶撞，一不对脾气，就骂公社骂县长，没人敢管他。巷子里给他起了个外号，叫作"半块"，那意思就是不浑全，缺成数。他日子难过，看啥都不顺眼，整天和人抬杠撂风凉话，大家谁也不惹他。在我眼里，虫娃就是个二杆子，愣头青，肯定是个文盲不识字的笨人。不是的，虫娃也是读过几年私塾的识字人。他的那些风凉话俏皮话，带着农民的机灵，不念书的不会说。

所有这些本家长辈的私塾学历，我都是后来从乡村档案查出来的。解放以后，老主任长期在村里当村长、当主任，一直到80年代初，他年纪大了，村里党支部还仿照各级领导班子的设置，郑重其事地聘请他到村委会班子做顾问。五爷的两个儿子，一个担任村党支部书记，一个担任村里副业股长。七爷的儿子，当了小队的保管。我的三叔当过保管，五叔当过会计，都是得益于当年念书识字。

解放初的乡村，文盲很多，读书人很少。读书才能了解外边的世界，读书才能具备管理众人的能力。乡村干部，还是要从识字人中间挑选。村里人爱说，共产党，国民党，哪一个党都不要憨尿（傻子）。高头村从土改到合作化，人民公社，村干部都是识字人。

1949年以后中国进入新社会。新社会首先新在教育，私塾变成了学堂。学堂聘请老师，统一教材，规定学制，高头村挂起了小学牌子。学校先在关帝庙，两个老师住了大殿耳房，东西两厢做了教室。大墙上都是关老爷生平的壁画，我们伴着过五关斩六将、水淹七军这些彩画念了好几年书。过几年，扫盲运动结束，村办民校空下几间房子，小学搬了过去，算是有了固定校址。学生开始也就几十个，一个年级不够一个班，就搞成复式教学，一、三年级一个班，二、四年级一个班。两个老师各带一个班。一节课，讲完一年级，布置作业，再讲三年级。二、四年级也是这样。学生少，老师少，50年代初，就这样。

大致到50年代末，高头村的小学就有了规模。六个年级，每班五十多学生娃娃。小学成了完全小学，课程除了语文算术，多了历史地理美术音乐，捎带学习俄语。相应地老师就有了十几个。老师多了，学校成立了职工灶。十几个老师住校，白天黑夜热气腾腾，学校人气旺。眼看学校越来越火，邻村的家长也把孩子送到高头村，上学放学，乡村小路上行走着一行一行打打闹闹的娃娃，三里五里朝着高头村聚散。村校欣欣向荣，蒸蒸日上，那一段是高头村校的美好时光。我小学毕业那年，高头小学有四个学生考进县城中学，一个偏远的村子，够可以了。

回顾前几十年，无论世事多么变幻，高头村的乡民，对于孩子上小学，没有含糊。这倒也不是多高的觉悟，完全出自于乡民一种极其朴素的观念，孩子嘛，还是要识字，总要会写自家名字吧。有文化，出了门，不受骗。学校教不教打算盘？这个好，上几年学，学会算账有好处。就是因为会写名字，会打算盘这些非常朴素的愿望，支撑着家长送孩子进学校，村校生源，源源不断，薪火不绝。

闹"文革"那几年，城里的学校都卷进了两派斗争，乱纷纷停了课。倒是乡村不怎么理睬那些学文件闹革命，生活秩序一如既往，大体安然。乡人说小乱住城，大乱住乡，这话在理。乡村小学，除了教材革命化以外，照常上课下课，识字算题。于是村里在外工作的干部，纷纷将自己的孩子送回村，跟着上课。村里也不管户口不户口，也不收什么择校费，按年级插班跟上听课就是。1966、1967那两年，我的大哥就把小侄儿送回了老家，在高头村上小学。他说，成都武斗打得一团糟，小学根本不开课，任由娃娃游逛。与其这样，不如送他们回乡，能学多少算多少，总比耗费了强。这样，在城里停课那几年，乡下小学，倒是迎来了几年的平静和繁荣。日子要过，念书识字不能停下，在乡下人看来，这最正常不过。

村校最为红火时期，大致在90年代到新世纪初。那一阵，刮起一股扩建村校风。上面号召尊师兴教，村镇都在兴建小学中学。再穷不能穷教育，再苦不能苦孩子，大标语写在墙上，逐渐成为共识，让村校成为村里最漂亮的建筑，这个口号喊得非常鼓舞人心。一帮学者们也在提供历史依据，说什么民国年间四川某某县，县衙不如小学阔气。某县小学破烂，县长就地免职。上上下下聚成一股劲，村校成为凝聚希望的看点。那时民选村长风头正劲，村长们上台以后都想搞点公益项目，办点实事。村校也是村里的面子工程，不能含糊。高头村的村长，一面卖地收款，一面托人找政府部门拨款，经过一年设计施工，高头村校大楼终于建成。

村校是一幢四层楼。一层有十几个间口。村里两层小楼居多，村校一下子鹤立鸡群，俯视全村，巍然屹立，成了全村最耀眼的建筑。楼顶照例请人做了霓虹灯灯箱，一米见方的大红字"教学楼"嵌上去。村校重新整合建筑群，拆除了原来的破旧平房，教学活动统统搬上了楼。六个年级的教室不必说，校长办公室，教师办公室，各科的教研室，都有了专用场所。教师的住宿、食堂，也有了明显改善。各楼层有上下水，冬天烧暖气。村里有的是地，村校甚至比城里学校宽敞。一进校门，两行绿树，一路鲜花。人们都说，这里除了离城里远一些，要说条件，一点也不比城里学校差。

那几年，高头村的孩子也争气。临猗县是山西有名的文化县，高考升学率连年全省第一。里里外外热浪翻滚，高头村这个角落也乘风扶摇。那两年，一本二本不说，村里的学生竟然考上了两个名牌大学，一个进了清华，一个进了北航。虽说人家是县城中学考上的，可是高头人说，是咱村里的小学打下了好底子嘛！

这个考上北航的学生，他爸和我是玩伴、小学同班。孩子上了北京的名牌大学以后，家里供养一个大学生实在吃力。

他爸就在承包地上搭起了塑料大棚，春夏秋冬供应时令新鲜蔬菜，黄瓜西红柿不断头。运城冬天不算太冷，一开春，大棚黄瓜就下来了。暑天，西红柿正在旺季。塑料大棚是个苦活，刮风下雨要经心看管，浇水除虫更是每天功课。天渐渐热起来，棚子还不能揭开，老两口捂在棚子里不透气，一进一出一身大汗。瓜菜下来了，每天都要采摘，不论刮风下雨，不论头顶暴晒，我这个老同学每天傍晚钻进棚子里，采摘好瓜菜，码放整齐，第二天，天麻麻亮就起身，蹬起自行车，送到四十里外的运城饭店。三四亩菜地，就靠老两口经营，天天如此，不敢误了，不敢病了，四年本科，四亩大棚，一个北航的大学生就这样读出来。

我家里都待见读书的大学生，实在想帮他一把。有一年回家，我就去那个北航学生的后援大棚去，找我的老同学。他正在下菜装篓子，听说我来，他从黄瓜西红柿菜架钻出来，坐在地头和我聊天。他原本就干瘦干瘦，这会儿又晒得黝黑。大棚里人汗如雨下，人们一般都赤裸着，只穿一件小裤头小背心。这个瘦骨嶙峋的老农，汗从全身渍出来，浑身油汪汪的。他丝毫没有谈眼下的困难，说起北航的儿子，脸上的皱纹就绽开，满是忍不住的骄傲和笑意。他这是天字第一号的享受，我哪里配同情施舍他。

这个干巴枯瘦的老农直起腰来，上身是一件儿子送给他的背心。那是北航发给学生的统一穿着，胸前有一行穹形排列的毛笔体字，弯成一个半圆，那是：北京航空航天大学。

这个背心有多大的力量，能支撑一个老农挣断筋骨不以为苦，只觉得生活洋溢着烈酒的浓香、蜂蜜的钻心甜。

可惜，这一场由读书点燃的希望之火，在乡村，并没有持续多久。

新的一轮读书无用论，来得这样快，这样猛烈，人们没有想到。

先是大学毕业不包分配了。大学越来越多，大学生越来越多，人丛中抬手抬脚都能碰到大学生。大学生过剩，毕业即失业。农家的孩子找一份工作更难。勉强找一份工作，也要靠自己打拼养活自己，不像以前那样，只要扛一个大学生牌子，就坐班吃皇粮，旱涝保收。这样闹，严重挫伤了农家子弟读书求学的积极性。

高头村这一带，涞水河自村边流过，当地都叫河槽。河槽一带，人稠地窄，历史上就有出门做熟食的传统。乡村放开以后，年轻小伙子纷纷外出，随身的技能就是打火烧。支起一个炉子，在城里随便一个角落开个小店，擀面杖一擀，生意就开张。熟食店本钱小，门槛低，是高头人外出打工的特色经营。经过几十年的外出创业，这一带的火烧铺子已经开遍全国。这些年，高头村盖二层小楼娶媳妇，村里奔跑的小汽车，都是打火烧换来的。高头村最阔气的一幢建筑，是一家欧式小楼，尖顶廊柱，一圆碉楼。地面耸起小二层，白光闪闪的栏杆镶嵌在阳台，琉璃瓦瓷砖，这样房子，是庄户人家的骄傲。

一项实用技术发家致富，使得大学中学的多年苦读，渐渐成为笑料。人们取笑大学生，经常就是这个说法：你爸辛辛苦苦供你上大学，还不如打火烧啊?!

农家孩子读书上学的热情，又一次遭到冷水浇头。不过这一次，原因较为复杂。有羡慕开铺子来钱，让孩子早早停学的，也有的因为父母外出打工，将孩子带走的，也有的看不上乡村学校，将孩子送到附近城镇的。

　　几十年来，村校曾经经历了好几次危机，唯有这一次来得最猛烈最无情。

　　村校的大楼才盖成几年啊，崭新的校舍，就慢慢空落了，仿佛人还年轻呢，就废了。

　　高头村学校，满打满算就几十个娃娃，只好又开了复式班，三个老师，带六个年级。

　　复式班，几十年不见了，一夜又回到50年代初，小学安置在关帝庙那会儿。

　　往年庄稼人计时，常常是以学校的钟声为准的，一上二下三吃饭，当当，下课，知道8点了。当当当，放学了，知道5点了。看到学校老师骑车子回家，知道今天星期六了。现在，村校的形象渐渐地从村民的生活里隐没，很久很久了，才有人突然提起，怎么不见学校的老师了？

　　那个北航的学生毕业后，考上研究生连读。接着，他结婚生子，小两口为了打拼，把孩子送到乡下，交给爷爷奶奶带着。上学了，他却也不让孩子进村校。他花了高价，让孩子去县城住校。我的这位老同学，从此又乐呵呵地骑着电动车接送孙子，每周两次往返。

　　这个村校出来的高才生，此时也绝情地抛弃了村校。

　　村校，就这样被人们遗弃了。

村校的教学楼巍然屹立。这个高大又孤独的怪物，大概也不理解，这个世界变化这么快。往年的烟柳繁华，突然就西风落照残阳如血。

人们匆匆地从村校校门前走过，逐渐再没有人可怜它门前冷落车马稀，甚至也没有人想到它热闹的过去。

这个庞然又可怜的家伙，渐渐也就习惯了没人理睬。

没有人能够说明白，这里究竟发生了什么。

乡里过事

晋西南一带乡村，家里要办大事，叫作过事。过事主要是红事白事，娶媳妇埋人（安葬老人），无非生死。其他大事也有，比方孩子过满月，孩子十二岁，满了一个相儿（属相），庆贺一下，总归和添丁进口有关。小辈成人，当然是喜事。此外老人过寿、盖新房立木上梁、老坟地立一座石碑、按期祭祀等，那事情就小一些。

过事这个词儿用得好。不管喜事丧事，在主家都是大事。大事，就要办好。《沙家浜》胡司令结婚都知道，请了阿庆嫂办事，"亲戚朋友绝挑不了眼儿"，要办得周全、圆满。没有缺憾，皆大欢喜。不管是喜事丧事，请客聚会，吹吹打打，演戏赛会，亲戚朋友都来了，全村的乡邻都参与进来，这个场面无疑属于人生的重大仪式，欢喜热闹，迎接新人进门。悲切行孝，送走上一辈人。在主家，当然要全力以赴，轰轰烈烈迎送人生的重大事件。

戏乐响彻，拜贺的人群熙熙攘攘，人们往往注意到了过事的宾客盈门，忽视了过事也有涉险的一面。过事也是主家应对机巧的大展示。乡下人这样的大事一辈子没几回，平时结下的梁子，亲戚中间闹意见的，也常常会借机出难题，叫你不痛快。见缺口迅速补漏，出岔子立刻安抚。喜宴哀乐，事主一面沉浸在感情深潭难以调整情绪难以平静，一面也还要清醒，随时应对事中难题，见招拆招。所以过事不但是考验事主的财力人缘，也是考验事主临场应对的能力。各种机巧在这里汇集，过一回事，明里暗里，要指挥，要平息，安排人事平安走过一应流程。事主经常就是战战兢兢，事不了结不得歇心。人生的重大战役能不能大获全胜，当然是个人生涯浓墨重彩的一笔。庄户人家有什么大事？这几件，就是生命历程最深重的刻录，过好过不好，会留下一生的得意或者缺憾。终于了事，长出一口气，安安然然过去了一个关口。

过事，在事主是一个坎儿。这个坎儿能不能顺顺当当迈过去，事关重大。过事，叫得不错。

过事的人家，叫事主。过事有一系列流程，要请乡亲帮忙，组织一个班底，推举一个首领，叫执事。或者叫知客，这一带也有这种叫法。据我所知，全国各地从北到南，把客人叫作切人的不少。过事开始叫起事，过事进行叫事中，事毕叫了事。相应地，那些娱乐演出的鼓乐班子，一家一家转移，叫走事。总归是个事，大事。

白事起事，就听哭声了。谁家死了老人，一旦确认没了命象，女人要放声大哭，男人要号丧，哭声响起，这是广而告之，这家殁了人。亲近的邻家会来抚慰，门口挂起白纸幡儿，算是起事公告。请来执事商量一应事务，放三天，或五天，还有七天，丧礼由是开始。

乡间的规矩，红事要叫，白事要到。这也符合常情常理。红事是你的得意成就，愿意让谁一起分享，由你选择。白事是你家不幸，乡亲们理应不请自来帮忙。一家出一人代表，主动上门来，不管老少，这个其实也是一个全村合作互济互帮的社区事务。我在家的时候，老父亲就经常参加村邻的丧事。我说你老了，去能干个啥，老父亲的道理一下子把我呛住没话说：你们都不在家，我不送个人情，到时候我死了，巷里谁来帮忙！

红事起事，要发邀请。主家会找一个跑腿的，通知亲戚朋友，说好日子来。跑腿的会带一份象征性的薄礼，一条麻花或者一张油饼，仿佛持主家的名片去上门。这个，当地叫作打散。收到打散，就是收到邀请，客人有了准入凭证。乡间的亲戚，不过十里八村，几天就都知会完毕。

无论红事白事，最重要的环节，当然是设宴请客。各路亲朋、全村人等，要坐流水席。提前若干天，要采买一应干鲜食品。一旦起事，事主要迅速组建内外两个帮忙班子，对外的迎来送往，收礼立账单，分远近亲疏安排客人；对内的立马盘起旋风炉起火，院子里搭起大帐子，加工熟肉，水发海产，两个班底很快旋转运作，人就在事中了。

请一个好执事，总管这一摊子，当然很重要。

执事要公道正派，有威信，能服人。执事也要懂得规矩，熟悉那一套礼仪流程，不至于出岔子。

在高头村后社，一般有两个人选，一个叫犬娃爷，一个叫师傅。

师傅是我们这一带有名的教书先生，民国时期他教私塾，坡上坡下都请他。他熟悉这一带乡风民俗，最烦琐的套数也来得。他写得一手好字，对联，背贴，自撰合体合式。50年代初，高头村有一家大户安葬长者，要来一回"大埋人"，那是最复杂的仪程、最烦琐的礼节。当时，村里已经没有人熟悉这一套程序，担当此任者只有师傅。请来师傅主持，从头到尾，滴水不漏。那是旧年的安葬仪式最复杂的展演，也是师傅的告别演出。很快，政府号召丧事从简，强制破除迷信，师傅那一套学问，就烂在肚子里了。

犬娃，不就是狗娃吗？是的，犬娃，当然是小名，他大名叫庭献，庭字辈，我得叫爷。犬娃就是狗娃呗，奇怪的是，全村没有人叫他狗娃，那当然是表达一份尊敬。

民国时期，犬娃爷实际上是我们家族这一支的族长。家族的事务，家户的纠纷，一般都会找他。如果要安一个名号，他是村民公共事务的主持人。阎锡山主政山西，推行编村，大伙推选他做编村村长。1949年中华人民共和国成立后，几次运动都翻出他这一段历史，要交代检查。不过村民好像不怎么在乎，有事，还是叫他主持。

高头村后社的事务，就在犬娃爷和师傅之间选择执事。

以我的眼光，犬娃爷和师傅执事，一个偏重保守，一个偏于维新。犬娃爷更多地强调按照老规矩来，不要随便更改，属于继承派。师傅当然也熟知老规矩的条条道道，但凡有革新，师傅会迅速吸收，让过事与时俱进。1950年代《婚姻法》颁布，主张自由恋爱，反对包办婚姻，师傅给多家嫁娶写对联，一改过去的"琴瑟友之钟鼓乐之""父母之命媒妁之言"，家家都变成"你愿我愿两情愿，订婚结婚自主婚""劳动模范劳动好，恩爱夫妻恩爱深"。婚礼上跪倒磕头也多变成鞠躬，新娘坐轿变了骑马，后来又变成骑自行车，唢呐也变成洋鼓洋号。"文革"期间父母为我操办婚事，师傅主持婚礼。要大声诵读毛主席语录，向毛主席像三鞠躬。仪式开始，高唱《东方红》，结束再唱《大海航行靠舵手》。不过师傅这些革新，乡间也不大接受。《东方红》《大海航行靠舵手》，开唱，上年纪的都不会唱，合唱不起来，师傅一个人荒腔走板，一首歌唱着就拐到乱弹调子去了，也是好笑得很。

20 世纪五六十年代，农村穷，平时肚子都填不饱，碰上哪一家过事，能吃一顿饱饭，是难遇的好事。富裕一点的人家，席面还会好一些，能见到肥肉片子。乡村坐席，一般都是八个人一桌。那一碗肥肉片子，也就安排八个片子，每人一筷子。有一家过事，师傅来坐席。上了红烧肉，师傅先动了筷子，他年长，先动倒也无妨，哪知师傅一筷子下去，夹了两片肉片子。他倒是满口大嚼，吃得喷香。可那肉片是按八个人安置的，最后一个动筷子的当然吃不上了，老大的不高兴。满桌子也都怪师傅不按规矩，不通情理，可是那年月，吃一回猪肉多难。师傅大概是豁出去丢人了，不管那些，先过了口腹之欲再说。

"两片肉"事件一出，师傅的形象顿时倒塌。背后人都指责师傅心眼不全不够成数。从此师傅威信一落千丈，再有事主请他，也就是做个文案，当不了执事了。

我是在以后许多年，才渐渐领会了"过事"的复杂为难。种种人事关系都在这里聚集，闹不好就会下不了场。对于有些恶行，过事，也是乡民集中体现自家意愿，给点颜色的机会。

　　巷子里有个孤独的老汉，一副赤红面庞，我们都叫他红脸森娃。红脸森娃年轻时没了老婆，辛辛苦苦把儿子拉扯大，娶了媳妇。哪想到这个儿媳蛮不讲理，一点儿也不孝顺。儿子惹不起，只好躲着。70年代初，大家都挨饿。红脸森娃一个人单过，粮食根本不够吃。春荒来了，他找到儿子要点吃的，儿子媳妇管不起。红脸森娃走投无路，第二天摸到地里跳了井。

　　乡亲们把老汉捞上来，摆在家，大伙商量，群情激愤，一定要治一治他这个忤逆之子。

　　红脸森娃家里扯起白幡，丧事起事了，人就那么摆着，巷子里没人上门。

　　儿子慌了，在门口跪下，见人就磕头，村人只当没有看见，把脸一别扭过头去。

　　两口子终于知道犯了众怒，儿子拉了媳妇，一家挨一家门口跪下，悔过认错，哀哀求告。

　　村人这下才有人说，算了，让老汉入土吧。

　　在我的记忆里，这是村民第一次集体用这种方式，逼迫一个忤逆不孝的儿子灵前忏悔。天理人伦，道义昭彰。以乡村朴素的道德观看来，有什么能比孝敬父母更大的事情呢？村民选择了"过事"这个关节，惩戒一下恶行，可说是找到了关节，掐准了命门，得理又得力。

　　也有一些亲戚之间的纠纷，如果化解不力，丧事，也会闹出尴尬。"过事"是一场台上台下的交际。

农村婆媳不和的家庭很多。在我家，母亲过门以后，就多年与祖母不和。母亲做饭做家务，两人就是不说话。姑姑难免在中间掺和，这一下又闹出了姑嫂矛盾。母亲软弱，多年只是忍着。祖母去世在1975年，那时我还在部队当兵，没有回来。秋天的雨，瓢泼一般。巷道里，大路上，泥泞难走。母亲小时候扭了腿，有点瘸。亲戚们都劝母亲不要送到坟地了。这时，姑姑站了出来，要和母亲理论。姑姑拦住不让起灵，历数母亲的种种不是，她请了中间人，要和母亲"说话"。她要求母亲一定要披麻戴孝，哪怕被架着也要跪到坟地，还有其他严格按照头七、五七、百天规矩祭奠等。事后我听邻居们说，姑姑的谈判条件里，严厉强调的有一条：往后我再回娘家，不能平常待承（对待）！菜里不搁粉条不行！

那年月，菜里有粉条，就是好菜了。

按说这些母亲不难做到，也没有打算不做。只是姑姑大动干戈，发起了"灵前说话"这种谈判仪式，让母亲很伤心。"灵前说话"在乡村是很丢人的事。母亲一直到临终那几年，才给我们说起，足见这件事，在她心里压了几十年。

分地以前的光景，在农村，大家都穷得揭不开锅，别说鱼肉，豆腐粉条都稀罕。过事，总归是乡村少有的见见油水的日子。于是，事中偷窃就成了常见的情景。要是事主家境好一些，席面安排讲究一些，偷窃就更加明目张胆，不顾脸面。

父亲去世时，厨房这一摊，我们请了二叔做总管。二叔会一点厨艺，应付乡村酒席没有问题。有他在，这一摊就交给他了。我们没有想到，堂弟自小病弱，二叔家道很差，有这个机会，二叔是绝不放过。晚间厨房没人了，猪肉牛羊肉，他割一块揣进怀里送回去再来，全然不顾棉袄里子渗透了大油。上席时就有人问他，主家买了那么多肉，怎么肉片子这么薄啊？二叔讪讪地没法答对。往后多少年，二叔的猪油棉袄，一直是乡亲们津津乐道的话题。

我也是事后才听说，我家过事还有人偷鸡蛋。为这个，那人穿了一件口袋很深的军大衣，两边装满了溜出来，巷里有人倒也没事，看不出来。不料一出门就碰上了一个对头，四目一对知道他要做什么。那人立刻装作要闹，上前使劲抱住他，又搂又摇。可怜见，不用几下，藏好的鸡蛋一个不剩都被挤破，糊满了大衣口袋。乡村这号事情，不久就传得全村都知道了。

老有人把话递到我耳边。谁谁偷啦，谁谁窝藏啦，我也不能说什么，算啦算啦，大家都穷，不计较了。

几十年的眼见耳闻，让我深知过事的难处。人们往往只看到喜庆，只看到悲伤，喜庆中间的凶险，悲伤之中的警觉，让过事笼罩着一种紧张怪异的气氛。也许这就是小民的生活，一些小喜悦，一些小争斗，一些小担心。红白事都这样。闺女婚礼前夜，赶着索要一份彩礼，新人到门前媳妇不上马，说是婆家还欠了一辆飞鸽牌自行车。至于宴席上的缺斤短两，纸烟太差，摔盆撂碗，这些小冲突更是见惯不怪。还有主家请了戏班子演出，演员发病猝死。一边继续演奏百鸟朝凤，一边急赤白脸谈判赔偿，过事乱成一锅粥。主家客家焦头烂额。各种岔子，各种意外，各种怨怼，就在这样的吵吵打打中，日子一路走过来。睁开眼，新世纪来了。

犬娃爷老了，死了。

巷子里推举他的儿子永孩接班当执事，这是历史的延续，也说明，对于这一家人，村里放心，这一家门风，大伙信得过。

永孩有一段时间也当队长。居民小组长，大家还是习惯叫队长。当不当队长，大伙过事都叫他。

永孩和我一般大，但我得叫他叔。

永孩叔接着主事，前些年也还风调雨顺，这几年，开始难了。

庄门头前的一个老汉死了，起事。不见永孩，人们去找。永孩坐在堤埝上，不言语，只是抽烟。

永孩叔，该打墓了。

这边挖墓穴，要挖一个直下去的坑，两丈长，一丈深，坑底再向另一头开一个偏穴，木头（棺材）推进去放置前，要提前开挖。

永孩说，没人。

抬木头要八个小伙子，也没人。

可不是，村里人都外出打工了。满村里寻找，哪里有六十岁以下的青壮年男人。

有人就插嘴说，到外村去雇人，掏工钱，花高价，能雇下。

永孩叔大骂，羞先人哩，丢不起那人！我高头村死了人，雇外村人打墓、抬木头？走了走了，送他的，老汉一个人也不认得，老汉到地底下都不得安宁！

有人便讪讪地搭腔，叫一辆汽车，一挂吊车，木头吊上去，一会儿就到坟地，再吊下来，放下去。这个简单。

永孩叔依然怒气不消。这个不行，多少辈儿了，见过木头坐车？都是杠子抬麻绳，不落地，一口气抬到坟地。木头最怕撞见铁家伙，披麻戴孝是啥不知道？有的孝子穿着白孝布衫，腰里缠一根铁丝，捆一根电线，我瞅着就来气。

那怎么办？

永孩说，不要吵了，我想办法。

永孩叔连夜给几个在附近打工的打电话，要他们回来，有村事。隔天回来几个小伙子，说是那边活儿也挺忙，还要急着回去。发点工钱吧，说都是邻居，人情世故的，要啥钱。

你掏钱，他也不见得回。他回来，也不要钱。世上就怕这钱买不了的东西。

几个小伙子，急匆匆回来，埋了人，急匆匆离开，也有的，叫也不回来。

事，总算过了。

这个时候，想一想原先的过事吵闹，人们简直要谢天谢地。过事，争也罢，吵也罢，闹也罢，谈判说和也罢，偷也罢，抢也罢，都不赖。闹，是因为人家还把过事当回事。

最糟糕的是没人当回事。

人都跑完了，怎么当回事。

乡村眼下就是没人。

2018年5月中旬，我突然接到丧报，村里表兄突发心脏病去世。

我急匆匆赶回高头村，一则为了表兄多年对我的照护，二则也是担心，村里人都跑出去了，表兄一家如何过事？从家里到坟地，表兄如何走完阳世这最后一段路？

几年没见过丧葬，村里的白事过事，已经大有不同。表兄在村里当过多年村干部，村里把丧事办得严肃庄重，侄子也张罗安排得大方得体。绛州鼓乐团、军乐团，唢呐锣鼓，热闹非常。表兄是方圆乡村的戏迷领袖，十里八村的戏迷还送了一台梆子戏。在村人的眼里，生前人前领头，死后极备哀荣，这人活得够风光了。

到了灵前我就越发明白，表兄的丧事，是由一家丧葬公司承办。眼下各地都成立了类似的服务公司，从打确认死亡到下葬全承包，一条龙服务。运送遗体，立充气拱门，打墓穴，搭台口，喷绘生平，租借全套桌椅，组织餐饮，一直到最终亡人入土，货款两讫，完全是商业活动的套路。

表兄的灵柩停在上房。棺材是上好的木板，厚实笨重，四围镂花雕刻，一看就是花了大价钱。如此笨重的木棺材，八人也抬不动，如何运回村里，又如何挪动到院子里来？

原来，那棺材的下面，有一副钢铁焊成的爬犁一般的架子车，安着滚珠轴承，一装一卸，哗啦啦几个人就能推进来。

待到下葬那一天，孝子们跪倒一片，鼓乐齐鸣送表兄上路。治丧公司来了一辆自带吊臂的小卡车。棺材推到一旁，卡车伸出吊臂，吊起安放。合上车厢，卡车随着送葬的队伍缓慢地开动，到了坟地，吊下棺材，放置进墓穴里，填埋，大地上一座新坟鼓起，一个人就此结束了有生之涯。

我多么想送表兄走完最后一程，身旁的亲戚提醒，咱们同辈，只送到村口。

一旁有人议论，看这多好，一吊起，车就把你送到坟地了，以前八人抬，不能落地，努（累）死了。到了墓地，几个小伙子拽住绳子往墓坑里放，搭上撬杠往偏穴里撬，费死了劲。

以前没有吊车，没有汽车？当然不是。不兴使用罢了。

数年前永孩叔阻止的这一套新规矩，今天已经成为乡村的共识。丧葬公司，车接车送，滚珠轴承，吊起吊落，事在人为，没什么不可以。

规矩是人定的，抬棺材出了难题，新规矩自然要出来。

任你什么规矩，抵不过钢铁一般的现实。找一种省人省力的办法，才是"刚需"。

大地上所有的移风易俗，大概都是这么来的。

承　业

　　乡村说承业，指的就是子承父业。这样说字面上有两个意思，一个说继承了家业、家产，一个说的是，继承了职业。儿孙继承了父辈的职业，下一辈接着干，在手工劳动为主的乡下，是常见的事。

　　农业社，上一辈种地，下一辈接着种地，那时候村里人又没法择业，去干别的。没什么承业可谈。所以村里人一说承业，说的肯定是小手工业，耍一点小手艺，不靠农业社挣工分。

　　我小的时候还没有农业社，乡村挑担推车搞点小买卖的很多。常见的比方说，卖粉条，卖豆腐。冬天早起，棉被子捂了腾着热气的蒸红薯。还有打火烧，支起鏊子，小擀杖叮叮咣咣敲起来，起面发了，揉成圆饼，砌一个蓝炭炉子烤熟，外皮焦脆，掰开喷喷香。煮油糕，白面用滚水烫了，包了白糖红糖，油锅炸熟，面皮起泡泡，一咬焦皮嚓嚓，炸甜炸甜。还有油焙凉粉。我在外地见到凉粉，一般都是吃凉的。老家不一样，吃炒粉，叫油焙凉粉。发好凉粉，切成一口一个小块，一个平底鏊子温着。买主想吃了，洒一点油，刺刺啦啦鏊底油香冒出来，划过一份，凉粉碗倒扣了，焙着。片刻掀开，点蒜汁葱姜，三翻两倒，小饭铲子铲到碗里。油焙凉粉，那是故乡的味道。孩子小时在老家长大，有一年回山西，说起来，她想吃油焙凉粉，尤其想吃油鏊上炒凉粉时，小铲子铲碎了的凉粉圪渣。想来那些小碎渣子，更加入味吧。小时候形成的味觉，实在是个很奇妙的东西。

说来说去，这些都和涑水河这一代的物产有关。涑水河出山流进了平地，河槽小平原盛产粮棉，故乡这一带，也就是猗氏县东南、安邑县中部这一块，加工制作熟食就多。这些小吃食，也就是家门口的生意。

跑得稍远一些的游方小贩也有。村子里有弟兄两个，一家贩竹器，一家做点心。贩竹器的，从山南买回竹筛子、竹席、篮子等等，赶集摆摊子。他家里常年四季摆满了大蒲篮、大揽筐子，也有小巧的柳条筐箩，就是女人家做针线活，放个线团针头什么的玩意。竹编的小盖篮子，红篾子黑篾子交叉了编，精细好看，村里演戏，常常要去借了当道具。做点心就是高级一点的吃食了，主家转村转巷，也给集上的店铺送货。他还会做一种当地的特产，叫糖豆角。面片切成狭长的，两头尖，捏合了放进油锅炸，蜜汁自动灌进去，胀满鼓起，像极了南方湖水里的菱角。咬破了，满口蜂蜜汁儿沁着花香。这号糖豆角，近年不多见了，大概是因为太甜，城里人不太敢吃了，偶尔回老家还能看到。那一片都叫作泓芝驿糖豆角。他做糖豆角的技术炉火纯青，在我家和父亲扯闲篇，说起公家做这个要用温度计测量蜜汁温度，他鄙夷地说，还用测量？我一根手指头插进去，就知道多少度！泓芝驿是个古驿站，我看他这一套技术，应该列入非物质文化遗产。

自古以来，经商来钱，50年代初，村里就他家有一辆自行车，他出去送货骑着。旧式的车子，前头有人挡路要打铃，铃铛在手把上，他右手一拉绳子，前车轱辘上面一个小小的铁轮子就挨着了皮带，靠摩擦转起来，一个灵巧的小铁棒槌敲打铃盖，丁零零，人们就知道，卖点心的车子过来了。

农耕时期，村民的认知范围，通常在一日往返的距离之内。这个可以理解，人走到哪里，经见到哪里。在农民，由炕头到地头，这个是最基本的生产生活空间，此外，有集市、婚姻、庙会等，还有其他乡里村社组织的社会空间。集市是农民扩大认知活动的重要场所，传统社会，十里八村是乡民活动的大体空间。土地不动，依赖土地的农民行为能力有限。做小买卖的见多识广，一般都是乡村的精明人。农民要发达，还是要走出去。

民国时期，猗氏县的商户，也有走出去很远的。运城仗着靠近西安的地理优势，历史上行商多走西北一路。跑陕西、甘肃、宁夏，人们把这个叫作"走西省"。大富豪有尉庄的王万年，北马村的"毒药罐"等。其他的在铺子里头当掌柜当伙计就不计其数了。与我们隔几家的红脸森娃，在点心铺子里当学徒，我的姑父常年走兰州贩秦椒，亲戚朋友里头，在西安生兰州长的太多太多。光绪年间的《山西通志》记载永济县的民风为"力田绩纺，尤尚商贾"。1924年，山西省自治筹备

承业 **323**

处做过一个全省民户商户的分布调查，太原以南，商户比例较大。当时，全省商户比例最大的竟然是我们挨着的安邑县，达到6.1%，那个表上高于5%的很少，其中大部分县份低于2%。汾河河谷平原地带的商户比例明显高于其他地带。这个也可以理解，富庶地带，农产品丰富，商品交换的需求就更迫切。晋南和西北地区通商，商业来往活跃，自古皆然。

我的朋友王西兰，当过省文联的副主席，他的这个名字，得源于自小跟着父亲在西安兰州长大。十年前我去兰州考察，他让我到南十字街看一看，还有没有当年卖的热冬果。当地说的热冬果，就是烤熟的冻梨，那已经是40年代的记忆。我去看了一下，何止有卖热冬果，街旁小场地还有一副卖冬果的铜塑。一副担子两头挑，小贩正在弯腰忙碌，旁边一个馋嘴小儿，神往地盯着担子，小手指头挖进双唇里去。怎么看，都像幼年的王主席。而他，也已经几十年没有到过兰州了。

也还是这一次，甘肃农业厅的司机陈师傅拉着我们一行人，说起运城的变化，我叹息涑水河干枯，没有水了。陈师傅一听大惊：什么？涑水河没水了？那个惊讶，明显是和一条河有情感交集的乡亲才能受到的刺激。果然，详谈起来，陈师傅告诉我们，他的幼年，就在猗氏县长大。40年代，他父亲在猗氏县做生意，他们全家常住当地。他两个姐姐，都生在这里。父亲给她们取名，一个叫陈若猗，一个叫陈若涑。一个纪念猗氏县，一个纪念涑水河。1949年新中国成立后，他们再也没有回去过。"猗"和"涑"这两个非常生僻的汉字，只用于地名，若非当地人，谁会刻意使用它们呢？此刻，这两个我看着无比亲切的汉字，就镶嵌在她们的名字里，那是一段来自出生地的深邃的记忆，也是 40 年代人口流动个案的精细书写。

这样的一条商业流动的河流，大致上在集体化以后被截断。

农业合作化以后，土地归公，大多个体经营都被取缔了。小生意没了，甚至连集市贸易这种非常简单的农村商品交换也有了危险，"文革"中严厉打击，一并禁止。公私合营以后，原来在西北一带开铺子跑生意的都回家种地来了。各种小手工业，都归了农业社集体经营。高头大队成立了副业股，管着铁业组、木业组、副业组，这些个体劳动统统要组织起来干，原先个体经营的种种方便都没有了。

高头村的副业，主要是种菜、卖菜，靠着涑水河，井水浅，水地多。生产队有大车，装了萝卜白菜，拉到东西南北的集镇去卖，也有的直接送去机关学校。村民的对外交往，重新恢复到旧时十里八村的狭小空间里。

高头村的铁匠，是一家姓雷的父子，二人从河南逃荒过来。这里的习惯，对于这些耍弄手艺的，称呼他们，一般在姓氏后加"师"就可以了，雷氏父子，就叫雷师，他的儿子，也就叫小雷师，他们既是父子，也是师徒。小雷师那时还年轻，年轻人就叫他名字了，顺森。

农业社铁匠，也就修理一些农具，活儿不重。比方打锄板、打镢头、打铁锹什么的，还有包大车轮子的铁瓦铁钉子，牲口嘴里的铁嚼头，骡马蹄子上的马蹄铁，等等。铁匠打马蹄铁，也就包揽了钉马掌。哪一匹骡马，也有驴子，蹄子磨短了，磨歪了，就要换铁掌。牵到铁匠铺子，师徒二人把牲口拉到一个木头围栅栏里，拴住了，徒弟搬来一个小方凳，扳起牲口一条后腿，蜷回来，支在小凳上，师傅就提来一把平铲，铲那骡马的蹄甲。一铲子又一铲子，铲平，寻出一条弯弯的马蹄铁，大半个圆，一头张开口，铁条上留着小孔，钉钉子的。师傅嘴里噙着铁钉，招呼徒弟把住骡马后腿，安上蹄铁，吐出小钉子，抡起小锤子叮叮咣咣钉进去。钉好铁掌，骡马驴这些长腿又能行走自如，蹄子也不怕磨。

顺森打小就在铁匠炉子跟前跟班、抡大锤，练出一身本事，也长成一身蛮力。他的绝活，叫作钉活掌。别的铁匠钉掌，要拴了驴马，围了栅栏，谨防牲口踢人。顺森没有这些套数，瞅准了骡马，牵过来，理一理鬃毛，顺毛慢慢抚摸，算是安抚好了这个熊孩子。然后靠近后腿，身子抵住，一把扳起屈回，铲平蹄甲，叮叮咣咣钉上钉子，再拿小錾子砸实了，放开骡马，它便行走如常。他力气大，抵住把住，那骡马就动弹不得，活儿干得好利落。在乡村，屠夫不捆不按跑猪，牲口不围不牵钉活掌，都叫一绝。顺森有一手。

巷里的小石头才十几岁，也跟着顺森学手艺，像个小尾巴，跟在顺森屁股后头照着模样干。他小，一天能挣六工分。

集体化时期，所有的私活儿都禁住了，大概就是这些和牲口有关的手艺，还能在一个小范围里艰难地流传。

大牲口拉车拉犁，脖子上要套一个垫具，我们那里都叫套项。套项要耐压挤，也要有点弹性，一般都拿棕榈皮一层一层裹起，外边包一层动物的皮。在乡村，这活儿叫作裹套项。裹套项的把式，一要有棕榈来路，二要会熟皮合皮绳。牲口的套项，绝对的私人定制，即时量身定做，公家不可能打造好在供销社统一买卖，裹套项的手艺，差不多就是硕果仅存的私家买卖。会手艺的，和附近村子的马房熟悉，哪里需要裹套项了，会招呼他们。打听到哪里套项破了、软塌了，他们也会找上门去。十里八村的，有信用。裹好一个套项，挣二十元。生产队管理严格了，后来就给他们一个外派工的名义，一天交多少钱，队里记十个工分。毕竟挣现钱，票子来回过手，他们的手头宽裕得多。

裹套项，那时是一个多么诱人的手艺。他们在场院里支起合皮绳的木轮车，手摇着转动，哗啦哗啦，单股的皮绳在弹跳，扭着身子舞蹈，从几条岔道上愉快地走到一起，合成一根皮条。他们熟皮，芒硝涂上去，散发出皮子的轻轻的微臭，他们便像农民闻到了久违的骡马粪一样兴奋。一个冬天晾在墙头的牲口皮子，很快变得绵柔如布，毛茸茸的软和。一层一层的棕榈裹成一个半圆，包好皮，圈起缝合，两头合并，皮绳穿进穿出，左一扯，右一扯，宽的皮绳，细的皮绳，在怀里跳啊卷啊，小精灵一样。他们手不停，脸上红扑扑的。只有在这会儿，劳动才真实地创造快乐。靠一份手艺，有一份不受使役不受管制的自由劳动，得一份高收入，劳动人民，大约只有这个时分，才享受到劳动的欢畅和愉快、光荣和骄傲。

裹套项的收入，没有谁认真计算过，但肯定叫人眼红。村里有在外工作的，一个月工资四十来块钱。一家裹套项的听了，鄙夷地说，还没有我娃一天挣得多哩！农业社一天十工分，分红不过两三毛。任你在外当干部，何如在家裹套项。遂令天下父母心，艳羡生儿裹套项。可是一时半时谁能学会呢，就是学会了，哪里去购进棕榈？怎么去建立供需关系？这些都是上一代的多年积累，能传给下一代的，村里也就那么几家。

自古以来，在一个重农抑商的传统社会，农本以外的"百工"一直是卑贱的行业，尤其是一些和牲口有关的技能，更是被人视为百业之末，遭受歧视。集体化以后，钉掌裹套项一时出类拔萃，光耀人前，倒不完全出自于"卑贱者最聪明"，我感觉更像是在小角落，老百姓一点小小的偷欢而已。

历史的转折在乡村总是猝不及防。改革开放对于乡民就是这样。猛然间，乡民的小生意、泓芝驿的大集又出现了。织绳子的，编柳罐的，编筐的，打桌椅的，钉缸钉碗的，编苇箔烧砖瓦的，起刀磨剪子的，錾石磨的，都在蠢蠢欲动。运城原来的地委书记，抵制中央精神，不让开集市受了处分，中央发文件一撸到底，乡民们更是人心大快。仿佛一早出门，风也清了，日头也红了，花儿也香了，喜鹊当头喳喳叫，生活顺了心、遂了愿，松绑了。

"文革"十年，一直在严厉打击投机倒把。什么叫投机倒把？就是把一处产品贩卖到另一处，挣差价呗。搞活商品流通，有什么罪过吗？还真是罪过不轻。放开集市贸易，不许投机倒把，人们不禁要思考这中间的界限。贩卖和投机倒把，区别在哪里？心有余悸的人们，便开始辩论，一个新名词引进来，叫作"长途贩卖"。听说投机倒把就是"长途贩卖"，那么什么是长途，什么是短途？一百里以内可以，那么九十九里就是合法的，一百一十一里就是违法的？现在看来，这些非常可笑的问题，当时，都是报刊上严肃争论探索的理论学术。年轻人会觉得，那时的人真是傻帽儿。人倒也不傻，这不准，那不准，时间长了，本来应该的东西没人敢说应该了。看一看想一想，我们曾经多么幼稚可笑过。再看眼下呢，哪里还有"长途贩运"这号土老帽儿叫法，拿到一个外国订单，集装箱装了船码成彩色的大方块，鲜艳地在海上风波里游动。要快吗，粉嫩的鲜花上午上飞机下午就到了黄头发蓝眼睛的世界。还要讨论什么叫"长途贩卖"吗？当年那些敢于越雷池一步的，赶上毛驴贩土产，敢于坐上火车，到西安倒服装、到兰州贩皮货的庄稼人，他们是实实在在的新一代闯将。

回头再看这些第一代承业者，那时都是典型的子承父业。乡村一旦放开做生意，闻风而动的，还是上一辈有过经商从业经历的。做点心的儿子做了点心，打烧饼的儿子支起炉子打烧饼。上一辈会一点烧菜厨艺的，开个家庭小饭馆。我家大姨的儿子挎了篮子赶集卖开口蚕豆，姑父的孙子接着跑兰州贩秦椒。因为开过估衣铺"文革"中挨斗的老掌柜，后人又开始跑宁夏进皮货，开铁匠木匠铺子的后一代重新开张，牲口经纪教给孩子贩驴贩马做兽医。总之，80年代初期的承业，还是家传授徒的多。

改革开放带来了思想大解放，农民在开放的环境里自主择业，地域优势和技能优势逐渐发挥作用。经历了将近二十年的自发调节整合，大致上在世纪之初，在我的家乡，这种零散无序的一家一户的产业传承，逐渐形成了地域化的产业特色。这就是，在家乡河槽，经营梨果业，在外，主营熟食加工，打烧饼。耕地全部栽种梨果树，这一带百亩千亩果林，秋收季节外来的果商车队络绎不绝。外出打烧饼的携家带口常年在外，星罗棋布。有一种很骄傲的说法，全国长江以北的地县城市，都有涑水河沿岸河槽人家的饼子铺。打烧饼，夹卤肉，烙大饼，裹凉菜，非常适合城里上班族的带走快吃。这实际上是一种非常诱人的中式快餐。我和他们聊天时，曾经自豪地把这个饼子夹肉叫作"中国热狗"。是的，热狗有什么，不就是面包夹一根香肠。中国热狗，有滋有味多了，完全可以与之媲美。和安徽无为的保姆，浙江温州的修鞋，义乌的小商品，海宁的皮草业一样，大家都是一种富有地域特色的经营，只是我们还没有人家名气大。在中国北方的大小城镇街上走动，在那些不起眼的小夹巷，一不经意就会和这种中国热狗撞个满怀。

我的女儿在北京上大学，一天，食堂一个窗口突然卖油焙凉粉，她得意地给同学推荐，快来吃我老家的炒凉粉！不料那个窗口的师傅突然发问：

你是哪里人？

山西人。

山西哪里？

运城，临猗的。

窗口的师傅盯着女儿看了一会儿，问：你是星星的女儿吧？

原来，女儿打小在村里由爷奶带着，高头人还能对上相貌。卖烧饼的小老板家就在我老家对门。

女儿毕业以后住到方庄小区，在超市，又遇到一个高头村的熟食铺子。

他们在超市买蛋糕，高头人哈哈大笑，那不都是咱村人在北京做的？

我们老两口搬到东城常营，那是一个新区，家户在装修，各种公共设施都还在陆陆续续配套。看到小区周围几间空着的小间口门面房，我对家人说，你们看着吧，咱村人快来了。

果然，入住不久，南门东门两个点，很快都来了老乡，包了门面房，开了饼子铺。一口乡音，一打招呼就知道，老家都在河槽一带。

在村里，我的邻居几家人的孩子，分别落在河北邯郸、河北承德、陕西宝鸡、宁夏银川、甘肃武威、湖北老河口，河槽人家的孩子足迹遍及五湖四海。果业养家，烧饼发家，沿河一带，地少人稠，反而较早减少对土地的依赖，成功转型。一个小型产业新区，不是虚名。

一个烧饼铺子一年能挣多少钱？这个经营千差万别，不好概说。勤劳致富，依靠手艺挣一份辛苦钱，这是庄稼人的心愿。就是这个饼子铺，让高头人人均存款不少。家家盖起新院落，新房起一匝，小楼二层半，近半数人家有小汽车，人人都说日子过得比过去好多了。

今年春节我回老家，村子里要搞社火活动，就是大型的民俗表演。新一届村委会号召集资，正好东西南北的小老板们都回乡，听说集资，纷纷献爱心。一张红榜贴出来，我看了一下，前十名都是在外地开烧饼铺的，多的一两万，少的五六千，有财源支持，高头村多年冷落的社火活动又点燃起大家的热情。文艺晚会高歌劲舞，年轻人看着来劲。社火活动是传统节目，铁架高台踩高跷等，都是沉寂几十年的老古董了。高头村地肥水美，乡民勤劳能干，一个产业带动整个地区兴旺发达，气象万千。

村主任把我拉进了高头村微信群。一个大群，四百九十八人，都是在外经营生意的。天南地北的高头人，在网络里又找到了乡亲，找到了知己。一条无形的血脉，连接了四面八方。打开群聊，有叙亲情讲历史的，更多的是信息交流。哪里有粉条，哪里要苹果，这里有门面房，这里有小区需要开熟食铺子。打烧饼培训，师傅带徒弟。供需双方在这里见面，信用有千年历史的村落担保。有实用技术打拼挣钱，也有温暖的人情，几辈子的交往。像我这样的看到一个年轻的名字，根本不认得。一旦介绍一句"我爸是谁谁"，脑海里立刻浮起了熟悉的影像，接通了滚烫的血脉。四百九十八人，四百多户人家，高头全村，大部分网罗在内。网络，像远远探出的长臂，又像千里之外的感应神经，高头村人走遍全国，不再是一隅一角、一家一户的小天地了。

高头村还有职业传承吗？还有。这个技艺的传递接力，在世纪之初慢慢发生改变。商品大潮把所有的村民都卷进去了，一个地域逐渐形成主业，和上一辈人的从业经历关系不大。代际之间的传承，逐渐被现代化的职业培训取代。信息化，现代化，一个村子也能看到它的强烈色彩。

我的村子，有一部分乡亲，实际上已经成为新一代城市移民。庄子里南巷的一家，在河北邯郸经营饼子铺，二十多年了，手下十来个雇工，已经在当地牢牢扎了根。寨里村我的表弟，二十多年前到西安，靠卖早点油条起家，现在也是经营着一家有规模的饭馆。他在西安买了房子，孩子在西安上学，从小在西安长大，已经是道地的西安人，只欠一个城市户口。当然，也是这个户口像风筝的线头一样拽住他，让他时时记着自己是涞水河边河槽的人家。

三十年前，表弟在寨里村东庄，穷得人见人怜。房屋土墙土厦，椽子细得像小胳膊，那样子随时要塌下来。80年代他起步早，捞到第一桶金，他在村里修了新院子。农家院落，那时还是土木结构居多，他家大梁檩条全换，木椽通直，青砖墙一砖到顶，院墙也是一水儿的青砖，二十米一排，白灰缝抠得如同一幅美丽的四方连续图案。那时，表弟的院子，数村子里头一份。近几年，乡村全盖起小楼，砖混结构，水泥面彩色瓷砖，大红门琉璃瓦。表弟全家搬到西安，孩子在西安上学，和寨里村已经很少联系。他家的院子，风雨侵蚀，院门油漆脱落，裂开指头粗的缝隙，从门缝望进去，满院子荒草杂树。房顶年久失修，苇箔烂了，屋瓦塌陷，露出光秃秃的椽。夏秋风雨大作，屋内大水泡了。院子积水数尺，又倒灌进去。房檐耷拉下来，歪歪仄仄，一副无人疼爱的可怜相。在四周一片小楼的包围中间，一个院子败落潦倒格外刺眼。这原来村里头一份的好房子，眼下无疑倒成了村里最烂的房子。经历了三十年的轮回，表弟的房子，由最烂到最好，又由最好到最烂，这是这一代务工者的人生转折，也是一代择业人的身份转换的见证。

现在乡村房子最烂，近乎废弃的人家，大致上是进城以后，事业最为发达，人生最为成功的了。他们离乡不回来了。

城乡之间的一场乾坤大挪移，就是自由择业生成的盛大气象。

生产力发展，一些行业兴旺了，一些行业凋敝了，一些行业诞生了，一些行业消失了，一些行业强光刺眼，一些行业微光如缕，一些行业油尽灯灭，这大概就是历史，就是我们看到的社会史。

"文革"后不久，铁匠老雷师就死了。他的儿子小雷师承业，接手雷家的铁匠铺，而我们仍叫他顺森。

顺森也做的一手好铁活。可是没几年，各种农业机械就席卷了乡下。种地了，叫一台播种机。割麦子了，叫一台收割机。庄稼人站在地头，轰隆隆那机器开过来，来回一遍，玉米秆子全部打成碎末末，埋在土里，接着一遍，麦子就下种了。收麦了，机器前头开，后头张好布袋子接麦颗子，哪里还要人工。这样一来，各种农具锄头镰刀都成了废物。不几年，小三轮开进了家家户户，机器接着替代了大牲口。骡马，毛驴，大黄牛，谁家还伺候这些活物？卖的卖了，宰杀的宰杀了。什么换钉掌打嚼子，都成了往事。铁匠没了生意，炉火暗淡下去，顺森默默地告别了铁匠炉子，任它塌成一摊泥土。老雷家几辈子的经营终于一朝了断，高头村，告别了铁匠时代。

　　难道老天就堵死了铁匠的活路？没有。光景好了，底子实了，农民就思谋盖房子。先是一砖到顶，后来就砖混结构，架顶板现浇现铸。房子也由一层成了小楼。与之相配，院门越来越讲究。木门换成了铁门，小门换成了大门，而且越来越大。四米高，三米宽，汽车直进直出。铁匠们看到了这里面的商机，纷纷转行做铁门。做民居院门的行业应运而生。顺森也跟着转型，开了门业。他把铺子开到运城，号称"王牌门业"。铁门，无非是切割、焊接、安滚珠，顺森勤快细致，老铁匠的功夫还在，活儿做得漂亮，他的生意就好。十多年前，顺森在运城买了房子，把家搬到城里，过上了城里人的日子。人们都说，车走车路，马走马路，老天灭了铁打的家具，又给铁匠留下了另一条出路，这不，顺森的日子比谁差了？

　　顺森的铺子生意再一次熄火，是近几年的事。

　　顺森的门还在做，叮叮咣咣，却发现，上门订货的少了。邻家的年轻人看着他的眼光不对了。原来人家早都网上订货了，什么尺寸，什么铆窍，一张图发过来全有了。他还在哧哧啦啦钻孔，人家提过来一个什么家伙，唰的一声圆洞成孔磨光。他还在挥动扳手上螺母，人家手提一个电吹风一样的家伙，呼的一声，螺丝拧到了位。人家到外地学来了油漆抛光的新技术，他根本就不懂。渐渐地，同行的年轻人脸上有了鄙夷之色，有人一边利洒地走工序，一边嘲笑似的看着他，意思是，那么笨呀？

　　顺森心头一颤，他明白，铺子的末日来了。

他老了，新一轮的竞技，再使劲，赶不上了。

这个，好像是承业的问题，又好像不是。

顺森关了铺子，回了高头村。

儿子过惯了城里生活，宁愿在城里游逛，不愿跟他回来，顺森就自个儿过。

每个月几十块低保，根本不够花销，顺森就在村里地里拾荒。

没人想到农村也有拾荒的吧？有了。果林越务越好，现在的苹果、梨，都套袋。果子长成核桃大，就要套上一个纸袋子。纸袋外面一层绵纸，里面一层软塑，日光照不到，风不吹，雨不淋，虫子钻不进。果子养得白白嫩嫩。果形周正，果面光洁，无斑无痕，人见人爱。一旦采摘，去了蒙面纸袋，仿佛揭了盖头的新娘，红润光彩。这个时候，果林里外，到处都是废弃的套袋，顺森就去捡废纸，果林里、大路上，顺森拾废纸，也是一份收入。

高头村的最后一位铁匠，终于严丝合缝地闭合了自己的职业大幕。现在，他就是一个拾荒老人。

他不再抚摸那些冷硬的铁器，现在，满树悬挂的纸袋子，就是他的希望。天地间飞舞的纸袋子，癫狂如柳絮，轻薄如桃花，最是搅动他的喜悦和激情。

顺森在大路上踽踽独行，意外地碰上了石头。

石头也不小了，五十多岁了。

石头穿西装、新裤子，皮鞋上有黄泥。村里在外务工的回来了，好一点都这样子，看来光景不错。

顺森就问，好久不见，石头你做什么呢？

石头就说，还能做什么？还不是师傅你教的，说着做了个扳马蹄子的动作。

钉掌？顺森吃惊不小，现在还有钉掌的？

石头说，怎么没有？咱这没有啦，我在黄河滩。这几年，黄河滩都是旅游的。游客要骑马，也有马戏队。禹门口、吴王渡、蒲津渡、风陵渡、大禹渡旅游区，都有马队，我就在这一条线跑。

黄河滩哪里还能支起栅栏拴住马钉掌子？我就用师傅的绝招，专门钉活掌。一人牵着马，我扳起蹄子，抵住，叮叮咣咣一会儿就钉好了。

我一个人，背起一个布袋子，装上马掌钉子，转悠呗。

石头伸出一个指头，不无炫耀：扳一条马腿，一百。

一条腿一百，一匹马四百，一天就算四百，十天呢？一个月？一年？顺森脑子里飞速旋转着这一道应用题。

石头看出了顺森的疑惑，说，也不是天天有活儿。没活儿，我就胡逛。

石头来钱很轻松。

一个即将失传的技艺，往往会因为它的稀有，突然身价看涨，身价百倍。

石头的钉掌，大概就是这样。

这一带的铁匠的日子，能像石头这样的大概绝无仅有了。

顺森万万没有想到，他早已废弃多年的手艺，如今，在一块狭长的小天地，依然可以如此光芒四射。那些黄河滩上的叮叮咣咣，也许都是铁匠这个行业的余音袅袅。

仇　隙

　　乡村住民，祖辈比邻而居，长时间在一起，难免闹点意见，由此爆发吵吵骂骂也不稀罕。但乡民的争执，大多实在短浅，就是眼面前一点点得失。兄弟分家吵得沸反盈天，其实就为了一个瓦盆、半个马勺。连畔种地，你家的田禾高了，遮挡了我的阳光。你家的鸡鸭没关住，咬了我家两口谷穗子。还有小孩子玩耍，谁家欺负了谁家的孩子，另一家找上门来吵闹，一霎时吵得鸡飞狗跳。

　　乡民之间闹起来，会吵嘴，会骂大街。

　　许多作家的小说里，都有乡村妇女吵嘴骂街的描写。河北作家刘家科的《乡村记忆》一书，开篇就是《骂街》。乡村妇女的骂街，可谓乡村一景。如果用一颗平常心看来，村巷里的骂街绝不是丑陋败兴那么简单，那是乡村一幅不可或缺的风俗画。尤其是那些乡村的泼妇骂街，骂起来有声有色又尖酸刻薄，那一份活色生鲜和"损人不倦"，那是城里人万万欣赏不到的。骂街当然少不了撒野。野到顶了，那就是恶骂。

碰上了恶骂，那是怎么脏怎么毒就怎么来。那一份乡村泼妇的凶恶丑陋、毫无廉耻，也会让城里人大开眼界。当然，恶骂少见，一般的，还是指指戳戳，大不了跳脚撕扯一下，不算大事。

我在年轻时读小说，长篇只有浩然的《艳阳天》，里面描写的妇女吵嘴骂街，就曾经让我折服。马凤兰和孙桂英的对骂对吵，可谓精彩绝伦——

马凤兰：哟，桂英，这么早就起来了？

孙桂英：我早起晚起碍着你什么了？我就是挺在炕上，皮肉化成水，骨头烂成泥，跟你又有什么关系？

马凤兰：你有什么怨，有什么气，全朝我撒吧，我全兜了！

孙桂英：我姓孙，你姓马，赵钱孙李，我在头一行，谁知道你马字在棚里还是在圈里啊？咱们谁也碍不着谁，这不是八竿子打不着的事儿吗？

马凤兰：我一急一火，急追着急，火赶着火，嘴巴打开，管不住门，说了几句没深没浅的话。星星出来月亮落，咱俩可是一块儿混大，千万别光看狗吃日头那一小会儿啊！

孙桂英：我是就着星星喝的迷魂汤，趁着月亮喝的糊涂药，我惊了梦，醒了魂，我算睁开双眼认识了你！

马凤兰：桂英啊，办事不回头想，也得往远处看，不要为跑了个跳蚤就烧了金砖银瓦的大屋子，这可不上算呀！

孙桂英：往回想也罢，往远看也罢，越想越清楚，越想越透亮。没玻璃的烂眼镜框子，再也遮不住烂眼边了！你别在这儿跟我摆三国，我可没有工夫跟你闲磨牙，你闲得屁股疼，我可是有忙事儿！闲话少说，你就快走吧。你一辈子也不要理我。咱们是云南的老虎，内蒙古的骆驼，谁也不认识谁！

马凤兰：左边的河，右边的山，过了这节有那节，翻了这层有那层，你可得看长一点儿，望远一点儿。咱们本是一个谷穗长的，如今米粒是米粒，糠皮是糠皮。分了家，辦了伴儿，还不是有坏人给咱们扰对儿呀！

孙桂英：栗子花生一盘端，一个长在树上，一个长在地里，咱们从来就没有连着根儿！别在这里胡说八道，快走！奶奶没买自不吃，全饿死，也碍不着你！

马凤兰：你属狗的？怎么翻脸不认人啊？

孙桂英：你别他娘的母狗戴念珠假装善心菩萨来啦，我让你这个臭养汉的老婆带苦啦，我抽了你的筋，扒了你的皮也不解气！

马凤兰：你才是最真正的养汉老婆，男人刚离窝儿，你就招野汉子。再听你骂我一句，我不打掉你的牙，撕烂你的嘴，马字儿倒过来写！

孙桂英：你个臭娘儿们，滚不滚？不滚我让你知道奶奶的厉害！

马凤兰：你敢动我？摸倒我一根毫毛，奶奶让你立根旗杆！

一句接一句，一个小时半个小时不重样，比喻、谚语、歇后语、挖苦讽刺夹枪带棒层层叠叠，叫人觉得听骂街就是一场乡村语言的大展演。吵骂的双方，这一搭简直都是乡村语言艺术家。

吵嘴骂街，在乡村常见。骂街一方或者是双方，当然都觉得是自己受了委屈挨了欺负，窝在心里无处撒气，终于憋不住了，要找一个方式让双方的争执公开化，吵啊骂啊，要的就是一个广场效应，让大伙来评理。不论单骂还是对骂，都是一种形式的广而告之。骂街即是一场舆论较量。

城里为什么没有骂街？因为你骂街，路人不知道你骂谁、你在骂什么。乡下不一样，祖祖辈辈比邻而居，互相熟悉。一个村子谁不知道谁？知根知底，一说就是先人好几辈。围观的乡邻，事情的来龙去脉甚至前几辈的根由都在他们的记忆里，他们才好见证。眼前的冲突，也许牵扯着几十年前的根由，也许是前几辈子的积怨。他们也许没有开口劝架，却是心里有数。骂街和习俗相联系，这么一来，简直有了文化内涵。

乡邻结怨撕破脸，会当着众人吵架骂街，要是暗地里使坏，更多的是报复庄稼。

踩踏仇家的庄稼，听上一辈人说，民国时期就这样，50年代初一家一户单干的年月也常见。合作化以后没有了，集体的地，报复谁呀。80年代初期一旦分地，这种报复很快就复活了。你的棉花苗长起一拃高，清早起来，突然看到有两行苗儿倒了，歪斜了。这是你的仇家路过你的地边做下的。他的报复手段极其简单，照着你的地块，沿着两行棉花苗踩过去，一脚一棵，走到地头，两行小苗全被踩踏。踩死的死，踩歪的，注定要十天半月才能缓过来，秋后注定减产。对待玉米苗，也是这样。一般来说，不会踩死，他是按照仇恨程度来确定报复力度的。深仇大恨不会报复庄稼，小仇怨，不值得踩死。踩死了地里空两行空地，村里见了也不好看。踩倒踩歪，过一阵复原，看起来也不怎么残忍。对待蔬菜，也这样。你的萝卜，青枝绿叶铺在垄上，白萝卜已经长粗了，撑破了地皮。你等着拔大萝卜，他晚上摸到地头，攥住萝卜，挨个儿往上提一提，好似寓言里说的拔苗助长。那萝卜根一旦离地，就不再长了。看着还在窝里，却是隔一天就干瘪下去。第二天主人下地看到，有什么办法，赶紧推来车，挎上箩筐，一棵一棵提前拔了。庄稼最忌收了青苗，可这也是没办法的事。

这是乡村的一种小报复、小警告，俗话说，给你捎个信儿。

这种报复，源远流长，绵延不绝。在农家看来，不费劲就解了恨。这种手段因为太实用了，也就成了乡村的悠久传统，一直沿袭下来。

知道这些，你就会明白，乡村的骂街是一件多么得力、多么必要、多么高明的手段，当你断定使坏的小人就在某一个群体，又无法确认是谁，骂街，不失为一种出气解恨的手段。

近二十年，我的村子大片种植苹果梨树，乡亲们都成了果农。一棵果树，就是一沓沓钞票，这种报复，当然就移用到果树上。

村里有个小干部，家属都在村里，退休以后回到乡下，务了百十棵果树，自以为优哉游哉，归隐田园。"晨兴理荒秽，带月荷锄归"，果子卖钱，农活修养身心。梨树刚挂果，不禁憧憬着秋后金色的收获。一天发现，有两棵梨树叶子突然软塌塌的，没了亮色，没了水润，朝树干底下一看，有人拿刀子划了一个圆圈。他明白这是仇家报复自己，自家在村里有对头冤家。天黑了，那人掏出一把小刀，沿着树身，划上一圈，割下一道连环刀伤，第二天，这棵受伤的果树立刻开始枯萎，不几天，见花落花，见果落果，要结果，等来年了。这是小怨恨。仇结得深了，他会沿着树根，划断一小截树皮，断口以上几天里就死掉，这棵树就报废了。小干部知道自己惹不起仇家，找警察更是麻烦，只有赶紧把果树全部转包了。换了主家，当然仇人不再寻衅滋事，只是他只能怏怏地望着果林长叹，心里不是滋味儿。

我也领教过乡民这种暗地里报复的手段。十多年前，家里老院子房屋实在老旧，我决定拆了重盖。我家的院子是老宅，几百年都在这里扎根。重盖新院落，我要把院宅基地扩大一下。那几年村里正在卖基地，我村里也就是一分地一千元。我家老院子，一边的旧巷子已经废弃，我的院子外扩了两米。另一边巷子如果按照规划取齐，也能外扩两三米。但是这一边的巷子两三米宽的空地，路对面平时可以利用，方便倒车回车什么的。我要是扩了院子，村里收费虽挺乐意，对面的却老大不高兴。我当然要履行手续，通过居民组、村委会，一直申请到乡政府，用地手续终于完善。于是拆房揭瓦，整理木料，平整地基，砌起院墙。看来一切都顺利，当时我福建有个会，便留下家人照管，去了福建。不料就在会议期间，家人打来电话，院墙砌起两米以后，一天深夜，有人趁着看守熟睡，推倒了院墙一角，门外是一张大红纸贴了大字报，指责我"权大钱粗""霸占公地"等等。

我一个文化人，怎会"权大钱粗"，一应手续俱全，哪里来的"霸占公地"。所有这些，不过是他们借题发挥，撒一下气。

在村里住久了，时常会听到这类谁家盖新房、夜半遭人推墙的传闻。当然，房子最终还是要盖起，就是给你一点小小的不快罢了。

谁家干的？谁家夜半悄悄地起来推墙？乡邻用下巴指一指，说，谁？还用问，伤着谁谁动手。但是，总归没人站出来承认。

乡村当然不只是吵吵闹闹。有些冲突比较激烈，甚至会动武流血。

十多年以前，我陈家庄的表姐来省城找我，要我帮她打一宗官司。表姐一家在村里，是有名的能干，人精明，也好吃苦，光景一直拔尖。改革开放以后，表姐的孩子跑生意，很快拆了旧房盖起一座一砖到顶的小院，80年代初，这种全砖水泥结构的房子，在农村很是扎眼，表姐一家很快招致邻居嫉恨。当表姐再给孩子起建一座新院落时，终于遇到了邻家的阻挡。邻家挡住工人，不让砌墙，理由是新房位置不对，和邻家相克。院墙已经砌起来，怎能停工？于是双方吵闹，吵闹又发展成撕打。两家都有家人出手，工地有铁锹钢钎，抄起交火，一场混战，当地派出所出动警察，才阻止了打斗。最后查验，表姐的女婿和对方的儿子都受了伤。对方说自家重伤，要求以刑事犯罪惩办表姐的女婿。

表姐没有儿子，女婿是上门女婿。在我们那里农村，上门女婿属于踩不住地、支撑不起门户的那种。一般来说，在村里遇事都忍气吞声，但求息事宁人，怎么可能挑衅惹事呢？但对方就是不服。那一家人跑上跑下，最后表姐的女婿以致人重伤被判入狱，服刑四年。

表姐家本来就没有男劳力，这下子只好老两口儿守着女儿，带着孙子，辛苦劳作，终于等到四年期满，一家人才又可以晨昏相守，过上了正常人的日子。

七十岁当口出案子，表姐那么刚强的女人，一下子苍老了。头发一霎时变白，走路脚步踉跄，双腿打弯，一走画一个圆圈。

在乡下，表姐最难为情的还是挂不住脸面，家里有人坐班房，丢人。

劳苦不说，表姐一生有这么一个让人欺辱的四年，在她，从此成了一块心病。

好在表姐这场官司还不是命案。这些年我们村最吓人最惊悚的血案，该数狮狮的案子。

狮狮是一个复员军人，那时在村里当生产队长。80年代，村里开始通自来水。农村的自来水，一开始还通不到各家各户，就是全村建一个水塔，一条巷子里扯一根管子，找一个合适地点安一个龙头，家户去龙头接水，就这已经很方便了。公用水管有一个问题，大冬天容易结冰，水管安在谁家门口，都会有些个冰凌渣渣。小队选定的水管位置，恰好距离龙龙家近一些。龙龙媳妇就不高兴，寻队长闹事，指着鼻子吵骂。这事情惹火了狮狮，他着实想吓唬一下这一家人。狮狮当过工程兵，懂一些爆破原理，离开部队时，他私藏了几个雷管。这个时候，他找到北山开山掘进队，弄回来一些炸药，装在一个罐头瓶里，插上雷管，点燃引线，隔墙扔进龙龙院子里。龙龙的小女孩看到一根白线刺刺刺冒着烟，很是好奇，一边叫喊着一边跑去看。轰的一声瓶子爆炸，小女儿当场被炸死。

80年代初，正值全国严打，狮狮的爆炸案在县里震动很大。炸药、雷管、爆炸，听起来很吓人。县里组织了工作队下到村里侦破。案情又不复杂，很快就破了案。严打从重从快，狮狮被判了死罪。村里人多次出面说情，有的说，总归他是因为公事，有的说，他只是想吓唬一下，也没想到会死人。可是正赶上严打，工作队不为所动，狮狮最终还是被处决。

改革开放以后三十多年，高头村发生的流血案件很少，这一桩案件，可确实是震动四野，村人闻之变色。几十年来，经常成为街谈巷议欲罢不能的话题。

理论家把人的生活分成三种，单位生活、社交生活、家庭生活。如此说来，乡人的"单位"，相当于村落。

改革开放以前，乡人的"单位"，大体是固定的，终身不变甚至世代不变。改革开放以后，乡人进城务工的机会多了，有的搬到城里，乡民有了迁徙的自由。

村庄是一个亲族的居住共同体，享受过千年百年的友善合作，当然也要遭遇千年百年的龃龉和仇隙。每一家的友善都是几辈的积累，每一次的争吵可能都有历史背后的原因。城市居民由于不断迁徙，相邻关系上很少历史积累，就很少出现乡下这种农夫式的谋算，农夫式的怨怼和争斗。世代生活在一个空间，容易形成世交，也容易结下世仇。乡村的历史积淀，会顽强地沉积下来。

　　都说乡村这些年吵嘴骂街少了。根本上说，还是生活空间变了，世代居住这个共同体动摇了。乡民流动性大大增强，单位生活，社会生活，家庭生活，这三块，社会生活一块变大，"单位生活"这一块日渐萎缩。磕磕碰碰有了缓冲区，争斗当然少了。

　　我们的两家邻居，都搬到了城里。我有公家单位，两家邻居都跟上孩子住，在城里养老。年节偶尔回一趟家，清明祭祖，秋收看看庄稼。彼此见面，作揖打躬，问候一下。谁还记挂那些年深夜推墙贴大字报呢？

　　都是过日子的矛盾纠葛，鸡毛蒜皮，吵吵闹闹一下也就过去了。当然也有的动手流血，好多年解不开疙瘩，又把仇恨传递到下一代。

　　秋天我回村去看表姐。这多年，我是头一回走进她当年打架流血保卫的院落。表姐的女婿早已经坐满四年回来了，两口子都能干，陈家庄土地宽，依靠经营果树，他们的日子很快回暖，他们批了新院基，又盖了一座新院子。

　　天色黑了下来，这个女婿开车送我回城。新车新房，都

仇　隙　**347**

是他新生以来的收获。一路上，我们自然而然扯到了关起来的日子。我担心他在里面受了什么难以言说的大罪。听他说，他仗着手艺，在里头做饭帮厨，倒也没有遭什么大罪，就是四年漫长日子难熬。这些年过去了，我问他，和仇家在一个村子，还有没有麻烦。这个中年人双眼盯着前方漆黑的夜，眼里燃烧着怒火，像钉钉子一样吐出一句：人都关进去了，他还要咋?!

这个让我想起狮狮一家和龙龙一家，在村里同村人聊起来，我问同村人：那两家现在说话吗？

村人说：那还能说话？下辈子也不说！那仇，结得山高海深。

这就是乡村。后人绕不开往事前尘，翻开哪一家的过往，都是沧桑扑面、烟云满纸。

土 戏

　　中国戏曲史上，山陕梆子曾经称雄一时，写下了浓墨重彩的一页。清代的北京，二百多年间，山陕梆子一直是不可或缺的舞台支柱。当时，山陕梆子称霸京华，和昆曲皮黄三足鼎立，戏曲舞台的繁声竞奏就此形成。一直到清末民初，梆子戏才逐渐收敛了锋芒，在老家关门过起了自家的小日子。

　　山陕梆子的发源地，那当然指的是山西陕西两省交界一带，确切地说，应该是在山西南部和陕西中部的这一块地界。按今天区划来说，就在陕西的关中东部和山西的西南部。①

　　在它的老家山西这一侧，当然就不再叫山陕梆子，在清代，当地人就称蒲州土戏。

　　为什么叫土戏？一是本土，二是土气。清初戏曲是昆曲的天下，北方也尊昆曲为坛主。昆曲那时威名赫赫，走遍全国。蒲州当地的剧种，只能自惭形秽地谦称自己叫蒲州土戏。

_____

　　① 另有说法称"山陕梆子"的起源地包含山西、陕西和河南三省域。

唱戏是为了敬神，敬神就要请正统的大戏。那时即便在蒲州，敬神也要请昆曲班社。为什么？当地人也觉得"土戏亵神"，是旁门邪道，敬神一定要恭请严肃庄敬的雅乐出台。

清代的土戏究竟是什么样子的，尽管年代久远，当时演出的剧本大多不存，但是从时人的一些记录，我们还是可以大体看出土戏的样貌。

山陕梆子者，"聚八人或十人，鸣金伐鼓，演唱乱弹戏文"，"其器不用笙笛，以胡琴为主，月琴辅之，工尺咿唔如语"，"盛尚秦腔，尽系桑间濮上之音，而随唱胡琴，善于传情，是足动人倾听"。

山陕梆子的名演魏长生红遍京都以后，时人对他的记述很多。《燕兰小谱》说，"京班多高腔，自魏三变梆子腔，改为靡靡之音矣"。《啸亭杂录》记载，"长生因变之为秦腔，辞虽鄙猥，然其繁音促节，呜呜动人，兼之演诸摇亵之状，皆人所罕见者，故名动京师"。又一处再说，"近日有秦腔、弋黄腔、乱弹诸曲，其词淫亵猥鄙，皆街谈巷议之语，易入世人之耳，又其音靡靡可听，有时可以节忧，故趋附日众"。

这些记述可以看出，梆子戏的鲜明特点就是入俗。它不避桑间濮上，男欢女爱，带有下层民众对于封建礼教的天然背叛。它通俗，白话口语皆可入耳，明白晓畅。它讲究娱乐性，剧场效果好。所有这些刚健、质朴、清新的特点，都是雅部戏曲缺少的。鲁迅先生曾说某些戏是"俗的，甚至于猥下，肮脏，但是泼辣，有生气"。这简直就是对山陕梆子演出的绝妙注解。就是依靠这个，它打败了馆阁里的阳春白雪，称雄剧坛二百多年。

相对于雅乐的端庄肃正，山陕梆子的嬉笑逗乐；相对于雅乐的风雅无邪，山陕梆子的邪词俚曲。这一切，对于士大夫雅驯文化无疑具有强大的解构力。我以为，山陕梆子的种种"不正经"，对于后世中国戏曲舞台上插科打诨，游戏娱乐的表演有着强烈的影响。至今你看梆子戏，依然可以想见，它的种种噱不可耐，那是有源头的。

蒲州土戏，就是现在的蒲州梆子。当地也叫乱弹、蒲剧。

自小我看《打渔杀家》，就被剧中那几个三花脸小丑的表演吸引着。《打渔杀家》说的是渔霸激怒了好汉肖恩，肖恩一怒杀人造反的故事。打斗杀伐，其间却是大量穿插了渔霸的一群打手插科打诨，自我嘲弄。如果没有这些噱头，真不知道这个戏怎么能妙趣横生，让观众嘻嘻哈哈观看一个多小时。

渔霸的打手丁郎向县衙这样介绍他的挨打经过：

是我们去到河湾，见了肖恩，实想鞭打绳拴，不料想老家伙站在中间，我们站在四边，东来的东招，西来的西招，南来的南招，北来的北招，打了我三拳，跌了我四跤。唉，打得美，打得美。是我在一旁，歇了一歇，喘了一喘，背后把他一揽，不料他胳膊一展，把我摔下老远。唉。打得美，打得美。东一拳西一脚，一拳一个鳖穴窝。一下没防住，鼓里咚，打了一个青眼窝。看把我打成啥样子哩。

蒲剧《舍饭》，也是在晋南流传很广的梆子戏。朱春登衣锦还乡，误以为母亲妻子已经亡故，在祖坟舍饭祭奠。恰逢婆媳二人讨饭到坟前，手下的侍从和婆媳发生了冲突，这里一个小军，一个老军，都是丑角。回禀侯爷时，小军道：

> 二爷你积福哩，行善哩，走马哩，射箭哩，积得你五男二女，七子团圆，三个瞎子，四个黏眼（黏眼：眵目糊）。两个点炮的，四个抬轿的，还有一个都儿拉达吹号的。（端碗）满碗满碗，猪肉两片。我先尝上一片！

讨饭婆媳打了碗，小军上去斥责，是这样的：

> 我把你这穷脸穷脸，吃舍饭打碗。可怜你走云南，下四川，年年回家没盘缠，脊背上搭一条烂毛裢。看看你这穷眉眼！我家侯爷赐你半碗茶饭，你是只顾吃哩，不顾哭哩，只顾哭哩，不顾吃哩，哭的是眼花啦，饭洒啦，筷子撂了碗打啦。我家侯爷大怒，将我二爷罚跪一旁，命你二人或老或少，进得一人，堂前回话。你老啦，你不行，你年轻，你能行。莫要不进来，莫要都进来，走紧跑快，莫要踩住自家鞋带。（又催促）哎呀走么走么，侯爷在那怒着哩，二爷在那受着哩，我俩在这候着哩，你还在这肉着哩！（肉：行动慢，磨蹭）

这里的念白，全是晋南的方言韵白。押方言韵，节奏和律，明快顺口，当地人听了分外亲切好笑。打我小到现在，蒲剧的演出都是这个本子。我听过京剧的《打渔杀家》，也是有大量的插科打诨一类的念白，可以看出若隐若现的继承关系，当然那个完全是京片子式样的。我甚至想象，当年的《打渔杀家》的念白，就是晋南的艺人带到北京，然后音随地改，变成了北京式样。而在它的原籍，大量的晋南土话依然存留着，土味不散，流传到今天。

《辕门斩子》是一出杨家将戏，叙述杨六郎严肃军纪，不徇私情，斩子立威的故事。别的地方都是一本正经。高头村的演出，一出台是一左一右两个丑角扮演军士，一个念——

　　头戴铜盔——西瓜皮，/身穿蟒袍——两页席，/腰系玉带——南瓜蔓，/手拿长枪——稻黍秆！

另一个更离谱，念——

　　头戴窝窝，身穿烙馍，腰系面条，手拿蒸馍！

像《打渔杀家》这一类，还是属于传统戏里的丑角的行当演出，历史上一路传承过来。那么眼光向后呢，一直到民国时期的时装戏，新旧鼎革以后的现代戏，这种丑角打趣的传统也没有削弱。甚至还有一些专门搞笑的丑角戏，在老家也依然是长盛不衰，一直流传到今天。这类戏不追求什么教化，演出就是为了逗你一笑，在舞台下大笑一番，撒一撒闷气。

从关中到晋南，有一出眉户戏几十年热闹，这就是眉户戏《张连卖布》。张连是个不务正业的二流子，有两个钱就想赌一把，无奈每赌必输，好不容易有了几个钱，又扔到赌场。老婆每每和他吵闹，张连总有答对，推说你娘家借了钱啦，你妹子逛了潼关城啦。重要在表演，张连在全剧中撒泼耍赖，好气好笑，小丑耍赖赖得理直气壮，又荒唐荒诞。全剧从头到尾，充满了欢笑、嘲笑、嗤笑，那个喜剧效果，非同一般。

传统演出张连一出台，有一段很长的表说，像评书，像快板，游离在剧情之外，似乎就是为了炫技，显摆演员的口白功夫。嘴皮子快了，像相声演员的贯口绕口令。

天上扔，地上崩，拾起看，像块炭，搭进锅灶没有焰。低头进了二王殿。二王殿，往上看，四个和尚两边站。大和尚名叫吭吭咔，二和尚名叫咔咔吭，三和尚名叫僧扁扁，四和尚名叫扁扁僧。僧扁扁，会念经，扁扁僧，会吹笙，吭吭咔，会打鼓，咔咔吭，会撞钟。僧扁扁，吹不了扁扁僧的笙，扁扁僧，念不了僧扁扁的经。咔咔吭，打不了吭吭咔的鼓，吭吭咔，撞不了咔咔吭的钟。打不了鼓，撞不了钟，念不了经，吹不了笙。红粉砖，粉红砖，笏板扁，扁笏板，扁担短，短扁担。有人要问这个板，——称作珍珠嗨！倒卷帘。

张连好赌输光了家业，甚至连家里的生活器具都卖了个光，张连妻责问时，夫妻俩有一番对唱，一直是当地人传唱的经典段子：

> 　你把咱大黄牛卖钱做啥？／我嫌它犁过地疙里疙瘩。／你把咱大池泊卖钱做啥？／我嫌它不养鱼光养蛤蟆。／你把咱白杨树卖钱做啥？／我嫌它刮起风哗里哗啦。／你把咱大铁锅卖钱做啥？／我嫌它打搅团光起疙瘩。／你把咱大公鸡卖钱做啥？／我嫌它不叫明光欬娃娃。／你把咱大风箱卖钱做啥？／我嫌它烧起火呼里呼沓。／你把咱切菜刀卖钱做啥？／我嫌它切菜光切指甲。／你把咱大笤帚卖钱做啥？／我嫌它扫当面不扫旮旯。／你把咱花狸猫卖钱做啥？／我嫌它吃老鼠不吃尾巴。／你把咱大黄狗卖钱做啥？／我嫌它咬人家不咬你妈！

　　这里张连完全是一副痞子腔调，但是丑角赖皮犯浑，利于做戏，喜剧效果极佳。最后一句"咬人家不咬你妈"尤其荒唐，每唱到此，舞台下总会爆发出大笑。《张连卖布》也因此成为当地老百姓口口相传几十年的保留剧目。凡稍微上年纪，都会来几句，《张连卖布》唱片磁带光盘畅销多年。到改革开放以后老戏放开，《张连卖布》迅速在舞台复活，一直到现在，每有劝赌戒赌，当地人还会把这出戏翻出来上演。《张连卖布》花样翻新，《小张连卖布》《新张连卖布》，各种衍生作品都蹭上了热点，"张连一族""卖布系列"都成了晋南农村的喜闻乐见的传世曲目。

　　这些地道的传统戏，剧情里本来就有很多插科打诨，一

土　戏　**355**

路演过来，本子一代一代承传，在当地就扎下了根。还有些呢，原本剧本里也没有什么逗笑打趣，在民间大家演唱，你改我改，添油加醋，竟然就成了逗笑的段子。比如《秦香莲·杀庙》一折，陈世美派杀手追杀秦香莲母子，追赶到破庙里，剧情紧张曲折、悲怆动人，在高头村，却变成了这样一个段子，秦香莲唱——

　　　　我可叫叫一声大爷大爷，

　　　　是你进得庙来，二话不说（"说"发音如"雪"），

　　　　腰里掏出二斤半烂铁，

　　　　在我娘母头上胡屎乱撇，

　　　　我可说是大爷大爷，

　　　　你要叫我死，你就说个灵者（方言，清楚），

　　　　叫我死也死个平者（方言，舒坦）。

　　这个段子在田间地头反复传唱，反复表演，在百姓的笑声里不断填充修饰，在漫长的岁月里，竟然形成了两个版本。又一个版本是——

　　　　我可叫叫一声大爷大爷，

　　　　是你进得庙来，二话不说，

　　　　腰里掏出二斤半烂铁，

　　　　在我娘母头上胡屎乱撇。

　　　　你撇了好几撇，我一摸就没有血，

　　　　我一些都不惊（"惊"发音如"节"）。

还有一出戏《高平关》，叙述宋将守关的故事，有一段花脸的唱段，高头人改了，唱成了完全属于自己的土话版——

有老爷坐大堂眼窝流水，（"水"发音如"府"）
叫怀德和怀亮听爹吩咐。（"爹"发音如"嗲"）
你两个到明日端端晌午，
有一个红脸汉骑着头骨，（头骨，牲口）
走上前哎嗨嗨，你二人将他拽住，
你把他的登脑当了夜壶，（登脑，脑袋）。
倘若还有人敢不服气，
你把他的头发胡子一根一根拔了，（小锣伴奏）
挂一个葫芦。

《秦香莲》和《高平关》的唱段，高头人在田间地头、街头巷尾经常要唱起这一曲。秦香莲是青衣，高平关是花脸，高头人唱得绘声绘色，满脸坏笑。民间的押韵合辙水平很高，这里不但押了方言韵，还有大量的双音节韵，比那些专业编剧的学生腔，高明不知多少。方言韵是一个品牌商标，证明它确实出自高头村的原创，它是高头人自娱自乐的产物。而那些双音节韵呢，更显出民间百姓驾驭语言的烂熟劲道，专业编剧也只能自叹弗如。

《高平关》一段，我曾给我家大哥说过，不料他说，他的幼年时代，高头村的戏台上就这么演唱。台上台下的哄笑互动，每年都是社火一景。如此说来，这个笑料，足足有百年以上历史。回首看，高平关的欢乐，足足陪伴了乡亲们一百多年。

高头村有唱家戏的风俗，自家排演自家登台，自娱自乐，相当于现在城里的戏友会。一旦自家登台，那时常会台上即兴发挥，笑倒台下一大片。比方说演出《庚娘传》，兄长抢亲要结婚，弟弟想去看热闹，那个母亲就劝阻——

嗨，我娃不敢猴急么，你妈只管给我娃找媳妇哩么。
托人寻访，说的就是张岳村下西头堡的么！

张岳村在高头北二里地，这个张岳村下西头堡，正是演员媳妇的娘家。媳妇就在台下，演到这里，演员笑得支持不住，台下一边倒逗趣寻找演员的媳妇儿。全台下的目光围起女人，笑成一锅粥，女人红着脸笑骂台上的人。你会觉得，相声演员的"现挂"，在高头村也是信手拈来。这种出人意料的即兴发挥，那是民间智慧的灵感附体。

舞台演出的逗趣胡闹，有时看似随便，但有着让人意想不到的演出效果。也就在《舍饭》一出，场面上的官员和小吏都要撒气。侯爷狠狠吐了中军一口呸，中军反身吐了老军一口，老军接着吐了小吏一口，小吏回身，这个最底层的家伙，发现没人可供自己撒气，于是跑到台口，拉住演奏的板胡师傅，猛吐一口呸！满台哄堂大笑。这个表演，和规定情景无关，又自然而然引申到戏外。你会发现，这种戏里戏外看似毫无逻辑打通串联的喜剧手段，民间早已玩转。近些年电影里的无厘头不就这样嘛，而早在几十年以前，高头村的舞台上就玩得滚瓜烂熟。

除了学演老戏，改写串味老戏，在乡下，民间百姓自己也编创演出，这种编演，在当地叫作干板腔。

干板腔流传在运城方言区这一带。出场的演员一至二人，可以单口，可以多口，群口的不多。干板腔就是没有伴奏没有唱腔的押韵说白，和快板有点像，以说为主，不同的是略微讲究一些故事性。故事大多是搞笑调侃，有大段子，也有小段子。小段子三言两语，长一点的段子，也可以说上好半天。由于都用本地方言说故事，押当地的方言韵，当地人特爱听。干板腔不需要场地，随时随地拉开场子就能说，自家的东西，本地人就是待见。

集体化时期，我在村里劳动时，经常听到巷子里的红脸森娃给大家说《卖膏药》。段子很长，说的是一个卖假药的江湖医生行医被惩戒的故事。假医生乱卖虎狼药，被告到官府，受了鞭刑。县官升堂问他膏药用什么原料，假医生对——

> 虼蚤屎，蚂蚱尿，蛤蟆尾巴鲤鱼鳔。蚂蚁虮蜉籽蛋，媳妇子本钱。

后面的两种，"籽蛋"指公蚂蚁的睾丸，世上哪里有？不过搞笑。"媳妇子本钱"，当然说的女人的羞处。哪里能找到这号药材？

疗效呢？假医生说——

出北门，上北坡，新坟总比老坟多，新坟都是我害死，
老坟吃的师傅的药。

县官给了责罚。江湖医生告白——

待师傅七碟八碗，待我是藤条木鞭杆。
扳翻，拽展，扑挠扑挠稀软，（扑挠：抚摩）
踩住腰眼，按住腿腕，
抡圆了一番抽砍，血呼啦一头一脸，
从今往后再不敢提卖膏药一款。

红脸森娃早已去世多年，他早年在西省馍铺子里当伙计，
粗通文墨。这个段子，从民国时期村里就开始说，一直说到
集体化时期。前些年我回去过春节，村里闹社火，还有人翻
出红脸森娃的《卖膏药》凑热闹，这个已经明显的不合时宜，
不过乡亲们还是爱听。

乡下有的是编写干板腔的高手。高头村的邻村张岳村，
有一个小伙，编了很多段子。附近迎亲娶媳妇的，经常拉他来
演出助兴。这里娶媳妇的人家，新媳妇进了大巷，只要有人搬
出一条长凳子往路中间一放，挡路了，那就是要邀请乐队来一
段文艺表演，有唢呐演奏《百鸟朝凤》，鼓乐队敲《大得胜》。
这小伙专门表演干板腔，大段子能说好半天，小段子张口就来。
段子不长，但是两句一个转韵，干板腔说白就这样灵活——

有个人，和他娃，跑到地里看庄稼。杂粮五谷都长满，娃儿一看很稀罕。娃儿赶紧问他爸，怎么长下这庄稼。爸说土能生万物，种下什么长什么。只要种子土里埋，种下几天长出来。这个娃就不相信，打破砂锅往底问。我爷埋了好几年，怎么不露个人尖尖？他爸说，好娃哩，你不懂，你爷就不是正经种！

他拿手的段子，是民间传唱经久不衰的"憨女婿看丈母"的故事。这套民间故事，在晋南是一个系列，经常有人拿出来打趣。小伙子的段子，说的是憨女婿上门，丈母娘正在卧床，女婿撩起被子，把屁股当成了大脸盘。好奇怪——

没长眼睛没眉毛，两个脸蛋一道壕。我给你妈嘴里塞了一颗枣，光见囫囵不见咬。

此段一出，巷道里顿时会引起一阵哄笑。村干部觉得格调低下，脸上挂不住。可是老百姓不管那些，辛苦一年，找个空子乐和一下，还管那么多干啥，不过说个笑话。村里一帮老百姓热闹，县里下乡干部也懒得管，算了算了，就这样。

河津的农民杨玉生，搜集编演干板腔多年，当地称他干板腔大王，他会一二百个段子。他的《打麻将》流传很广，村子里经常有人学演，讽刺村里老乡迷上打麻将上瘾，啥也不顾——

一说进了麻将场，天大的事情都忘光。进了场子一说坐，三天不吃也不饿。尿脬子憋得特了个特（大），小肚子险乎都撑破。宁受着，不离窝，哪怕尿下一裤裆。那么漂亮一个人，熬得满脸枯皱纹。人瘦了膘跌啦，脸蛋看上没血啦。不做活不买面，不管娃不做饭，不叠被不扫院，娘家妈来了顾不得回头看，扔给一个钥匙串，你先回去先洗涮，我的手气不敢断。

干板腔这种土戏，各地群众文化工作也很重视。作为一种民众喜闻乐见的艺术形式，县乡的作家就经常编一些段子，加上新鲜的时政内容，作为基层宣传工作的一种手段，由此也产生了一些好作品，有的还传播较广、影响较大。

比如我们县电影队王雨花编写的《春风吹暖一家家》，就是省市的获奖曲目。

庄稼比高齐刷刷，/果农富了一家家。/摇钱树，呼啦啦，/票子落下扑沓沓。/新打的深井水哗哗，/新铺的油路光踏踏。/新买的"崩崩"密麻麻，/新开的汽车一挂挂。/粮食堆下一厦厦，/腰里票票一沓沓，/新房一溜蓝瓦瓦，/新装的家具一匝匝。/有线电视亮哗哗，/冰箱里放着娃哈哈。/床头上，安电话，身上装着大哥大。/摩托一踩哧啦啦，/抽烟全是带把把。/生活过得香呱呱，/全家老少乐嘎嘎。/生了一个小丫丫，/活泼健壮喊妈妈。/乐嘎嘎，笑哈哈，/狗撵鸭子叫呱呱。/改革带来好日子，美得可该说啥啥。

在我的印象里，土戏就是老家乡亲们须臾不离的伴儿。出门懒洋洋地上工，他会来一句眉户剧叫板："走着！"再模仿胡琴"尼古尼古将将"。老戏新戏里的台词，经常被他们活学活用指说眼前。穷得下一顿都成问题，他要唱眉户"抽一袋洋烟我把精神展咿呀喂，高兴了小曲弹三弦也门黄——"家里屋漏墙塌，他要唱"骑白马，扛洋枪，里里外外三道岗，放个屁也嘣嘣地响"。有时候，他们也要抒发一下自己的职业自豪感，于是在犁地的时候，他们一甩鞭子唱，"手捉犁拐鞭打牛，老子不干你吃屎"。今年棉花收购指标高了，他们也会发一下牢骚，唱起"嗨啦啦啦嗨啦啦啦，公家要棉花呀，地里打不下呀"。村里很难见到一桌酒席，但他们一围坐最喜欢表演《奇袭白虎团》打翻了酒桌的段子，"美国顾问胡高参，急忙就往桌下钻，连汤带菜扣一脸，烫得嗷嗷乱叫唤"。他们说，这就叫穷乐和，穷高兴。

多年前的乡亲们，愁吃的、愁穿的，经常为了几毛钱作难。可是人整天愁眉苦脸，还不要憋死。大约土戏就是他们最好的伴儿。就说当下日子过好了，可是人生的路上，总有磕磕绊绊，总难过，总得过。唱几句土戏化解一下愁烦，暂时忘掉日子的重压，也是人生旅程的必要搭配。土戏就这样成了情绪的调节器、生活的解压阀。由是在愁苦的年月，我也不时看到他们哼哼唱唱。土戏就在生活的夹缝里，顽强地生长，惊回首，土戏已经成为民间文学的一项醒目的成果。

80年代曾经有一个阶段的老戏复兴，到世纪之初，戏曲辉煌不再，败象尽显。剧目衰减，行当不全，各家剧团首先裁撤丑角。生旦勉强撑门面，丑角无人理睬。传统戏这样，新编历史剧、现代戏就更是这样。一群好人在那里做戏，丑角没有戏份，演员越演越没劲。没了丑角行，传统的丑角没事干。运城的《苏三起解》获了大奖，女主角红透半边天，配戏的丑角离团失了业。现代戏表演更没有丑角的戏份。当年那些蛤蟆功、顶灯功、歪嘴功、贯口念白，都成了过时的废弃物。

我们没有西方意义上的喜剧，并不等于没有喜剧传统。中国传统戏曲强调表演的娱乐功能，丑角经常逸出剧情，独立进行念白表演。即便是悲剧之中的插科打诨，人们也习惯欣赏过程中的情绪转换。乡下看戏，眼泪和笑声交替出现，人们并不觉得违背情理。现在，在山陕梆子的老窝，戏曲也竟然如此净化。一个格调不高，就把各种笑声排斥在外。大凡打趣逗笑，都属于庸俗无聊。舞台上没有了丑角的插科打诨，捣乱搞笑，所有的噱头，都被归为低俗无聊而剔除掉了。

舞台干净多了，太干净了。与之相联系，太多的严肃庄正，太多的板正无奇。看戏，满目红光都是说教，娱乐不见了，趣味少多了。

怎么看起戏来，人都不会笑了呢，人都不知道笑了呢。

大家都在忙，生活中乐趣少多了。看戏，也成了一本正经。

日子过好了，台上台下的笑声反而不见了。

我不禁怀念起土戏来。曾经匮乏的日子里，我们也不缺笑声啊。它是乡亲们的欢乐源泉，伴随着乡下人走过了穷日子，再艰苦的日子，再穷困的日子，也有开颜一笑的时候，也有开怀大笑的时候。

打　井

　　民国时期一直到 50 年代，在涞水河河槽这一带，打井，都不是很难的事情，吃水用水不是个问题。

　　那时的高头村，水井也就一丈多深，架上绞水的井辘轳，上下的井绳也就十来匝。

　　河槽的背面是一道岭台，当地人叫峨嵋岭，就是一道土坡。坡上吃水就困难多了。我们经常嘲笑坡上的人家，远行的旅人要是进门讨口水喝，他们是宁给一个馍，不舍一口水。还有人编派了笑话，说坡上人家早上舍不得用水，起来了，要洗脸，家里长辈把家人叫到一起，站成一排，他含一口水，瞅准了人脸，噗的一声，一溜儿喷过去，家人赶紧抹巴抹巴擦干，就这样洗了。这当然是笑话，不过能传出这个笑话，可见用水确实难。

　　井水很浅，打水很容易。站在井口，可以看到井底如潭水，清亮的水面，平静如一面镜子。小孩子家经常好奇地站在井口，打量井底水面上另一个小孩，你叫，他也叫，你笑，他也笑。

大人过来会拉开，终究还是怕孩子掉到井里。

井浅，半大的小子，就能上井台打水了。井绳下井的那一头，有一把铁扣子，扣住水桶弯曲的铁梁，放下去，落到水面，水桶会歪倒，进水，灌满了，扳动井辘轳，一圈一圈，把水桶提上水面。大人会担，一回两桶水。十多岁的孩子，一根棍子，两人抬起走，也不难。

我上了中学，有一年学校临时搬到坡上，才知道吃水确实很难。我们学校搬到了坡上一个镇。那井，足有三四十丈深。以前只是听说，这一回真真切切看见了，那绞水的一盘井绳，缠绕如长蛇，绳子粗，又长，几十丈的粗绳，一个小伙子搬不动，要提水了，先要两个小伙子抬，连同井辘轳带井绳，一起搬到井台上去。井太深了，低头一看眼晕。几十丈深，如何一桶一桶提水？这里的人们绞水，是和平川不一样。在硕大滚圆的井辘轳上，一根绳子缠绕，却是两头下井，一桶上来，另一桶已经下去。这样省时省事，当然井台上要多两个人照管。这才是一方水土养一方人，井深逼出了井深的办法。

井水浅了，打井不算什么事儿，村子里的水井就多。村头都有水井，这是一个村子的公用设施。一棵大树，树下一口水井，这是北方乡村的标志风景。巷子里也会有井，井台略略高于地面，洒下的水，会流开。冬天绞水的人多了，井水会把井台洒出一道一道冰辙，井口会冻出冰挂。一层一层冰挂，井口越发小了，只露出一口圆圆的冰洞。人们小心翼翼地踮着脚尖上下，怕滑倒。院子大一些的人家，院子里也有水井。我家场院里就有一口井，自己用水方便，四围的邻家也常来打水，没有人觉得有什么不应该。水嘛，随便使，又不是什么值钱的东西。

水井是村庄的财产，家家户户都爱护。脏东西不准往水里扔，脏水不能流进井里。甚至，有人要跳井自尽，也会主动避开吃水井。你死了不说，那口井从此成了脏水，不能再用，村里会盖上石头废了它，谁愿意死了还让大家咒骂埋怨呢。

打井吃水用水，我看千里万里、千年万年，都这样。十年前我去海南，到一个村子里访谈，看到村子里的一口百年老井。海南的井水还是那么浅，仿佛伸手就能够着。井水清冽，站在井边能看到波光一闪一闪地荡漾。这口井，村里人像神一样敬着。井围一侧，石头砌起一个半圆墙，中间高两边低，堆起一个圆拱。拱墙一左一右两边，有石头嵌刻的一副对联，看得出有些年代了。两边是低矮的井栏，全是石头砌成，一条小路，石阶通过来。井栏上边有村民绾起的红绸，说是这口井的百岁纪念。这样装扮，看来这口老井，确实是村子里的一件宝物。

井依偎在村旁，伴随了多少代人，生生不息，碧水清波。先秦时期有云："日出而作，日入而息。凿井而饮，耕田而食。帝力于我有何哉！"李白的"床前明月光"，有人解读为井床即井栏，我看也不是没来由的胡说。一村一井，思乡思井。井床前徘徊望月而起故园之思，不是很正常吗？乡井乡井，由水井而思故乡，怎能说没有道理。

村巷里的吃水井叫小井，田地里的井叫大井，大井是浇地的。

　　大井大。小井井口一般也就二三尺宽，大井要五六尺。小井井身子细，像一个竖起的土洞，黄土高原上的土，都是直立的土层，塌不了。大地身子上挖出一个小洞，仿佛蚂蚁打洞一般。小洞上下也方便，两边洞壁上挖出一串脚窝，张开两腿，左腿一踩，右腿一踩，就下去了，就上来了。井水清凉，暑天蒸了馍，放着要发霉。那时又没有冰箱，家里就取一个篮子吊下去，挂在井里，贴近水面，天然降温。要吃了，扳动井辘轳提上来，一些肉菜、好吃的，都这样搁着。

　　大井井壁一般都要砌砖，裱起一个砖面，防止井壁掉土或者塌陷。打一口大井，花费大，费力，主人家很爱惜。大井费工，地亩少的人家，就不打井了，等下雨，靠天吃饭。土地多一些的人家，都会有大井，安上水车，能浇，这就有了水地和旱地。水地能浇，产量高，就是好地，卖价高得多。旱地就差了。

　　民国时期浇地一般都是木制的水车。木头水车很古老，地面上安着一个木轮子，可以转动。车水的水斗子，耳子留着孔，用一根铁贯子穿起，连成一个长串，搭在木轮子上，牲口拉动水车，水斗子车上水，升上地面倒出，一股清水顺着水道流进一格一格的畦田，解旱。水车水小，一天浇不了一二亩地，要救旱，还要靠天雨、河水漫灌。

　　50年代初，木头水车逐渐换成了铁制的水车，我们叫洋水车。和水斗子车水不同，洋水车的功能是靠虹吸。几个齿轮带动一个大轮，钢铁轮子搭上一盘铁链子，铁链子上每隔一段安一个圆橡皮片，另一端是一条铁皮筒沉入水下。轮子转动，皮碗子进入铁筒，利用虹吸现象，把水引出地面。铁制水车代替木头水车，是农业社集体化以后。

木头水车、铁水车，都是农业机械化以前的风景。风车呀风车呀吱扭扭地转——一头牛慢慢地转圆圈，一个儿童拿起柳条鞭不经意地抽打着，小水潺潺地流进田禾地里。当年《参考消息》报道，一个外国记者隔着车窗看着这幅田园风情画，激动地感叹，多么和谐的古典美呀！是的，这是典型的田园诗。大自然和人工，如此和美地融合在天地之间。但是，它属于过去，属于历史。

其实要说古典美，水车之前还有纯粹人力的浇灌，我们都叫"扳柳罐"，那是典型的人工提水。大井上架起一架井马子，可以支撑四个辘轳。四个小伙子扳动井辘轳，使用四个柳罐提水。柳罐是一个竹编或者藤编的水罐，圆筒尖底，便于倾倒。四个小伙子哗啦啦放下柳罐车水，贡嘎贡嘎搬动辘轳，绳子一圈一圈上提，柳罐提上井口，倾倒，再放下。最早的浇地就是这样。尤其没有水车的人家，全靠扳柳罐。扳柳罐是个力气活，四个小伙子，一天也就浇一二亩地。看着四个小伙子一手叉腰，一手按着辘轳，柳罐呼啦啦直下，吃水，提上，四股水汇成一股，奔涌着流进庄稼地，简直是梦回汉唐，千年农耕悠然如此。

谁也没能想到，到了集体化以后，高头村农家又复习了一回扳柳罐。

农业合作化以后，土地归公，只给社员留了一点自留地。6月大旱，上下动员浇地。水车连天连夜不停，可是社员的自留地也在等着浇水哪。那时的集体地不打粮食，社员都还指望这块小小的自留地养活自家呢。水井既然顾不上自留地，社员们只好自己想办法。

高头村的乡亲们，纷纷各自联合，几家搭伙，在自留地头给自家打井。

好在那时的井水浅，一丈多深就见水，乡亲们不能坐等受制，纷纷动手家户打井。

也是在那时，十几岁的我，第一次见识了打井。

打井原来这样容易啊。在地头撒灰线画一个圆圈，挖下去，再挖下去，直筒子下去，不能歪了。其实歪不歪，也是人们拿眼睛瞄，看个大概。到了七八尺深，黄土见湿。于是架起辘轳，放一个筐下去，井下的一筐一筐铲，地面上的一筐一筐往上绞。井越来越深，地面的土堆越来越大。到了挖一丈多，泥土一攥有了水渍，于是下井把式招呼停止深挖。他要在井下拓宽，打成一个葫芦状的蓄水池，将来这口井井下能蓄多少水，就看这个水池的体量。开小了，容量不够，挖大了，容易落土。这个土专家，有点名堂。

我就是这时下过井，眼看着一边挖，一边有筷子粗细的水一道道流过来。一旁的五叔惊叫，这股泉多旺啊！泉？旺在哪里？在我看来，泉水都是电影里看到的突突突喷射的，以后才知道，这样筷子粗细的水流，就是我们打井要找的平地泉。有这么几股子平地泉，就是一口好井。

黄土高原的黄土这般神奇。这样广袤的厚土层全是立土，要是卧土，任何土层都会塌陷，到哪里你都不能打成一口井。

世界就是这样奇妙，站立的土层，下面在挖在旋，它像拱门一样支撑着不会陷落。井水就这样蓄集，黄土就这样直立，然后井水沿着直立的井洞提上来。大地上的一眼一眼井口，不干不塌，这是老天的赐予。

允许有自留地那时候，每家的自留地不过三尺五尺一溜。家家地头挖开小井，架起井辘轳，集体浇地，自家也要浇地。集体地里劳动回来歇晌，他还要去自留地里扳柳罐。天大旱，一个人白天在集体地里磨洋工，晚间整夜给自留地扳柳罐。一夜辛苦，哪里有力气再去出工？那就是去混工分。"自留地里拼命哩，集体地里养病哩"，那时就这样。

这种自流井，最要命的毛病是出水量有限。无论毛驴拉水车，还是小伙子扳柳罐，大井小井，都架不住连续抽水。连续几天浇地，毛驴要歇一歇，井也要歇一歇，让它蓄水。夜里小伙子摇辘轳扳柳罐，一会儿井水就见了底。他躺下打个盹儿，等井底蓄满了水，爬起来再干。井和人能力都有限，在一个生产力低下的年月里，人力自然力，共存共荣。

农业大跃进时期，临猗县要实现水利化，全部变成水浇地。在领导想来，水浇地，还不简单，开一条水渠，安上水泵，连天彻夜抽水浇地就是了。于是高头村的大井，安上了"五匹马力锅驼机""五匹马力柴油机"，带动水泵抽水。马达轰隆隆在田野上轰鸣，水泵喷出清湛的井水，水真大呀，顺着水渠哗啦啦吐着泡沫奔腾。可惜这样的抽水不过一个时辰，井水就见了底，那些锅驼机、柴油机、水泵立即成了一堆废物。

这场大跃进的结果，只是在高头村的田野上留下了几个黑窟窿。几眼大井被抽干，成了枯水井。死去的水井只留下尸身，久久地提醒人们曾经有过的竭泽而渔。

这场水利化大潮中，最为热闹的是临猗县景滑村。景滑村的抽水更为壮观，一口老井，插上两台八寸水泵，有好事者给水泵口上安了两个张牙舞爪的龙头，水池里泡进一个彩球，号称"二龙戏珠"。一旦开动水泵，清水冲滚，二龙吐水，彩球会在水池里旋转翻腾，人们拍手跳跃，尽情欢呼水利化美景。这个场面，更像是一场盛大的表演。两个八寸水泵，那口老井，我看能抽水半个小时就不错了，好歹能坚持到领导看完表演。水利化呢，谁还不知趣追问什么。我估计，事后也就是在坦荡的平原上，再留下一个黑窟窿罢了。

景滑村的"二龙戏珠"，曾经是临猗县大跃进中的一景。这个著名的"景点"，吸引过多少省市领导来参观，算是放了一炮艳丽的焰火。临猗县著名的农民诗人李希文，在他的快板诗《歌唱临猗十大景》里这样描述过——

　　东方巨龙登高峰，临猗大地容貌新。我来唱歌十大景，高歌一曲颂党恩。三唱二龙戏珠井，泉眼打通水晶宫。社员抓住龙角脑，千年没雨保丰登。

2019 年有机会回乡，我就去了景滑村，打听当年的二龙戏珠。

几个六十多岁的老婆婆坐在巷子里，我问：还记得大跃进你村的二龙戏珠吗？

老婆婆回答：怎么不记得。

我再问，能浇地吗？

那时净胡闹腾哩。

集体化以后，土地连片，机械化水利化的美景在召唤。田野上，早年人工开挖的水井，当然要更新换代。新一代的水井，应运而生。

粮棉要高产，工业要上马，要求大地提供更多的水井，要求水井提供更充沛的水源。即便原来的大井，用起来也心劳日拙。60年代，农村产生了崭新的打井法，那就是大锅锥。

大锅锥，是人工井和机井之间的一种过渡。

大锅锥我见过。这是一种钻井工具，像一口大锅，一个圆筒接一个圆锥，钻杆连着钻头，钻头钻探，泥水沙石顺着旋转装进大锅里，再提上地面。

大锅锥打井还是靠人工。地面上安装一个大磨盘，靠人力推动钻杆旋转，掘成地下的井筒子。地面上七八个精壮的小伙子肩抵臂推，大锅缓慢地旋转，60年代集体化的大井就是这样诞生的。

开掘全靠人力，沙石如何提上地面？在工地上，井位一旁，安装了一架巨大的木制的天轮，牵引着钢丝绳。大锅装满了，打井的会攀上去一两人，踩动天轮旋转，钢丝绳缠绕，把大锅提出地面，倒出泥土沙石。井，就这样一尺一尺通向深水。

田野上的井架，田野上的天轮，曾经是多么壮观的劳动景象。小伙子们哼唷哼唷喊着号子，脚下扬起轻尘，踩出深深的脚窝。丽日蓝天，天轮缓缓地转动，麦苗儿青，豆花儿鲜，好一幅北方乡村的风情画。

我还是近几年才知道，有说法是，五十米以下叫浅井，五十到一百五十米叫中井，一百五十米以上为深井。浅井都是土井，深井都是石头井。大锅锥年代，高头村的井也就三四十米，还是浅井。

乡村推进深井使用，是在 70 年代。记得是 1973 年，国务院颁发了一个全面推广农村深井的文件，也由此开始，乡村开启了深井时代的大门。

深井绝非人力所为，深井都是机井。机井是机电井的简称，用机器、用电做动力。顾名思义，打井要用机器，井要深，能钻探到地下更深的蓄水层。先进的工艺水平，要保证几十米几百米的水井屹立不倒，蓄水量要大，能供人连续使用不断水。用水呢，安上水泵，启动电力，清水自泵口汹涌喷出，哗啦啦奔流不息。人民公社的田千亩万亩，清水流过，滋润沃野，旱魔凶神恶煞从此成为往事。

从 70 年代到 90 年代，大约经历了二十年，国家的深井技术日臻成熟。磨盘钻、冲击钻，任什么样坚硬的石头底子不能粉碎？潜孔锤、牙笼钻，在地下粉碎了岩石，同时收拢起来。还有吊钻技术、垂直技术、定位技术包抄配合，原先一天下探几米，现在一天就能打下去几十米，一百多米二百米的深井，也就是十天半月的活计。

成井都要下管子做井壁，形成坚固完整的井体。这个井管，先后由塑料的、水泥的、钢筋混凝土的，变成了无缝钢管的。

保证即使井体几百米，井身仍坚固矗立，地下泉水孜孜不倦地渗漏进来。一口井，就是一汪地下小池塘。

抽水机具呢？潜水泵的发明，可谓一项巨大的技术进步。以前抽水机具都在地面上，面对深井，动力传动就是大问题。现在好了，潜水泵通电，动力在水下。70年代，深水中的潜水泵可以扬高二三百米，现在，六七百米的深井，一个潜水泵放下去就轻松搞定。

一系列新技术成熟了，中国乡村大地上的打井，从此进入了一个全新的时代。

打井，过去都是打井队的活儿，近些年，地质勘探队杀过界来了。

在山西，地质钻探分为三个大系统。物探队找矿，煤田队找煤，水文队找水。90年代放开经营，大家都可以跨行业承揽业务。这些年找煤找矿业式微，大家不约而同都把眼光转向找水，这就是打井。物探队的技术设施可以钻探到地下数千米。打井，对于他们，那就是一件小活儿。

自从引进了地质勘探这个巨无霸，打井队伍的实力，一下子提升不少。你想想，这些原来钻探石油、钻探地矿、几千米地下找岩芯的队伍，如今打井了，那还不是大户人家俯下身子收拾了小零碎，哗啦啦犁庭扫穴，风卷残云。有的钻孔不封闭，扩孔就成井，有的专门承揽大口径大深度的特种服务。

地矿队、煤田队、水文队合流，小小不言地打井，从此变成了地质勘探。

那就是说，在这块土地上，无论地下水躲在什么刁钻的角落、多么难以突破的岩层，打井队无论穿越多么深厚的地层，都能让地下水无可逃遁。

我想起了 1958 年大跃进时期的一首新民歌——

铁锄头，二斤半，

一挖挖到水晶殿，

龙王一看直打战，

就作揖，就许愿，

缴水，缴水，我照办。

水井能打到地下几千米深，当真是挖到龙王殿了。

人类有一种智能崇拜和技术崇拜，总以为技术进步可以改变一切。用之于打井，那就是什么样的井我都能打，什么样的水都逃不脱，凭借引水打井，可以一举解决所有的用水问题。井架星罗棋布，从平川到山野，天下水尽收入囊中，自以为可以高枕无忧了。不料大自然的报复早已经悄悄展开，这种报复，看似无声无息，却也是残酷激烈。大自然看似在防守，在撤退，却是一场大规模的坚壁清野。

几十年过去，仿佛一早起来，乾坤倒转风云变色，人们惊讶地问：水，都哪里去了？

在北方，在黄土高原，大小河流纷纷断流干枯。有一股水，也是奄奄一息的样子。发洪水时，勉强维持一个河流的样子，平时就是一条干河道。地图上，越来越多的河流从一条蓝线变成了断断续续的虚线，表示它成了季节河。用水超采再超采，引发大面积水位下降，泉水干涸，水井干枯。在山西，几乎没有一条完整的四季活水奔腾的河流。水井，也由原来的几十米，逐渐深到一百米、两百米、三百米。那是人们咬着牙憋着劲和龙王角力呢。

"一条大河波浪宽，风吹稻花香两岸"，是南方人们的想象。北方的苦旱和干渴，远远不是他们所能了解的。

有一年一帮作家在桑干河采风，我正好在家值守。因为《太阳照在桑干河上》这部小说，我们多么向往桑干河。一日我便打电话到采风团，打问（询问）桑干河的波浪滔滔。采风团一个熟悉的作家朋友在电话里回答我："我现在就站在桑干河边上，估计我撒一泡尿，这里马上会水位暴涨！"

这一端毒舌，听得我笑出眼泪，然后满腹心酸。

世纪之初我随着水利部门一个团体下乡调查，才知道山西的缺水多么惊心动魄。当时三千多万人口的省份，竟然还有三百五十万人谈不上安全吃水。这些干旱地区，遇上旱季，乡民吃池塘的脏水，或者到十里二十里以外去拉水。有这样一个传说，一家媳妇下沟里找水，上下颠簸，一桶水只留半桶，进门一脚绊倒，两桶水洒了干净，媳妇没脸见人，羞愤自杀。这个不知是真是假的传说，凝聚了多少村庄对于缺水的悲惨想象。

我们到过太行山里的西疙瘩村，一百来户人家，只有一眼指头粗的泉水，为了公平接水，这个村子发明了"十四分钟接水制度"。一天二十四小时，十四分钟为一个时段，一百多户人家排队，轮到几点是几点，如果你家在 0 点到 0 点 14 分，你也只有半夜爬起来去接水。一旦错过时间，这一轮就作废，等待几天以后的下一轮。十四分钟，也不过能接半桶水。村里公布墙上一次连排五天，看好你的时间，千万别误了。这个密密麻麻的表格，就是干渴的人们的一点点希望。

张艺谋早年曾经拍过一个很有名的电影《老井》。《老井》的拍摄地在山西左权县石玉岐村，一看这个村名就知道是个偏远山村。不错，我们从乡里坐车到村里就要三四个小时，那已经是太行山最深的皱褶里。这个村子几十户人家，几十年来，为了找一口出水的井，全村的小伙子联合起来，先后在山坡上打下了一百五十余个黑窟窿，就是见不了水。一百五十余个黑洞仰面朝天，像是发出绝望的怒吼。张艺谋拍完《老井》以后，感念乡亲们的苦楚，他特地到邻县请来一个勘测井位的专家，摄制组投资为村里打了一眼井。几十年来，这个偏僻的山村终于有了吃水井。

石玉岐，这个村子，人们以后都叫它老井村。

老井村头，在张艺谋拍摄电影的那口老井一旁，竖立起一块石碑：老井电影拍摄处。

又是二十年过去，老井村怎么样了？水位下降，设备老化，水井早已报废，人们纷纷迁出，老井村业已名存实亡。

大约太行山里的放羊汉，最知晓大旱的残酷。一个汉子带着一群羊，他要知晓哪个山沟里有一片水洼能饮羊。攀爬一天的羊群焦渴地听任放羊汉驱赶，期待着水源。放羊汉经常发现，羊群后面会跟着一只狼。那是一只焦渴难耐的狼，狼知道人会把他的羊引到有水的地方，它跟着。一旦找到了水洼，羊群围上去饮水，狼也挤进去。放羊汉俯下身子，和羊、和狼，一起围着水洼痛饮。这个时候，狼不伤人，也不吃羊。等到喝饱了，独狼望着羊群，依依不舍地离开。间或也有一只母狼带几只小狼，带着闪烁乞求的眼神、趔趄着跟队，喝饱了水，拖家带口感激地离开。黑色的人头，毛茸茸的狼，公羊弯曲而美丽的角，当这三个物种亲切地挤凑在一起，一齐向大自然的威力低头，你只有震撼战栗。

饥渴改变了动物的本性，此刻，天敌也会一团和气。

焦渴的山林，焦渴的土地，焦渴的人群。

烈日暴烤下，人们在整修水库，修造引水渠。崭新的水塔又屹立起来，废旧的深井封盖了，重新开掘水源，铺设管道，村子里，清水又开始流淌，干渴的人们开始释怀。

前后花费几年，人畜饮水解困工程终于胜利完工。

人畜饮水解困，这个工程尽管有百种方案、千种办法，说到底不过是：引更远的水，打更深的井。

在这场声势浩大的解困工程中，山西壶关县，可谓创造了打井历史上的新纪录。壶关县城十万多居民要吃水，可没有合适的水源。县里下了决心打一口深井。调集物资，集中人力，冲着太行山的石头开钻。掘进一节，拓开一个工作面，安置机器材料，重新开挖。几番接力，终于在海拔一千多米的太行山上打出了一眼深井，井深八百一十米！

一千米下凿八百一十米，那是把太行山钻了个透！

为了吃一口水，打八百米深的井！

引更远的水，打更深的井。

问题在于，难道引水距离可以无限远的吗？难道井深可以是无限深的吗？

当打出一百米的井，人类宣布人定胜天。当井打到二百米，人类又一次宣布人定胜天。当打到三百米，人类再次宣布人定胜天。人们抽用几百米的地下水，喜形于色，全然不顾断水的危险一步一步临近。这个，怎么看都不像人定胜天，更像是困兽犹斗。

山西的水利专家经常说，我们现在吃的是儿子辈的水、孙子辈的水。

人类一直在追赶水，追到了天涯海角，追到了地层深处。我们赢了吗？

我的故乡，我的高头村，毫无疑问也卷进了这场打井战争。

涑水河，这条清代冲垮武阳城城垣的河，80 年代就干了，只剩下一条黄土河道。沿河串起的一串水上明珠，吕庄水库，60 年代烟波浩渺，养莲养鱼，干了；上马水库，也干了，库底被开垦，种了庄稼。

河干了，地下水位下降，几十米都是枯干燥热的黄土层。即便落一点雨，转眼间就渗透地下无声无息。大地的干渴，昊天难解。

运城靠着黄河，沿岸的引黄工程倒也鳞次栉比。可是黄河呢，如果不是水库拦截，山西境内的黄河也是瘦水枯水。也因为水库拦截，黄河下游断流早已是常态。

运城城市供水不足，人们前几年开始在黄河滩打井，安装起一两米口径的混凝土管道，铺设进了城区，开足马力往运城供水。可是黄河哪里有水呢？我的母亲河，我的母亲，这会儿，更像是一个老妇拽出干瘪的乳房，强塞进孩子的嘴里止哭。那孩子吮吸的不是乳汁，更像是母亲的膏血。

高头村的乡亲前几年对我说，咱村的井没水了，你在省上人熟，也给咱村里要点钱，打一口井吧。

我这个时候才知道，平川上打的井，也要二三百米了。

我这个时候才知道，加上配套设施，打一口井要花上十万元，如果没有国家补助，小村子根本打不起井。

我这个时候才知道，村里打一口井，已经成了一项水利工程，要申请，要立项，要报批，要规划，设计施工都要请专业队伍。

打一口井，要十万元，要三百米？

50年代天上怎么有那么多的雨呀，6月天，雨下得割不了麦子，麦穗在地里长了麦芽。秋天，动不动十几天的连阴雨，收秋种麦把人急得心焦火燎。涑水河河水暴涨，1958年大决口，大水冲进北相镇。那时的村镇都是土墙土厦，泡上几天就倒塌。大水冲垮北相镇，奇怪的是，现在回忆起来，竟然有一丝甜蜜的向往。

1957年的发水，也让我铭刻在心。高头村都叫"地水发了"。地下水位不停地上涨，打水哪里还用下井绳。井水三五尺深，扁担钩了水桶，一弯腰就能提起满满一桶水。哪里还用浇地，河堰附近的地块，光脚进去踩一下，一会儿脚窝里就渗满了水。老人们说起那个被水浸泡的年代，在现在的年轻人听来都是神话。

几十年前，高头村简直一家一口水井，家家地头有水井。想打井吗，架起辘轳，挖下去就是一口井，那样的场面永远看不到了。

我们可以骄傲地说，一拧水龙头，地下三百米的水就喝上了。我们也可以沮丧地说，妈的喝一口水也要打到地下三百米去。

我们在追赶，水在奔逃。现在，水躲进地下深处，偷望着我们阴险地坏笑。

几十年过去，打井，终于变成了一件很悲壮的事情。

乡村的树

　　再没有树，更能见证乡村的变迁了。

　　土地归家户的时候，大田里没有树。地里长树，庄稼就歇住了，不好。路上也不种树，村里管大路叫官路，官路上的树当然是公有，没人愿意在大路上植树。巷子里的树，栽在房前屋后。田野里的树，栽在井台边。牲口拉水车，蹄子踩出一个圆圈，树就围着井道，栽成一个圆圈。地是自家的，井台是自家的，树永远是自家的，树就长得高大。房子买了卖了，树可以随地走，就一直留着。井台一周的树，得水近，长得好。地主也不急着砍树，它就一直长。井台的大树，柳树、榆树，都一抱粗细，也栽点杏树，孩子淘气了，吃个新鲜。

　　树围着井台，从田野上看，就是一点一点的绿。一点一丛树，没有直行，也没有连片。平原上没有河滩，没有滩地的林子。树就这样一点一点撒在原野，漫不经心的。

　　槐树榆树长得慢，柳树长得快，柳树就比槐树榆树高大。在一丛树里，柳树经常是最高的。不是城里公园里的垂柳，那太柔曼。就是一般的馒头柳，枝叶短，纷披着，倒像今天的披头士。

巷子里大树老树更多。老院子，几十年几百年传下来，树伴随着人，一辈一辈过来了，大巷里，一揽粗的大树多的是。民国时期教书的师傅门口，上马圪台边上一棵老槐树，树身早已空了，狗钻进钻出的，猫钻进空洞爬上去，枝杈上露出小猫头来。枝干都枯干了，每年零星抽几条细细的嫩枝新芽，一副老树着花的样子，这树总有几百年了。

合作化土地财产归公，村里有人宰杀牲口，各地都严打过，当成刑事犯罪。其实同时，砍树也成风，好像没有处罚。在心里，人们还是惜命，驴马都是一条命嘛。可没有人怜惜树，树难道不是命吗？

从此村子难见大树。

农业社也栽树。土地大路都是社里的，社里就在大路两旁栽树，规划整齐，一行一行的。这个时候最大的变化，树成了行。沿着马路，延伸到远方，那是社会主义的康庄大道。

栽什么树呢？最流行的是钻天杨。发木快，直溜溜往上长，三五年就成材。还有泡桐，七八年就能解板材。那时大家都担心归公。谁能想那么长久，几年后还不知道是谁的，你还敢思谋几十年的大树？

从此田野成了钻天杨的一统天下。以前村头的楸树、池塘边的大杨树、烂园子里的构桃树，统统让位给新兴的统治者。白杨独霸天下，好像土地的新主人，榆树柳树这些生长了几千年的家常伙伴被冷落了。更不用说桃杏树，那是经济林，有资本主义嫌疑，孩子们想偷嘴都没个地方了。

可树这个家伙和人一样，天生是杂居的。"榆柳荫后檐，桃李罗堂前……狗吠深巷中，鸡鸣桑树颠"——杨柳榆槐，各有奇妙。大家一起，各长各的，才叫日子。天下要只留一种东西好过，这东西肯定活不成。没过几年，一场大规模的树种瘟疫，很快席卷了村里的白杨树。杨树树身上头长出一个肿包，黑黢黢地虚松起来，仿佛脖子长出一个瘿，枝叶干死。过一段时间，往下再串出一个瘿，树身就一节一节朝下死。没治，像癌变。杨树成片病死，村民连忙砍伐。不分青壮年少，田野躺满了杨树白森森的尸体，大多属于"未成年"。其实预防的办法简单得很，有几棵榆树槐树隔开，就像打了隔离带，传不过去了。当初规划的时候只想到整齐划一，没想到一律好了也容易一律坏。

留下的泡桐，也不容它们长粗了。生产队穷得没钱分红了，队长就说：掘几棵树去！粮食低产，能糊口就不错了，分红就靠卖几棵树。谁上台当队长，都盯着，那树根本长不大。

80年代初期分田分地，皆大欢喜。树，却是又迎来了新一轮劫难。分地分牲口，树也要分。共产风心有余悸，凡到手的树，大多砍了改成板材，堆放在家里。大地白茫茫一片，好似坚壁清野，大家于是放心。

十多年后，迎来了又一轮大植树。粮食越来越不值钱，种地无利可取，乡民开始把目光投向果树。邻村栽种了，果子卖了好价钱，不用发文件号召，坡地带头栽了果树。不几年，平川也跟着学。一展平的好地，都不种粮食了，一律换了梨树苹果树。百里沃野，连片果林。阡陌在树行里穿越，田野一片绿，五月花，十月果，好景致。从来没有见过这样大规模的造林运动。绿了坡地，绿了平川，树的家族，迎来了历史上最辉煌的黄金时代。

树大约很骄傲。自以为招摇天下，十年百年永享厚祚，指望榛莽参天。但这是一轮经济林运动，人们栽树为了卖钱，怎样挣钱怎样来。果树不能长大，长大不好授粉，不好采摘。人们欢迎果树低矮化，大地上列队站满了树家族的侏儒。为了结果子，多结果子，果树像马戏团的动物一样，也得接受驯化。现代科技武装起来的果农全身披挂，七天喷一次农药，消灭了钻心虫，也顺带消灭了所有的蝴蝶蚂蚱蛐蛐儿。土壤施肥根本等不及，各种化工原料齐上阵，树上挂满了吊针瓶子。你要上颜色吗，挂这个液体。你要甜吗，你要脆吗？分别有液瓶等着。果皮很艳，果肉不过是各种化学试剂通过枝叶合成。从树林子经过，各种输液瓶叮叮当当挂满枝头，微风吹来如鸣佩环。

而对于商品果子来说，更新换代在所难免。秦冠过时了，要换红星。红星过时了，嫁接了红富士。你刚换成最新的果子，有人的冬枣畅销，于是呼啦啦掘了满地树根，一园子苹果换成枣树。今年山楂火得很，明年火的可能是大个儿番石榴。农家的果树，十几年间轮回了一个遍。树根摆满大路，好似根雕艺术大展。挖树栽树，好像还没有休止的意思。

本来，田野里再折腾，村巷里是安宁的。官路上的大树没了，门前的树还在。谁料近几年的新农村建设中，铺路整街，前任村长要取直，继任村长要拓宽，再换一任索性动迁。蓝图几番描绘，终于彻底消灭了最后的几棵老树大树。

我的村子的老树，现在就留下我家院子里的那棵。六十来年树龄，因为长在院子里，没人管，也就没人下令砍倒，它得以幸存。这棵树，村里人叫"出"树，就是臭椿。查一查字典，这就是庄子所说的无用之"樗"，老乡亲至今保留着这个古老的发音。树以无用而保全，千年前如此，至今如此。

大树是静物。院子里那棵大树在，好似老树精慈祥地微笑着告诉你，六十年来，虽然不免风雪，毕竟没有经历过刀斧，它的日子可说安然。

一个地方能长成大树，证明了此地起码享有几十年的清静。

树的历史就是人的历史，树不得安宁，是人不得安宁。人不折腾了，树也就安宁了。

乡野要是连自己的树都保不住，那肯定是受了欺负，它该有多委屈。

六十年来，我的乡村风景最大的变化就是没了大树。

游走与回归

这些年，高头村的乡亲们，日子确实是比以前好多了。

吃穿不用说了，娶新媳妇的，房子盖起了二层小楼，一般的人家有了小汽车。尽管没有什么名牌的，乡亲们说，能跑起来就行。也有的就在邻近的县城上班跑生意，平时不见面，周末双休日，小车就开回来了，村里停下一溜溜。买了新车尤其是买了好车，这几年时兴热闹一下。挂一串鞭炮噼里啪啦响一阵子，巷子里撒下一地红纸屑，再拉了朋友亲戚，摆上几桌酒席庆贺一下，买车嘛，也是个喜事。

乡亲们从哪里挣下了钱？说起来，都一个口气，到外面打工呗。

高头村走出去的，大多是做餐饮业的。说餐饮业好听，其实刚一开始，也就是出外打火烧。高头村在河槽，地少人稠，土地养不了人，人们就想办法外出，这也就让他们成了第一批离开乡土寻找出路的农民。当年外出的人群里，多数没有本钱，携带一根小擀杖就出了门，在大小城市打火烧。这个生意，支起一个案板，盘起一座火炉就行。从粮店买来面，和了面团擀成圆饼，放进炉膛烤熟。做主食耗时费工，这一种非常简单的吃食，适应了城里人忙中省事的需要。火烧利润很低，可是架不住需求大，每天如此，长年下来，辛苦是辛苦，还是有一份比种地好得多的收入。我的乡亲，点点散布，代表这一代的农家，挤开了中国城市的坚硬外壳，找到了自己的谋生之道。

这个烧饼，早年我们那一带都叫火烧。这几十年来，不知道谁家带头，大家都叫了饼子。记得我早年在北京时，当地的叫法有明确界定，烤熟的圆面饼子，不加芝麻的叫火烧，加了芝麻的叫烧饼。如此说来，还是叫火烧好，叫烧饼也勉强说得通。但是乡亲们现在都把它叫作饼子。在村里的大墙上，竟然刷出了"发饼财，发羊财"的大标语。这一个称呼的变化，也暗含着几十年的沧桑。铺满全国的小铺子，改变了一个事物的名称，不知什么时候，大家都叫饼子了。

不知不觉，小饼子铺在渐渐滚大，小擀杖，泥土炉子，逐渐变成煤气炉，又变成了电饼铛。这个时候，如果再来个多家连锁店呢，你就知道，餐饮业，不仅是好听，它实实在在做成了一个行业。

村里的李海潮，当年在乡里供销社。海潮早年就是个能人，到了下一辈，几个儿子都能干。儿子们不以为上大学才有出路，做生意可是开窍。几个儿子早早就业，外出打饼子，一开始在青岛一带，站住脚以后，逐渐积累资本，摊子做大，就进军连锁经营餐饮业。前十多年，他们转移到了贵州，扩大连锁规模，一条龙承包多个站点，目前在贵州，他们可算一家经营规模较大的连锁店，积累资金上了千万。海潮的小儿子和兄嫂一家都在贵州，他们已经多年不回村里来了，高头村里的乡亲，只是零零星星听到一些他们的消息。

高头村这一带早已经不种粮食，遍地梨果，成了果业区，村民也都成了果农。栽种梨果的同时，一些家户开始经营水果贩卖。一开始也就车来车去倒腾，几个来回就明白了，卖苹果原来比栽果树来钱呀！他们多年发展，卖苹果也学会了规模经营。我的侄儿李航远，媳妇娘家一家人在广州、深圳、东莞，他们家族开了三百多家果档。这个家族企业总部设在东莞，租建了一座冷库，雇用司机搬运工一干人马，给各个销售点供应配送。早年他们还下乡收苹果收梨，近些年他们利用信息便利，已经不再到原产地奔跑，专一经营配送。果业产业大转移，他们已经进入销售环节，成为新一代果商。这一家人兄弟姐妹本家还有姑姑姨姨亲戚家族的枝枝叶叶都搬到了广州一带，也是在消闲的时候才回村转一转，看看老院子。

出去早一些的，还有二队社管的儿子媳妇，80年代他们就到了广州，给人家豪爵摩托车厂打工。几番起落，摩托车产业也是品牌林立、此消彼长，有的淘汰了，有的东山再起，在这个市场他们顽强地坚持了下来，成为上规模上档次的家族企业。他们的本家亲戚都跟着到了南中国，很少回村来。

高头村眼下最招人羡慕的，大概要数绰绰的儿子。老家人说"绰绰"，指的是长长的，长短的长，总归是富富有余头的意思。村里人都这么叫，我这一辈，不太知道他儿子叫什么。小伙子毕业于一所普通大学，又是实受不爱说话，村里人叫外路不开，搭不起人脉。毕业了去哪里？在太原，国企招工应聘，没有取上，没有出路，看到一家民企招工，小伙子索性狠心咬牙去了民企。谁不想去个好单位？人家不要咱，咱也不信石头缝里不发芽，沙土地不长庄稼。多年打拼锤炼，小伙子现在已经成了一家国内知名企业的中层干部，每年年薪在一百多万。

民企开始起步的时候，当然没有这么高的待遇。人家在创业艰难时进来的，是功臣。

高头村还流传着一个奇异的就业故事。农业社时期，二队的毕月盛，当过多年的社主任，村人都叫他老主任。老主任的孙子山西农业大学毕业了，去哪里安置呢？小伙子在大学时期就是好学生好党员，毕业赶上省委调选干部，多好的机会！小伙子没去。山西农业科学院棉花所的所长南建福是高头村的，看到小伙子出色，动员他到农科院来。也不错啊，小伙子还是不答应。这一切都因为，小伙子恋爱了个对象，女的家在岢岚。

岢岚县又穷又偏，小伙子就跟着媳妇到了岢岚，分配到乡政府。

虽说是在乡政府，可是架不住我们高头村的小伙优秀出色呀。不久县委书记下乡，一眼就看中了高头村的小伙子，调到了县上。艰苦地区几年锻炼，没几年成了县里的副县长。

高头人说起来，满是喜悦和得意。小伙子聪明又能干，长得一表人才，谁见了不喜欢？他们岢岚到哪里去找？不提拔才怪呢。

这些走出去的乡亲，少数是通过招工考学离开家乡的，他们的户籍已经转到所在城市，严格意义上说，他们这一代已经不是高头人。高头村，只是他们的"故乡"。大量的外出打工乡民呢，他们在异乡，只有一个"暂住证"，所住城市并不承认他们的户籍身份。

我的表弟在西安经营面食多年，生意很好。他们买了房子，以投资人的身份，为孩子登记了西安户口，子女从此在西安落户上学，成为新一代的西安人。他们多年不回家，老家的房子，任其塌毁。无论当地，无论原籍，都已经认可了他们的西安市民身份。老家这边呢，只有人们经过那个摇摇欲坠的老屋时，才想起这里原本有一户人家。

大多在外经营的乡村人家，还是在城乡之间两头奔波。虽然城里那边风风火火，他们还是只认自己是高头村的。不时要回来看一看，亲近自己脚下的土地，重温早年难分难解的乡情。

我们高头村第三居民组，习惯上大家还叫北庄。北庄有个叫转兴的，在邯郸经营烧饼油条一类熟食，头二十年了，渐渐扎下了根。除了逢年过节，他一家不怎么回来。十来年前，转兴突然爆发了一个念头，他要给北庄的老人过重阳节。在九月九这一天，他把北庄所有的六十岁以上老人聚到一起，大家集体吃一顿饺子，所有的费用由他出。于是就在九月九这一天，高头村北庄摆开了宴席，全庄上六十岁以上的老人三十多人，大体上能坐五六桌，加上帮忙的十来桌，大家欢欢喜喜聚在一起，热热闹闹吃了一顿村庄的大团圆饭。

转兴没有想到，他带的这个头几年间形成了燎原大火。继我们北庄之后，前巷后巷都开始效仿。几年下来，高头村全村各队都有人带头组织，这个再平常不过的老年节，在高头村成了一个引人注目的日子。

经历过数年的实际操练，高头村的老年节，大体上形成了以下的操作模式——

每年九月九，在外务工的回乡聚集，举办敬老宴会；

由一个大户带头出资，垫付大额经费；

在外的经营户，大家各自集资；

置办大帐，备齐桌椅、炊具等；

组织义工队伍，采买食料，负责加工服务。

高头村各队都行动起来了。这几年每到九月九，村里的敬老宴大开张。各队支起大红帐篷，摆开宴席，邀请村庄的老人上座入席，开一顿饺子宴。宴席就摆在各队巷口，一顶一顶大红的帐篷绵延起来，义工们穿着统一置办的黄马甲，进进出出。不知底细的人，以为高头村举办什么盛大的社事。前年九月九，高头村前后摆开了一百多桌饺子，大街小巷人来人往，全县都知道，这个村子摆开了一场天大的宴席，对外号称"千叟宴"。

在北庄，这个牵头人照例是转兴两口，今年他们捐款五千元。在一队，照例是李世杰牵头，今年他捐款八千元。

这一群在外打拼的人尖儿，匆匆回来，匆匆折返，就为了一个九月九。这一天，户里户外，村里村外，千里以外的乡亲，能有一个团圆见面的机会。谁说在乎那一顿饺子，谁说在乎那百元千元，只为这些年四分五散，见一面不容易，吃一桌团圆饭，大家欢喜。

2018年的春节，高头村新一任村委会操持，大家终于又有了一个大规模集中释放乡情的联欢。这一年的正月，村委会决定恢复高头村传统的正月二十五古庙会，闹一次大型社火活动。高头村原来的关公酒厂厂长赵平捐款五万元，给村里请了剧团唱戏。各队像转兴、李世杰、南喜院这些有志青年，纷纷捐资组织各队闹社火。节目各队自己排演，正月二十五这一天，在文化广场集中展演。民国时期，社火表演高抬、花车、血故事等，曾经是河槽这一带的传统民间演艺活动。多年不演了，一下子要闹起来，实在不容易。不过这挡不住村民们的高涨热情。各队都打造了自家的花车，装扮一新。高抬本是这里特有的民间游艺活动，用铁架子布置机关，在空中摆出“白蛇传”“天女散花”等造型，支撑的铁架子隐没在裙装里，仿佛白娘子小青许仙在空中和解纠纷，仙女们在空中自由地游弋。各队都在“翻箱底”，寻找已经流失多年的老招儿。到了二十五这天，文化广场车载的大礼炮轰鸣起来，一时震天动地，各队的社火队伍缓缓开进来，秧歌队伍方队，哐哐哐敲起鼓乐，本村妇女们笨拙却是开心地扭起了秧歌。指挥台上，有大喇叭，有音响调度，一个队一个队进来专场表演，要评比。“七品芝麻官”来了，官帽锦袍，小丑装扮，四个轿夫颤悠悠地抬着。“西天取经”师徒四人，孙悟空走圆场，滴溜溜地舞棍。一个装扮小丑的小伙子，大冷天脱光了膀子，只系一块红兜肚，随着哐哐哐的锣鼓又扭又跳，女队里有扮演媒婆说亲的，红袄绿裤，手握一杆三尺长的大烟袋，咂一口铜烟锅呼呼呼冒出火苗来。小丑跳着舞着，突然一把拉住老媒婆，两个丑角一仰一俯对舞起来，顿时笑杀了一圈人。

北庄的社火叫作"独杆轿"，几丈长的木杆，尖头挑起一个小丑，头戴一顶尖顶高帽子，上写两个字："贪官"。看来这个角色一定是贪腐分子了。独杆轿高高挑起，围上来的人们便打趣，你是贪官吗？快说，你贪污了多少钱？你养了几个小三儿啊？这个独杆轿顿时成了大伙儿集中笑闹的对象，人群拥过来，哄闹嬉笑声一片沸腾。

广场的头顶有航拍，会场的音响声震屋瓦，在四野回荡。高头村的欢笑，放肆地传播出去，洒遍城乡四野。一年的年节，回来吧，这是乡亲们集中释放欢乐的地方。

再没有别的地方，别的世界，可以像正月这样放松，这样玩耍，这样交游。回老家了，不做活了，不赶速度了，一觉睡到日上三竿，晚上麻将打到半夜三更，当然，小赌一把也是常见的。

正月底，走人。

平时这些在外的游子们回来不回来呢？也有集中回来的时候。像清明，他们回来祭祖上坟。果树扬花了，下果子了，也有回来看看、帮办授粉疏花什么的。承包学校食堂的，寒假暑假，他们也会回来，和学生一样度假。

他们回来了，村委会门口，大巷两旁，一溜一行摆满了小吃摊，炒凉粉、炸油糕、羊肉泡，花花绿绿，应有尽有。他们一走，饭摊子席卷一空，只留下空荡荡的街面。村庄又陷入无边的寂寞和冷清。

像候鸟，匆匆来去。有时也就是三天五天假期，他们也不忘回来歇一歇，看一看。我的乡亲们，在外边再挣钱，一旦停歇下来，还是不忘回村来，度假、看望、放松、团聚。亲近自家的庄稼地，住进自家的老院子。重温一下曾经的乡情，温暖一下在一个陌生城市的孤独和漠然。

这一批离土离乡的农民，如果问他们晚年到哪里去落脚，多数人还是回答，回村里。

我的小学同学，两口子老了。孩子看着他们生活不便，在运城给买了一套楼房，让他们享受热闹舒适的城市生活，他们很快搬到城里住。这是怎样一家城里人，他们晚间睡好了，每天早上起来，搭公交车回村，做务他们的二亩地。太阳快落山了，再搭车回城里。几年来，那一套房子，也就是换个地方睡他们的城里觉。

五十多岁的，年纪大一些的，见面了总会说，再干几年就不干了，回来歇着。

这些年乡下年轻人结婚，已经流行在城里买房子。买在县城的多，一套楼房小几十万。买房，过户，装修，安置好家具被褥，锅碗瓢盆，然后，锁门，两口子外出打工，到一个陌生的城市，租一间小屋挤着。问他们为什么买房子，又不住，家里人说那当然，将来回来，总得有个住的地方。

各种各样的原因回村的，或者属于掂量以后的选择，或者心有郁结，或者无可奈何，形形色色，不一而足。

我的同伴芒芒，带着两个孩子在北京开饭馆，回来盖房买车，收入让人羡慕。前几年的腊月，他们一家兴之所至，决定开车回家。一车拉了行李年货，一路飞驰，沿途欣赏北国风光，想走即开，想歇即停，回家啊，观光啊，好不自在。一路飞车，当然也有衣锦还乡的荣耀感。就这样一路欢天喜地到高头，一下车，芒芒伸胳膊伸腿不自在，偏瘫，不能动了。

　　芒芒从此靠着移动的轮椅走路，他又成了高头村的常住户，进进出出老婆跟着，七八年了。

　　你是高头村外出的好汉，还是回村的窝囊废，说时迟那时快，吼雷火闪不由分说，一场病就让你见了分晓。

　　我在村里原本辈分小，年轻时巷子里见人就叫爷。现在架不住我老了，眼看着，叫我叔叔的就多了。高头村现在的光景，大多就是他们的光景，我的子侄一辈。

　　一个亲戚，他的儿子发了狠誓外出，却是数年不见发达。儿子不回家，也不和家里通电话。数年之后，谁也不知道他跑到哪里，是死是活。父母亲心焦火燎，到处打听不知下落。好容易有人在北京看到了他的身影，回来说给家里。老人只是点头，在哩就好，在哩就好。再几年，小伙子终于回来了。费翔曾高唱，我已是满怀疲惫，眼里是酸楚的泪……我曾经豪情万丈，归来却空空的行囊，是那故乡的风和故乡的云，为我抚平创伤。那是在舞台上。这里哪里有音乐四起？哪里有灯光闪耀？他悄悄咪咪回来，悄悄咪咪下地。没人敢问他在外多年做什么，为什么回来。他爸他妈也不敢问，悄悄咪咪翻盖房子，托人找对象，娶媳妇，再也不出去打工了。谁也不知道他受了什么暗伤，谁都知道他受了暗伤。不走了，一代新农民又诞生了。

我表兄的儿子李航远，这几年带着儿子在运城搞装潢，在村里也算个富户，去年搭梯子上墙摔了下来，手腕小骨折。一个小小的伤口，反复做 CT，手术以后，每天输液八瓶，航远说，谁受得了，输一半我就拔了管子。固定钢板的不锈钢螺丝，一个五百，航远说，咱就是搞装潢的，家里边有的是不锈钢小螺丝，我给医院说了，你要多少到咱家来进，一个五毛。但这个由不得他，出院一结算，一万六千块。

堂兄的儿子，原来在银川开饼子铺，生意倒也不错。安了一个电灯泡跌下来，膝盖骨摔碎，已经在村里瘸腿两三年了，摊子只好盘出去。

我听到的最悲惨的回归，莫过于一家族叔的孙子。小伙子在临汾打饼子，生意不怎么好，熬不住了，想回来。家里训斥了几句，孩子受不了，放下电话，一脚踩下油门开车到山西河南交界的林州大桥，一头扎了下去。几十米高的大桥，车停在路边，他扎进黄河永不回来，留下了一男一女两个小儿。交警把电话打回家里，让村里来领人，再回高头村，只能是他冰冷的尸骨。

有人欢喜有人愁，有人成功有人失意。扶摇直上，挣够了钱几辈子也花不完的，当然有。更多的人家，还是挣一份养家糊口的钱，叼一口算一口，收一年算一年，随时准备关门歇业，打道回府。一个摊子能在外坚持几年，就是好生意。

这个时候你就会明白，他们热热闹闹回家，他们捐款在村里闹社火，他们张扬着祭奠先人过节令，这一切，不只因为他们的感情寄托，还有，他们巧妙地为自己留了一个后手。这个最后的根据地不能丢。

想当初，高头村外出的小伙子多么心高气盛。这一批庄稼人的后代，面对城里的摩天大楼，像拉斯蒂涅面对巴黎那样恶狠狠地发誓，北京，我和你拼了；上海，我和你拼了；西安，我和你拼了。他们中间，确实也有爱拼才会赢也赢了的，开了大公司，当了大老板，过起了城里人的日子，终身不再回村。但大部分人，还是经历了打拼，最终鸣金收兵，在浓稠的夜色里，又回到了接纳他们的家园，回到了多情又绝情的现实。

中条山，依然钢青，峨嵋岭，依然土黄，在一山一岭之间，有人走了，有人留下了。有风光也有落寞，有兴高采烈也有黯然神伤。出去的人们，有人硬撑着，有人打算回，有人决心回。有人不知下落，又突然露脸。有人刚发誓离开，突然又回来了。大部分人，还是像候鸟一般，开春走，腊月寒冬回来。在城乡之间，不知他们要来回迁徙多久。这就是村庄的历史，一村百姓的生命史。

人群络绎外出，每一次外出，高头村都像父亲送女儿出嫁。我养了你几十年，你就这么跟人家走了。多会儿人家不要你了，不要打闹，不要斗气，不怕嫌弃，你再回来，我还养你。

一亩地，低矮的房屋，农家院子，零落的村校，每月不多的养老金，还有新农合，饭碗不大，有个垫底，有个靠实呀。

图书在版编目 (CIP) 数据

河槽人家 / 毕星星著. -- 北京：北京十月文艺出版社，2020.10

ISBN 978-7-5302-2066-5

Ⅰ.①河… Ⅱ.①毕… Ⅲ.①散文集—中国—当代
Ⅳ.①I267

中国版本图书馆 CIP 数据核字 (2020) 第 128147 号

河槽人家
HECAO RENJIA

毕星星　著

出　　版	北京出版集团
	北京十月文艺出版社
地　　址	北京北三环中路 6 号
邮　　编	100120
网　　址	www.bph.com.cn
发　　行	新经典发行有限公司
	电话（010）68423599
经　　销	新华书店
印　　刷	河北鹏润印刷有限公司
版　　次	2020 年 10 月第 1 版
	2020 年 10 月第 1 次印刷
开　　本	880 毫米 ×1230 毫米 1/32
印　　张	13
字　　数	280 千字
书　　号	ISBN 978-7-5302-2066-5
定　　价	52.00 元

质量监督电话　010-58572393

如有印装质量问题，由本社负责调换。